LES FEUX DE NOËL

MARIE-BERNADETTE DUPUY

LES FEUX DE NOËL

CALMANN LEVY

ÉDITEUR DEPUIS 1836

© Calmann-Lévy, 2020

COUVERTURE
Conception graphique : le-petitatelier.com
Illustration : © Lee Avison/Arcangel Images

ISBN 978-2-7021-8225-3

Note de l'auteure

Chères amies lectrices, chers amis lecteurs,

Je vous emmène à nouveau en Alsace, une de nos belles régions de France, où j'avais donné vie à l'ouvrage **Les Fiancés du Rhin**.

C'est avec un grand plaisir que j'ai mis à l'honneur la jolie ville de Colmar et sa « Petite Venise », un de ses quartiers les plus anciens et les plus pittoresques.

Je ne vous propose pas une série, cette fois-ci, mais un roman et son héroïne, Lisel, jeune couturière pleine de rêves et passionnée par le domaine de la mode.

Nous sommes au cœur des années 20, qui ont vu la femme se libérer des corsets, des jupes longues, couper ses cheveux. Lisel suit son chemin, semé d'embûches, en quête d'amour et de réussite.

En cette période de fêtes, je vous invite à l'accompagner, sous la radieuse lumière des mille feux de Noël.

Je tiens aussi à redire, même si cet avertissement figure sur chaque ouvrage sérieux, que toute ressemblance avec des personnes existantes serait fortuite, et que les événements sont fictifs, hormis ceux signalés comme authentiques par une note.

Agréable lecture,

Marie-Bernadette Dupuy

1
La morsure des flammes

Colmar, rue des Clefs, mercredi 19 novembre 1924

Lisel était sortie de son pas dansant de l'atelier de couture. Elle y exerçait comme première main depuis trois mois, chargée de diriger et de surveiller le travail de trois ouvrières, ses « petites mains[1] ». Toutes les quatre étaient employées par Mme Erna Weiss, la patronne du magasin Aux confections pour dames.

Au moment d'entrer dans l'arrière-boutique, la jeune femme hésita, puis elle eut un sourire rassuré.

« C'est son jour de congé, songea-t-elle. J'ai dix bonnes minutes devant moi. »

Elle tourna la poignée, considéra le décor familier de la pièce où on entreposait des rouleaux de tissu et des toilettes prêtes à être livrées, emballées dans du papier.

— Mais...

Le réchaud à alcool était allumé et dispensait des flammèches bleuâtres. Lisel n'eut pas le temps de s'interroger davantage. La porte claqua dans son dos. Un léger bruit lui indiqua qu'on poussait la targette.

— Alors, ma jolie, tu viens faire ton petit trafic ? fit la voix rocailleuse de Karl Landolt, le commis.

---

1. Dans le monde de la couture, à l'époque, la petite main est l'ouvrière d'exécution. La première main a la fonction de contremaître.

L'homme, un quadragénaire bourru, la harcelait de ses avances grossières. Son manège avait commencé deux semaines plus tôt.

— Monsieur Karl, vous devriez avoir honte ! s'indigna-t-elle. Qu'est-ce que vous faites ici ? Vous n'étiez pas censé travailler aujourd'hui.

— Je voulais te prendre la main dans le sac, rétorqua-t-il. Vois un peu ce que j'ai déniché, bien caché sous les coupons de lainage ! C'est ça que tu venais chercher ?

— Mes croquis !

— Oui, des dessins de mode, pas mal du tout en plus !

L'homme, grand, brun, buriné, brandissait sous son nez une liasse de feuilles couleur sépia.

— Mme Weiss ne serait pas contente, si elle savait que ce que tu fabriques dans son dos, se moqua-t-il. Pareil pour la robe de soirée, celle que tu as planquée à l'étage. Je t'ai à l'œil, ma petite caille !

Furieuse, Lisel le fixait d'un air écœuré. Elle n'en pouvait plus de ses insinuations salaces, de ses sourires équivoques ponctués de caresses discrètes, à la moindre occasion.

— Est-ce que vous allez me laisser tranquille, à la fin ? s'écria-t-elle. Rendez-moi mes croquis !

Elle essaya d'attraper le rouleau de feuilles, mais Landolt recula.

— Seulement si tu es gentille. Un baiser par dessin, ensuite je ne t'ennuie plus.

— Non, jamais. Vous me dégoûtez.

— Tant pis pour toi. Tu y tiens, à tes gribouillages, on dirait. C'est dommage.

Landolt plaça une première feuille au-dessus des flammes du réchaud. Lisel la vit se consumer lentement.

— Arrêtez ça ! dit-elle d'une voix nette, tendue par la colère.

D'une main, il l'attira contre lui, en quête de ses lèvres. Elle se débattit, révulsée par son haleine avinée. Il riait en sourdine, émoustillé par son contact.

— Allez, ma belle, sois raisonnable, marmonna-t-il. Je t'assure, c'est dans ton intérêt.

Belle, la jeune couturière l'était. Âgée de vingt-deux ans, de taille moyenne, mince, les seins hauts, la taille fine, elle avait des traits ravissants, des yeux noirs et de longs cheveux d'un roux sombre, où le soleil faisait naître des reflets d'or rouge.

— Vous êtes complètement fou ! se rebiffa-t-elle en le frappant de ses poings fermés.

Il la lâcha et plaça toutes les feuilles au-dessus du brûleur. Ivre de rage et de chagrin, Lisel voulut les récupérer, mais Karl Landolt fut plus rapide. Il les souleva, par un des coins encore intact, et les agita en l'air.

— Attention ! hurla-t-elle.

Six costumes en tulle, suspendus à environ un mètre du réchaud, s'enflammèrent, avant de mettre le feu au rideau de mousseline voilant des étagères.

— Bon sang, tu as fait du beau ! grogna le commis, effrayé par la vitesse à laquelle se propageaient les flammes. Faut sortir de là !

Hébété, Landolt ouvrit la porte qui communiquait avec la rue Vauban, à l'arrière du magasin. Le vent s'engouffra, attisant le départ d'incendie. Sans réfléchir, Lisel se saisit de cinq croquis, se brûlant les doigts au passage. Puis, malgré la douleur, elle tira la targette pour se ruer dans le couloir.

Le ronflement du brasier l'assourdissait. Elle écarta la lourde tenture qui la séparait de la grande salle aux trois vitrines, où trônaient des mannequins en cire habillés de toilettes à la mode.

— Il y a le feu dans l'arrière-boutique, madame Weiss ! cria-t-elle à une élégante personne qui siégeait derrière son comptoir en bois verni. Vite, téléphonez aux pompiers.

— Seigneur, gémit celle-ci. J'appelle la caserne ! Vous, prévenez les ouvrières, on doit sortir le plus possible de tissus de prix, et aussi nos derniers modèles !

Alertées par les cris de leur patronne et le grondement de l'incendie, Odile, Gretel et Sofia se ruèrent hors de l'atelier.

— Mon Dieu, tout va flamber ! s'affola Odile en découvrant les hautes flammes qui jaillissaient de l'arrière-boutique.

— Quel malheur ! Qu'est-ce qui est arrivé ? s'égosilla Sofia.

— Vite, courez aider madame Erna, je vous rejoins ! leur ordonna Lisel.

Pourtant une fois seule, elle plia ses dessins aux bords roussis, sans se soucier de la douleur qui irradiait de ses mains brûlées, puis monta en courant jusqu'au premier étage.

Le feu ravageait le rez-de-chaussée du magasin, situé à l'angle de la rue Vauban et de la rue des Clefs, la voie la plus commerçante de Colmar.

Quelques badauds s'étaient attroupés sur le trottoir d'en face. Chaudement emmitouflés, ils évaluaient entre eux les chances de sauver le bâtiment.

Debout au milieu de la chaussée, Erna Weiss trépignait d'une rage impuissante, devant l'étendue du désastre. Odile, Gretel et Sofia l'entouraient, muettes de consternation. L'incendie signait pour elles la fin d'un emploi en ces temps de crise économique.

— Les pompiers tardent à venir, fit remarquer le commerçant voisin, un des meilleurs cordonniers de Colmar.

— Vos apprentis ont bien mis les rouleaux de soie de Chine à l'abri chez vous, monsieur Klein ? lui demanda madame Weiss, ses traits poupins durcis par la colère.

— Tout est en lieu sûr, affirma-t-il. Vos derniers modèles aussi, mon épouse les a rangés dans notre chambre. Hé, il faut bien s'entraider.

— Je vous remercie, mais quel malheur, quel malheur ! se lamenta-t-elle. Regardez, tout brûle.

La commerçante disait vrai. Les flammes léchaient les piliers en bois sculpté, leur peinture verte, elles attaquaient les satins, les taffetas, les tulles, les dentelles sur leur dévidoir.

— Et Lisel, madame Weiss, où est-elle ? s'inquiéta soudain Sofia.

— Je n'en sais rien, trancha sa patronne. Peut-être bien qu'elle s'est enfuie ! J'ai mon idée ! C'est elle qui m'a prévenue, et c'est peut-être bien elle qui a mis le feu !

Lisel, enfermée dans une pièce du premier étage, ne pensait plus qu'à survivre. Ses yeux sombres, pleins d'effroi, observaient le modeste décor où elle risquait de mourir, prise au piège des flammes. Il y avait un lit de camp, une table, deux chaises et un lavabo.

— Je n'aurais jamais dû monter ici, se reprocha-t-elle. Je croyais avoir le temps de redescendre !

Affolée, elle serra plus fort contre sa poitrine un paquet volumineux, en papier kraft, dans lequel était roulée la précieuse robe qui l'avait amenée là.

« Un modèle de ma création, se répétait-elle. Je voulais tant prouver à Mme Weiss que j'avais du talent ! »

Des grondements sinistres résonnèrent soudain sur le palier, derrière la porte de la pièce. Lisel imagina l'écroulement d'un pan de mur, ou bien l'éclatement des lambris peints en vert pastel de la cage d'escalier.

— Je dois sortir de là !

Après avoir hésité un court instant, elle ouvrit en grand la fenêtre qui donnait rue Vauban. Le cœur serré, elle se pencha pour estimer la distance entre les pavés de la rue et l'unique issue qui s'offrait à elle pour échapper au feu.

— La porte va s'enflammer, gémit-elle. Si je saute, je peux me tuer, il y a au moins dix mètres.

Elle avisa un encorbellement, entre le premier étage où elle se trouvait et le rez-de-chaussée. Fébrile, elle chercha comment en tirer parti sans faire une chute fatale.

— Mademoiselle ! Ne faites pas ça, mademoiselle !

La voix qui la hélait était jeune, nette, mélodieuse. Lisel reprit pied dans la pièce enfumée. De l'autre côté de la rue, à une fenêtre, une fille d'environ son âge agitait la main.

— Par pitié, ne sautez pas, mademoiselle, ajouta-t-elle. Vous pourriez vous briser le dos ou les jambes. Gardez votre calme, les pompiers approchent, j'entends leurs cloches, affirma l'inconnue. Ils ont une grande échelle, ils vous feront descendre ! Restez près de la fenêtre.

Son timbre sonore arrivait sans peine aux oreilles de Lisel, qui répondit d'un ton saccadé :

— D'accord, je ne bouge plus.

Elle réussit même à sourire à la jeune personne qui avait su l'empêcher de commettre une terrible erreur.

— Surtout, n'ayez pas peur, mademoiselle, recommanda celle-ci. Je vous tiens compagnie.

— Merci, merci beaucoup. Vous êtes gentille.

Deux gros camions rouges déboulèrent presque aussitôt, sur lesquels étaient perchés plusieurs hommes casqués, dans leur uniforme. Les conducteurs s'arrêtèrent au carrefour de la rue des Clefs et de la rue Vauban.

— Il y a quelqu'un là-haut, annonça un des pompiers qui avait repéré Lisel. Vite, l'échelle !

Heinrich Keller, le plus jeune de la brigade, ne perdit pas de temps, secondé par Mathis Bauer, son coéquipier.

— Je viens vous chercher! cria Keller à Lisel. Reculez !

Peu après, l'extrémité de l'échelle cogna le rebord en pierre de la fenêtre. Heinrich grimpa avec l'aisance et la rapidité que lui conférait l'expérience. Il se propulsa d'un bond dans la pièce, inquiet de ne plus voir la jeune femme. Elle se tenait adossée à un mur, le plus loin possible de la porte donnant sur le palier, changée en une barrière incandescente.

— Tout va bien, mademoiselle ? demanda-t-il.

— Maintenant que vous êtes là, oui ! J'ai cru que j'allais mourir brûlée vive.

De lui, elle devinait un regard très clair, entre la visière du casque en cuivre et le tissu gris voilant son nez et le bas de son visage. Il constata qu'elle était très jolie, assez grande et mince, dans une blouse grise ajustée. Une natte d'un roux intense ornait son épaule droite.

— Vous ne risquez plus rien, affirma-t-il.

Heinrich Keller remarqua le paquet et les feuilles en partie roussies qu'elle tenait. Il nota également l'état de ses doigts.

— Vous vous êtes brûlée ?

— Oui. Je voulais passer mes mains sous l'eau froide, mais je n'ai pas eu le temps, et j'avais peur, tellement peur.

— Je vous soignerai quand nous serons hors de danger, dit-il à mi-voix. Je suis coupeur de feu, je tiens ce don de mon père.

— Qu'est-ce que c'est ?

Keller baissa le foulard qui le gênait. Il expliqua tout bas :

— Je vous le dirai plus tard. Je me présente, Heinrich Keller, infirmier de profession et sapeur-pompier volontaire. Ayez confiance, mademoiselle. Je vais vous aider à descendre par l'échelle.

Elle approuva d'un signe de tête, en le scrutant de ses yeux noirs, ourlés de cils d'or brun.

— Mon coéquipier m'appelle, il s'inquiète, ajouta-t-il. Venez vite. Il fait déjà très chaud et la fumée n'est jamais bonne à respirer. Vous avez eu raison d'ouvrir la fenêtre et de laisser cette porte fermée.

Du côté de la rue des Clefs, tout le monde observait les moindres faits et gestes des pompiers. Le chef de la brigade salua Mme Weiss qui lui décocha un regard lourd de reproches.

— Vous en avez mis du temps ! enragea-t-elle. Mon magasin est dévasté, et le feu a gagné le premier étage.

— Nous avons fait au plus vite, trancha-t-il. Est-ce qu'il y a des gens au second ?

— Non, l'appartement est vide. Dieu soit loué, nous habitons au-dessus de la chapellerie de mon époux, répliqua-t-elle, ses bras dodus croisés sur sa poitrine.

On accourait de partout, à présent, afin de ne rien manquer du drame. Trois pompiers étaient entrés dans le magasin, tandis qu'un autre branchait la lance à eau. Tout de suite, ils durent affronter la fumée malodorante qui planait à un mètre du sol en lino, visqueux sous leurs bottes.

Lisel, debout sur le premier barreau de l'échelle, percevait des éclats de voix et le bruit d'un puissant jet d'eau. Quelques curieux assistaient à son sauvetage.

Sans la concerter, le pompier avait lancé dans la rue le paquet contenant la robe, après y avoir ajouté les feuilles. Il s'apprêtait à enjamber à son tour l'appui de la fenêtre lorsqu'un craquement affreux retentit. La porte, embrasée, s'était effondrée, livrant passage à un chaos de flammes et à des nuages d'une fumée âcre.

— Il était temps, nota-t-il pour lui-même.

Le reste de la descente s'effectua rapidement, sans aucun incident. Lisel poussa un bref soupir de soulagement quand elle sentit la rudesse des pavés sous ses pieds. Elle repensa alors à la jeune fille qui l'avait empêchée de prendre un risque insensé et scruta la maison d'en face. Elle localisa la fenêtre. L'inconnue, blonde aux yeux clairs, était encore là, souriante, qui agitait la main en guise d'au revoir.

— Venez avec moi, mademoiselle, lui dit alors Keller.

— Mais où, monsieur ? s'étonna Lisel.

— Je voudrais apaiser la douleur que vous causent ces brûlures aux doigts, et pour ça, autant nous éloigner un peu des curieux.

Elle le suivit jusqu'à un des camions, dont la masse imposante constituait une barrière entre les badauds et eux.

— Ce ne sera pas long, assura-t-il.

D'un geste prompt, il ôta ses gants puis il étendit ses mains au-dessus des siennes, paupières mi-closes comme s'il invoquait une puissance divine.

— Je souffre déjà moins, c'est vrai, avoua-t-elle, stupéfaite. C'est un don merveilleux.

— Non, pas du tout, répliqua-t-il avec un sourire. Pour mon père et moi, ça n'a rien d'extraordinaire. Même à l'hôpital, on me laisse soulager les brûlés. Vous verrez, vous cicatriserez vite.

— Merci, monsieur, de prendre cette peine, murmura Lisel. Moi qui pensais ne pas pouvoir coudre pendant plusieurs jours !

Sofia, l'une des employées du magasin, les trouva ainsi, face à face, les yeux dans les yeux, comme prêts à s'étreindre les mains. Elle poussa un cri de surprise, qui attira leur attention.

— Dieu soit loué, vous êtes vivante, mademoiselle Schmitt ! clama-t-elle. Je vous croyais brûlée vive !

Très brune, petite et tout en rondeurs, Sofia contemplait la rescapée en riant et pleurant à la fois. Ses parents étaient des émigrés italiens venus travailler en Alsace à la fin de la guerre. De son pays natal, elle gardait un accent chantant et une certaine exubérance.

— Oh, vos pauvres doigts, déplora-t-elle. Comme vous devez souffrir ! Vous ne pourrez plus coudre !

— Bien sûr que si, se défendit Lisel, grâce à M. Keller, qui est coupeur de feu. Il était en train de me soigner. Et de toute façon, je suppose que nous serons au chômage pour un bout de temps.

— Surtout vous... Mme Weiss prétendait que vous vous étiez enfuie, et elle dit à tout le monde que vous avez provoqué l'incendie, sûrement à la suite d'une maladresse. Je préfère vous prévenir, renchérit Sofia.

Heinrich les écoutait, tandis que deux de ses collègues s'activaient à replier l'échelle.

— Non, je ne suis pas responsable ! s'insurgea Lisel. Tout est de la faute de Karl Landolt.

— Mais Landolt ne travaillait pas aujourd'hui.

— Pourtant il était là, dans l'arrière-boutique. Il a dû entrer par la rue Vauban, puisqu'il a une clef. Je vais l'expliquer à Mme Weiss. J'ai eu tort de taire certains agissements de son commis.

Lisel se tourna vers Heinrich Keller et le remercia de nouveau, à mi-voix. Elle n'avait pas le cœur à sourire, cependant elle lui adressa un regard plein de gratitude. Il la dévisagea alors d'un air soucieux, qui la surprit un peu.

— Je n'ai fait que mon devoir, mademoiselle... Schmitt, si j'ai bien compris. J'espère que vous n'aurez pas d'ennuis.

Afin de se donner une contenance, il ôta son casque et entreprit de le frotter avec le foulard qu'il avait dénoué de son cou.

Du bout des doigts, il repoussa une mèche d'un blond très clair, et dans la grisaille du décor, ses cheveux firent une tache de lumière. Lisel s'aperçut qu'il était bel homme. Quant à lui, il peinait à détacher son regard de celui de la jeune fille, d'un noir profond.

Gendarmerie de Colmar, une heure plus tard

Erna et Conrad Weiss étaient assis l'un à côté de l'autre, en face du brigadier. Lisel avait pris place un peu à l'écart, sous la surveillance d'un subalterne.

— Dès que l'on m'a averti de l'incendie, j'ai confié la bonne marche de la chapellerie à mes employés et je me suis précipité rue des Clefs, afin de soutenir ma femme, expliqua M. Weiss.

— Oui, je vous connais, la chapellerie place de la Cathédrale, approuva le gendarme. Mais je voudrais entendre la déposition de votre épouse, qui veut porter plainte contre Mlle Lisel Schmitt, première main de son atelier de couture.

— Tout à fait, j'ai la conviction qu'elle est responsable de l'incendie, insista Erna Weiss. Elle m'a raconté toute une histoire à laquelle je ne crois pas. C'est facile d'accuser un absent.

— De quoi s'agit-il ? interrogea le brigadier qui n'était guère patient. Mademoiselle Schmitt, dites-moi la vérité, la justice en tiendra compte.

Lisel, ses mains écarlates posées sur le paquet contenant la robe et ses dessins, respira profondément.

— J'ai déjà dit la vérité à ma patronne et à son mari, rétorqua-t-elle. Karl Landolt, le commis du magasin, m'attendait dans l'arrière-boutique, alors que c'était son jour de congé. Je subis ses assiduités depuis des jours, mais je n'ai pas osé en faire part à Mme Weiss. Le réchaud à alcool, dont on se sert pour faire du café ou du thé, était allumé.

Elle continua son récit, sans omettre aucun détail. Un peu de rose lui était venu aux joues, car elle confessait du même coup l'existence de ses croquis, et celle de la robe, confectionnée en secret le soir, dans l'atelier du magasin.

— De mieux en mieux ! l'interrompit Erna Weiss. J'aurais dû m'en douter ! Vous vous permettez de confectionner une toilette de prix en cachette, sûrement pour vous approprier une de mes clientes. Vous n'avez pas honte ?

— Mais ça ne m'empêche pas de faire mon travail, madame, je suis au magasin de sept heures du matin à sept heures du soir, quand ce n'est pas plus tard. J'ai fait cette robe en plusieurs jours, pendant mes pauses. Je ne vous ai rien volé. J'ai dépensé presque tout mon salaire du mois d'octobre pour acheter la soie et les accessoires, notamment le strass et les fausses perles.

— Je m'en moque ! J'ai eu la sottise de vous engager, parce que vous aviez été petite main chez Paul Poiret[1], à Paris. Mais j'ai introduit un serpent dans ma boutique, une dissimulatrice de premier ordre, sous ses airs de sainte-nitouche ! Tu l'as entendue, Conrad ? Si on ne vous jette pas en prison, moi je vous fiche dehors.

— Calme-toi, Erna, prôna son époux. Au fond, est-ce si grave ? Pour ce qui est des renvois, tu peux donner leur congé à toutes ces filles. Il n'y a plus de magasin.

— Je le sais, ne remue pas le couteau dans la plaie, Conrad !

— Nous confronterons Karl Landolt à Mlle Schmitt, annonça le brigadier. Lieutenant Kunz, ramenez-moi cet individu au plus vite. Madame Weiss, donnez-nous l'adresse de votre commis, je vous prie.

— Je ne l'ai plus en tête, mentit-elle.

— C'est moi qui tiens le registre des employés, précisa Lisel. Karl Landolt habite 5, rue des Bateliers.

Son aplomb et l'éclat de ses yeux en imposaient à tous. Conrad Weiss ne put retenir un vague sourire.

— Et vous, mademoiselle Schmitt ? s'enquit le gendarme.

— Je loue une chambre dans une pension de famille, quai de la Poissonnerie, dans la Petite Venise. Une des ouvrières, Sofia, loge également là-bas.

— Très bien, je m'en souviendrai, mademoiselle. Cette affaire n'est pas claire du tout, aussi, monsieur et madame Weiss, je tiens à vous avertir, si Karl Landolt confirme les propos de cette jeune fille, je ne pourrai retenir aucune charge à son encontre.

— Mais ce sera sa parole contre la mienne, s'alarma Lisel. Je n'ai pas de preuve, il niera.

— Puisque vous avez apporté les feuilles qu'il a voulu brûler, on pourra relever les empreintes digitales, décréta le brigadier, imbu de son rôle et très pointilleux.

---

1. Célèbre couturier, dans les années 20.

Un instant plus tard, les époux Weiss et lui étudiaient d'un œil perplexe les croquis. Le tracé en était talentueux, léger, assuré. Quant aux modèles conçus par Lisel Schmitt, même sa patronne les admira en secret, mais elle ne l'aurait avoué pour rien au monde. Son cœur vibrait d'une haine sourde pour la jeune couturière.

Colmar, rue des Clefs, même jour, deux heures plus tard

Heinrich Keller reçut sans joie l'accolade de son collègue, Wagner, qu'il connaissait depuis trois ans.

— On a fait du bon travail, le chef vient de nous féliciter, lui dit l'homme, son aîné de dix ans. Il y a des dégâts au premier étage, mais ça aurait pu être pire. Heinrich ? Tu as un souci ?

— Non, excuse-moi. Je suis fatigué. Mais tu as raison, on a sauvé l'appartement du deuxième étage, et du coup la maison d'à côté. Seulement l'escalier est en partie détruit.

— Les Weiss sont riches. Et l'assurance paiera. J'ai discuté avec une des ouvrières du magasin, Gretel Forbach, précisa Wagner. Une autre employée, la première main, est soupçonnée d'avoir mis le feu par malveillance.

— Dans ce cas, il s'agit de Lisel Schmitt ! Mais pourquoi aurait-elle fait une chose pareille ? C'est moi qui l'ai trouvée prise au piège dans une pièce du premier étage. Elle a été très courageuse et elle m'a paru honnête. Mathis Bauer est de mon avis.

— Ne te fie pas aux apparences ! Allez, on n'a pas fini. Il faut ranger le matériel. Je suis de garde ce soir, ordre du chef. Je dois surveiller les lieux, au cas où un foyer se rallumerait.

— Bon courage, alors, répondit sobrement Heinrich.

Durant tout le trajet jusqu'à la caserne, il tenta de se raisonner, de chasser l'obsession dont il souffrait, au point de la comparer à une brusque maladie.

— Toi, tu n'es pas dans ton assiette, lui lança son chef en le voyant. Fais-toi examiner à l'hôpital. Tu as pu être intoxiqué par la fumée.

— Non, ça ira, je vous remercie.

Heinrich s'éloigna. Il passa dans les vestiaires où il se lava et endossa ses vêtements civils. Une casquette en laine sur ses cheveux blonds, il enfourcha son vélo. Mais au lieu de se diriger vers la rue Bartholdi, où il résidait, il pédala jusqu'à la gendarmerie. Après avoir calé la bicyclette contre le mur, il fit quelques pas le long du trottoir, sous l'œil intrigué du planton posté sur le perron du bâtiment. Bientôt l'agent le héla.

— Monsieur ? Qu'est-ce que vous voulez ?

— Juste des renseignements.

Il jugea préférable de s'expliquer, fort de son statut de soldat du feu et d'infirmier.

— Je ne peux rien vous dire de précis, maugréa l'homme, mais les Weiss sont là, avec deux de leurs employés.

— Merci, je vais attendre, dans ce cas.

À l'intérieur de la gendarmerie, Karl Landolt affrontait les regards soupçonneux du brigadier. Comme l'avait prédit Lisel, le commis niait toute l'histoire.

— Elle invente ça pour me faire porter le chapeau ! tonna-t-il d'une voix éraillée. J'étais de congé, je n'ai pas bougé de chez moi. Je suis un homme sérieux, et je tiens à ma place. Mme Weiss ne plaisante pas avec la moralité, alors je n'ai jamais eu de geste déplacé avec les ouvrières.

Erna Weiss fixait obstinément le fermoir en cuivre de son sac à main. Lisel, toujours très digne malgré la tension extrême de ses nerfs, remarqua la mine embarrassée de sa patronne.

« Je pourrais la trahir, se dit-elle. Je vois bien qu'elle est anxieuse, pourtant elle ignore que je suis au courant que Karl et elle sont amants. Son mari ne lui caresserait pas l'épaule s'il apprenait ce qui se passe certains jours, au moment des repas. »

Elle n'avait aucun intérêt particulier à dénoncer le couple adultère, en dépit du comportement odieux de Landolt à son égard. Quand elle s'était confiée à sa mère sur le sujet, Martha Schmitt avait été catégorique :

— Ce ne sont pas tes affaires, ma fille. Tu as un emploi, tu es devenue première main, garde tout ça pour toi, avait-elle dit d'un ton véhément. Et méfie-toi de cette Mme Weiss !

Forte de cette singulière recommandation, Lisel s'était efforcée d'oublier la scène dont elle avait été témoin.

« C'était en octobre, se remémora-t-elle. Nous déjeunions dans l'atelier, mais Odile avait fini de manger et elle avait repris son ouvrage. Gretel lui a reproché de ne pas s'être lavé les mains avant. Elles se détestent. »

Lisel revit les deux ouvrières se quereller, puis s'empoigner par le col de leurs blouses et les cheveux.

« Odile était comme folle, elle a pris sa paire de ciseaux et elle a blessé Gretel au bras droit. Je les ai sermonnées et j'ai décidé de signaler l'incident à Mme Weiss. J'ai toqué à la porte de son salon d'essayage, au premier étage, bien en vain. J'entendais des bruits, des plaintes. Alors j'ai eu la sottise d'entrer. »

Elle avait surpris sa patronne et le commis se livrant à une étreinte frénétique, sur le sofa. Sidérée, outrée, elle était repartie sans faire de bruit, et ils ne l'avaient ni vue ni entendue.

M. Weiss s'impatienta. Il avait souvent regardé du côté de Lisel, dont il appréciait la retenue et le charme. Influencé aussi par la qualité de ses croquis, il souhaitait mettre un terme à la situation.

— Brigadier, nos enfants ont dû rentrer à la chapellerie, il est tard, mon épouse est lasse. Si nous reprenions demain matin ? Pour ma part, je suis enclin à croire Mlle Schmitt, qui n'a aucune raison d'inventer les faits.

— Ce ne sera plus long, monsieur Weiss, assura le gendarme. Le lieutenant Kunz fait au mieux afin d'éclaircir les choses. Il effectue les vérifications indispensables.

Karl Landolt se rembrunit. Il décocha un coup d'œil plein de haine au chapelier, puis un autre aussi hargneux à Lisel. Elle le toisa, hautaine, un léger sourire sur ses jolies lèvres.

Heinrich Keller s'était éloigné du perron de la gendarmerie, perdu dans ses pensées. Il s'en voulait de rester là, mais il était incapable de partir sans avoir revu Lisel Schmitt. Une pulsion irraisonnée le retenait là, ainsi qu'un doute affreux dont il ne pouvait se libérer.

Des éclats de voix le firent se retourner. Il aperçut les époux Weiss qui sortaient du bâtiment, en grande discussion, houleuse de toute évidence. Ils ne lui prêtèrent aucune attention, marchant dans la direction opposée à la sienne. Ils avaient disparu au coin d'une rue, lorsque la jeune couturière sortit à son tour, le paquet en kraft sous le bras.

— Mademoiselle, appela-t-il tout bas, en la rejoignant.

— Monsieur Keller ?

— Ah, vous m'avez reconnu, débita-t-il, un peu gêné.

— Bien sûr, mais j'ignore pourquoi vous êtes ici, hasarda-t-elle. On vous a demandé de témoigner ?

— Pas du tout, mais je suis disposé à le faire si nécessaire. Je ne vais pas vous mentir, je me faisais du souci. Les gendarmes vous avaient emmenée, et...

— Et c'était une bonne chose, acheva-t-elle. J'ai été disculpée, car ma patronne m'accusait d'avoir causé l'incendie. Le seul coupable est démasqué, grâce au relevé de ses empreintes digitales. Mais il n'encourra aucune peine, si les Weiss ne portent pas plainte contre lui.

— Karl Landolt, n'est-ce pas ? L'homme que vous accusiez tout à l'heure.

— Oui, un ignoble individu. Excusez-moi, j'aimerais rentrer au chaud, cette journée a été une des pires de ma vie.

Lisel s'élança d'un pas rapide, malgré sa lassitude. Heinrich osa insister, dans l'espoir de pouvoir lui parler plus longtemps.

— Me permettez-vous de vous raccompagner ? demanda-t-il.

— Je vous remercie, mais ce ne serait pas convenable. Ou alors juste un petit bout de chemin.

— D'accord. Disons jusqu'à la fontaine Schwendi.

Elle approuva d'un signe de tête, mettant ainsi ses principes de côté et cédant au besoin d'avoir un peu de compagnie. Keller poussa son vélo par le guidon, en ayant soin de calquer ses pas sur ceux de la jeune femme.

— Vos doigts vous font-ils encore souffrir ? s'enquit-il.

— C'est supportable, grâce à vous. Je suis au chômage, ça me donnera le temps de guérir. Une couturière doit avoir des mains agiles.

— J'ai l'impression que vous êtes davantage qu'une couturière, si vous dessinez des modèles et que vous les confectionnez.

— Peut-être ! Il y a deux ans, je suis partie pour Paris, pleine de rêves. Mes parents me qualifiaient d'ambitieuse, avec affection cependant. Ils m'aiment et en fait, ils avaient peur pour moi, car je n'étais même pas majeure. Là-bas, j'ai eu une chance folle, une place de petite main chez le célèbre couturier Paul Poiret. Est-ce que vous le connaissez ?

— Le nom me dit quelque chose, admit-il.

— Un génie de la mode ! s'enthousiasma Lisel. Dès mes seize ans, j'admirais ses créations, j'achetais des revues et je découpais les pages, pour les accrocher au mur de ma chambre. Paul Poiret a libéré la femme des corsets, il a raccourci les robes, créé des lignes fluides, élégantes, en utilisant des étoffes d'inspiration étrangère... l'Asie, le Japon, l'Arabie. J'ai travaillé un an dans un de ses ateliers, où on appréciait mes capacités, et puis ma mère est tombée malade, très malade. Mon père m'a prié de revenir à Munster.

— Ah, vous êtes de Munster ? nota Heinrich.

— Mes parents tiennent une boulangerie là-bas, ils ont succédé à mes grands-parents. Une tradition familiale... J'ai pu obtenir cet emploi dans la confection, ici à Colmar, il y a trois mois. Ma mère était rétablie, j'ai repris ma liberté.

Lisel s'arrêta près de la fontaine Schwendi, cernée par de hautes demeures à colombages.

— Séparons-nous ici, monsieur. Je loge à la pension des Bateliers, dans la Petite Venise. Mais vous ne m'avez rien dit sur vous.

— Il n'y a rien de très intéressant à savoir, marmonna-t-il. Mademoiselle, soyez prudente à l'avenir.

— Prudente, mais pourquoi ? s'étonna-t-elle.

— En cas d'incendie, courez dehors, pas à l'étage.

Elle perçut qu'il mentait, ou qu'il refusait de lui confier quelque chose de précis.

— Vous êtes déroutant, monsieur, déplora-t-elle. Je vous dis au revoir.

Subjugué par son regard sombre et sa beauté, Heinrich ne répondit pas. Les cloches de la collégiale Saint-Martin, en sonnant sept coups d'un timbre puissant, le ramenèrent sur terre.

— Je suis en retard ! s'effara-t-il. Nous nous reverrons sans doute.

— Sans doute, répéta-t-elle.

Il était juché sur son vélo, un pied au sol, l'autre sur une pédale, les doigts crispés sur les poignées du guidon.

— Je suis de garde cette nuit à l'hôpital, confia-t-il. J'aurais juste le temps de dîner avec ma femme et mon fils.

Lisel, qui commençait à espérer une autre rencontre, fut ramenée d'un coup à la réalité. Heinrich Keller lui plaisait, mais il lui paraissait soudain d'une moralité douteuse.

— Vous êtes marié, et vous comptiez me revoir, déclara-t-elle d'un ton indigné. Je ne suis pas ce genre de fille.

— Excusez-moi, je ne pensais pas à mal, protesta-t-il.

Heinrich s'en alla, dépité par la rebuffade. Quant à Lisel, une fois dans sa chambre, elle s'enveloppa d'un épais châle de laine, sans parvenir à contenir ses frissons. Chacun de ses rêves s'effondrait, au fil du temps.

2
Le marché de Noël

Colmar, jeudi 18 décembre 1924

Pour la première fois depuis son retour en Alsace, un an plus tôt, Lisel profitait de la joyeuse atmosphère du marché de Noël, installé place de l'Ancienne-Douane. Contrainte au chômage depuis l'incendie, elle avait trouvé une place de vendeuse, pour un pâtissier de la Petite Venise.

Le commerçant disposait d'une baraque en bois, peinte en vert et rose. Du matin au soir, la jeune femme vendait à ses concitoyens des pains d'épices et des sachets de « bredele », ces biscuits en forme d'étoile, confectionnés pendant la période de l'Avent.

Malgré la joyeuse animation du marché, Lisel demeurait sur ses gardes. Au cours du mois qui s'était écoulé, elle avait souvent eu l'impression d'être suivie dans la rue. Et il y avait pire : elle avait reçu des lettres anonymes, contenant des menaces et des insultes.

« Je suis sûre que c'est Karl Landolt qui les envoie, pensa-t-elle en observant chaque passant. Les Weiss n'ont pas porté plainte contre lui, pour l'incendie, mais il a perdu son emploi. »

Ce climat d'insécurité lui pesait. Cependant elle devait se montrer souriante envers la clientèle.

— Merci, mademoiselle, vous êtes charmante, lui dit gentiment une dame d'âge respectable, qu'elle venait de servir.

La précoce nuit de décembre obscurcissait le ciel, mais la place était tout illuminée, grâce à la fée électricité. Dès le crépuscule, des centaines de lampes scintillaient, en jetant des reflets dorés sur les décorations du gigantesque sapin dressé près de la fontaine Schwendi.

« J'ai eu de la chance d'obtenir ce travail, se dit-elle en esquissant un sourire. C'est un enchantement, toutes ces lanternes en verre, ces guirlandes argentées. J'aimerais bien en profiter le cœur léger. »

L'air froid lui apportait des odeurs de vin chaud à la cannelle, de beignets brûlants, ainsi que celles, balsamiques, grisantes, de tous les épicéas coupés, alignés le long de solides cordages.

— Bonsoir, mademoiselle, lui dit-on alors qu'elle arrangeait une corbeille de fruits confits.

Lisel releva la tête et se trouva confrontée à une jeune fille blonde, au minois ravissant sous une cloche en feutrine noire. Son regard bleu exprimait un brin de malice.

— Mais… je vous reconnais, dit-elle. C'est vous qui étiez à une fenêtre, rue Vauban, le jour de l'incendie. Je suis contente de vous revoir. Je peux enfin vous remercier. Sans vous, j'aurais tenté de descendre le long de la façade.

— Et vous vous seriez peut-être brisé le cou ou les jambes, répliqua l'inconnue.

— Oui, c'était de la folie ! Je me présente, Lisel Schmitt.

— Appelez-moi Chris, c'est le diminutif qu'on me donne.

— D'accord ! Je vois que vous avez acheté une couronne de Noël, nota Lisel, en désignant l'élégant assemblage de branches de sapin et de houx, orné de rubans dorés, que portait la dénommée Chris.

— Oui, je l'achète toujours au même marchand, répondit-elle. Excusez-moi, je suis pressée.

La jeune fille eut un sourire charmant, puis elle se fondit dans la foule des badauds. Ravie de l'avoir revue, Lisel resserra un peu son écharpe en laine autour de son cou, car le froid était vif.

Soucieuse de son apparence, elle s'était coiffée de deux nattes relevées au-dessus de son front. Elle avait mis une robe en velours rouge, sous une veste en peau d'agneau retournée. Occupée à ranger de la monnaie dans la caisse, elle sentit pourtant le poids d'un regard insistant. Tout de suite sur le qui-vive, elle scruta la foule qui déambulait sur la place.

Elle aperçut un homme en manteau et chapeau, aux yeux très bleus, aux cheveux d'un blond lunaire qui la fixait.

— Heinrich Keller, chuchota-t-elle, troublée.

Il s'approcha de la baraque, tenant par la main un petit garçon qui devait avoir trois ans.

— Bonsoir, mademoiselle Schmitt, dit-il gaiement.

— Bonsoir, monsieur Keller, répliqua-t-elle avec un sourire.

Rassurée, Lisel se détendit un peu. Elle avait souvent regretté la manière dont elle l'avait éconduit, le soir de l'incendie.

— Je vais vous prendre un pain d'épices aux écorces d'orange, annonça-t-il un peu trop vite, comme s'il craignait une nouvelle rebuffade.

Elle acquiesça en silence, alors que des mots se pressaient à ses lèvres, dans son envie de se justifier. Il la devança.

— J'avais raison, nos chemins se croiseraient encore une fois, murmura-t-il. C'est l'occasion de dissiper un malentendu. Quand j'avais parlé de vous revoir, c'était en toute amitié.

— Après réflexion, je l'ai compris et je m'en voulais d'avoir été désagréable, répondit-elle, soulagée. Oublions ça. C'est votre fils ?

— En effet, je vous présente Jean, que je surnomme parfois Hansel. Là, il boude, car j'ai refusé de lui acheter une toupie.

— Voudrais-tu un bredele à la noisette, Jean ? demanda Lisel de sa voix la plus douce. Je te l'offre !

L'enfant fit non sans desserrer les dents. Heinrich eut un geste fataliste, sans perdre sa bonne humeur.

— Je vous remercie, mademoiselle, dit-il d'un ton aimable. Comment vont vos doigts ?

Il observait d'un air perplexe les gants en cuir fin qu'elle portait.

— Ils sont complètement guéris, sûrement grâce à un coupeur de feu providentiel, plaisanta-t-elle. Et comme j'ai séjourné à Munster, chez mes parents, ma mère a pris soin de moi. Elle me massait avec de l'huile de millepertuis. Je peux coudre à nouveau.

— Et dessiner ?

— Oui, je dessine toujours, des croquis de mode bien sûr, confirma-t-elle en riant. Vous avez de la mémoire.

— Si le sujet m'intéresse, souffla-t-il.

La réponse gêna Lisel. Elle avait des principes et, Heinrich étant marié, elle se refusait la moindre idée contraire à la morale. Cependant elle se sentait irrésistiblement attirée par lui.

— Je suis libre dans dix minutes, déclara-t-elle après avoir jeté un coup d'œil à sa montre. Ensuite M. Zimmerman, pour qui je travaille, me remplacera. Avant de rentrer chez moi, je ferai un tour sur le marché.

— Le traditionnel *Christkindelsmärik*, rectifierait mon père, soit le marché de l'Enfant Christ, qui a remplacé le très ancien *Klausenmärik*, dédié à saint Nicolas, précisa Heinrich.

— Peu importe son nom, au fond, hasarda Lisel. L'essentiel, ce sont les lumières, la gaîté, l'ambiance de fête.

— Je suis de votre avis, seule compte la joie des yeux et celle du cœur. Si vous avez le temps, une fois libre, je peux vous offrir un vin chaud.

— Volontiers, mais dans ce cas, je tiens à donner un bredele à votre petit garçon, même s'il le mange plus tard.

Ils se dévisageaient, heureux de leur complicité. Lisel prit un sachet en papier coloré. Elle allait choisir un biscuit quand Heinrich poussa une exclamation.

— Jean ! Où est-il ?

Son fils avait disparu. Désemparée, la jeune femme se pencha sur l'étal dans l'espoir de distinguer la silhouette de l'enfant parmi les badauds.

— Excusez-moi, Lisel, je dois le chercher, il ne peut pas être bien loin ! J'ai eu le malheur de lâcher sa main.

— Vous devriez retourner du côté où il a vu la toupie, lui cria-t-elle tandis qu'il s'éloignait au pas de course.

Restée seule, elle trépigna d'inquiétude, tout en songeant que dans son affolement, Heinrich Keller l'avait appelée par son prénom. Bientôt, elle crut entendre des appels angoissés, près des marchands de sapins, où vibrait le son « Jean ». M. Zimmerman arriva peu après, en pelisse d'astrakan, une casquette en velours sur son crâne chauve.

— Un gamin s'est perdu, ça se produit chaque année, commenta le pâtissier en entrant dans la baraque. Le père court partout.

— Je sais, et ce monsieur est un de mes amis, précisa Lisel d'un trait. Est-ce que vous avez encore besoin de moi ?

— Non, allez-y, mademoiselle Schmitt, je fermerai le stand.

— Merci, monsieur Zimmerman, à demain matin !

Elle se précipita dans la direction des appels qui ne cessaient plus. Heinrich avait dû alerter les gens qu'il croisait, car une dame encombrée de paniers appelait Jean elle aussi.

— Un petit garçon blond, en manteau gris, avec un bonnet de laine verte, disait le jeune pompier à un couple, lorsque Lisel le rejoignit, le cœur serré.

— Où peut-il être ? demanda-t-elle, tout en effleurant l'épaule d'Heinrich.

Il se retourna, la reconnut. Les traits tendus par l'anxiété, il respirait par saccades.

— Je ne comprends pas, avoua-t-il. L'homme qui vend des jouets ne l'a pas vu, personne ne l'a vu !

— Pauvre bout de chou, déplora Lisel. A-t-il l'habitude de se cacher ?

— Non ! Mon épouse ne me pardonnera jamais s'il a eu un accident, si on nous l'a pris ! Et je me le pardonnerai encore moins.

Heinrich lui lança un regard où elle crut lire une accusation. Tout de suite elle se sentit responsable.

— Je vais vous aider. Moi au moins, je pourrai le reconnaître, affirma-t-elle.

Une intuition inexplicable poussa Lisel à courir jusqu'aux arcades du Koïfhus, le plus ancien bâtiment de Colmar, qui abritait jadis la douane. Il faisait très sombre sous les voûtes qui soutenaient la terrasse de l'édifice.

— Jean ? C'est toi, Jean !

Elle devinait une forme claire, sur sa gauche. En approchant, la silhouette de l'enfant se fit plus nette. C'était bien lui.

— Tu t'es perdu, Jean ? Ton papa est très inquiet, dit-elle en se penchant sur le petit, assis sur un rebord en pierre. Tu n'as pas entendu ? Il t'appelait très fort, pourtant.

— Ze suis fâché avec lui ! Moi, ze veux maman !

— Tu verras ta maman à condition de retourner près de ton papa, répondit Lisel d'un ton conciliant. C'est dangereux de se sauver comme ça, tout seul. Viens, il ne faut pas rester dans le noir. C'est plus joli du côté des illuminations.

Lisel ressentit une tendresse innée, en prenant la main du petit garçon, toujours boudeur.

— Moi aussi j'ai eu peur pour toi, dit-elle.

Jean Keller ne daigna pas répondre. Il trottinait, la mine butée, sans tenter néanmoins de lui échapper. Ils contournaient la fontaine Schwendi quand Lisel constata qu'il commençait à neiger. De légers flocons voltigeaient au gré du vent glacé.

— Nous aurons un Noël tout blanc, annonça-t-elle. Ah, voilà ton papa !

Heinrich les avait reconnus et se ruait vers eux. Il souleva son fils pour le prendre à son cou, en l'embrassant sur le front.

— Vous avez toute ma gratitude, mademoiselle, dit-il d'une voix altérée par l'émotion. Où était-il, ce vilain garçon ?

— Sous les arcades du Koïfhus, fâché contre vous, à l'écouter. Mais appelez-moi Lisel !

— Ce serait trop familier, je crois, décréta-t-il, encore sous le coup de la panique. Je vais rentrer à la maison.

— Je suis désolée, admit-elle. J'ai la triste impression de vous avoir distrait, et que vous me tenez responsable de l'incident.

Keller semblait médusé.

— Je vous en prie, n'imaginez pas ça ! Sans votre aide, je serais encore en train de chercher Jean. Je suis navré également, pour le vin chaud. Demain soir peut-être ?

— Oui, peut-être demain soir, dit-elle à mi-voix.

Le jeune père, son enfant dans les bras, fendit la foule à grandes enjambées et disparut. Lisel patienta un instant, son ravissant visage levé vers le ciel d'où ruisselait à présent une nuée de flocons duveteux.

« J'aurais dû refuser, se reprocha-t-elle. Il est marié et il a un fils. »

Elle se décida enfin à regagner la pension de famille et sa chambre, chauffée grâce à un petit poêle à charbon. Mais quand elle fut sur le quai de la Poissonnerie,

35

tapissé de neige fraîche, un individu surgit du retrait d'une porte et lui barra le passage. C'était Karl Landolt.

Rue Bartholdi, chez les Keller, même soir

Suzelle Keller tressaillit lorsqu'elle entendit la voix de son mari et le babillement de leur fils, dans le vestibule. Allongée sur un sofa, la jeune femme remonta jusqu'à ses épaules la moelleuse couverture en laine angora la protégeant du moindre courant d'air. Elle tendit son visage émacié vers l'entrée du salon.

— Nous sommes sains et saufs malgré la neige, lui dit Heinrich d'un ton jovial. Jean, va vite embrasser maman.

L'enfant traversa la pièce en courant. Son père lui avait ôté manteau et bonnet, mais le petit avait les mains et les joues très froides. Il prit place à côté de sa mère, avant de se jeter à son cou.

— Arrête tout de suite, Jean, tu es glacé ! hurla-t-elle. Tu le fais exprès, Heinrich ! Tu sais combien je suis fragile !

— Ce n'est pas si grave ! Hansel avait hâte de te retrouver.

— Oui, papa m'a perdu, au marché de Noël, et z'ai eu très peur, maman, zozota-t-il.

— Parle correctement, le rabroua-t-elle en le repoussant d'un geste brusque. Et toi, Heinrich, ne l'appelle plus Hansel. Nous sommes français, Jean doit s'exprimer en français, mes parents y tiennent.

— Dans ce cas, appelle-moi Henri, ma chère.

Le couple échangea un regard irrité. Leur employée, Eugénie, vint s'enquérir de l'heure où elle devrait servir le dîner.

— Je ne t'ai pas sonnée, imbécile, lui décocha Suzelle, un rictus d'amertume au coin des lèvres. Fiche le camp.

Accablé par l'humeur bilieuse de sa femme, Heinrich se posta près d'une fenêtre. La rue Bartholdi était réputée pour ses belles demeures à l'architecture de style Art nouveau. Jamais le jeune homme n'aurait pensé habiter dans un immeuble aussi luxueux. Issu d'un milieu modeste, il était d'un naturel gai, simple, et ses vocations d'infirmier et de pompier dataient de l'adolescence.

— Il neige beaucoup, Suzelle, dit-il d'une voix lasse. Je suis de garde cette nuit, j'espère que tu n'auras pas besoin de moi.

— Si tu te souciais de moi, tu ne travaillerais pas. Et puis ma mère a remédié au problème en me payant les services d'une domestique, qui fait aussi office de garde-malade, puisque tu t'obstines à ramener un salaire.

— Oui, j'y tiens, j'aurais honte de vivre à la charge de ta famille, aussi riche soit-elle.

Le petit Jean abandonna le bord du sofa. Il était précoce pour ses trois ans, mais il se complaisait à faire le bébé, dans l'espoir inconscient d'attendrir sa mère. Il était déçu à chaque fois.

— Emmène-le à la cuisine, je te prie, ordonna Suzelle à son mari. Eugénie le fera dîner et le couchera. Si tu savais comme je me sens faible et dolente, c'est de pire en pire. Si seulement je n'avais pas perdu la tête, un soir de bal, il y a trois ans, je ne serais pas handicapée, condamnée à vivre en partie alitée. Et on ne serait pas mariés non plus, tu serais libre, persifla-t-elle.

— Toi aussi, tu serais libre ! Suzelle, ne dis pas ce genre de choses devant notre fils.

— Il ne comprend pas, à son âge, hurla-t-elle.

Jean, bien qu'accoutumé aux récriminations maternelles, s'en effrayait vite. Voulut-il faire diversion ? Il choisit ce moment précis pour parler de Lisel.

— Maman, c'est une jolie dame qui m'a trouvé, au marché. Papa disait qu'ils étaient amis, hein, papa ?

Un silence de mort tomba dans le salon. Heinrich prit son fils par la main et s'empressa de le conduire dans la cuisine.

— Reviens immédiatement, ce que j'ai entendu ne me plaît pas du tout, dit Suzelle, les yeux exorbités par la colère.

Lorsque son mari fut de retour, elle sanglotait, le visage enfoui dans son oreiller. Il observa le mouvement spasmodique de ses épaules menues, la courte masse bouclée de sa chevelure d'un châtain presque blond.

— Suzelle, ne pleure pas ! Tu te fais des idées pour rien. Jean parlait d'une vendeuse du marché qui m'a aidé à le chercher, ainsi qu'un couple, et deux garçons, les fils d'un sellier.

Suzelle se redressa, larmoyante, les joues et le bout du nez rouges. Elle darda sur lui ses prunelles vertes, où il déchiffra le désespoir ordinaire qui la rendait si souvent irascible. Certes, ce n'était plus la jeune fille au sourire malicieux et aux rondeurs charmantes de leur rencontre. Maigre, le teint livide, elle faisait montre d'un caractère difficile et d'une jalousie exacerbée depuis la naissance de Jean.

— Sois raisonnable, ajouta-t-il. Je ne peux pas éviter toutes les autres femmes de la création. J'en vois à l'hôpital, et aussi lors des interventions en tant que pompier. Tu es mon épouse, de quoi as-tu peur ?

Heinrich prit place au bout du sofa et lui tapota les jambes de façon fraternelle.

— Je voudrais tant me rétablir, être vraiment ta femme, comme au début de notre mariage, et même avant..., soupira-t-elle.

— Aie confiance, le médecin qui te suit est encourageant sur ce plan, affirma-t-il. Mais tu ne respectes guère ses prescriptions. Il t'a recommandé de marcher davantage, de te nourrir un peu mieux.

— Je le fais pourtant, avec l'aide d'Eugénie, quand tu n'es pas là. Juste pour ne pas lire de la pitié dans tes yeux, lui assena-t-elle.

— Tu n'inspires pas la pitié, trancha-t-il en se levant, agacé. Le seul dont j'ai pitié ici, c'est notre enfant. Tu ne lui donnes pas ce qu'il est en droit de recevoir de sa mère. Je t'en prie, change d'attitude, il en souffre.

— Moi aussi je souffre, rétorqua-t-elle. Laisse-moi en paix.

La naissance de Jean avait été une épreuve épouvantable. Suzelle aurait dû en mourir, et le bébé également. Un miracle s'était produit, selon le corps médical, car la mère et l'enfant avaient survécu, mais le prix à payer était élevé. Emmenée d'urgence à l'hôpital, la jeune femme avait subi une lourde opération. Désormais stérile, elle était restée infirme dans son organisme féminin et sa chair intime. Depuis, elle accordait peu d'intérêt à leur fils et refusait toute relation sexuelle à son mari.

— C'est trop douloureux, je t'assure, se plaignait-elle. Je ne peux plus, ça me répugne et ça me fait très mal.

Heinrich s'était résigné. Depuis trois ans, ils vivaient dans la chasteté, au rythme des querelles qui les opposaient, le plus souvent provoquées par Suzelle.

Ce soir-là encore, se disant très fatiguée, elle mangea à peine.

— Je voudrais mourir, murmura-t-elle quand il s'habilla afin de partir à l'hôpital, assurer la garde de nuit.

— Ne dis pas de sottises, répliqua Heinrich.

Il quitta la rue Bartholdi sur son vélo, chaudement vêtu. Ses roues striaient la couche de neige, déjà épaisse. La ville semblait figée par le froid. Heinrich ne put s'empêcher d'évoquer le visage de Lisel Schmitt, son sourire, sa bouche d'un rose délicat, ses yeux noirs. Il se vit baisant cette bouche, fermant ces yeux sombres sous ses lèvres.

Un des internes l'accueillit dans le hall de l'hôpital, qui abritait des siècles auparavant l'ordre des franciscains.

— Rien à signaler, docteur Roth ? interrogea Heinrich. Je n'ai pas entendu de sirène d'ambulance, de chez moi.

— Pourtant nous avons admis deux patients. Un vieillard qui a fait une chute sur le verglas. Il s'est cassé le col du fémur. Vous le surveillerez et vous lui ferez une piqûre analgésique à minuit. Dans l'aile des femmes, nous avons admis une jeune fille victime d'une agression. Un ivrogne s'en est pris à elle, il lui a donné un mauvais coup à la tête. Je l'ai confiée à Mme Lemaire, qui est de garde. À propos, la patiente semble vous connaître, elle était très choquée, mais elle a cité votre nom, en arrivant.

— C'est possible, il peut s'agir d'une amie de mon épouse. Vous avez son identité, docteur ?

— Lisel Schmitt.

— Vous en êtes certain ?

— Tout à fait. Je fais mes visites au rez-de-chaussée, à plus tard, Keller.

Heinrich s'appuya au mur le plus proche, furieux. On avait osé s'en prendre à Lisel, sûrement quand elle rentrait seule du marché de Noël.

— Quelle ordure! enragea-t-il entre ses dents. Si je tenais ce salaud, je lui ferais passer l'envie de recommencer.

Il respira plusieurs fois à fond. Redevenu maître de lui, il alla dans le vestiaire enfiler sa blouse blanche. Il s'imagina courant au chevet de Lisel, mais elle était hospitalisée dans l'aile réservée aux femmes.

« J'irai tout à l'heure, sœur Geneviève m'apprécie, décida-t-il. Elle me laissera lui parler, si je prétends que c'est une parente. »

Une telle démarche pouvait lui valoir un blâme, ou tout du moins une remarque déplaisante, pourtant il la tenta, après s'être acquitté de différentes tâches.

L'infirmière de nuit, comme il l'avait présumé, lui accorda une brève visite à sa patiente. Du haut de ses soixante-deux ans, la religieuse faisait entièrement confiance à Heinrich.

Il poussa la porte entrebâillée de la chambre 12. Tout de suite il aperçut Lisel, dans le lit le plus proche de la fenêtre. Les deux autres couches étaient occupées par des vieilles femmes qui dormaient, leurs mains décharnées croisées sur la poitrine.

Lisel ouvrit les yeux, alertée par le bruit de pas sur le lino. Elle avait somnolé une vingtaine de minutes, et une fois réveillée, elle avait revu chaque minute de son agression, dont les images, les sons, les sensations, la torturaient. En voyant approcher Heinrich, elle remonta le drap sur son visage.

— Comment vous sentez-vous ? s'enquit-il tout bas, consterné par les ecchymoses de son cou et la plaie suturée sur sa pommette gauche.

— Qu'est-ce que vous faites ici ? s'insurgea-t-elle. Vous n'avez pas le droit, il me semble.

— Chut, par pitié, j'ai dit que vous étiez ma cousine !

Stupéfaite, Lisel rabaissa le drap et le considéra avec douceur. Elle était touchée par son initiative, presque contre sa volonté.

— Je suis défigurée, gémit-elle. Partez !

— Non, vous êtes toujours très jolie, chuchota-t-il. Qui vous a frappé, je dois le savoir ! Vous le connaissiez ?

— Karl Landolt, l'ancien commis du magasin, celui qui a mis le feu par accident. Il a voulu se venger.

— Pourquoi ?

— Je n'ai pas envie d'en parler.

— Dites-le-moi, c'est important, Lisel, insista-t-il. Ce n'est pas de la curiosité, mais de l'intérêt pour vous. En toute amitié !

La pénombre les isolait. Ils se croyaient loin de tout, hors de l'immense hôpital où résonnaient de temps à autre des plaintes déchirantes. Lisel hésita puis elle céda. D'une voix ténue, elle exposa les faits exacts ayant causé l'incendie du magasin. Elle avoua aussi qu'elle se sentait surveillée, et qu'on lui envoyait des lettres anonymes.

— De vrais torchons, où on me menaçait du pire. Et ce soir, Landolt m'attendait. J'ignore s'il était ivre, mais il m'a insultée, malmenée, et comme je me défendais, il m'a frappée. Dieu merci, des voisins m'ont secourue.

Lisel étouffa un sanglot. Heinrich se pencha et lui prit la main.

— Je vous en prie, arrêtez, dit-elle en contenant ses larmes. Il ne faut pas.

— C'est un simple geste de compassion. J'ai souvent tenu la main des agonisants et des enfants blessés. Lisel, je suis désolé pour vous. Ce type doit aller en prison.

— Il s'est enfui, les gendarmes ne le trouveront pas. J'ai peur qu'il recommence. Pendant qu'il me secouait, il me répétait que je paierais pour les autres ! Je ne comprends pas.

— Vous tremblez, reposez-vous un peu. Ici vous ne risquez rien, dit doucement Heinrich. Je dois vous laisser.

Lisel ferma les yeux, apaisée. Il eut la certitude qu'un lien fragile s'était créé entre eux.

La Petite Venise, pension de famille des Bateliers,
dimanche 21 décembre 1924

Sofia et Lisel partageaient une brioche tressée, parfumée aux grains d'anis, autour d'une théière brûlante. Le petit poêle à bois ronronnait, sa lucarne teintée d'un rouge incandescent.

— Je n'aurais jamais pensé Karl Landolt capable de s'en prendre à vous, soupira Sofia. Vous avez dû avoir très peur.

Elle venait d'entendre le récit succinct de Lisel, à qui elle avait rendu visite, logeant elle aussi dans l'établissement.

— J'ai toujours peur, Sofia, autant vous le dire. Il doit se cacher quelque part, les gendarmes ne l'ont pas retrouvé.

— Fermez-vous bien à clef, le soir.

— J'y veille, assura Lisel. Ne vous inquiétez pas, avec la triste figure que j'ai, je ne peux plus tenir la baraque de M. Zimmerman, au marché de Noël, alors je pars demain chez mes parents.

— Vous êtes quand même belle.

Lisel se parait d'un halo prestigieux aux yeux de Sofia, qui l'admirait depuis le premier jour où elle avait travaillé sous ses ordres.

— Merci, mais je ne suis pas de votre avis. Enfin, je bénis les voisins qui ont volé à mon secours. Je leur rapporterai des pains d'épices, ma mère les réussit à merveille.

Sofia hocha la tête, en contemplant ostensiblement le décor agréable de la pièce, du petit arbre de Noël, dressé près de la fenêtre, aux longues tentures plissées, d'un vert sombre, qui dissimulait l'alcôve où était placé le lit, drapé d'un bel édredon en satin brodé.

— Vous avez du goût, vraiment, dit-elle. Et ça fait joli, ces images encadrées, sur les murs.

— Ce sont des dessins d'Hansi[1], un artiste alsacien que j'apprécie beaucoup. Vous devez le connaître ?

— Je crois, on m'en a parlé à l'école.

— Sans doute. Pour ma part, ma mère me montrait ses affiches et ses cartes postales quand j'avais à peine dix ans. Sofia, je vous remercie d'être là, d'avoir pris de mes nouvelles. Je n'ai guère le moral.

— Nous sommes sur le même palier, et des collègues d'atelier. Mes parents se tracassent parce que je n'ai plus de travail. On se demande quand Mme Weiss pourra ouvrir le magasin. Il y a de gros dégâts.

— Je pense que ce sera fermé jusqu'au printemps. En attendant, je compte faire des travaux de couture à domicile, j'ai mis une annonce dans la salle du rez-de-chaussée et à l'épicerie.

Trois coups énergiques frappés à la porte les firent sursauter. Lisel eut tout de suite une expression inquiète. Elle se leva et demanda qui était là.

---

1. Surnom de Jean-Jacques Waltz (1873-1951) qui a son musée à Colmar.

— Conrad Weiss, répondit-on. Ne craignez rien, mademoiselle Schmitt.

Elle le fit entrer. L'homme, d'une cinquantaine d'années, avait la face sanguine, des yeux bruns derrière ses lunettes. Toujours élégant, il ôta son chapeau et salua.

— Asseyez-vous, monsieur ! Voulez-vous du thé ? proposa Lisel, très surprise de recevoir l'époux de sa patronne.

— Non, je vous remercie, je suis venu en coup de vent, comme on dit. Voilà, j'ai vu vos croquis, mademoiselle Schmitt, et vous avez beaucoup de talent. Ce serait dommage de ne pas l'utiliser à bon escient. J'ai donc une offre à vous faire.

— Je vous écoute, monsieur.

— J'aimerais que vous dessiniez pour moi des modèles de chapeaux, destinés aux dames, bien sûr. La mode est aux cloches, une coiffure peu seyante à mon humble avis. Soyez originale, créez une gamme irrésistible pour l'été. Je vous fournirai le nécessaire pour les prototypes, quand j'aurai choisi parmi vos croquis. Vous n'êtes pas modiste[1] de formation, je le sais, mais je suis certain que vous réussirez ! Si la collection a du succès, je ferai confectionner les modèles dans mon atelier.

Un peu essoufflé, le regard plein d'espoir, Conrad Weiss fixait Lisel comme si sa réponse déciderait de son destin.

— Mme Weiss sera-t-elle d'accord ? hasarda-t-elle. Je ne l'ai pas revue depuis l'incendie, mais il me semble qu'elle n'a pas l'intention de me reprendre à l'atelier, après les travaux.

— Vous faites erreur, Erna ne se privera pas d'une première main comme vous, excellente couturière et capable de réaliser des toilettes magnifiques. Et pour l'instant, tout cela reste entre vous et moi ! Acceptez-vous ?

---

1. La modiste conçoit des chapeaux

— Volontiers, monsieur ! s'enthousiasma Lisel. Je me sens capable de satisfaire vos attentes.

— Formidable ! Je repasserai après le Nouvel An, afin de voir vos premiers dessins. Je retourne vite à la chapellerie, les rues sont glissantes avec la neige.

Sur ces mots, il posa une enveloppe sur la table et remit son chapeau.

— C'est une avance ! Joyeuses fêtes, mesdemoiselles.

Lisel le remercia, sidérée. Dès qu'elle fut seule avec Sofia, elle entrouvrit l'enveloppe.

— Il y a une grosse somme ! s'émerveilla-t-elle.

— La chance vous sourit, Lisel !

— À vous aussi, Sofia. J'aurai besoin d'aide lorsque j'en serai à monter les chapeaux. Par chance, j'ai assisté une modiste, chez Paul Poiret. Vous n'êtes plus au chômage, je vous engage pour me seconder. Soyez prête le 2 janvier.

La jeune ouvrière bondit de sa chaise et étreignit les mains de Lisel.

— Merci, merci ! Par la Madone, j'ai bien fait de vous rendre visite aujourd'hui.

Elles échangèrent un grand sourire. Jamais le thé n'avait paru aussi bon à Lisel, charmée par l'aubaine et surtout par la gaîté de Sofia. La jolie petite brune exultait, en se confiant de sa voix chantante.

— Mes parents habitent Mulhouse. Papa travaille dans les mines de potasse, maman garde des enfants. L'argent est rare.

— Vous parlez bien français, Sofia, je vous félicite.

— J'ai appris à l'école, mais on se moquait de mon accent.

La conversation dura jusqu'à la tombée de la nuit. Sofia s'en alla bien à regret.

« Je suis incorrigible, se reprocha Lisel, une fois seule. Quand on a frappé, j'ai espéré découvrir Heinrich dans le couloir. Pour une fois qu'un homme me plaît vraiment, il est marié. »

Le constat la désolait, d'autant plus qu'elle trichait encore. Heinrich Keller avait éveillé une véritable tempête amoureuse dans son cœur et son âme. Elle se souvint, bouleversée, du fluide étrange qui avait circulé entre leurs doigts, pendant un bref et simple contact.

— Je ne dois pas le revoir, déclara-t-elle tout bas, le nez à la vitre de sa fenêtre.

Il neigeait encore. Les réverbères du quai faisaient briller des nuées de flocons. Une barque passait sur les eaux sombres de la Lauch, tandis que le clocher de la collégiale Saint-Martin sonnait 19 heures.

— Et si je le revois, je serai froide, hautaine, se promit Lisel. Aussi froide que la neige…

3

Heinrich Keller

Rue Bartholdi, chez les Keller, même soir, même heure

Suzelle était assise à la table ovale de la salle à manger, dans un confortable fauteuil garni de coussins. Chaque dimanche soir, ses parents venaient dîner, et à cette occasion, elle faisait des efforts de coquetterie.

— Où est monsieur, Eugénie ?

— Votre mari lit une histoire à Jean pour l'endormir, Madame.

Eugénie disposait l'argenterie autour du service en porcelaine. En employée de maison consciencieuse, elle vérifia l'ordonnance du couvert, assez satisfaite du pliage des serviettes.

— Quelle sotte tu fais ! s'écria soudain Suzelle. Enlève ces branches de houx du vase, quelqu'un pourrait se piquer.

— Tout de suite, Madame, je pensais que c'était joli, comme Noël approche.

— Est-ce que je t'ai demandé de penser ? Fais attention, je te mets dehors à la prochaine bévue de ce genre ! s'égosilla Suzelle. Je n'aurai aucun mal à dénicher une bonne plus futée que toi. Et ne traîne pas ici, ta place est en cuisine.

Heinrich accourut, attiré par les cris de son épouse. Cette fois, il donna son opinion, submergé par la colère.

— J'ai tout entendu, dit-il. Eugénie, laissez le houx, moi ça me plaît, et mes beaux-parents ne se piqueront pas, puisque vous nous servez. Pour ma part, je suis content de votre travail, alors vous resterez chez nous. Suzelle, c'est vraiment pénible, Jean s'assoupissait, tu l'as réveillé. Baisse d'un ton, comme tu le feras dès que ta mère et ton père seront là, à te cajoler et à te plaindre.

Suffoquée par le coup d'éclat de son mari, Suzelle céda à la fureur. Elle tapa sur la table de ses poings noués.

— Tu oses me critiquer devant notre domestique, Heinrich ! Quel manque d'éducation, déplora-t-elle, les narines pincées. Tes origines paysannes remontent à la surface.

— Tais-toi, ça suffit ! La richesse ne fait pas l'honnêteté, l'argent peut même mener au crime !

— Comme si je ne le savais pas, je lis les journaux autant que toi, se rebiffa-t-elle, une lueur de défiance au fond de ses yeux verts. Quelle mouche te pique, à débiter des banalités, juste avant de recevoir maman et papa ?

— Je voudrais juste que tu te décides à me répondre au sujet de Karl Landolt, mais tu fais semblant de ne pas comprendre. Pourtant je suis sûr de t'avoir déjà entendu parler de ce type, au début de notre relation !

Eugénie s'était réfugiée dans la cuisine, où elle tremblait de nervosité, certaine d'être congédiée le lendemain. Elle essuyait quelques larmes de dépit, quand des pleurs d'enfant l'alarmèrent.

« Ce pauvre petit Jean sanglote, il appelle son papa, se dit-elle. Je ferais mieux d'aller le consoler, sinon Madame hurlera plus fort. »

Elle voyait juste. Dans la salle à manger, la scène de ménage prenait de l'ampleur.

— Jean pleure, clamait Suzelle. Tu n'es même pas capable de coucher ton fils, Heinrich. De quoi es-tu capable, en fait ? Tu n'es bon qu'à me tourmenter, à m'accuser de je ne sais quoi ! Pourquoi est-ce que tu t'intéresses à Karl Landolt, tout à coup ? Si j'en ai parlé un jour, c'était peut-être parce qu'il travaillait dans une des brasseries de papa ! Tu m'agaces, Heinrich ! Fiche-moi la paix ! Tu as brisé ma jeunesse, ça ne te suffit pas ?

— D'accord, je te crois, pour Landolt. Mais un mot de plus sur ta jeunesse brisée et je m'en vais, menaça-t-il.

— C'est ça, pars, tu en rêves ! Grimpe sur ton maudit vélo et abandonne-moi comme toujours. Un homme digne de ce nom conduirait une voiture, toi tu n'en veux pas. Si tu acceptais l'offre de papa, nous en aurions une, et tu pourrais m'emmener à la campagne, l'été.

— Eh bien, faisons un marché, Suzelle. C'est d'accord pour la voiture, si tu cesses de tourmenter Hansel, de l'effrayer avec tes cris, tes gestes brusques.

— Jean, pas Hansel !

— Mon grand-père se prénommait Hansel, je tiens à honorer sa mémoire, rétorqua Heinrich.

Radoucie à la perspective de pouvoir sortir en automobile, sa femme fit une concession.

— Quand tu es seul avec lui, fais à ton idée, mais à la maison, en ma présence, appelle-le Jean.

Le tintement métallique de la sonnerie empêcha Heinrich de répondre. Il alla ouvrir à Simone et Franz Frischer qu'il accueillit d'un air méprisant. Durant deux ou trois heures, il devrait jouer les maris dévoués, supporter des discours politiques ponctués de commérages sur la bourgeoisie de Colmar.

L'image de Lisel Schmitt traversa son esprit, telle qu'il l'avait vue sur la place de l'Ancienne-Douane, couronnée de ses nattes d'un roux sombre, avec ses grands yeux noirs. Puis il la revit couchée dans son lit d'hôpital, le visage marqué par les coups de Karl Landolt. Une immense amertume lui broya le cœur.

Munster, chez les Schmitt,
jeudi 25 décembre 1924

Le déjeuner de Noël s'achevait. Lisel, assise en face de ses parents, déplorait en secret l'absence de son oncle, de son épouse et de leurs deux filles. Le couple avait décliné l'invitation, à cause d'une récente querelle familiale.

— Alors, tu veux vraiment repartir aujourd'hui, Lisel ? déplora sa mère. Qu'est-ce que tu as de si important à faire, un jour de Noël, à Colmar ? Tu devrais rester ici, où tu es en sécurité.

Martha Schmitt aimait tendrement sa fille, dont la volonté d'indépendance lui avait causé de sourdes inquiétudes, ces deux dernières années.

— Oui, cet homme court toujours, qui sait s'il ne s'en prendra pas encore à toi, renchérit Ernst, son père. Si ce n'était pas la période des fêtes, je t'accompagnerais et je le retrouverais, moi, ce salaud. Mais si je fermais boutique en ce moment, je perdrais gros.

Lisel avait dû raconter l'agression dont elle avait été victime, sans oser révéler les menaces étranges proférées par Landolt. Ses parents, ulcérés, s'étaient par la suite répandus en lamentations et en regrets.

— Nous avons eu tort de te permettre d'aller travailler à Paris, tu es revenue pleine d'idées farfelues, se désolait Martha.

— Tu devrais être mariée à un honnête garçon et vivre ici, près de nous, serinait Ernst. J'en connais un qui t'attend toujours. Vous ne manqueriez de rien.

Leurs doléances avaient eu comme résultat d'assombrir encore l'humeur de Lisel, elle qui espérait ressentir les joies toutes simples de son enfance, en cette période de fête. Si elle ne souffrait plus physiquement, elle ne parvenait pas à oublier les coups reçus, ni les menaces incompréhensibles proférées par Karl Landolt. Il s'ajoutait à cette hantise le souvenir radieux qu'elle gardait d'Heinrich Keller.

Maintenant, l'esprit en pleine confusion, elle avait hâte de quitter sa maison natale, pour se cloîtrer dans sa chambre de la pension des Bateliers.

— Pardonne-moi, maman, et toi aussi, papa, répondit-elle après un long silence, mais j'ai une commande à terminer pour le 31 décembre. L'épouse du pâtissier pour lequel j'ai travaillé ce mois-ci voudrait sa robe pour la veille du réveillon. Ces gens, les Zimmerman, sont vraiment gentils.

— On ne peut pas t'obliger pas à rester, trancha son père. Et puis tu ne t'amuses guère avec nous. Seulement, on va se faire du mauvais sang, à cause de cet homme.

Lisel hésitait. Elle grignota une tranche de pain d'épices, avant de boire une gorgée de bière.

— Papa, maman, cet homme, Landolt, vous êtes sûrs que vous ne le connaissez pas ? osa-t-elle enfin demander. Je vous ai caché une chose. Il me frappait en criant que je devais payer pour les autres ! Mais quels autres, et pourquoi moi ?

— Bah, s'il était ivre, il disait n'importe quoi, bougonna Martha. Sans doute qu'il te tient responsable de tous ses ennuis. Il n'a pas d'emploi et il ne peut plus coucher avec ta patronne. Ils sont peut-être de mèche, ces deux-là. Je t'avais prévenue, ma fille, cette Mme Weiss ne vaut pas mieux que son amant.

Soudain à bout de patience, Lisel repoussa sa chaise et se leva. Elle avait juste le temps de boucler sa valise.

— Maman, je t'en prie, n'en parlons plus. Je téléphonerai à la gendarmerie demain, le brigadier paraissait déterminé à arrêter Karl Landolt. J'aurai des nouvelles. Surtout ne vous inquiétez pas pour moi. Je suis heureuse quand je suis plongée dans mes tissus, ou quand je dessine.

— Si seulement tu n'étais pas aussi originale, lui reprocha sa mère avec un sourire résigné.

— Je suis contente de l'être, plaisanta Lisel. Grâce à mon côté original, Conrad Weiss me confie la création d'une collection de chapeaux d'été pour dames. Je vais lui proposer des croquis à la pointe de la mode.

Ernst Schmitt, issu d'une lignée de boulangers, fronça les sourcils. Il dévisagea Lisel de la façon exacte dont la dévisageait Martha. Le couple semblait s'interroger sur les hasards de l'hérédité, ou sur les malices du destin.

— J'ai l'impression d'être un coq, marié à une poule, et que de notre union est né, non pas un poussin ordinaire, mais un oiseau rare, d'une espèce étrangère à notre vallée.

Le coucou suspendu au-dessus du manteau de la cheminée fit entendre quatre sifflements mélodieux, au rythme des sorties d'un petit oiseau en bois, finement sculpté. L'horloge, véritable pièce de musée, datait du siècle précédent et les Schmitt y tenaient beaucoup.

— Mon train part dans trente minutes, murmura Lisel. Je vous écrirai très bientôt.

— Eh bien, prépare-toi, tu es là depuis lundi, on en a profité. Tu as même tenu la boutique, et les ventes ont été bonnes, commenta son père. Hé, ça me rappelait le bon temps, quand tu servais les clients avant d'aller à l'école, pour m'aider.

Lisel approuva d'un signe de tête. Elle avait eu une enfance heureuse. La famille Schmitt n'avait jamais manqué de rien, même pendant la terrible guerre qui s'était achevée, grâce à la victoire de la France, par la libération de l'Alsace et de la Lorraine.

Une heure plus tard, Lisel, en manteau de laine, une cloche beige sur ses cheveux dénoués, se tenait accoudée dans le couloir d'un wagon. Elle contemplait sa vallée natale, les monts blancs de neige. Ses parents l'avaient beaucoup embrassée, en lui faisant maintes recommandations.

« Ils doivent être tristes, songea-t-elle. Pourtant je respire enfin à mon aise. Je me sentais oppressée, j'ignore pourquoi. Au moins, ma commande sera prête pour le 30. Je ne veux pas décevoir Mme Zimmerman qui m'a fourni le velours... J'ai déjà coupé les pièces d'après le patron, mais il y a de nombreuses finitions. »

Perdue dans ses pensées, Lisel se laissait bercer par le roulis du train sur les rails. Bientôt elle eut froid et se mit en quête d'un compartiment. Ils étaient le plus souvent inoccupés et au moment où elle ouvrait une des portes vitrées, une silhouette féminine éveilla sa curiosité.

— Mais c'est Chris...

La jeune fille, assise dans le sens de la marche, près de la fenêtre, l'accueillit d'un sourire rêveur.

— Bonsoir, Lisel.

— Bonsoir ! Quelle coïncidence !

— Ce sont des choses qui arrivent, lorsqu'on vit dans la même région, répondit Chris.

— Je peux m'installer ici, ou avez-vous envie de solitude ? s'enquit Lisel.

— Vous ne me dérangez pas. Le trajet est court, il n'y a plus qu'une quinzaine de kilomètres à présent. Nous arriverons dans une demi-heure si les voies ne sont pas encombrées par la neige.

Lisel prit place en face de Chris. Elle n'osait pas l'interroger, ayant l'habitude, dans son métier, d'être discrète. Cependant, elle fut prise d'une subite envie de se confier.

— J'étais chez mes parents. Je crains de les avoir déçus en repartant si vite. Ils n'étaient que tous les deux, à cause d'une nouvelle brouille stupide entre mon père et mon oncle. Papa se fâche facilement. J'ai été privée de mes cousines. En fait, c'était un Noël décevant.

— Êtes-vous fille unique ? s'intéressa Chris.

— Non, j'ai deux grands frères, l'un a émigré aux États-Unis, où il voudrait lancer un commerce, l'autre s'est marié avec une jeune Bavaroise et il a repris l'élevage de vaches laitières de ses beaux-parents. Bien entendu, papa ne veut plus le voir, parce qu'il est tombé amoureux d'une Allemande. C'est idiot. Moi j'ai promis de leur rendre visite durant l'été. Comment peut-on espérer avoir la paix sur Terre, si au sein d'une famille, il y a de continuelles guéguerres !

Chris demeura silencieuse, sans quitter Lisel de ses yeux clairs.

— Maman avait quand même préparé un repas très copieux pour nous trois, ajouta celle-ci. J'ai dû manger pour les absents, la flammekueche, les bretzels, suivi du traditionnel baeckeoffe et d'un gâteau. Excusez-moi, je suis trop bavarde.

Lisel était sincère. Elle craignait d'avoir fait étalage de toutes les bonnes choses cuisinées par sa mère, alors que Chris n'avait peut-être pas les moyens de manger à sa faim.

— Papa m'a donné des chaussons aux pommes, en voulez-vous un ? lui proposa-t-elle.

— Non, je vous remercie.

Elles se turent environ dix minutes, chacune comme fascinée par le paysage qui défilait derrière la vitre. La nuit précoce de décembre bleuissait le ciel lourd de nuages.

— En fait, je rentre pour travailler sur une commande. Je suis couturière, expliqua Lisel, en espérant relancer la conversation.

— Je m'en doutais, puisque vous étiez au premier étage du magasin de confection, le mois dernier. L'incendie était vraiment effrayant, aussi dès que je vous ai vue en sécurité sur l'échelle, j'ai refermé la fenêtre.

— Ainsi vous logez rue Vauban ? Moi je loue une chambre dans une pension de famille, quai de la Poissonnerie.

— Non, je n'habite pas rue Vauban, mais plus près de chez vous, dans la Petite Venise.

— Dans ce cas, il faudra me rendre visite, suggéra Lisel, charmée par l'air sérieux et la voix douce de Chris.

— J'essaierai, vous êtes gentille.

Cette réponse évasive parut suffire à la jeune couturière qui regarda sa montre.

— Nous approchons de Colmar, précisa-t-elle. Je suis contente de vous avoir revue.

— Moi aussi, Lisel.

— Je ne vous ai pas importunée au moins ? Car un peu plus et je m'apprêtais à me plaindre de l'attitude de ma mère.

— Eh bien, dites-le ! Qu'a-t-elle fait de si grave ?

— Chaque fois que je suis à Munster, maman me parle mariage ! Elle estime que j'ai l'âge idéal pour convoler et je sais avec qui. Quand j'avais dix-sept ans, un garçon me faisait la cour, le fils d'un couple de fermiers de montagne. Ils ont une exploitation sur les hauteurs, ce sont des marcaires, vous savez, ceux qui fabriquent notre fromage local, le fameux munster.

— Et ce garçon ne vous plaît plus ?

— Il est honnête, d'un physique agréable, mais il n'a jamais fait battre mon cœur. Je n'ai pas envie de me marier. Mon rêve, c'est de créer des modèles de robes, de corsages, avoir une boutique en ville. La couture, c'est mon domaine.

— Il faut atteindre ses rêves, Lisel, vous y arriverez sans doute.

— Merci, je veux y croire.

Le train ralentissait, tandis que le silence s'instaurait de nouveau entre les jeunes femmes. En gare de Colmar, le quai était pratiquement désert. Lisel descendit la première, sa petite valise à la main. Chris n'avait pas de bagage.

— Je vous dis au revoir, je ne rentre pas tout de suite chez moi, expliqua-t-elle avec un sourire paisible.

— D'accord, au revoir.

Lisel la regarda s'éloigner, très mince dans son manteau noir cintré à la taille, coiffée d'une cloche en feutrine sur ses cheveux blonds, coupés aux épaules.

« J'ai dû l'ennuyer à bavarder autant », se reprocha-t-elle.

Il lui apparut évident que Chris, de son côté, évitait de livrer le moindre détail sur son existence. Dotée d'une imagination fertile, Lisel chercha à deviner qui elle était et ce qu'elle faisait, mais elle renonça très vite.

« C'est simplement une jeune personne réservée, et elle en a le droit, conclut-elle en marchant le long des rues. Je dois être en manque d'amitié. »

Il neigeait sur la ville où les réverbères allumés se paraient d'un halo jaune, pailleté par la danse des flocons. De certaines maisons s'élevaient des éclats de voix, des rires d'enfant. Lisel, qui d'ordinaire aimait tant le crissement de ses pas dans la neige, n'y prêtait plus attention. Elle était de nouveau en alerte, à l'écoute du moindre bruit insolite. En apercevant un homme au coin d'une rue, son cœur manqua un battement, mais ce n'était pas Karl Landolt.

— Je deviens folle, se dit-elle.

Elle éprouvait un besoin viscéral de retrouver l'abri de sa chambre. Il lui faudrait faire du feu dans le poêle, se préparer du thé bien chaud.

« Je me coucherai et je commencerai à bâtir la robe dans mon lit, se promit-elle. Il y aura sûrement de la musique, si quelques clients dînent dans la salle. »

Les propriétaires de la pension de famille avaient acheté un piano mécanique. L'instrument, colossal, dispensait des airs à la mode et des classiques, grâce à des feuillets perforés que l'on introduisait à l'intérieur.

— Je suis presque arrivée, se rassura-t-elle en traversant une place.

Les hautes maisons à colombage, construites parfois deux siècles auparavant, se dressaient vers le ciel noir. Des bougies brûlaient sur l'appui des fenêtres, au creux de pots en verre colorés. Les portes s'ornaient de couronnes en branchage, enrubannées de satin rouge.

— Bonsoir, mademoiselle, joyeux Noël ! lui crièrent trois adolescents qui s'amusaient à glisser sur une plaque de verglas.

— Joyeux Noël, répliqua-t-elle sans conviction.

Parvenue sur le quai de la Poissonnerie, un vélo la dépassa. L'homme freina deux mètres plus loin et s'arrêta. Le cœur de Lisel s'emballa. C'était Heinrich Keller.

— Bonsoir, dit-il, l'air embarrassé comme s'il était en faute. Ne vous fâchez pas, mais je vous cherchais.

— Bonsoir, répliqua-t-elle machinalement. Je reviens de la gare, j'étais à Munster.

Heinrich cala son vélo contre un mur et s'approcha. Lisel lut une immense détresse dans ses yeux.

— Pourquoi êtes-vous aussi malheureux ? demanda-t-elle sans réfléchir.

— Le destin, la malchance ! Mon mariage est une terrible erreur, et je suis encore plus malheureux depuis que je vous connais.

— Taisez-vous, par pitié ! s'écria-t-elle.

Elle s'écarta de lui, mais il la rattrapa et posa la main sur son poignet, d'un geste spontané. Lisel sentit un léger fourmillement, assorti d'une onde de chaleur. Ce phénomène, très furtif, la perturba.

— Soyez gentil, laissez-moi tranquille, dit-elle.

— Excusez-moi d'insister, mais j'ai peur pour vous, avoua-t-il.

Le cœur de Lisel cognait fort dans sa poitrine. Sa hâte de quitter Munster, son besoin de rentrer à Colmar étaient liés à l'envie lancinante de revoir Heinrich, d'avoir une infime chance de le croiser de temps en temps.

— Pouvons-nous discuter un peu ? implora-t-il.

— Quelques minutes seulement, si nous marchons, car je suis transie.

— Donnez-moi votre valise, dans ce cas.

— Elle est légère.

— Peut-être, mais j'y tiens, insista-t-il.

Ils avancèrent prudemment, les pavés étant verglacés sous la neige, tous deux attentifs aux clapotis de la Lauch dont les eaux battaient les vieilles pierres du quai.

— Je voudrais que vous compreniez, déclara Heinrich. Notre destin tient à un fil, parfois. J'ai rencontré Suzelle, ma femme, il y a quatre ans. Je venais d'intégrer la brigade des sapeurs-pompiers et j'ai fait sa connaissance au cours d'une intervention anodine, chez une de ses amies, ce que j'ai su plus tard.

— Qu'appelez-vous une intervention anodine ?

— Ne vous moquez pas, il s'agissait d'un pauvre chien tombé dans un puits. Suzelle et son amie nous ont sollicités, car elles le voyaient s'épuiser à nager. J'ai sauvé le chien, ces jeunes filles, jolies et rieuses, m'ont remercié, ainsi que mon coéquipier. J'ignore comment et pourquoi je les ai revues devant la caserne, un matin. Suzelle notamment faisait de son mieux pour me plaire. Je l'ai invitée au bal du premier de l'An, organisé par les pompiers. Dès que j'ai évoqué la condition très modeste de mes parents, elle m'a menti, en se prétendant fille d'un épicier. Ce soir-là, j'ai trop bu, elle aussi. Nous nous sommes retrouvés dans ma chambre, vous devinez la suite. La semaine suivante, elle est revenue. Je l'appréciais, mais je la soupçonnais d'appartenir à une famille riche, ce qu'elle niait. Quand deux mois plus tard, elle m'a annoncé qu'elle était enceinte, je n'ai pas hésité une seconde, je tenais à l'épouser, pour réparer mes torts. Et là, j'ai dû affronter mes futurs beaux-parents, surtout M. Frischer, propriétaire et directeur de deux grandes fabriques de bière. Je vous éviterai les discours virulents, haineux que j'ai subis, comme si j'étais le dernier des coureurs de dot. Suzelle disait m'aimer, elle a eu gain de cause, nous nous sommes mariés au début du printemps, et Jean est né en septembre.

— Vous auriez pu former un couple heureux, avança Lisel.

— Il manquait l'amour, confessa-t-il. J'avais été un caprice de plus pour Suzelle, rien d'autre. La naissance de notre fils a été le point d'orgue de notre mésentente. Ma femme en est restée quasiment infirme.

— Je suis sincèrement navrée pour vous. Cependant le fait est là, vous devez vous consacrer à votre famille.

— Croyez-moi, je fais de gros efforts, pour mon petit Jean. Je l'adore.

Lisel approuva avec un sourire résigné. Malgré les sentiments qu'il lui inspirait, elle se devait de repousser Heinrich.

— Rentrez chez vous maintenant, et ne cherchez plus à me revoir, dit-elle d'une voix altérée par l'émotion.

— Bien sûr, en plus vous tremblez, le froid empire. Merci de m'avoir écouté, Lisel. Je n'ai jamais parlé à personne de tout cela, mais je tenais à ce que vous sachiez la vérité. Hélas, il y a autre chose.

— Quoi donc ?

— Lisel, savez-vous depuis quand Karl Landolt travaille pour Mme Weiss ?

— Elle l'a engagé une quinzaine de jours après moi. Où voulez-vous en venir, Heinrich ?

C'était la première fois que Lisel l'appelait par son prénom. Il en ressentit une bouffée de joie.

— J'ai interrogé Suzelle sur cet homme. Elle affirme ne pas se souvenir de lui, tout en prétendant qu'il aurait peut-être été employé par mon beau-père. Mais elle est bien capable de me mentir. Je vais me renseigner. J'ai l'intuition qu'on vous veut encore du mal, et je voudrais veiller sur vous.

Totalement désorientée par ce qu'elle venait d'entendre, Lisel ne sut que répondre.

— Je me sens perdue, finit-elle par murmurer. Il faut m'aider, Heinrich.

Ils échangèrent un regard intense, vibrant de l'éveil d'une passion contenue. Vite, comme affolée, Lisel reprit sa valise et après un discret signe d'au revoir, elle s'en alla. Heinrich la vit entrer dans le hall de la pension des Bateliers.

« Si seulement je vous avais rencontrée plus tôt, Lisel, songea-t-il. Si seulement… »

La Petite Venise, pension de famille des Bateliers,
lundi 29 décembre 1924

Lisel vérifiait chaque finition de la robe de bal que lui avait commandée Mme Zimmerman. La toilette était étalée sur son lit, prête pour l'ultime essayage.

— Je pense que c'est parfait, dit-elle à mi-voix. Ce velours de soie est une merveille.

Elle regarda la pendulette posée au coin de la table. Disposant d'une vingtaine de minutes avant l'arrivée de sa cliente, Lisel se mit à dessiner. Elle avait en tête un modèle de robe de mariée destinée à la nièce de sa logeuse. Penchée sur une grande feuille de papier, ses crayons de couleur à portée de main, elle en traça l'esquisse, un léger sourire sur les lèvres, mais son visage redevint vite sérieux.

« Je devrai annoncer un prix décourageant, si je maintiens le bustier en fausses perles et la couronne en fleurs de nacre, déplora-t-elle. Il faut quelque chose de plus simple, ces gens ne roulent pas sur l'or. »

On tambourina soudain à sa porte. Elle sursauta, tout de suite alarmée.

— Qui est-ce ?

La poignée fut secouée, puis une enveloppe apparut, au ras du plancher. Lisel se leva d'un bond, exaspérée, certaine qu'il s'agissait d'une nouvelle lettre anonyme. Au lieu de la ramasser, elle tourna la clef et ouvrit en grand. Le palier était vide, mais elle eut le temps d'apercevoir une silhouette masculine qui dévalait l'escalier.

— Sale lâche ! hurla-t-elle, furieuse.

Elle s'enferma à nouveau, tout en jetant un coup d'œil dédaigneux sur l'enveloppe en kraft bleu. Enfin, d'un geste vif elle s'en empara, avec l'intention de la brûler sans lire le contenu, mais s'arrêta au dernier moment.

— Non, le brigadier m'a conseillé de les garder, sinon je n'aurai aucune preuve.

Lisel avait fait l'erreur de détruire les courriers reçus à la fin du mois de novembre et courant décembre. Elle décacheta la lettre, en se promettant de la confier aux gendarmes le plus rapidement possible. Le texte, composé avec des mots découpés dans les gros titres des journaux, lui arracha un cri de révolte.

— Non ! Qu'est-ce que ça signifie ? « Le nom des Schmitt de Munster sera traîné dans la boue et le sang. Tu paieras la première. »

Elle lut et relut le sinistre message, dont la teneur ne variait guère des précédents. Tout cela était incompréhensible. La jeune femme était perdue, et elle sentit une peur toute légitime l'envahir.

Une voix flûtée s'éleva alors derrière la porte, sur laquelle on avait toqué deux coups discrets. Lisel, encore choquée, se plaqua contre le battant.

— Qui est là ? interrogea-t-elle. Madame Zimmerman ?

— Non, c'est Sofia !

Le retour anticipé de la jeune Italienne parut providentiel à Lisel qui s'empressa de l'accueillir.

— Sofia, que je suis contente. Je ne vous attendais pas avant le 2 janvier.

— Je m'ennuyais à Mulhouse, alors je suis revenue. Comme ça, on peut commencer à travailler sur la collection de chapeaux ! Mais est-ce que vous allez bien ? Vous êtes toute pâle.

— On me cherche des ennuis, Sofia, sûrement Karl Landolt. Tenez, lisez ça, je n'ai pas osé vous en parler avant Noël, mais j'ai déjà reçu ce genre de messages, qu'on glisse sous ma porte ou que la logeuse me monte.

Le teint mat de Sofia se colora sous l'effet de l'indignation.

— Vous avez raison, ce doit être un sale coup de cet affreux bonhomme ! Pourvu que les gendarmes l'arrêtent, sinon vous allez tomber malade.

— Non, je tiendrai bon. Sofia, Mme Zimmerman va arriver d'une minute à l'autre. Je dois faire bonne figure. Regardez sa robe de bal.

Pendant quelques instants, il fut uniquement question du velours de soie vert, des dentelles du col, de l'écharpe rehaussée de tulle arachnéen aux reflets dorés.

— Votre cliente sera enchantée ! s'extasia Sofia.

— La voilà ! Toujours ponctuelle.

L'épouse du pâtissier, à peine entrée dans la pièce, considéra Lisel d'un air méfiant.

— Je prends ma robe et je m'en vais, mademoiselle Schmitt, décréta-t-elle d'une voix sèche. Je suis de parole, donc je vous paierai, mais si j'avais su ce que vous êtes vraiment, je serais allée chez ma couturière habituelle.

— À quoi faites-vous allusion, madame Zimmerman ? s'étonna Lisel, mortifiée.

— Ne jouez pas les innocentes, on m'a renseignée sur votre compte.

Sofia écoutait en se tordant les mains. Devant la mine affolée de Lisel, elle tenta de sauver la situation.

— Bonjour, madame, dit-elle. Je seconde Mlle Schmitt, qui a beaucoup de commandes. Pendant que j'emballe votre jolie toilette de bal, vous pourriez boire un café.

— Sûrement pas ! rétorqua Mme Zimmerman, outrée.

Tout se brouillait dans l'esprit de Lisel. Les mots venimeux des lettres anonymes menaient une ronde folle, tandis qu'elle revoyait le faciès grimaçant de Karl Landolt, occupé à la frapper. Puis elle se souvint des avertissements de sa mère, de ceux d'Heinrich.

— Madame, emportez votre robe, ne la payez pas, c'est inutile si vous croyez les calomnies qu'on a dû vous raconter. J'ai ma conscience pour moi.

Impressionnée par le calme de Lisel, son expression sereine, où affleurait néanmoins un réel chagrin, sa cliente restait figée sur place.

— En fait, on m'a envoyé une lettre, avoua-t-elle enfin.

— Quelle sorte de lettre ? demanda la jeune femme. Peut-être ce genre de torchon ? Je viens de recevoir ça, je vous en prie, prenez-en connaissance !

Mme Zimmerman s'exécuta, gênée, car elle commençait à douter. D'un geste hésitant, elle rendit la feuille à Lisel pour sortir une enveloppe de son sac.

— Ce doit être la même personne, concéda-t-elle. Un corbeau.

Lisel découvrit que l'auteur de la lettre l'accusait de prostitution et affirmait qu'elle avait été battue par son souteneur, récemment. On conseillait aussi à Mme Zimmerman de prévenir son entourage.

— Comment avez-vous pu croire de telles saletés, madame ? Votre mari est-il au courant ?

— Non, pas encore, je lui aurais dit ce soir, je n'en ferai rien. Je suis désolée, mademoiselle. Vous aviez l'air honnête, mais on ne sait jamais… Quand même, si ça continue, votre réputation en souffrira.

Sofia, la mine réprobatrice, lui présenta le paquet contenant la robe. L'épouse du pâtissier s'empressa de tendre la somme convenue à Lisel.

— Gardez votre argent, je n'en ai pas besoin, puisque je vends mes charmes au coin des rues. Je vous offre votre toilette du réveillon, si elle ne vous dégoûte pas trop.

— Allons, ne vous vexez pas, chose promise chose due. La robe est très belle. Le soir du 31, je parlerai de vous à mes amies.

— En bien ou en mal ?

Au bord des larmes, car elle n'était pas méchante, Mme Zimmerman posa les billets sur la table. Son paquet sur le bras, elle prit littéralement la fuite.

— Votre cliente n'a même pas essayé sa robe, nota Sofia.

— Si des retouches sont nécessaires, elle ira chez sa couturière habituelle, et à l'avenir également, conclut

Lisel. Voulez-vous m'accompagner, Sofia ? Je vais tout de suite à la gendarmerie, j'ai deux lettres à remettre au brigadier.

— Par la Madone, vous ne devez pas montrer celle où on vous accuse du pire !

— Si, ce sont d'odieuses calomnies et j'en ai assez de trembler. Grâce aux empreintes digitales, je saurai peut-être qui me veut autant de mal.

4
Jalousies et perfidies

Colmar, rue Bartholdi, mercredi 31 décembre 1924

Suzelle Keller resta couchée jusqu'à midi. Eugénie lui avait apporté un plateau à 9 heures précises, où étaient disposés d'alléchantes brioches faites maison, une cafetière et un pichet de lait, ainsi qu'une tasse en porcelaine de Saxe, la préférée de l'irascible jeune femme. La domestique, soucieuse de conserver son emploi, redoublait de prévenances.

Ce jour-là, Heinrich était en congé. Il rendit visite à son épouse, un journal à la main.

— Un article t'intéressera sûrement, Suzelle, annonça-t-il en souriant. Karl Landolt a été arrêté hier soir. Il était temps, l'ancien contremaître de ton père avait causé assez de dégâts.

— En quoi ça m'intéresserait, Heinrich ? Je te le répète, ce nom ne me disait rien. Je n'ai jamais eu la curiosité d'étudier la liste des employés de papa. Je ne sais même pas de quels dégâts tu parles.

— Lis ce qui est écrit en page 2, Suzelle.

— Non, j'ai la migraine.

— Comme chaque fois que tu évites le sujet. Je peux te dire ce qu'il en est. Landolt a d'abord provoqué un incendie qui aurait pu causer la mort de cinq personnes, dont Mme Weiss, une amie de pensionnat de ta mère. Ensuite, non inquiété par la police, il s'en est pris à une jeune femme, au point de l'envoyer à l'hôpital. Pour finir, il a joué les corbeaux, envoyant des lettres anonymes, sur lesquelles il a eu la bêtise de laisser ses empreintes digitales.

Suzelle haussa les épaules avant de bâiller ostensiblement, comme si les paroles de son mari l'ennuyaient.

— Si tu veux mon avis, marmonna-t-elle, cet homme est un fieffé imbécile. Qu'il croupisse en prison, c'est le dernier de mes soucis.

Heinrich ne fut pas dupe de l'apparente indifférence de son épouse. Elle ne l'avait pas regardé dans les yeux, et les ailes de son nez frémissaient de nervosité. Il jeta le quotidien sur le lit et quitta la chambre. Au fond, une seule chose lui importait, Lisel ne serait plus menacée durant les mois à venir.

Pourtant, le mystère demeurait, pareil à un poison invisible qui rôdait dans leur appartement, au sein de sa belle-famille.

Colmar, chapellerie Weiss, environ trois mois plus tard, vendredi 10 avril 1925

Les deux vendeurs de la chapellerie, assistés par un commis, avaient verrouillé la double porte du magasin une heure avant la fermeture. Ils tendaient à présent des toiles derrière les vitrines, pour dissimuler aux passants la mise en place des têtes féminines en plâtre que leur patron avait achetées. C'était une idée de Lisel, qui en avait vu à Paris. Elle y tenait afin de mieux mettre en valeur les chapeaux qu'elle avait créés.

— Nous devons miser sur l'effet de surprise, précisa-t-elle à Conrad Weiss.

— Les ventes auront intérêt à être bonnes, insinua-t-il en jetant un coup d'œil inquiet à la jeune femme.

— Elles le seront, monsieur, dit-elle d'un ton persuasif. Les dames de la ville vont être conquises. Mes capelines feront beaucoup d'effet, sur ces jolis visages !

Joignant le geste à la parole, Lisel souleva d'un air ravi une des têtes, au cou gracieux surplombant le départ des épaules.

— Je le souhaite, Lisel, soupira-t-il. J'aimerais donner tort à mon épouse. Elle répète que je cours à ma perte, par votre faute.

En longue blouse grise, un foulard sur ses cheveux, Lisel esquissa un sourire. Erna Weiss n'avait toujours pas rouvert sa boutique, dont les travaux s'éternisaient, la commerçante ayant profité du dédommagement versé par l'assurance pour changer toute la décoration.

— Je suis navrée de vous avoir causé des ennuis, monsieur, ajouta-t-elle. Cet hiver, vous m'aviez pourtant affirmé que votre femme était d'accord, à propos de cette collection de chapeaux.

— Vous n'êtes pas à blâmer, Lisel, c'est ma faute. J'ai mené à bien ce projet en tenant Erna dans l'ignorance jusqu'au mois dernier. J'en paie le prix ! Mon épouse ne décolère pas.

Sofia faillit pouffer, devant la mine dépitée du chapelier. Elle avait secondé Lisel avec efficacité depuis le premier de l'An, et elle attendait elle aussi son temps de gloire, quand les clientes afflueraient.

— Dépêchons-nous, déclara Weiss. La vitrine réservée aux dames doit être prête ce soir. Nous ôterons les toiles demain matin.

Sofia déballa précautionneusement les cinq autres bustes, qui avaient été commandés à un fabricant de Paris.

— Deux brunes et trois blondes ! claironna-t-elle.

— Et une rousse, celle que je tiens, annonça Lisel, amusée. Je lui mettrai le chapeau de cérémonie, le plus beau.

Conrad Weiss et ses employés purent assister à l'aménagement de la vitrine. Ils admirèrent en silence la large pièce de soie verte tapissant le sol, les bouquets de fleurs en tulle que Sofia disposait ici et là.

« Pourvu que mes créations aient du succès, pensait Lisel. Ce serait un premier pas vers mon rêve. Je reprends espoir, Karl Landolt purge sa peine, et j'ai revu Heinrich trois fois, dans le parc du Champ-de-Mars, en tout bien tout honneur. »

Le chapelier l'avait largement rémunérée. L'argent était en sûreté à la banque, mais elle comptait gagner encore davantage pour louer un pas-de-porte. Sofia partageait désormais son projet, se voyant déjà première main à son tour d'un modeste atelier de confection.

— Seigneur, mon épouse ! jeta tout à coup Weiss entre ses dents. Elle devait pourtant emmener nos fils chez mes parents. Elle a fait vite, sûrement pour venir semer la pagaille ici !

Lisel sentit son cœur se serrer. Son ancienne patronne pouvait critiquer ses chapeaux devant tous pour l'humilier. Elle s'exhorta à garder son calme.

— N'ayez pas peur, Lisel, la patronne sera épatée par vos capelines, chuchota Sofia.

La jeune Italienne appelait toujours Erna Weiss ainsi, comme si elle était encore son employée.

— Même si c'est le cas, elle prétendra le contraire, Sofia.

Erna Weiss fit son entrée par l'arrière du magasin. Sa silhouette potelée, perchée sur des talons hauts, lui conférait une stature imposante.

— Qu'est-ce qui se passe ici ? clama-t-elle d'une voix aigre.

— Tu le sais parfaitement, Erna, répliqua son époux. Je t'ai dit à midi que Lisel et Sofia s'occuperaient de la vitrine en fin de journée.

— On pourrait supposer autre chose, avec les tentures que tu as mises ! Des messieurs soucieux de s'isoler dans la pénombre en bonne compagnie, lui lança-t-elle, furibonde. Tu prends le risque de traîner notre nom dans la boue.

— Ne sois pas ridicule ! s'offusqua Weiss. Tu te donnes en spectacle sans raison valable.

D'un signe explicite, il congédia ses vendeurs qui s'éclipsèrent en saluant bien bas, mais Sofia remarqua leur expression moqueuse.

— Je fais preuve de logique et de méfiance, mon cher ami, rétorqua Erna sèchement. Mlle Schmitt te manipule à sa guise, et crois-moi, elle sait y faire. Je ne suis pas dupe, elle veut notre ruine. Quelle idée de fermer ton magasin une heure plus tôt ! J'ai croisé l'adjoint du maire, il avait l'intention de venir ce soir s'acheter un panama ! Une vente de perdue, Conrad !

— Si tu dis vrai, il reviendra demain, rétorqua-t-il.

— Je vous en prie, madame, ne nous insultez pas, Sofia et moi ! s'insurgea Lisel. Vous m'accusez à tort, comme le jour de l'incendie. Je ne manipule personne et j'ai travaillé dur pour cette collection de chapeaux.

Une moue méprisante sur ses lèvres fardées, Erna Weiss avisa les têtes féminines en plâtre. Deux d'entre elles étaient coiffées de ravissantes capelines à larges bords souples, ornées de fleurs en soie et de plumes.

— Comme si nos présentoirs en fer forgé ne suffisaient pas ! s'exclama-t-elle. Qui voudra de ces horreurs, Conrad, alors que la mode est de porter des cloches, été comme hiver.

— J'y ai pensé, madame, trois de mes modèles respectent la mode actuelle, précisa Lisel. Votre époux désirait en proposer aussi à ses clientes. Regardez celle-ci !

Elle sortit d'un carton rond une ravissante cloche en toile fine, d'un bleu pastel, agrémenté d'un bouquet d'iris en satin, maintenu par un ruban bleu nuit. C'était sobre, simple, mais d'une élégance évidente.

Médusée, Erna Weiss ne trouva rien à redire. Elle haussa les épaules et tourna les talons. Son mari poussa un gros soupir.

— Vous avez gagné la première manche de la bataille, Lisel, conclut-il avec bonhomie. Pour ma part, vos créations m'ont donné toute satisfaction.

— Je vous remercie, monsieur, j'en suis contente. Nous allons terminer la décoration de la vitrine, Sofia et moi. Si vous voulez regagner votre appartement...

— Rien ne presse, répliqua-t-il en lui adressant un clin d'œil.

Deux heures plus tard, Sofia et Lisel marchaient le long de la Lauch, sur le quai de la Poissonnerie. L'air était doux, printanier. Les jeunes femmes observèrent le vol d'un couple de mésanges, avant d'entrer dans la pension de famille où elles logeaient.

— Vos chapeaux se vendront, ne craignez rien, affirma Sofia. Je suis vannée, je monte et je me couche, tant pis pour le repas du soir.

— Je vais faire comme vous ! L'attitude de Mme Weiss m'a coupé l'appétit. Dieu merci, son époux est beaucoup plus aimable, et il apprécie les nouveautés.

Sofia étouffa un bâillement du dos de la main.

— Allez vite vous reposer, lui conseilla Lisel. Demain matin, nous prendrons le petit déjeuner ensemble, il me reste de la brioche.

— Merci, et bonne nuit.

Lisel ne la suivit pas dans le vestibule. Un sentiment confus la retenait dehors. Elle leva le nez et contempla le ciel presque mauve, parcouru de nuages cotonneux, d'un rose lumineux, sur lesquels jouaient les derniers rayons du couchant.

« Quelles couleurs sublimes, se disait-elle. Si l'on pouvait fabriquer une étoffe aussi chatoyante, pour une robe de bal ! »

Elle recula et revint au bord de la rivière qui traversait la Petite Venise et lui conférait tant de charme. Soudain elle pensa à Heinrich, dont la discrète amitié lui était précieuse.

— C'est très bien ainsi, murmura-t-elle, assise sur le muret du quai, qui était désert, les habitants du quartier étant en train de dîner.

Un bruit de pas l'alerta. Une fine silhouette s'approchait, au clair visage et aux cheveux blonds.

— Chris ! s'écria-t-elle.

— Bonsoir, Lisel !

— Aviez-vous quitté Colmar ? La dernière fois que nous nous sommes croisées, c'était en février.

— Je vais là où on m'offre du travail, répondit la jeune fille. Et vous ? Cette collection de chapeaux ?

— Je l'ai terminée hier, lui confia Lisel. Je viens de les mettre en vitrine à la chapellerie Weiss. Si vous vous promenez de ce côté demain, vous pourrez les voir. Il faudra me donner votre avis, en toute franchise.

— J'irai, bien sûr.

— J'en suis enchantée, mais il paraît que nous sommes voisines, et vous n'êtes pas encore venue boire un thé chez moi.

— Vous aviez un difficile ouvrage à mener à bien, je craignais de vous déranger. Je suis très occupée moi aussi. Puis-je vous demander de vos nouvelles ?

Les traits délicats de Chris et sa voix mélodieuse ravissaient Lisel qui lui adressa un grand sourire.

— Je vais bien, les ennuis que je vous ai confiés lors de notre dernière rencontre sont loin derrière moi. J'ai passé d'excellents moments, en jouant les modistes.

— Cependant vous devez avoir hâte de créer de nouvelles toilettes pour la saison d'été, est-ce que je me trompe ?

— Pas du tout, on dirait que vous lisez dans mes pensées ! Si vous le souhaitez, je pourrai vous faire une jolie robe, avec du tissu que j'ai en trop. Ce sera un cadeau.

La jeune fille eut un rire argentin, tout en refusant d'un geste véhément.

— Je vous remercie, Lisel, vous êtes très généreuse, mais je n'ai besoin de rien. Je dois vous laisser. Au revoir.

— Au revoir.

Chris s'éloigna de sa démarche légère, tandis que Lisel la suivait des yeux, un peu déçue de la croiser si rarement. Elle aurait voulu s'en faire une amie, même si Sofia lui tenait souvent compagnie le soir.

« Ce serait différent avec Chris, songea-t-elle. Au fond, je ne sais rien d'elle, mais je suis certaine qu'elle est instruite et d'une nature très douce. »

Colmar, samedi 11 avril 1925

Suzelle et Heinrich disposaient désormais d'une voiture, une De Dion-Bouton noire et décapotable. Chaque samedi, une promenade était organisée, soit en ville, soit à la campagne, ce qui réjouissait beaucoup le petit Jean, quand sa mère l'autorisait à les accompagner.

Ces sorties étaient néanmoins la cause de vives querelles, le couple n'étant jamais d'accord sur la destination. Bien sûr, Suzelle finissait toujours par avoir gain de cause. Peu à peu, Heinrich renonçait à proposer des idées, comme ce samedi ensoleillé.

— Où souhaites-tu te promener aujourd'hui ? lui demanda-t-il, posté à la fenêtre du salon.

Allongée sur le sofa, sa tête nichée au creux d'un cousin, son épouse répondit immédiatement, de façon catégorique.

— Nous partons vers 15 heures. Eugénie gardera Jean, qui nous gênerait. Je veux flâner place de la Cathédrale, admirer les vitrines des magasins, maintenant que je marche mieux. Je souffre vraiment moins, grâce à ce nouveau docteur, peut-être que je finirai par guérir tout à fait.

— Tu es en bonne voie, j'en suis content.

— Hypocrite ! Tu comptes me quitter dès que je serai rétablie, c'est ça la vérité. Ne te fais pas d'idées, même si je pouvais courir et danser, je ne divorcerais pas.

— J'ai compris, trancha-t-il. Une chose me gêne, pourquoi ne pas emmener Jean ? Nous irons au parc du Champ-de-Mars, une buvette sert des goûters.

— Non, Jean ne viendra pas. Et puis il s'ennuierait. Ce matin, j'ai lu un encart publicitaire, en dernière page du journal. La chapellerie Weiss expose des modèles de chapeaux d'été, cloches et capelines créées par une parfaite inconnue, Lisel Schmitt. J'ai envie de m'offrir une capeline, pour faire sensation au mois de juin, quand maman et moi nous irons prendre les eaux à Niederbronn-les-Bains.

Entendre énoncer le nom de la jeune femme dont il était désespérément amoureux avait troublé Heinrich. Il revint à l'attaque, après trois mois passés sans importuner Suzelle.

— Lisel Schmitt est-elle réellement une parfaite inconnue pour toi ? interrogea-t-il d'un ton acerbe.

— Je devrais la connaître ?

— Il me semble, en effet. Je vous ai entendues parler d'elle, ta mère et toi, il y a une semaine.

— Tu écoutes aux portes comme un domestique ?

— Rien d'étonnant, j'en deviens un ! Je suis à tes ordres dès que je rentre ici, et je fais office de chauffeur. Il me manque juste l'uniforme.

Une expression amusée conféra à Suzelle, durant quelques minutes, un regain de séduction. Heinrich songea qu'elle était toujours jolie, malgré sa maigreur maladive et le pli dur de sa bouche.

— Eh bien, oui, maman bavardait. Lisel Schmitt était première main dans l'atelier de couture de son amie, Erna Weiss. Quand j'ai dit que c'était une parfaite inconnue, je faisais allusion au domaine de la mode, Heinrich, car ce ne serait pas l'ouvrière que tu as évacuée par la grande échelle ? Eugénie garde tous les journaux, il était fait mention de ce sauvetage, je pourrais vérifier. J'en déduis que tu connais mieux que moi cette jeune personne.

Heinrich s'évertua au calme, soucieux de ne pas se trahir. Ce fut d'un ton désinvolte qu'il lança un « oui » indifférent.

— En effet, c'était elle.

— Je sais tout, lui assena Suzelle, qui avait repris un air dur. Et c'est pour cette raison que tu vas m'emmener à la chapellerie Weiss.

La Petite Venise, pension de famille des Bateliers,
même jour

Lisel, qui ne fermait plus sa porte à clef la journée, sursauta lorsque Sofia entra en trombe sans même avoir frappé. Elle agitait un journal plié en quatre.

— Excusez-moi, Lisel, mais c'est grave ! haleta-t-elle, le souffle court, les joues rouges.

— Qu'est-ce qui se passe ? Vous me faites peur !

Sofia lui remit le quotidien en déclarant d'un ton tragique :

— M. Weiss vous a trahie, Lisel ! J'en pleurerais.

— Comment ça ?

— Il avait publié une réclame, ce matin, avec votre nom ! Il conviait les dames à découvrir la collection de chapeaux de Lisel Schmitt. Moi, j'étais toute fière quand j'ai lu l'annonce, alors tout à l'heure, je n'ai pas résisté, je suis allée admirer la vitrine de la chapellerie et là… là…

Un sanglot sec, vibrant d'indignation, coupa la parole de Sofia. Lisel l'observait, perplexe.

— Expliquez-moi, dit-elle enfin gentiment.

— Eh bien, des gens contemplaient vos modèles, surtout qu'ils étaient vraiment en valeur sur les têtes en plâtre, mais derrière la vitre, il y avait une pancarte, avec écrit dessus : « Créations Erna Weiss. » Et c'était très lisible, je vous assure.

— Quoi ? C'est impossible !

— Je n'ai pas eu la berlue, Lisel. On vous a joué un sale tour.

— Mais j'ai signé un contrat, dans lequel il est écrit que mon nom figurerait en évidence dans la chapellerie ! Mon but était de me faire connaître.

Très pâle, Lisel repoussa sa chaise et bondit sur ses pieds.

— Je ne peux pas accepter ça, je vais parler à M. Weiss. Il a dû céder aux exigences de son épouse.

— Cette sale bonne femme exagère. Je suis soulagée que ce ne soit plus ma patronne. Vous devez lui rabattre son caquet. Faites-vous très chic, recommanda Sofia. Si vous mettiez votre tailleur en flanelle bleu indigo, celui que vous avez confectionné le mois dernier ?

— Pourquoi pas ? Je comptais l'étrenner dimanche, pour Pâques, avec mon corsage en soie jaune. Mes parents comptent sur moi. Tant pis, je vais le porter aujourd'hui.

Elle ouvrit sa penderie pour décrocher le cintre sur lequel était disposé le fameux tailleur, une toilette printanière, aux lignes fluides. La jupe droite frôlait les chevilles, la veste, souple, descendait sur les hanches. Le col pouvait s'enrouler autour du cou, en guise d'écharpe.

— Si je vous coiffais, proposa Sofia ? Je relève vos cheveux en chignon plat, on croira qu'ils sont courts. Vous serez à la mode.

— D'accord, répondit celle-ci, qui hésitait toujours à sacrifier ses cheveux longs. Je mettrai ma cloche en popeline jaune.

Une dizaine de mètres avant d'atteindre la chapellerie, Lisel s'arrêta. Elle était venue vérifier de ses propres yeux la traîtrise de Conrad Weiss, cependant au moment d'être confrontée à l'évidence, l'angoisse la terrassa.

— Sofia, s'il y a des clients dans le magasin, je serai bien en peine d'exiger des explications ou des excuses, dit-elle tout bas. Je n'ai aucun intérêt à contrarier M. Weiss. J'ai été payée et même bien payée.

— Moi aussi, vous m'avez payée, Lisel. Nous avons travaillé pendant trois mois, mais les compliments seront pour Mme Weiss, et ça, c'est injuste.

Lisel approuva en silence. Elle avança d'un pas ferme et alla se poster devant la première vitrine, réservée à ses créations. La pancarte trompeuse était là, calée contre un des bustes en plâtre, sur le chatoiement du satin vert. Outrée, elle aperçut Erna Weiss en grande conversation avec une jeune femme, qui portait une de ses capelines, ornées de roses en soie et d'une ganse en fils dorés.

— Je crois qu'une vente se conclut, chuchota-t-elle à l'oreille de Sofia. Seigneur...

— Qu'est-ce qu'il y a ?

— Rien, enfin ce n'est rien d'important.

Bouleversée, Lisel scrutait la haute silhouette de l'homme debout à côté de la cliente. Heinrich Keller semblait prêter attention au discours de Mme Weiss, qui, moulée dans un fourreau noir, un turban à plumes encadrant sa face ronde, gesticulait et minaudait.

— Nous ferions mieux de patienter, Sofia. On ne peut pas entrer maintenant.

— Si vous le dites ! Mais ce beau gars, le mari de la cliente, c'est le pompier qui vous soignait les doigts, le jour de l'incendie.

— Oui, justement, je serais gênée de récriminer devant lui. Autant nous éloigner un peu. Je vais vous offrir un café, Sofia.

Elles firent quelques pas vers l'angle du magasin, dont la devanture donnait aussi rue Morel, à l'instant où Conrad Weiss déboula au pas de course, de la porte latérale. Il poussa une exclamation navrée, sous le regard noir de Lisel.

— Je suis confus, tellement confus, balbutia-t-il. Je n'ai pas eu le choix, croyez-moi. Erna m'a fait une scène terrible, hier soir. Le service à vaisselle de ma mère fracassé, assiette par assiette, ainsi qu'un beau vase que nous avions reçu en cadeau de mariage. Nos fils ont assisté à ce triste spectacle, les pauvres enfants !

— Vous auriez dû venir chez moi ce matin, m'avertir de cette mascarade ! se récria-t-elle. Je me sens humiliée, dupée.

— Pardonnez-moi, Lisel, insista-t-il. Erna avait des arguments qui m'ont paru judicieux. Elle m'a expliqué que vous êtes une inconnue pour nos clients, et que les ventes pourraient en pâtir. Mon épouse, elle, jouit d'une solide renommée, grâce à son magasin de confection. Ne gâchez pas vos chances en faisant un scandale !

— Je n'en ai pas l'intention, monsieur ! Quant à mes chances, elles sont sérieusement compromises.

Malgré sa profonde déception et sa colère, Lisel n'avait qu'une idée, fuir Heinrich et sa femme. Mais le jeune homme l'avait aperçue à travers la vitrine et ne la quittait pas des yeux. Un peu surpris par son élégance et sa coiffure, il la contemplait discrètement, tout en perdant le fil des paroles sirupeuses de Mme Weiss.

— Vous avez bien choisi, disait-elle à Suzelle Keller. Ce modèle met en valeur votre teint de pêche. Je vous conseille d'ajouter un voile de mousseline, dès qu'il fera soleil. Et mon mari vous accorde une ristourne. Pensez donc, votre père est un de ses meilleurs clients.

— C'est entendu. Je reviendrai la semaine prochaine avec ma mère, répondit celle-ci. Maman ne résistera pas à ces merveilles ! Je vous félicite, Erna, vous avez un goût exquis.

— Puis-je vous poser une question, madame ? dit soudain Heinrich. Le journal de ce matin citait comme créatrice de ces chapeaux une certaine Lisel Schmitt, mais j'ai lu votre nom sur une pancarte, avant d'entrer. S'agit-il d'une erreur ?

— Tout à fait, monsieur, trancha Erna Weiss. Une erreur du quotidien, que mon mari et moi nous n'avons pas pu faire corriger en temps voulu. Lisel Schmitt m'a secondée, elle était employée dans mon atelier de couture. Mais elle serait incapable de mener à bien une collection de cette qualité.

— Je vous félicite encore ! s'extasia Suzelle. Comptez sur ma mère et moi, Erna. J'ai bien réfléchi, je vous prends aussi la cloche bleue, avec les iris en soie.

— Très bon choix. Si vous le souhaitez, un vendeur peut livrer vos achats à domicile.

— C'est inutile, nous sommes en voiture ! Mais...

Suzelle Keller venait de regarder à l'extérieur, sur la place ensoleillée. Elle fixait Lisel en tailleur bleu indigo, dont la veste entrebâillée révélait l'éclat d'une soie jaune, assortie à la ravissante cloche qui coiffait ses cheveux d'un roux sombre.

— Heinrich, il me faudrait la même toilette. En plus, la cloche que j'ai choisie serait tout à fait assortie.

Muet d'embarras et en proie à une sourde colère, il observait Conrad Weiss, qui retenait Lisel par le coude, dans son besoin de se faire pardonner, en prenant Sofia à témoin. Toutes deux l'écoutaient leur promettre un dédommagement financier et des commandes pour l'automne.

Erna regardait elle aussi Lisel Schmitt, mais d'un air anxieux.

— Ma chère Erna, rendez-moi service, je vous en prie, susurra Suzelle avec perfidie. Demandez à cette jeune femme en tailleur bleu où elle s'est procuré sa toilette. On la dirait assortie à la cloche aux iris. N'est-ce pas, Heinrich ?

— Je n'en sais rien, Suzelle. La démarche serait inconvenante, à mon avis, rétorqua-t-il.

Joseph, un des vendeurs, s'en mêla, révolté par la lâcheté de son patron.

— Je peux vous renseigner, madame, dit-il. C'est Mlle Lisel Schmitt, en compagnie de mon patron, M. Weiss. Je suis sûr qu'elle a dessiné et réalisé le modèle qui vous plaît tant.

— Ne racontez pas de sottises, Joseph ! s'insurgea Erna. Taisez-vous, sinon vous serez renvoyé !

— Je n'ai pas été engagé par vous, madame, mais par votre mari, répliqua-t-il, goguenard. Et je n'ai commis aucune faute.

— Mais taisez-vous donc, Joseph !

Suzelle jubilait, animée d'une audace à toute épreuve. D'un pas assuré, elle sortit de la chapellerie et marcha droit vers Lisel qui l'accueillit d'un bref salut.

— Mademoiselle Schmitt ? J'ai appris à l'instant que vous êtes une merveilleuse couturière et que vous auriez fait vous-même ce charmant tailleur d'un bleu si rare. Je voudrais exactement le même ! Venez chez moi mardi 21, au 12, rue Bartholdi, pour prendre mes mensurations. Votre prix sera le mien.

Stupéfaite, Lisel demeura silencieuse. Elle chercha du secours du côté de Sofia, dont les yeux brillaient, à la perspective d'une nouvelle commande.

— C'est bien vous qui avez fait ce tailleur ? demanda Suzelle, agacée par le mutisme de la jeune femme. Répondez, enfin !

— Oui, j'ai conçu ce modèle. Mais...

— Mais quoi ? Vous n'avez pas besoin de travailler ? J'ai acheté une capeline et une cloche, celle en percale bleue décorée d'iris en satin du plus bel effet. Il me faut le même tailleur que vous.

Le ton autoritaire et l'expression hautaine déplurent à Lisel.

« Je dois refuser, songeait-elle, troublée. Je n'irai pas chez eux, ça non. »

— Je suis désolée, madame, j'ai d'autres commandes à honorer ce mois-ci, je ne peux pas accepter.

— Si c'est là le souci, je peux patienter. Je pars en cure au début du mois de juin. Faites un effort, venez chez moi mardi 21, à 15 heures. Vous aurez déjà mes mensurations.

Sofia, que le refus de Lisel désespérait, hasarda :

— Je pourrais m'en occuper, moi… de vous mesurer, madame.

Suzelle la considéra d'un œil dédaigneux. L'accent italien de la jeune fille trahissait ses origines et son milieu modeste.

— Non, ce sera Mlle Schmitt, s'exaspéra-t-elle. Je veux bien être conciliante, disons mardi 21, dans une dizaine de jours.

— Bien, j'essaierai de me libérer, concéda Lisel, complètement désemparée.

Satisfaite, Suzelle lui tourna le dos et rentra dans le magasin.

Conrad Weiss leva les bras au ciel, offusqué.

— Avez-vous perdu l'esprit ? Refuser une cliente, maugréa-t-il. Surtout Suzelle Keller, née Frischer, la fille unique d'une des plus riches familles de la région !

— J'ai fini par accepter, mais uniquement pour Sofia qui travaille avec moi ! Au revoir, monsieur Weiss, si vous désirez me parler, vous savez où je loge.

Heinrich vit le départ aux allures de fuite de Lisel et de Sofia. Le cœur lourd, il reçut bientôt des mains de Joseph deux cartons ronds contenant les chapeaux achetés par son épouse, qui remplissait un chèque, appuyée au comptoir en chêne verni.

— Ton employé se croit tout permis ! L'attitude qu'il a eue est intolérable. Si j'avais un conseil à te donner… chuchota Erna à l'oreille de son mari, qui venait de rentrer à son tour.

L'orage couvait. Il éclata dès que les Keller et Joseph furent dehors. Devant la mine furieuse de son patron, le second vendeur se rua dans l'arrière-boutique.

— Erna, je ne renverrai pas ce garçon ! rugit Conrad. Tu es ici dans ma chapellerie, entends-tu ? J'ai commis assez de sottises par ta faute.

D'un pas vif, il alla ôter la pancarte de la vitrine, pour la jeter aux pieds de sa femme.

— Je garderai Joseph, car il est sérieux et travailleur, aimable avec la clientèle. Et lui au moins, il n'ira pas coucher avec toi à l'heure du déjeuner.

Le visage cramoisi, Erna Weiss tituba, bouche bée. En une poignée de secondes, elle acquit la certitude d'avoir été dénoncée par Lisel Schmitt.

— Qu'est-ce que tu racontes ? Ce sont des mensonges débités pour me nuire, et je sais qui t'a dit ces horreurs ! Ta maîtresse, cette petite catin de Lisel...

Une gifle empêcha Erna de poursuivre sa diatribe. Elle retint un sanglot, avant de se réfugier à l'étage, dans leur appartement.

5

Les ruses de Suzelle

Colmar, parc du Champ-de-Mars,
même jour, une demi-heure plus tard

Lisel et Sofia s'étaient assises sur un banc, à l'ombre d'un vénérable chêne. Elles avaient à peine échangé quelques mots, depuis qu'elles avaient quitté la place de la Cathédrale pour marcher jusqu'au vaste jardin public, très fréquenté le samedi.

— Si vous m'expliquiez, maintenant ? s'écria Sofia. Je n'ai pas voulu vous contredire devant cette jeune dame, mais pourquoi lui mentir ? Vous n'avez pas de commandes !

— Je n'ai pas aimé sa manière d'exiger la même toilette que moi. Cette personne m'a paru désagréable, prétentieuse.

— À moi aussi, mais j'ai l'habitude. Avouez que les clientes de Mme Weiss nous traitaient de haut, nous les petites mains.

— Oui, je m'en souviens, et ça me révoltait, Sofia. Je regrette déjà d'avoir accepté, à cause de son attitude envers vous. Je vais envoyer un courrier pour annuler ce rendez-vous.

— Lisel, M. Weiss disait vrai, vous ne pouvez pas refuser. Pensez à moi, ça me fera des sous.

— Mais c'est pour vous que j'ai cédé !

— Alors je vous remercie de tout mon cœur.

— Rentrons à la pension, Sofia, rétorqua Lisel. Nous devons nous préparer, nous prenons chacune un train ce soir. Demain nous fêtons Pâques en famille.

Elles marchèrent à l'ombre des grands arbres qui ornaient le parc, certains âgés de deux siècles. Lisel ne desserra plus les lèvres, obsédée par les traits émaciés de Suzelle Keller, sa voix aigre.

« Ainsi c'est elle, son épouse, songea-t-elle. La mère du petit Jean. Mais l'enfant ressemble à Heinrich. »

Elle se reprocha d'avoir été heureuse et malheureuse de revoir Heinrich dans ces conditions, se souvenant des battements fous de son cœur, lorsqu'elle l'avait reconnu à travers la vitrine.

« Que faire ? se demanda-t-elle. Je ne peux pas priver Sofia de cette commande, et moi aussi j'ai besoin d'argent. Si seulement je n'étais pas allée à la chapellerie, ou si je n'avais pas mis mon tailleur aujourd'hui… »

Deux heures plus tard, les jeunes femmes approchaient de la gare, dont la façade en briques rouges et aux rehaussements blancs se dorait au soleil de la fin d'après-midi. L'imposant édifice, surmonté d'un haut beffroi, doté de vitraux au-dessus des portes principales, faisait penser à une église.

— Joyeuses Pâques, dit Sofia à Lisel. Transmettez mes respects à Mme et M. Schmitt.

Lisel proféra les mêmes politesses, sans réussir à cacher son désarroi. Une date la hantait, l'effrayait.

« Mardi 21 de ce mois, pensa-t-elle en montant dans le train. Et je n'ai personne à qui me confier. Maman pousserait des cris indignés, papa me traiterait de dévergondée. »

Rue Bartholdi, chez les Keller,
même jour, même heure

Sa sortie en ville avait épuisé Suzelle. Dès leur retour rue Bartholdi, elle s'était allongée dans sa chambre, prétextant un début de migraine. Heinrich, soulagé d'être seul, considérait d'un air irrité les deux cartons à chapeau.

« Quelle mouche a piqué Suzelle ? se demandait-il. Pourquoi a-t-elle jugé bon de commander un tailleur à Lisel ? »

Il appréhendait également la date du mardi 21 avril, qui verrait la jeune couturière pénétrer dans leur luxueux appartement, pour subir les caprices de son épouse et de nouvelles vexations.

Excédé, Heinrich ouvrit une porte-fenêtre et passa sur le balcon à la rampe ouvragée. Il s'était mis à fumer, ce qui lui valait des critiques acerbes de Suzelle et de leur nouvelle employée, Gertrude, une nurse engagée par sa belle-mère.

— Un véritable garde-chiourme, enragea-t-il. Dieu merci, Eugénie a pu rester ici.

Avoir deux domestiques le navrait. Il en éprouvait même de la honte, lui dont le cœur et l'âme penchaient pour le socialisme et la fraternité. Mais ses beaux-parents faisaient la loi.

Un éclat de rire en grelots, qui montait de la rue, le fit se pencher. Il aperçut son fils, ses cheveux blonds au vent, qui trottinait aux côtés de Gertrude. Vêtue de noir, la nurse au chignon gris et aux traits sévères faisait un contraste saisissant avec l'enfant habillé d'un costume en lin beige.

— Heinrich ! Heinrich !

Suzelle l'appelait d'un ton impérieux. Il eut envie de la laisser s'égosiller, cependant il se rendit dans leur chambre, afin d'épargner Jean, qui redoutait les cris de sa mère.

— Tu deviens sourd ? persifla-t-elle lorsqu'il franchit le seuil de la pièce.

— Non, j'étais sur le balcon. Ta nurse arrive avec Jean, je voulais accueillir mon fils.

— Notre fils, rectifia Suzelle, un étrange sourire sur les lèvres. Je souhaitais discuter un moment de quelque chose.

— Pas maintenant, je veux passer du temps avec Jean. Je suis de garde cette nuit, je pars avant le dîner.

— Ton fichu travail d'infirmier, toi qui pourrais briguer un poste de sous-directeur dans l'une des brasseries de papa !

— Je me rends utile, puisque dans mon propre foyer, je ne sers à rien, répondit-il.

Suzelle s'appuya à ses oreillers d'un mouvement languissant, mais il perçut la tension insolite de son corps et la froideur de son regard.

— J'ai beaucoup réfléchi, commença-t-elle. Tu connais Lisel Schmitt. Dans ce cas, tu aurais pu sortir du magasin et la saluer, tout à l'heure !

— Pourquoi ? Des mois ont passé, et si le vendeur ne t'avait pas dit son identité, je n'aurais jamais songé que c'était la même jeune femme. Suzelle, tu n'as pas idée de l'atmosphère qui règne, quand le feu ravage un bâtiment. Les gens sont défigurés par la peur, et nous, les pompiers, nous sommes casqués, le visage couvert d'un foulard, ou bien maculé de poussière.

Pensive, Suzelle hocha la tête. Ses mains fines jouaient avec les plis du couvre-lit. Tous deux entendirent leur fils pleurer, en réclamant son père.

— J'y vais, s'impatienta Heinrich. Cette nurse le terrorise.

— Reste ici ! Je t'ai vu grimacer, dans la voiture, quand je t'ai dit que j'avais commandé une toilette à Mlle Schmitt. Est-ce que ça te dérange ?

Elle avait appuyé de façon glaciale sur le « mademoiselle », tout en le fixant d'un air soupçonneux.

— Fais ce que tu veux, comme toujours, Suzelle ! Je m'en fiche éperdument, je n'ai qu'une préoccupation dans la vie et c'est mon enfant, Hansel.

Heinrich sortit de la chambre en claquant la porte. Il sentit un goût de fiel dans sa bouche.

*La Petite Venise, pension de famille des Bateliers,
mercredi 15 avril 1925*

Lisel feuilletait sa revue favorite, *Le Petit Écho de la mode*[1], assise sur l'appui de sa fenêtre. Elle percevait l'odeur agréable des géraniums rouges qui fleurissaient le rebord extérieur, dans leurs pots en terre cuite. Lorsqu'on frappa à sa porte, elle poussa un léger soupir de contrariété, certaine que c'était Sofia. Elle appréciait la compagnie de la jeune fille, mais n'osait pas lui dire qu'elle avait parfois besoin de solitude.

Elle avait donné un tour de clef et ne pouvait pas se contenter de crier « entrez ». En entrebâillant la porte, elle eut un petit cri de surprise. Heinrich Keller était là, une casquette en toile sur ses cheveux blonds.

— Que faites-vous ici ? s'alarma-t-elle.

— Je dois vous parler, Lisel !

— Ce n'est pas raisonnable, ma logeuse a pu vous voir monter et elle est très stricte sur la moralité de ses pensionnaires. J'ai eu droit à une remarque déplaisante, après la visite de M. Weiss, cet hiver.

— Je pourrais être votre frère, plaida-t-il.

— Mais vous ne l'êtes pas. Descendez vite, je vous rejoins sur le quai, en amont, à bonne distance d'ici, affirma-t-elle.

Il la remercia d'un sourire, avant de dévaler l'escalier. Lisel enfila des escarpins, un gilet, puis elle étudia son

---

[1]. Revue créée en 1880, nommée ainsi jusqu'en 1950 avant de devenir *L'Écho de la mode*.

reflet dans le miroir de l'armoire. Son regard brillait, ses traits étaient comme sublimés, tandis que son cœur battait beaucoup trop vite, sous le coup de l'émotion.

Elle descendit aussitôt, pressentant ce qu'il allait lui dire.

« Bien sûr, il compte discuter de mardi prochain, où je dois prendre les mesures de son épouse, chez eux ! »

Lisel ne se trompait pas. Heinrich aborda tout de suite le sujet, avec une expression soucieuse.

— Je serai bref, vous n'auriez jamais dû accepter de travailler pour Suzelle. Elle sait que je vous ai sauvée lors de l'incendie, et son imagination aidant, elle pense que nous nous connaissons très bien. Comme nous ne nous sommes pas salués samedi après-midi, elle a dû en déduire que nous avons une liaison.

— Il fallait lui dire la vérité ! protesta Lisel. Qu'il nous arrive de nous croiser dans le parc, ou en ville. De quoi avez-vous si peur, Heinrich ?

— De ses colères affreuses, de ses cris, de ses larmes ! Chaque fois, mon petit Jean est terrifié. Je veux préserver mon fils à tout prix, il ne doit pas souffrir de nos erreurs, à Suzelle et moi. Pour lui, pour le contempler quand il s'endort, pour l'embrasser à son réveil, je suis prêt à me sacrifier.

Il faillit ajouter : « à vous sacrifier », cependant il se retint.

— Ne vous rendez pas malade, lui conseilla Lisel. Ce soir, j'écrirai chez vous pour annuler le rendez-vous de mardi prochain. Je n'ai guère envie de me retrouver face à votre épouse.

— Je comprends, mais ça n'arrangera rien. Votre refus vous rendra encore plus suspecte, Lisel.

Ils marchaient le long du quai, parmi les badauds et les habitants du quartier, très animé en ce milieu d'après-midi. Deux vieillards pêchaient depuis la rambarde, leur pipe coincée au coin de la bouche.

— Alors j'irai et je saurai prouver à votre femme que je suis sérieuse et qualifiée. J'ai besoin de travailler, de toute façon, Sofia aussi, je préfère honorer cette commande.

Heinrich l'observa un instant. Elle jetait des coups d'œil sur la rivière, sur les façades voisines, en évitant de trop le regarder. Il vit battre une veine au creux de sa gorge, nota la roseur de ses joues.

— Suzelle est d'une jalousie exacerbée et injustifiée, dit-il. Elle se fait des idées à longueur de temps, où je joue toujours le mauvais rôle. Pourtant, nous ne formons pas un couple, et même nous n'en avons jamais été un. Il y a deux mois, j'ai eu le malheur de lui proposer le divorce, autant pour son bonheur futur que le mien. Elle a hurlé, en m'insultant, puis m'a menacé.

— Sur quel point ?

— Si nous divorcions, je ne reverrais jamais mon fils, qui est ma joie sur Terre. Elle ne prononçait pas des paroles en l'air. Mes beaux-parents sont du genre à les emmener, elle et Jean, dans leur propriété au nord de Colmar, tout en cherchant à me nuire, à me détruire peut-être. Que deviendra mon petit Hansel élevé par ces gens imbus de leur fortune, auprès d'une mère qui le tient responsable de son infirmité ? Parfois, j'ai l'impression qu'elle nous hait, tous les deux. Même si elle recouvrait la santé, elle serait handicapée du côté du cœur.

Lisel demeura silencieuse, marquée par cette confession. Elle revit le visage anguleux de Suzelle Keller, le mépris qui brillait dans ses prunelles vertes.

— J'en doute, Heinrich, je suis sûre qu'elle vous aime, sinon elle ne serait pas si jalouse.

— Il ne faut pas confondre la volonté de posséder quelqu'un, de l'asservir, avec le véritable amour, qui est un don mutuel, un engagement à rendre l'autre le plus heureux possible. Mais je m'égare... Je tenais à vous avertir, car je suis sûr que Suzelle fera de son mieux pour vous rabaisser. À mon avis, sa mère sera là, et à elles deux, elles feront en sorte de vous provoquer. Si ce n'est pire.

De plus en plus nerveuse, Lisel fit demi-tour. Heinrich dut la suivre.

— Peu m'importe, décréta-t-elle d'un ton ferme. Je suis de taille à endurer des moqueries. Le milieu de la mode, à Paris, n'est pas réservé aux enfants de chœur, croyez-moi. On y voit de tout et les coups bas sont nombreux. Un vrai nid de vipères.

Elle avait prononcé ces mots d'une manière si drôle qu'il éclata de rire. Ils se sentirent soudain tendrement complices.

— Je vous souhaite du courage, soupira ensuite Heinrich. Surtout ne venez pas seule.

— Sofia m'accompagnera mardi et à chaque essayage, car il y en aura au moins trois. Que craignez-vous ? Karl Landolt est en prison, et votre épouse et sa mère ne sont pas des criminelles !

— Est-ce que vous plaisantez toujours ainsi ? s'étonna-t-il.

— L'humour nous sauve de la tristesse, bien souvent, répliqua Lisel. Mon père m'a appris ça dès que j'ai eu dix ans !

— Est-il au courant des méfaits de Karl Landolt ? Lui avez-vous parlé de cet homme ?

— Mais oui, il n'en avait jamais entendu parler ! Heinrich, si vous savez quelque chose de précis, dites-le !

— Non, je vous le répète, ce sont des présomptions. Je manque de preuves, aussi je n'ose pas vous exposer mes soupçons. Au revoir, Lisel.

— Au revoir.

Ils échangèrent un de ces regards fervents, qui, depuis leur première rencontre, les unissait autant qu'un baiser. Lisel ferma les yeux un instant. Heinrich l'attirait comme un aimant. Elle se vit dans ses bras, abandonnée, lui offrant ses lèvres.

— Partez vite, souffla-t-il à son oreille. Moi je ne peux pas m'éloigner de vous.

— Non, vous, allez-y, dit-elle.

Il recula et disparut au coin d'une ruelle. Lisel eut envie de pleurer, puis elle se mit à sourire, éblouie.

« Même s'il est marié, j'ai le droit de l'aimer, songea-t-elle. Je n'exigerai rien d'autre, juste éprouver cette fièvre, ce bonheur. »

Ce soir-là, elle dessina jusqu'à minuit. Jamais ses croquis n'avaient été aussi réussis.

Rue Bartholdi, mardi 21 avril 1925

Sofia avait eu soin de mettre sa meilleure robe. Un canotier couvrait en partie ses boucles brunes. Lisel s'était contentée d'une jupe droite et d'un corsage blanc, mais elle s'était coiffée d'une cloche à rebords, ornée de petites plumes, d'où s'échappait une natte mordorée. Des convenances encore tenaces imposaient aux femmes le port d'un chapeau.

Toutes deux patientaient sur le palier du premier étage, sur lequel donnait une porte à double battant, de couleur ivoire, rehaussée de liserés dorés. Lisel se félicitait d'être calme et confiante, en dépit des mises en garde d'Heinrich. Elle avait en vain essayé d'oublier l'élan de passion qu'il lui avait inspiré, quelques jours plus tôt. Au moment d'être confrontée à son épouse, elle y pensait de nouveau.

Une part d'elle, orgueilleuse et volontaire, aurait voulu nier l'évidence, mais son cœur et son corps la trahissaient : elle l'aimait.

— Personne ne vient nous ouvrir, se plaignit Sofia.

— J'entends des voix, il y a quelqu'un, indiqua Lisel.

Le bruit d'un verrou tourné les rassura. Eugénie, en robe noire et petit tablier blanc à volants, les fit entrer.

— Madame vous attend dans sa chambre, dit-elle. Je vous conduis.

— Merci, mademoiselle.

La domestique n'osait pas les regarder en face. À sa suite, elles traversèrent un vestibule aussi grand que leurs logements respectifs, à la pension des Bateliers. Sofia admira les miroirs vénitiens en vis-à-vis, les tentures en velours rouge du large couloir au parquet ciré. Lisel songea que c'était le décor où vivait Heinrich.

— Madame est fatiguée, marmonna Eugénie en frappant à une porte entrebâillée. Mme Frischer lui tient compagnie.

Suzelle était assise au bord d'un lit à dossier capitonné en satin rose. Elle se leva avec un air d'immense lassitude, sa maigre silhouette drapée d'un peignoir en soie, aux motifs d'inspiration orientale.

— Il est quinze heures et dix minutes, l'exactitude n'est pas votre fort, Lisel Schmitt, attaqua-t-elle aussitôt.

— Cette demoiselle est simplement mal éduquée, fit une voix aigre, en provenance d'une bergère tapissée de chintz, tournée vers la porte-fenêtre ouverte sur un balcon.

— Pas du tout, nous avons attendu au moins dix minutes sur le palier, précisa Lisel. Je me demande qui est le moins éduqué ici !

Sa repartie énoncée d'un ton net consterna Sofia, déjà mal à l'aise. La suite acheva de la désorienter. Suzelle la pointa de l'index, avec une moue méprisante.

— Je ne veux pas d'elle dans ma chambre, qu'elle patiente en cuisine ! J'avais bien recommandé à Eugénie de ne faire entrer que Lisel Schmitt.

Simone Frischer se leva du fauteuil et se campa devant Lisel et Sofia qu'elle dévisagea tour à tour.

— Nous n'avons pas besoin d'une fille d'émigrés, déclara-t-elle. Sortez, Moretti !

La malheureuse Sofia, écarlate, perdit toute contenance, stupéfaite que la mère de leur cliente connaisse son nom de famille. Elle balbutia une excuse en se dirigeant vers la porte.

— Restez, Sofia ! s'écria Lisel, furieuse. Madame, rien ne vous autorise à traiter mon amie ainsi. Soit elle m'assiste, soit je m'en vais immédiatement.

Suzelle se taisait, comme hypnotisée par Lisel. Elle l'avait imaginée différente, plus docile, moins fière et moins séduisante. Sa jalousie en fut exacerbée.

— Laisse l'Italienne jouer les potiches, maman, je m'en fiche, dit-elle, les traits tendus par la rage. Je veux avoir ce tailleur bleu pour aller en cure, maintenant que j'ai acheté la cloche aux iris. Faites votre travail, mademoiselle Schmitt !

D'un geste furibond, Suzelle ôta son peignoir, en écartant un peu ses bras maigres, d'un blanc laiteux. Lisel, qui contenait sa colère, sortit son matériel d'une mallette en osier, tandis que Sofia prenait un calepin et un crayon.

Le silence était pesant entre l'énoncé des mensurations, mais les regards en disaient long. Ce fut un réel supplice pour la jeune couturière de se trouver aussi proche de l'épouse d'Heinrich. Elle était obligée, tout en maniant son mètre ruban, d'effleurer ses épaules, ses hanches, ses jambes.

« C'est une jolie femme, songeait-elle. Très maigre, mais bien faite. Quand même, il a été séduit et il l'a désirée à l'époque de leur rencontre. »

— Souhaitez-vous un corsage en soie jaune, à porter sous le tailleur ? s'enquit-elle ensuite. Je vous le conseille, vous en trouverez un de votre choix dans une boutique de confection.

— Je n'ai rien à faire de vos conseils, pesta Suzelle, hagarde. Mais je veux vous parler seule à seule ! Maman, débarrasse-moi du sous-fifre !

Le terme hérissa Lisel. Révoltée, elle allait s'indigner encore lorsqu'elle croisa les yeux suppliants de Sofia.

— Ce n'est pas grave, murmura celle-ci. J'attendrai sur le palier.

— Du courage, ma chérie, avança alors Simone Frischer, qui sortit en précédant Sofia.

Abasourdie, Lisel eut la conscience aiguë d'être seule avec Suzelle, qu'elle considéra d'un air presque apitoyé.

— Pourquoi vous faudrait-il du courage ? interrogea-t-elle. Si vous ne tolérez pas mon assistante, si vous me détestez, quel est votre intérêt en me voulant comme couturière et en me faisant venir chez vous ?

Suzelle s'était enveloppée de son peignoir. Un peu plus petite que Lisel, elle se tenait bien droite sur ses mules à talon et lui décochait des coups d'œil hargneux.

— Vous n'avez pas besoin de le savoir ! Et oui, il me faut du courage pour introduire dans mon foyer une vipère de votre espèce, la catin de mon mari. Depuis qu'il vous a sauvée, pendant l'incendie du magasin, vous couchez avec lui, j'en suis sûre.

— Madame, c'est insensé ! protesta Lisel. Qui vous a raconté des inepties pareilles ? Karl Landolt, celui qui s'est amusé à m'envoyer des lettres odieuses, avant de m'agresser ? Il a aussi cherché à salir ma réputation auprès d'une de mes clientes.

— C'était un avertissement, maugréa Suzelle, ivre d'une rage froide. Cessez de rencontrer mon mari dans le parc du Champ-de-Mars, ou de vous promener sur les quais de la Lauch avec lui ! Et ne touchez plus à mon fils ! On vous a vue au marché de Noël, place de l'Ancienne-Douane, en train de le cajoler ! Je ne supporterai pas longtemps vos manigances. Voilà ce que je tenais à vous dire sans témoin, renoncez à Heinrich, sinon votre vie misérable deviendra un cauchemar.

Lisel avait sa mallette à la main. Elle ne parvenait pas à admettre ce qu'elle avait entendu.

— J'ai compris ! C'est donc vous qui m'avez causé tous ces ennuis ? Je n'ai jamais eu l'intention de vous voler votre mari. Est-ce que vous le faites suivre ?

— J'agis comme bon me semble ! hurla Suzelle.

— Si c'est le cas, je doute que la personne à votre solde ait vu quoi que ce soit de significatif ! M. Keller et moi nous croisons parfois, nous discutons, rien d'autre.

— Pour mes parents et moi, c'est beaucoup trop !

Les yeux fous, livide, Suzelle attrapa un vase garni de tulipes sur sa commode et le lança de toutes ses forces sur Lisel, qui l'évita de justesse. Le récipient en porcelaine frôla son épaule avant d'éclater en morceaux sur le parquet, où l'eau se répandit.

— Vous êtes folle ! clama-t-elle. Comment osez-vous ?

Simone Frischer fit irruption dans la chambre, en poussant des cris de panique.

— Qu'avez-vous dit à ma fille ? Suzelle est fragile ! Il ne fallait pas la menacer, ni la tourmenter !

Sidérée face à ces deux femmes en furie, Lisel sortit sans même daigner répondre. Elle croisa Eugénie dans le couloir, qui accourrait avec un linge, une pelle et un balai.

— Comment pouvez-vous travailler ici ? lui demanda-t-elle. On se croirait à l'asile, oui, un asile d'aliénés !

— Je reste pour le petit Jean et pour Monsieur, marmonna la jeune domestique, dont les joues s'empourprèrent.

— Vous avez tort.

Lisel n'était pas au bout de ses surprises, cependant. Sofia semblait s'être volatilisée. Elle l'appela tout bas, jeta un regard dans le salon désert, puis s'aventura jusqu'à la cuisine, située au bout du couloir.

— Mais où est-elle ?

Désemparée, elle se décida à quitter l'appartement, en se promettant de ne jamais y revenir. Sofia patientait sur le palier, assise sur la première marche du large escalier en pierre grise.

— Sofia, j'étais inquiète ! Vous pleurez ?

— Il y a de quoi, renifla-t-elle. Pourquoi votre cliente m'a traitée comme ça ? *Maledetta strega*[1] !

— Partons vite, je suis désolée de vous avoir entraînée dans ce piège ! Cette histoire de tailleur n'était qu'un prétexte, je vous expliquerai en chemin.

---

1. « Maudite sorcière » en italien.

Elles n'échangèrent plus un mot avant d'être à une dizaine de mètres de la rue Bartholdi.

— Qu'avez-vous dit tout à l'heure en italien, Sofia ? s'enquit alors Lisel.

— J'ai traité Mme Keller de maudite sorcière et je peux vous jurer que c'en est une. Sa mère ne vaut pas mieux ! Elle m'a mise à la porte, de peur que je dérobe de l'argenterie !

Une vague d'affection envers Sofia submergea Lisel. Elle lui prit la main et l'étreignit quelques secondes.

— Nous allons oublier ces mégères et trouver de nouvelles clientes, vous verrez. Je refuse de travailler à nouveau pour Erna Weiss, même si elle me propose de reprendre ma place, mais vous, Sofia, faites à votre idée.

— Vous n'avez plus besoin de moi ?

— Pas du tout, seulement je ne voudrais pas vous priver d'un salaire régulier.

— J'en discuterai avec mes parents. Si je ne peux plus payer la pension, ils me demanderont de rentrer à Mulhouse.

Sofia devint intarissable, évoquant son enfance en Italie, ses déboires à l'école en France. Son débit rapide à l'accent chantant apaisait Lisel, encore bouleversée par le comportement excessif de Suzelle Keller, son regard halluciné, ses menaces. Tout cela lui paraissait un spectacle absurde, de très mauvais goût.

Une heure plus tard, elle s'enfermait dans sa chambre, après avoir embrassé Sofia sur la joue, pour la première fois. La colère et le chagrin se partageaient son cœur meurtri.

Rue Bartholdi, chez les Keller, même jour

Le crépuscule bleuissait les fenêtres du salon. Heinrich, épuisé par une longue journée à l'hôpital, venait de rentrer. Il s'étonna de trouver l'appartement plongé dans la pénombre. Des bruits discrets, en provenance de la cuisine, prouvaient néanmoins que leur employée de maison préparait le dîner. Il augurait mal du silence insolite, des lampes éteintes.

— Monsieur est là ? fit une voix timide.

Eugénie se tenait sur le seuil de la grande pièce. Il ne voyait d'elle que son tablier blanc et sa petite coiffe.

— Où est Jean ? lui demanda-t-il en allumant le lustre en cristal, équipé de fines ampoules électriques.

— Madame l'a emmenée, enfin Madame et sa mère sont parties avec lui et la nurse dans leur propriété de Muntzenheim.

— Mais comment ?

— Votre beau-père est venu les chercher, parce qu'il y a eu de gros soucis, à cause de la couturière, Mlle Schmitt.

Heinrich se crispa tout entier. Il avait travaillé plusieurs heures dans un pénible état d'anxiété, en ayant sans arrêt à l'esprit la visite de Lisel à Suzelle.

— Racontez-moi ce qui est arrivé, Eugénie. Je suis affamé, je vais grignoter quelque chose dans la cuisine.

— Oh non, Monsieur, ce n'est pas convenable !

Il haussa les épaules, agacé, puis il regarda mieux la jeune fille. Petite, les cheveux châtain clair coupés court, elle avait ce soir-là les lèvres fardées et le corsage entrouvert sur la naissance de ses seins. Un signal d'alarme lui donna envie de ressortir et de manger en ville.

« Qu'est-ce que Suzelle a manigancé ? se dit-il. Pourquoi ce départ précipité ? »

Eugénie demeurait immobile, avec une expression soumise qui l'exaspéra. Il recula un peu et alluma une cigarette.

— Dites-moi quels étaient ces gros soucis, je vous prie.

— Je ne sais pas vraiment, Monsieur. Madame a cassé un vase, elle s'est coupée avec un des morceaux. Elle pleurait beaucoup, parce que la couturière l'avait insultée. En plus, l'autre fille, Sofia Moretti, lorgnait l'argenterie. Dès que la nurse a ramené Monsieur Jean de la promenade, Madame Simone a décidé de partir pour Muntzenheim jusqu'à samedi.

— Très bien, je vais les rejoindre là-bas en voiture, décréta Heinrich.

Il chercha en vain les clefs de la De Dion-Bouton. Tout à coup, il devina ce qu'on avait exigé de la docile Eugénie. Ulcéré, il cria d'un ton âpre :

— Combien vous ont-ils offert pour coucher avec moi cette nuit ? Et j'en ai assez de tous vos « Madame » et de vos « Monsieur », surtout quand vous parlez d'un enfant de trois ans ! Allons, dites la vérité !

Effrayée, Eugénie éclata en sanglots convulsifs, avant de bredouiller la somme qu'elle devait toucher. Heinrich secoua la tête d'un air hagard, sans comprendre le but de cette machination. Il sortit en claquant la porte et dévala l'escalier.

6
Un soir de printemps

Colmar, même jour, mardi 21 avril 1925

Lisel, à la même heure, marchait dans une allée du parc du Champ-de-Mars. Elle avait quitté discrètement la pension des Bateliers, avide de solitude et de beauté. Rien ne la calmait plus que la contemplation des grands arbres au feuillage naissant, qui lui rappelaient les paysages bien-aimés de son enfance, à Munster.

Les jets d'eau, les statues, les massifs fleuris de narcisses et de jonquilles avaient toujours séduit son âme de créatrice. Elle fut à peine surprise d'apercevoir Chris, assise sur un banc.

— Bonsoir, Lisel, lui dit gentiment la jeune fille. Vous vous promenez bien tard.

— Bonsoir, je pourrais vous faire la même remarque, Chris.

— C'est vrai !

— En fait, dès le printemps, j'ai parfois la nostalgie de la campagne. Fillette, mes parents m'emmenaient chaque dimanche après-midi en balade à travers bois, ou sur la montagne.

— Oh, vous me semblez triste. Auriez-vous encore des soucis ?

Ravie de la rencontrer, Lisel prit place au bout du banc, avec un léger soupir.

— Je crains de vous lasser, je vous assomme de confidences, à chaque fois.

— Ce n'est pas aussi fréquent que ça, plaida Chris de sa voix douce. Au fait, je suis allée place de la Cathédrale et j'ai admiré vos chapeaux, ils sont charmants. Et vous êtes toujours élégante, même pour arpenter les allées du parc, alors que personne ne profite de votre toilette !

— Merci ! Peut-être me trouvez-vous trop coquette ?

— Quel mal y aurait-il à ça ? Surtout pour une couturière qui rêve d'habiller tout Colmar de ses modèles.

Chris eut un sourire adorable. Lisel constata, émue, qu'elle portait des vêtements d'un brun austère. Mais sa blondeur et la lumière bleue de ses yeux faisaient vite oublier la sobriété de sa tenue.

« Comme j'aimerais lui offrir une robe d'été, en mousseline azur, songea-t-elle. Je risque de la vexer, elle est si modeste, si réservée. »

Des oiseaux pépiaient dans les arbustes les plus proches. Lisel respira profondément l'air frais du crépuscule, soudain envahie d'une joie toute simple. Elle s'apprêtait à parler de ce qui la préoccupait quand Chris se leva.

— Vous partez déjà ? déplora-t-elle.

— J'ai un peu froid, Lisel. Faisons quelques pas toutes les deux, ensuite je rentrerai chez moi. Alors, pourquoi étiez-vous triste ?

— C'est sans importance, ou plutôt disons qu'en parler nuirait à l'harmonie de ces instants. Il y a des gens mal intentionnés sur Terre, il faut s'en accommoder ou les fuir. Chris, sans vouloir être indiscrète, pourrais-je avoir votre adresse exacte ?

— Non, non, protesta celle-ci en riant. Je lis en vous, Lisel, si je vous dis où j'habite, dans une semaine je trouverai un paquet devant ma porte, avec une robe neuve à l'intérieur ! Est-ce que je me trompe ?

— Ciel, je suis démasquée, plaisanta Lisel, égayée. Pardonnez-moi, j'ai la manie de vouloir habiller selon mon inspiration les jeunes filles que j'apprécie, et je vous apprécie beaucoup.

— C'est réciproque, et pour ma part je voudrais vous savoir sincèrement heureuse un jour. Maintenant, je dois vous laisser, mais nous nous reverrons bientôt.

Lisel s'était accoutumée aux manières de Chris qui prenait congé rapidement et s'éloignait d'un pas léger dans la direction opposée à la sienne.

« Je suppose qu'elle travaille la nuit, pensa-t-elle, un peu déçue. Je ferais mieux de rentrer, à présent. Je suis moins prudente depuis que Karl Landolt est en prison. »

Elle croisa le gardien chargé de fermer les grilles du parc qui la salua d'un signe de tête. C'était un vieil homme jovial dont elle n'avait rien à craindre. Mais cent mètres avant d'atteindre le quai de la Poissonnerie, un cycliste la dépassa et freina.

— Heinrich, murmura-t-elle.

Les traits virils du jeune homme exprimaient une telle panique qu'elle eut peur.

— Lisel, je vous en prie, dites-moi ce qui s'est passé, demanda-t-il, haletant. Suzelle et mes beaux-parents ont emmené Jean dans leur maison de campagne, à Muntzenheim. Eugénie, cette pauvre gosse, m'a débité des sottises à votre sujet. J'en deviens fou ! J'avais prévu d'aller là-bas à vélo, mais j'étais inquiet pour vous. Le hasard est de mon côté, puisque vous étiez sortie. Je n'aurais pas osé frapper chez vous.

— J'avais besoin de réfléchir, Heinrich. Je me sentais perdue, et bernée par votre épouse. Elle m'a interdit de vous revoir. De toute évidence, quelqu'un vous suit ou me suit, car elle était très bien renseignée.

Lisel préférait relater dans les moindres détails sa visite rue Bartholdi, mais elle eut soin de scruter les environs, reprise par la peur insidieuse qui avait gâché son hiver.

— Nous ne pouvons pas rester là, au milieu de la chaussée, dit-elle tout bas. Venez, je connais un endroit sûr.

Heinrich la suivit en bas du quai, où un étroit embarcadère en pierre servait à amarrer une barque. La nuit était tombée et hormis les fenêtres allumées des maisons voisines, les jeunes gens se retrouvèrent dans la pénombre. De l'eau, montait une odeur de mousses humides, de plantes aquatiques.

Lisel se lança dans un récit précis, sans se plaindre ni émettre de jugement. D'abord Heinrich trembla d'indignation, les poings serrés, puis peu à peu les intonations suaves de Lisel et l'écho délicat de sa respiration le troublèrent au point de lui faire oublier tout le reste. Elle était très près de lui, en apparence fragile, pourtant forte comme le prouvaient son visage altier et son regard noir.

— Au moins, ce déplorable incident nous aura réunis ce soir, même si ce n'est que pour cinq minutes, dit-il.

— Oui, pour quelques minutes seulement. Heinrich, je serai franche avec vous, votre épouse doit souffrir le martyre, dans sa chair et son âme, sinon elle ne se comporterait pas ainsi. Les problèmes qui affectent votre couple sont graves, aussi je refuse d'être mêlée davantage à votre vie. Vous savez ce qui s'est passé, maintenant. Il est plus prudent de ne pas nous revoir, car rien n'est possible entre nous. Karl Landolt ne peut pas me nuire en ce moment, mais il y a d'autres individus capables de le faire moyennant finance ! J'ai un rêve, celui de diriger ma boutique, d'exposer les toilettes que j'aurai créées. Je suivrai cette voie.

Il acquiesça d'un mouvement de tête plein de lassitude. Lisel, qui ne pouvait pas détacher son regard de lui, sentit son cœur s'affoler.

« Tu l'aimes, mais il ne faut pas, il ne faut pas, lui disait une petite voix intérieure à qui elle déplorait de devoir obéir. Tu l'oublieras, sauve-toi vite ! »

Pourtant elle ne bougeait pas, comme pour garder en mémoire à jamais cet instant ineffable où ils étaient seuls au bord de la rivière.

— Adieu, chuchota soudain Lisel. Ayez soin de vous.

Dans son élan vers les trois marches menant au quai, elle le frôla. Il la retint par la taille, d'un geste instinctif.

— Restons amis, au moins, supplia-t-il.

Elle se jeta contre lui, grisée par les sentiments passionnés qui la dévastaient et annihilaient sa volonté. Heinrich l'enlaça avec une infinie tendresse. Il crut toucher à un paradis inconnu, par le simple fait de la tenir dans ses bras. Un exquis parfum de verveine émanait de ses cheveux, de sa peau.

— Pourquoi nous séparer ? souffla-t-il à son oreille. Je voudrais passer la nuit ici, à vous sentir contre moi.

Lisel leva la tête. Elle souriait, les yeux brillants. Il se pencha et cueillit ce sourire de bonheur sur ses lèvres. Un baiser furtif scella l'amour qu'ils éprouvaient l'un pour l'autre, malgré tout ce qui les menaçait.

— Nous nous retrouverons, je vous le promets, affirma-t-il ensuite. Je dois rejoindre mon fils. Faites des merveilles, Lisel, et ne vous souciez pas de moi.

Il s'en alla le premier, sans attendre de réponse. Elle s'attarda à contempler la rivière, afin de dominer le tumulte délicieux de son jeune corps vigoureux. Du bout de l'index, elle effleura sa bouche, en rêvant de nouveaux baisers d'Heinrich, sa vie durant.

Muntzenheim, propriété des Frischer,
même soir, deux heures plus tard

Le petit Jean Keller avait beaucoup pleuré pendant le court trajet en voiture jusqu'à Muntzenheim. Gertrude, sa nurse, l'avait grondé en vain. Finalement, Suzelle s'était chargée de le faire taire, excédée de l'entendre réclamer son père ou Eugénie.

— Sois sage, je ne veux plus t'entendre, avait-elle dit d'un ton sec, en lui pinçant cruellement l'oreille.

L'enfant avait hurlé plus fort, terrorisé. Une gifle s'était abattue sur sa joue, si rude qu'il en avait suffoqué. Simone et Franz Frischer, à l'avant de l'automobile, s'étaient montrés indifférents aux sanglots de leur petit-fils.

Dès l'arrivée dans la cour pavée du domaine, Gertrude avait conduit Jean à l'étage. À présent il pleurait toujours, couché dans un lit-cage, privé de la veilleuse en porcelaine que lui avait achetée Heinrich. De la chambre voisine lui parvenaient des éclats de voix. Sa mère et ses grands-parents se querellaient, ce qui achevait de le terrifier. Les mots résonnaient, étranges, incompréhensibles, dont il ne se souviendrait pas le lendemain.

— Ton crétin de mari n'a pas intérêt à me mettre des bâtons dans les roues ! grondait Franz Frischer. Si cet âne de Landolt n'avait pas fichu le feu chez Erna, ton maudit Keller ne se serait pas entiché de la fille Schmitt.

— Heinrich fouine partout, il pose des questions aux employés de ton père. Il aura autre chose à penser, si on le sépare de Jean. Suzelle, tu dois nous obéir désormais. Une fois ton mari accusé d'adultère, tu pourras divorcer !

— Je ne divorcerai pas, maman ! s'égosilla Suzelle. Heinrich serait bien trop content. Il doit payer le mal qu'il m'a fait. Je ne suis plus une vraie femme, je ne suis plus rien !

— Il y a plusieurs moyens de régler ses comptes, prôna son père. Les Schmitt le sauront bientôt. Mais toi, Suzelle, tu agis en dépit du bon sens. Comprends-tu ça ?

Suzelle poussa une exclamation rageuse, victime de ses propres mensonges. Elle avait grandi au sein d'une famille où la discipline était stricte, assortie de punitions corporelles. Privée d'affection, de considération, elle se nourrissait de haine, de rancunes et de regrets.

— Je n'ai pas pu me contrôler, Lisel Schmitt m'a jeté à la figure qu'elle était la maîtresse d'Heinrich, mentit-elle encore. Elle faisait la fière. J'aurais pu la tuer, cette catin !

— Pauvre idiote ! vociféra Frischer. As-tu envie de croupir derrière les barreaux ? Je ne m'abaisserai pas à autoriser un crime, dorénavant tu feras exactement ce que je te dirai. Je pourrai me réjouir et dormir en paix quand j'aurai vu Ernst Schmitt terrassé par le chagrin et le déshonneur.

— Maman, aide-moi ! hurla soudain Suzelle. Maman, papa, ça recommence. Je ne peux plus respirer ! Appelez le docteur, vite !

Une crise de nerfs la terrassait. Elle se tordait sur son lit, lançait des plaintes affreuses, mordait ses poings noués, les yeux exorbités. Une porte claqua, une galopade affolée retentit le long du couloir.

Dans l'obscurité, Jean tremblait convulsivement. Il en mouilla ses draps.

— Papa, viens, papa, gémit-il. J'ai peur.

Il entendit à peine Gertrude entrer. Le plafonnier s'alluma et sa nurse le fit s'asseoir.

— Vilain petit, tu as souillé ton pyjama. Tant pis, tu voyageras comme ça, je n'ai pas le temps de t'habiller.

Elle l'enveloppa d'une couverture et le souleva. Jean, muet de frayeur, se laissa emporter sans réagir. Il s'endormit enfin, couché sur la banquette arrière d'une voiture noire, en route vers une destination inconnue.

Colmar, parc du Champ-de-Mars,
dimanche 26 avril 1925

La lumière dorée du soir déclinait, pourtant Lisel ne se décidait pas à regagner la pension des Bateliers, où elle dînait le plus souvent dans sa chambre. Elle espérait rencontrer Heinrich, au moins pour avoir de ses nouvelles, mais Chris apparut au détour d'une allée secondaire, bordée de buis. Tout de suite la jeune fille lui adressa un signe amical.

— Chris, je suis vraiment contente de vous revoir, dit-elle en la rejoignant. Je vous ai parlé de Sofia, qui travaille avec moi. Elle est à Mulhouse depuis deux jours et je me sens un peu seule, sans sa compagnie.

— J'en suis désolée, Lisel. J'ai dû le sentir, car je m'inquiétais un peu pour vous, qui étiez si triste, mardi soir.

— Vous êtes gentille ! Mon moral va mieux, j'ai décroché deux commandes importantes pour la mi-mai.

— Des robes ou des chapeaux ?

— Une toilette d'été et six costumes traditionnels, pour la fête d'une école, à Munster. Je ne ferai plus de chapeaux, M. Weiss fait reproduire mes modèles, comme c'était convenu. Mais je ne tiens pas à travailler pour lui, son épouse me déteste.

Pour la première fois, Lisel raconta brièvement à Chris ses déboires avec Erna Weiss, avant d'évoquer Heinrich Keller.

— Je ne tiens pas à vous accabler de mes soucis, précisa-t-elle quand elle eut terminé de lui exposer la situation, sans parler cependant du baiser échangé. Je n'en ai jamais rien dit à Sofia. C'est différent avec vous, j'ai confiance en votre discrétion. Avez-vous du temps ? Nous pouvons nous asseoir sur un banc.

Chris regarda autour d'elle d'un air anxieux, puis elle accepta.

— Je suis amoureuse de cet homme, avoua Lisel tout bas. J'ai tenté de chasser cet amour de mon cœur, bien en vain. Je crois que lui aussi a des sentiments sincères pour moi.

— Mais il est marié, père de famille, si j'ai tout compris, et très malheureux en ménage, d'où vos scrupules et votre espérance.

— Oui, comment avez-vous deviné ?

— C'est une évidence, chère Lisel.

— Sans doute. Quand je l'ai vu mardi soir, après vous avoir quittée, il était bouleversé, car ses beaux-parents avaient emmené son épouse et leur fils, son petit Jean, qu'il surnomme Hansel.

La voix de Lisel vibrait de compassion. Elle se souvenait du moment où elle avait tenu le garçonnet par la main, au marché de Noël.

— Heinrich prétend que sa femme ne témoigne aucun amour à leur enfant, ajouta-t-elle. Mais elle menace de le garder s'ils divorcent.

— Savez-vous s'ils se sont mariés à l'église ?

— Je l'ignore, Chris.

— Une union civile est plus facile à rompre. Si ce couple se déchire, ils finiront par agir au mieux pour ce petit Jean dont vous prononcez le nom avec tant de douceur. Ne vous tourmentez pas outre mesure, ayez foi en la divine providence.

Un léger soupçon effleura Lisel. Chris devait être très pieuse ou bien même se destiner à une vocation religieuse.

— Je vous remercie de m'avoir écoutée, déclara-t-elle sans oser lui poser de questions sur ce point précis. Vous devez être plus jeune que moi, mais vous me semblez plus sage, disons plus encline à réfléchir. J'ai tendance à me montrer impulsive.

— Je l'avais remarqué. Lisel, je suis obligée de vous laisser, à présent. Surtout faites attention à vous.

Un chien venait d'aboyer, quelque part dans le vaste jardin public. Elles entendirent son maître lui crier un ordre. Chris se leva et s'en alla en souriant.

« J'ai l'impression qu'elle a peur, se dit Lisel. Moi aussi j'évitais de croiser qui que ce soit, cet hiver, à cause de Karl Landolt. Mais elle ne me confiera pas son secret, si elle en a un. »

Pourtant elle se sentait mieux et elle se dirigea d'un pas tranquille vers le quai de la Poissonnerie. Sa logeuse l'arrêta dans le vestibule.

— Mademoiselle Schmitt, on vous a porté une lettre !
— Qui ? Avez-vous vu la personne ?
— Un beau gars, grand et blond. Faites attention, j'n'aime pas trop que mes pensionnaires fréquentent des messieurs.
— C'est mon cousin de Munster, mentit Lisel d'un ton ferme.

Elle grimpa vite l'escalier, le cœur battant à se rompre, la précieuse enveloppe contre sa poitrine.

Dix minutes plus tard, la jeune femme dévalait les marches, un gilet en lainage sur sa robe. Les traits défaits, elle se mit à courir le long du quai de la Poissonnerie, les larmes aux yeux. Sa joie s'était envolée, au fil des mots qu'elle avait lus, d'abord émue, puis révoltée.

Dès qu'elle vit Heinrich sur l'embarcadère où ils s'étaient embrassés, Lisel s'arrêta, haletante. Il lui fit signe.

— Venez, je vous en prie !

Elle le rejoignit, en dissimulant de son mieux sa déception.

— Lisel, je suis désolé, dit-il d'un ton amer. Je tenais à vous parler, car je n'ai pas pu entrer dans les détails, sur le papier. Je voulais rester votre ami, vous protéger, je ne pourrai plus. Je devais vous dire adieu.

— Votre épouse et ses parents sont des gens malfaisants, vous devriez porter plainte contre eux, rétorqua-t-elle. Ils se moquent de la loi.

— J'en conviens, Lisel, pourtant je n'ai pas le choix si je veux retrouver Jean. Mardi soir, je suis allé jusqu'à leur propriété de Muntzenheim. Suzelle dormait, son docteur lui avait injecté un calmant car elle avait eu une terrible crise nerveuse. Mais Jean n'était plus là. Franz Frischer l'avait envoyé je ne sais où, avec sa nurse Gertrude, cette femme froide comme la mort. J'étais si furieux que nous en sommes venus aux mains, mon beau-père et moi. Son chauffeur et le jardinier m'ont jeté dehors.

Effarée, Lisel comprit mieux pourquoi Heinrich avait une pommette fendue et un hématome autour de l'œil gauche.

— Je suis resté dans le jardin, et le lendemain matin, Simone Frischer m'a fait entrer. Son mari et elle m'ont débité leur odieux chantage.

— Vous ne reverrez pas Jean tant que je serai votre maîtresse ! C'est insensé, à mon humble avis votre épouse leur a raconté une énorme fable à notre sujet.

— Je leur ai dit que Suzelle mentait, ils ne m'ont pas écouté. Ils sont persuadés que nous avons une liaison depuis le mois de novembre. Mais ce n'est pas le plus grave. Ils ont payé Landolt pour vous nuire, peut-être même pour allumer cet incendie chez Erna Weiss, qu'ils connaissent bien. Lisel, vous êtes au centre de ce fatras de haine, j'en ai l'intuition. Et je suis convaincu que cela n'a rien à voir avec notre prétendue liaison. Elle leur offre juste le prétexte idéal pour vous faire souffrir.

Lisel se mit à frémir de nervosité et d'angoisse. Elle s'en voulait d'être aussi malheureuse à l'idée de ne plus rencontrer Heinrich. Autre chose l'indignait et elle l'affirma d'un ton net :

— Je n'ai jamais causé de tort à quiconque. Pourquoi serais-je visée par les manigances de vos beaux-parents ? Car c'est ce que vous supposez ! Il y a forcément une explication.

— Si vous interrogiez vos parents, Lisel ? dit alors Heinrich. Le nom de Schmitt est fréquent en Alsace, mais les déchirements de la dernière guerre sont loin d'être oubliés.

Totalement désorientée, Lisel le fixa d'un air inquiet.

— Je le ferai, mais pas avant le mois de juin, j'ai trop de travail pour m'absenter. Vraiment, toute cette histoire est ridicule. Ces gens devraient avoir honte ! J'espère que vous pourrez bientôt serrer Jean sur votre cœur, mais réfléchissez, ils n'auront aucune preuve de notre rupture.

— J'ai donné ma parole, Lisel ! Mon beau-père sait que je suis un homme d'honneur. Mais je lui ai précisé que mon serment prendrait effet lorsque je reverrais mon fils, pas avant. Ne m'en veuillez pas, les Frischer pourraient briser l'enfance de mon petit Jean, parce qu'ils ne l'aiment pas. Même sa mère le déteste.

— Alors aimez-le de toute votre âme, Heinrich, il a besoin de vous ! Adieu.

Elle s'élança pour gravir les trois marches en pierre, rendues glissantes par l'humidité. Chaussée d'escarpins, elle trébucha et tomba en avant. Heinrich la releva aussitôt, tout en l'enlaçant avec passion. Lisel s'abandonna.

« La première et la dernière fois que je suis dans ses bras, se dit-elle. Je me sens tellement bien. »

Il chercha sa bouche, effleura ses lèvres, puis le haut de son front, où il devinait une coupure.

— Vous vous êtes blessée, constata-t-il.

— Je n'ai pas mal, souffla-t-elle. Je suis juste un peu étourdie.

— Il faut vous soigner. Laissez-moi vous accompagner à votre chambre. Lisel, vous tremblez.

— Ma logeuse criera au scandale.

— Pas si nous sommes discrets, hasarda-t-il. Je suis censé être de garde à l'hôpital, ce soir, mais j'ai demandé à un collègue de me remplacer. Nous avons le droit de passer quelques minutes tous les deux.

— Oui, tentons notre chance. Le vestibule est souvent désert, à l'heure du dîner.

Elle refusait la perspective de le quitter, de le perdre pour de longs mois, des années. Il lui donna un baiser, auquel elle répondit fébrilement.

— Au pire nous dirons que nous sommes de proches parents, suggéra-t-il.

— Bien sûr, vous êtes mon cousin de Munster, répliqua-t-elle, soudain délivrée de toute crainte.

Ils pénétrèrent à pas de loup dans la pension de famille, après avoir regardé par les fenêtres de la salle de restaurant.

Sous les suspensions électriques, on mangeait et on buvait de la bière, tandis que la patronne et sa serveuse s'affairaient entre les tables, chacune encombrée d'un plateau.

— Vite, ne faites pas de bruit, surtout, recommanda Lisel, qui avait l'impression de franchir un pas décisif de son existence.

Les jeunes gens atteignirent le premier étage sans encombre. Lorsqu'ils s'enfermèrent à clef, dans la chambre, un fou rire silencieux les prit.

— Nous avions bien l'air d'amants coupables, dit Heinrich.

Lisel, souriante, approuva d'un signe de tête. Elle avait la conscience aiguë du risque qu'ils prenaient. Elle alluma une lampe à l'abat-jour rose, posée sur sa table de chevet, pour éviter la lumière plus crue du plafonnier.

— Alors c'est votre petit domaine, commenta-t-il d'une voix rêveuse. Un joli décor, simple et élégant. Vous avez du goût.

Il observait les géraniums derrière les vitres, les tentures plissées en tissu chatoyant, les gravures du dessinateur Hansi sur les murs.

— Merci, chuchota-t-elle. Si vous avez le temps, nous pouvons manger quelque chose, j'ai des bretzels et des radis.

— D'abord, laissez-moi voir votre front.

Elle lui remit une boîte en carton qui contenait une pharmacie sommaire. Heinrich humecta une compresse en coton de Dakin et nettoya la plaie.

— Nous sommes assortis, marqués au visage, vous et moi, dit-elle très bas.

Comme il l'embrassait encore, sur les joues et la bouche, Lisel éprouva un vertige étrange, qu'elle attribua à une vive émotion. Son cœur battait follement.

— Je ne me sens pas très bien, avoua-t-elle.

— Vous devez avoir faim. Avez-vous un peu d'alcool ? Ça vous requinquerait, même sans le boire, juste en le frottant sur vos tempes.

— C'est vrai, vous êtes infirmier et pompier, soupira-t-elle. Maman m'a donné une bouteille d'eau-de-vie de mirabelle, cet hiver, mais je ne l'ai pas ouverte. En fait, je n'en ai jamais bu.

Lisel ouvrit un placard d'angle. Elle en sortit du pain tranché, les bretzels, les radis, ainsi que la fameuse bouteille et deux verres. Il lui semblait que chacun de ses gestes était irréel, comme la présence de l'homme qu'elle aimait au milieu de la pièce.

— Asseyez-vous, Lisel, vous êtes toute blanche, recommanda-t-il. Si c'est moi qui vous mets mal à l'aise, je m'en irai.

— Non, je n'ai pas envie d'être seule, pas ce soir. Restez.

Ils avaient pris place l'un en face de l'autre, avec la table en guise de barrière. Heinrich lui servit une infime quantité d'alcool, qu'elle avala d'un trait. Immédiatement une sensation de détente l'envahit.

— Je vais déjà mieux, précisa-t-elle. Servez-vous, moi je n'en boirai pas davantage. Et goûtez les bretzels, je les achète à la boulangerie de la Grand-Rue.

— Je n'aurais jamais osé croire en ce petit miracle, Lisel. Nous prenons un repas ensemble, ici. C'est le genre de vie paisible à laquelle j'aspirais. Partager son quotidien avec la femme que l'on aime, chérir nos enfants.

— C'est bizarre, même jeune fille, je n'ai jamais souhaité ce genre d'existence, lui assena-t-elle. Je me voyais rivalisant de talent dans les milieux parisiens de la mode, célibataire. Que vais-je devenir maintenant, je l'ignore. Tout compte fait, servez-moi encore un peu d'eau-de-vie, c'est délicieux.

— Mais dangereux, surtout si vous en buvez rarement, nota Heinrich. Vous serez vite ivre.

— Tant pis, je dormirai dans cinq minutes et demain matin je regretterai de ne pas avoir profité de notre tête-à-tête. Parlez-moi de vous, de votre famille.

— Mes parents habitent près de Riquewihr, ils sont âgés, je suis un enfant venu sur le tard, comme on dit. Je les adore. Ils cultivent un grand potager et ils vendent des légumes et des œufs au marché. Ma mère élève des poulets et des canards, quelques oies. Je leur rends rarement visite et je le déplore. Jean se plairait là-bas, on dirait une ferme idéale, il ne manque même pas le toit de chaume.

Heinrich lui raconta ses jeux dans les bois, ses parties de pêche au bord d'un étang. Lisel le contemplait, sensible au son de sa voix, aux nuances de gaîté ou de mélancolie qui passaient sur son visage aux traits harmonieux.

— Je crois que je vous aime, murmura-t-elle, alors qu'il se taisait un instant. Excusez-moi…

Il la regarda, surpris, puis son visage s'illumina d'un sourire comblé. Leurs mains se trouvèrent sur la table, se caressèrent.

— Ne vous excusez pas, sinon je ne pourrai pas me fier à ces mots inattendus et inespérés. Lisel, depuis le jour de l'incendie, je pense à vous sans cesse. Vous êtes devenue une merveilleuse obsession. Certains romans parlent de grand amour et de coup de foudre, je m'en amusais. Je sais à présent que ça peut arriver.

Lisel approuva d'un sourire, en proie à une langueur insolite. Heinrich reçut au plus profond de son être l'appel qui émanait de la jeune femme, grisée par l'alcool mais aussi par l'éveil brutal du désir.

— Oui, et ça nous est arrivé, dit-elle. Oh, j'ai la tête lourde.

Elle défit son chignon. Il perçut le bruit infime des épingles qui tombaient sur le parquet. Sa longue chevelure ondulée, d'un roux sombre, ruissela sur ses épaules. Fasciné, il chuchota :

— Que tu es belle !

Le tutoiement soudain embrasa Lisel. Elle chassa de son esprit les principes vertueux de ses parents, ses valeurs morales, et les menaces dont on les accablait. Dans la clarté rose de la lampe, elle songea qu'ils étaient hors du monde, isolés, invisibles et invincibles.

— Heinrich !

Il se leva pour la prendre dans ses bras et la porter jusqu'au lit. Elle posa sa tête contre sa poitrine, infiniment heureuse.

— Embrasse-moi, supplia-t-elle. Embrasse-moi longtemps, longtemps.

Allongée sur l'édredon, Lisel reçut les baisers amoureusement quémandés. Heinrich ne se lassait pas de boire à la saveur de sa bouche, d'abord délicat, respectueux, puis plus ardent, plus impérieux. Il la mena ainsi au seuil d'un plaisir subtil, avant même d'oser la toucher. Mais souvent il frottait son visage sur la nappe mordorée de ses cheveux, les respirait, presque en extase.

— La plus jolie parure d'une femme, souffla-t-il à son oreille.

Elle l'entendit à peine, attentive aux ondes de chaleur qui parcouraient son corps. Ses vêtements la gênaient, elle avait envie de sentir les mains d'Heinrich sur sa peau. Avec un sourire lascif, elle déboutonna son corsage, mais il l'arrêta d'un geste câlin.

— Laisse-moi faire, dit-il. Je rêvais de te déshabiller, sans hâte, pour savourer chaque parcelle de toi.

Une exquise impatience fit balbutier un « oui » haletant à Lisel qui ferma les yeux. Bientôt le corsage était ouvert sur sa combinaison en soie beige, sur son soutien-gorge en satin. La respiration du jeune homme s'accéléra, dès qu'il enveloppa d'une paume chaude un sein pointu, au mamelon durci.

À partir de cet instant, Lisel ne prononça plus un mot. Elle découvrait la volupté pure, le plaisir des caresses, dont elle avait sous-estimé la force dévastatrice. Vide de la moindre pensée, elle obéissait à cette tempête sensuelle qui la faisait haleter et gémir.

— N'aie pas peur, murmura Heinrich en relevant sa jupe.

Il s'était redressé afin d'admirer ses jambes gainées de bas soyeux, maintenus par des jarretelles blanches. Ses doigts dansèrent sur le haut de ses cuisses, là où sa chair de femme était dénudée. Ensuite ses doigts habiles glissèrent sous la fine culotte qui abritait une toison frisée. Ils s'aventurèrent à parcourir la fleur tiède de son intimité, avec douceur.

— N'aie pas peur, répéta-t-il, car elle s'était crispée sous l'effet de la surprise. Je ne ferai rien de plus, si tu as peur, si tu ne veux pas, je te le promets.

Il en coûtait à Heinrich de promettre ça, alors que le désir le ravageait. Contraint à la chasteté depuis trois ans, son sexe tendu le faisait presque souffrir, mais il s'estimait capable de résister, de renoncer à la faire sienne.

— Embrasse-moi, dit-elle en guise de réponse.

Leurs bouches s'unirent à nouveau. Il continua à apprivoiser le calice moite où sa main s'égarait, pour s'emparer du petit bouton d'amour au mystérieux pouvoir. Lisel retint un cri de joie, au bord d'un affolement exquis, qui la poussa à se cambrer, à s'offrir.

— Je te veux, viens, supplia-t-elle tout bas. Viens, je n'ai pas peur, mais je suis vierge.

Heinrich, penché sur elle, lui adressa un grand sourire ému. Il commença à se déshabiller, sous le regard brillant de Lisel. Elle l'admirait, car il lui paraissait d'une séduction extrême. Pourtant, freinée par son inexpérience, elle détourna les yeux lorsqu'il fut entièrement nu.

— Toi aussi, dit-il.

Avec des gestes câlins, il l'aida à ôter sa combinaison, sa jupe, ses bas, sans manquer de la caresser encore, de ses mains, de ses lèvres. Enfin ils furent étendus l'un contre l'autre, étroitement enlacés, éperdus de bonheur.

— Es-tu sûre, vraiment sûre ? demanda-t-il.

Il n'avait jamais fait l'amour à une femme neuve. Plein d'appréhension à l'idée de causer la moindre douleur à Lisel, il la berça, la cajola. Elle sentait son sexe d'homme sur sa hanche, sur le bas de son ventre. Soudain Heinrich changea de position, pour enfouir sa tête blonde entre ses cuisses.

— Non, non, protesta-t-elle faiblement.

Un peu de lucidité lui était revenue. Elle craignait d'alerter ses voisins de palier en parlant trop fort ou en gémissant. Mais lorsqu'un plaisir fulgurant la tétanisa, grâce au baiser audacieux qu'il lui donnait, Lisel se mordilla le poing, pour étouffer un cri. Au bout de quelques minutes, Heinrich se plaça au-dessus d'elle, avec une expression grave, solennelle. Il n'en pouvait plus, et d'un coup de reins lent, il la prit d'assaut, sans rencontrer de réelle résistance.

— As-tu eu mal ? s'inquiéta-t-il, ivre de désir.

— À peine, c'est fini.

Comme si elle voulait lui prouver la véracité de cet aveu, Lisel noua d'instinct ses jambes autour de lui, s'accrocha à ses épaules. Il put la pénétrer à son aise, avant d'aller et venir en elle, saisi d'une extase inconnue, qui le bouleversa jusqu'à l'âme.

Leurs corps se répondaient, déjà complices de l'acte éternel d'amour, leurs cœurs battaient à l'unisson. Ils partagèrent une joie infinie, brève mais intense, qui terrassa Heinrich le premier. Il s'abattit sur Lisel, hébété. Elle l'embrassa au hasard, sentant ainsi des larmes.

— Tu pleures ? s'étonna-t-elle, malgré les ondes de plaisir qui la traversaient encore.

— Je ne savais pas, avoua-t-il. Je n'ai jamais connu ça, ma belle petite chérie.

Elle l'étreignit, touchée par sa sincérité et sa tendresse. Enfin, tout bas, elle se confia.

— Moi, j'ignorais que l'on pouvait éprouver tant de sensations inouïes, dans tout son être. J'ai cru m'envoler.

Bouleversé à son tour, Heinrich lui donna un long baiser. Il se coucha près d'elle, mais elle nicha vite sa joue au creux de son épaule.

— Comment nous séparer, maintenant ? soupira-t-il.
— Ce serait intolérable, mais nous n'avons pas le choix. Jamais je ne te priverai de ton fils. C'est le prix à payer, te perdre, ne plus t'embrasser, ne plus te voir.

Lisel étouffa un sanglot incrédule. Elle s'était offerte sans hésiter, certaine qu'il était le seul homme qu'elle aimerait.

— Non, ça ne peut pas finir comme ça, déclara-t-il. Je dois obtenir le divorce, être libre. Je suis navré de parler de Suzelle, alors que nous sommes si bien tous les deux, mais sa méchanceté m'effraie. Peut-être qu'elle n'est pas complètement en cause, ses parents l'ont rendue cruelle, exigeante, capricieuse. Peu importe, je ne passerai pas le reste de ma vie à ses côtés.

— Heinrich, je t'attendrai, affirma Lisel. Une amie m'a dit d'avoir foi en la divine providence. Ces mots m'ont marquée. Et il y a eu ta lettre, ce rendez-vous en bas du quai. Si nous devons être réunis, nous le serons.

Il la serra contre lui, de nouveau en proie au désir. À ses yeux, Lisel possédait tous les charmes féminins, alliés à des formes ravissantes. Il adorait déjà ses seins menus, en pointe, sa taille souple, ses fesses rondes.

— Tu es si belle, souffla-t-il à son oreille. C'est notre nuit, je te veux encore, je te voudrai toujours.

Elle s'en remit à lui, pour une étreinte plus longue, plus passionnée, où elle connut le paroxysme du plaisir. Heinrich la quitta à regret, une heure plus tard. Il sortit de la pension sans faire aucun bruit, se fondit dans les zones d'ombre, entre les halos des réverbères.

De la fenêtre d'une imposante maison à la façade rouge, sur l'autre rive de la Lauch, un homme le vit reprendre son vélo. Il esquissa un sourire grimaçant en décrochant l'appareil téléphonique à sa portée. Peu après, une sonnerie métallique retentissait dans le salon de la propriété de Muntzenheim. Franz Frischer décrocha.

— Ce jean-foutre se fiche de nous, enragea-t-il après avoir écouté son correspondant en hochant la tête. Ton mari ne tiendra jamais sa parole, ma fille. Il était chez sa maîtresse ce soir. Le détective vient de me le confirmer. Il l'a vu quitter la pension des Bateliers. J'ai bien fait de louer cet appartement, rien ne nous échappe.

Suzelle, qui s'était calmée, tressaillit de fureur. Heinrich venait de coucher avec Lisel, ils avaient joui des délices sensuels dont elle était privée. Amère, ivre de haine, elle évoqua les joutes sexuelles qui la comblaient, des années plus tôt, avec des amants épisodiques.

— Agis à ta guise, papa, décréta-t-elle entre ses dents. Envoie Jean dans cet institut en Suisse, qu'il ne revoie pas son père avant des lustres ! Je hais cet homme et elle, je l'exècre, Lisel Schmitt, je voudrais la voir morte.

— Les morts sont en paix, Suzelle, ils ne souffrent pas. Sois tranquille, ces deux-là vont vivre un enfer.

7

Jusqu'au bout de la haine

*La Petite Venise, pension de famille des Bateliers,
lundi 27 avril 1925*

Sofia était de retour. Elle avait frappé chez Lisel à 9 heures, toute contente de lui apporter un pot de confiture de fraises faite par sa mère l'été précédent.

Elles étaient allées bras dessus dessous chercher un paquet volumineux à la poste, qui contenait les tissus nécessaires à la confection des costumes alsaciens, pour la fête de l'école de Munster. De retour à la pension, elles déballèrent le colis.

— Maman s'est chargée de l'expédition, expliqua Lisel. Elle participe chaque année à la kermesse, depuis la fin de la guerre. Vous viendrez avec moi quand nous aurons terminé notre ouvrage, d'ici une quinzaine de jours. Les enfants répètent vers le milieu du mois de mai. Nous devons être dans les temps.

— Vous m'invitez à la montagne ? s'écria Sofia, ravie.

— Bien sûr, et je vous emmènerai en balade, vous verrez qu'il faut grimper sur nos sentiers, mais la vue sur les Hautes-Vosges est magnifique.

Lisel aurait surtout aimé se promener dans sa vallée natale en compagnie d'Heinrich. Il avait promis de lui écrire, afin de la tenir informée de la suite des événements. Sans la présence de Sofia, elle aurait pensé sans arrêt à leurs étreintes de la nuit, qui la laissaient un peu courbaturée. Elle s'en réjouissait, comme si son corps l'obligeait à se souvenir, dans l'attente de nouvelles voluptés.

— Je sais très bien faire les coiffes à grand nœud noir, annonça la jeune Italienne. Le pliage n'a pas de secret pour moi.

— Jadis, c'était un simple ruban noué, la renseigna Lisel, mais la taille augmentait au fil du temps, il a fallu plier le tissu afin d'obtenir l'effet souhaité. N'oublions pas que les pans de la coiffe doivent descendre jusqu'aux épaules des fillettes.

Elle lissa le satin rouge qui serait utilisé pour les jupes. Sofia sortit d'un papier les bandes de galon.

— Autant se mettre au travail tout de suite. Lisel, à quoi rêvez-vous ?

— Oh, à rien de précis, je n'ai pas beaucoup dormi.

— Je m'en doutais, vous avez une petite mine.

— Soyez gentille, préparez-moi un café, je commence à tracer les patrons, maman m'a noté la taille des élèves sur une feuille.

Tout en maniant crayon et gomme, Lisel revivait les baisers reçus, croyait sentir la bouche d'Heinrich sur la sienne. Elle pensait auparavant que les relations de couple, légitime ou non, n'avaient guère d'importance dans la solidité d'un ménage.

« Je me trompais, songea-t-elle. Sans l'harmonie que nous avons partagée, sans la joie du cœur, de l'âme, ce doit être très différent. Peut-être a-t-on du plaisir, mais sans vrai bonheur. Mes parents s'aimaient-ils autant, jeunes ? »

Elle se représenta Martha et Ernst Schmitt au creux d'un lit. Son teint vira à l'écarlate.

— On dirait que vous avez la fièvre, s'affola Sofia qui l'avait vue s'empourprer.

— Mais non, dépêchons-nous. Ouvrez la fenêtre, s'il vous plaît, il fait chaud, aujourd'hui.

Rue Bartholdi, chez les Keller, même jour

Suzelle guettait le retour de son mari, qui était d'astreinte à la caserne des sapeurs-pompiers. Dans le courant de la journée, elle avait cru entendre les cloches d'alarme des camions.

— Il y a eu un incendie quelque part, dit-elle à Eugénie, qui l'avait aidée à essayer trois robes neuves.

— Sûrement, Monsieur rentrera tard et bien fatigué, s'il a participé à l'intervention.

— Eugénie, es-tu amoureuse de mon époux ?

— Non, Madame, je n'oserais pas.

— Pauvre idiote, je m'en fiche, mais si tu as le béguin pour lui, tu aurais dû parvenir à tes fins, mardi dernier, tu as de quoi plaire à un homme !

— Monsieur était en colère, il est sorti tout de suite quand je lui ai fait des avances, plaida la jeune domestique.

Debout face au miroir de son armoire, Suzelle eut envie de déchirer le fourreau en percale verte qui dissimulait sa maigre silhouette.

« Il n'a pas couché avec toi, petite sotte, parce qu'il a préféré courir dans le lit de sa maîtresse, se dit-elle. Lui qui m'a juré être fidèle ! Il jouait les maris parfaits, mais il me trompait, j'en ai la preuve… Papa a raison, il aime Lisel Schmitt. Tant pis pour lui. »

Livide, elle s'agita pour se débarrasser de la robe, qui ne lui plaisait plus. Eugénie s'empressa de mettre la toilette sur un cintre. Naïve, elle demanda gentiment :

— Madame, avez-vous des nouvelles de votre petit Jean ? Il manque à Monsieur !

— De quoi te mêles-tu ? s'enflamma Suzelle. Tu n'es pas sa nurse, ni un membre de notre famille. Jean toussait, as-tu oublié, mes parents l'ont envoyé à la montagne. Gertrude veille sur lui.

Mortifiée, Eugénie approuva en silence, néanmoins certaine que l'enfant ne toussait pas du tout. La sonnerie métallique de la porte principale la fit se ruer dans le couloir.

— C'est mon docteur, faites-le venir dans ma chambre.

Un étrange sourire sur ses lèvres minces, Suzelle enfila son peignoir et s'allongea sur son lit, en ayant soin de couvrir ses jambes d'un grand châle en lainage bariolé. Le médecin, Georges Imbert, originaire de Paris, entra peu après.

— Comment allons-nous ce soir, chère madame ? s'enquit-il de sa voix de baryton.

— Je suis toujours épuisée, docteur, et je ne fais que pleurer.

Imbert attira une chaise à son chevet. Il posa son sac en cuir noir et en extirpa stéthoscope et tensiomètre.

— Voyons un peu, marmonna-t-il.

Suzelle l'appréciait, car il la traitait en malade, ce qui n'était pas le cas du vieux médecin qu'elle consultait l'année précédente.

— Je suis soulagée d'avoir affaire à vous, confessa-t-elle d'un ton enfantin. Le docteur Grün ne se serait pas déplacé jusqu'à Muntzenheim comme vous l'avez fait.

— Vous êtes ma patiente, c'était bien normal. Mais dites-moi, avez-vous souvent ce genre de crise nerveuse ?

Flattée par l'intérêt qu'il lui témoignait, Suzelle se redressa, adossée à ses oreillers.

— Non, ça ne s'était pas produit depuis un an. Dans ces cas-là, je suffoque, mon cœur bat très vite, et je ne contrôle plus mes jambes et mes bras. En fait, c'est la faute de mes parents. Ils m'ont élevée de façon très stricte. Chaque fois qu'ils exigeaient une totale obéissance de ma part, quand j'étais plus jeune, j'avais cette sorte de crise.

— Seigneur, ils étaient si sévères ! Pour ma part, je trouve ces comportements inadmissibles.

Le médecin soupira. Il prit la tension de Suzelle, qu'il jugea trop élevée, ensuite il écouta son cœur et sa respiration. Elle prisait beaucoup ces moments où il était tout proche. Imbert se parfumait à l'eau de Cologne, mais il devait fumer, car sa veste sentait le tabac.

— Vous êtes très nerveuse, conclut-il. J'ai cru comprendre qu'il y a de sérieux soucis dans votre couple. Pardonnez-moi, je ne veux pas être indiscret, cependant le moral atteint souvent la santé corporelle.

Suzelle s'assura que la porte de la chambre était fermée. Sur le ton des confidences, elle confessa le tragique de sa situation, au bord des larmes.

— Je ne serai plus jamais une vraie femme, se lamenta-t-elle.

— Chère madame, le terme me dérange. Je vous assure, vous êtes une femme, et même une jolie femme. J'ai lu votre dossier, que mon prédécesseur m'a transmis, en me donnant certains détails. Je vous conseillerai volontiers le soutien d'un psychiatre, mais dans un premier temps, il vous faut du repos. La cure vous sera bénéfique, vous devez reprendre du poids et fuir votre mari, dont la conduite honteuse vous torture.

Un sanglot sec secoua le corps frêle de Suzelle. Elle jeta un regard désespéré à son docteur.

— Je sais, ma mère avance la date de notre départ, pour que je puisse m'éloigner de mon époux. Nous serons à Niederbronn-les-Bains le 26 mai. C'est bien long à mon goût.

— Vous devriez divorcer, aux torts de M. Keller.

— Je l'aime toujours, malgré le mal qu'il me fait.

Suzelle étudia la physionomie du médecin entre ses cils. Il devait avoir la quarantaine. Brun, le teint mat, il arborait un collier de barbe et une moustache. Leurs regards se croisèrent, l'un vert et embué par le chagrin, le second d'un gris-bleu un peu terne.

— Docteur, pourquoi suis-je condamnée à ne plus aimer? susurra la jeune femme. Comment en vouloir à Heinrich de me trahir, puisque je ne peux pas le satisfaire.

— Le problème est dans votre esprit, à mon avis, et non ailleurs. La lourde opération que vous avez subie après votre accouchement ne vous a pas mutilée, chère madame.

Mais elle lui tourna brusquement le dos, en sanglotant plus fort, ayant repoussé d'un mouvement de jambes le grand châle. Georges Imbert observa ses mollets trop minces, laiteux, ses pieds minuscules, le modelé de son dos et de ses fesses.

— Reposez-vous, je suis navré, dit-il en se levant. Sachez que je vous plains sincèrement.

Il sortit de la pièce dans un état anormal d'excitation. Le cas de Suzelle Keller le passionnait.

« Si je pouvais la guérir, pensait-il. Elle est fragile, si menue, et son rustre de mari ne fait aucun effort. Si c'était moi... »

Le docteur croisa le rustre en question dans l'escalier de l'immeuble. Heinrich le salua d'un signe de tête dédaigneux. Il se méfiait de cet homme, qu'il supposait allié à ses beaux-parents. Désormais, même Eugénie et ses sourires le hérissaient. Le semblant de foyer où il vivait lui faisait l'effet d'un lieu maudit.

— Madame n'est pas bien, débita leur employée.

— Pourquoi serait-elle bien ? rétorqua-t-il. Peut-être a-t-elle des remords d'avoir envoyé notre enfant je ne sais où.

Il enleva son chapeau, son veston et d'un pas déterminé, il alla se poster au bout du lit de Suzelle. Elle ne pleurait plus, occupée à limer ses ongles.

— Quand ton père ramènera-t-il Jean ? interrogea-t-il d'un ton dur. Je ne verrai plus Lisel Schmitt, c'est entendu, mais d'abord je veux retrouver mon fils.

— Tu as perdu la partie, Heinrich. Papa a engagé un détective. Hier soir, tu t'es roulé dans les draps de ta catin. Tu l'as quittée dix minutes avant minuit. Tu n'es pas près de revoir ton petit Hansel.

Elle avait prononcé ce prénom en appuyant chaque syllabe, d'une voix mauvaise.

— Où est-il ?

— Ne t'inquiète pas, il va recevoir une excellente éducation, digne de la bonne société où il évoluera plus tard.

Il la dévisagea, écœuré par son cynisme. Elle secoua ses courtes boucles dorées, avec un sourire ironique.

— Tes parents et toi, vous me répugnez, décréta-t-il. Ne triomphe pas, je retrouverai Jean, où qu'il soit ! Et j'obtiendrai le divorce.

— Bon courage, répondit-elle.

Heinrich eut soudain envie de la frapper. La tentation était si grande qu'il sortit précipitamment. Il se doutait que Suzelle l'avait provoqué dans ce but, afin d'envenimer les choses et de l'accuser d'être violent. Une fois dans le salon, il décrocha le téléphone et demanda une communication avec Franz Frischer. Seul le souvenir brûlant de Lisel nue entre ses bras parvint à apaiser sa rage et sa douleur de père.

Munster, chez Martha et Ernst Schmitt,
jeudi 30 avril 1925

Ernst Schmitt, le dos voûté, considérait d'un œil méprisant les feuilles que son épouse avait étalées sur la table de leur cuisine.

— Il faudrait le dire à Lisel, quand même, hasarda Martha. Je ne peux pas croire ces saletés, mais s'il y a une once de vérité, elle doit s'expliquer.

Le couple avait reçu trois lettres anonymes en dix jours. Le procédé était semblable à celui dont on avait usé pour envoyer des messages de menace à leur fille. Des mots découpés dans les pages des journaux, collés sur du papier blanc.

— Il faut se méfier, si c'est un corbeau, déclara son mari. Tu te rappelles, l'affaire du corbeau de Tulle, qui a été résolue il y a trois ans ? Des gens se sont suicidés, le juge d'instruction de l'époque a vu sa carrière brisée[1].

---

1. Fait véridique.

— Crois-tu que d'autres personnes, à Munster, ont reçu ce genre de torchon ? s'emporta Martha. Au fond, ça me rassurerait, car je ne douterais plus de Lisel.

Accablée, elle se servit un café, tandis que Ernst avalait d'un trait un petit verre de schnaps.

Chacun relut en silence les termes orduriers des lettres : « Ta fille se vautre dans le stupre et la fornication », « La honte est sur vous, les Schmitt, à cause de votre catin de fille », « Lisel Schmitt est une voleuse et une briseuse de ménage ».

— Si Lisel se conduit mal, je la remettrai dans le droit chemin, tonna soudain le boulanger. Moi qui avais peur qu'elle fasse de mauvaises rencontres à Paris, elle se dévergonde à Colmar ! Jamais on n'aurait dû la laisser partir. C'est toi qui lui as cédé, après m'avoir bourré le crâne avec ses histoires de mode, de couture !

— J'ai peut-être eu tort, Ernst !

Il tapa du poing sur la table, en ajoutant :

— Lisel pouvait travailler avec moi, et épouser ce brave garçon, Lorenz, qui était amoureux d'elle. Penses-tu, elle ne voulait pas d'un marcaire[1] ! Lorenz passe l'été sur la montagne, avec les vaches de ses parents, et l'hiver à la fromagerie. Lisel préférait vivre en ville. Elle a toujours été trop coquette, voilà le mal ! *Gottverdammi*[2] ! Je devrais fermer la boutique et aller à Colmar, lui sortir les vers du nez.

Martha essuya une larme, avant de rassembler les lettres et de les replier. Elle se ranima subitement.

— On trahit notre petite en la soupçonnant. Je la connais, il n'y a pas plus honnête et plus sérieuse. Moi je ne crois pas un seul mot de ce maudit corbeau ! Et je soupçonne quelqu'un.

— Qui donc ?

---

1. Fermiers de montagne, ils fabriquent le fromage local, le munster.

2. Juron alsacien signifiant « mon Dieu, damnez-moi ».

— Erna Weiss, tu sais bien pourquoi, ne fais pas l'innocent.

Ernst haussa ses larges épaules. Furibond, il repoussa sa chaise, arracha les feuilles des mains de sa femme.

— Au lieu de débiter des âneries, tu devrais faire un tour chez nos voisins, pour leur demander s'ils ont eu ce genre de courrier, eux aussi.

— J'irai demain, toi, cache ces horreurs, implora Martha.

— Les cacher ? Non, le four à bois est rempli de braises, je vais les brûler et je les regarderai disparaître avec soulagement. Lisel revient dans une quinzaine, livrer les costumes, on lui en parlera à ce moment-là.

— On devrait les conserver pour lui montrer, Ernst.

— Non, Martha, ça m'empêcherait de dormir !

La Petite Venise, pension de famille des Bateliers,
lundi 4 mai 1925

Lisel venait de compter le nombre de jours qui s'étaient écoulés depuis qu'elle s'était donnée à Heinrich Keller. L'aiguille à la main, un pan de tissu rouge sur ses genoux, elle considéra son lit d'un air songeur.

« C'est là que je suis devenue femme, se dit-elle. J'ai tort de penser que je me suis offerte, nous avons fait don de nous-même à l'autre. Il était tellement ému, lui aussi, car j'étais toute neuve. Il m'a dit qu'après trois ans sans toucher son épouse, il se sentait vierge également. »

Sans cesse, elle revivait ces heures singulières, grisantes et inoubliables où ils s'étaient embrassés, caressés, câlinés, où leurs corps étroitement unis avaient vibré d'une joie extrême. La tendresse, la délicatesse et la gentillesse d'Heinrich avaient achevé de conquérir Lisel, encore plus que le plaisir, dont elle gardait cependant un souvenir étourdissant.

— J'ai terminé trois coiffes, annonça gaiement Sofia, assise en face d'elle. Vous rêvez encore, Lisel !

— Non, je réfléchissais. Vous étiez sortie, hier, quand Mme Zimmerman, repentante, m'a rendu visite. Sa nièce se marie en juillet et elle m'a demandé de proposer un modèle de robe, d'un coût raisonnable.

— Quelle chance, une toilette de mariée ! Vous devriez faire un croquis.

— Plus tard, Sofia. Je dois finir cette jupe. Les costumes pour les écolières sont notre priorité. Si seulement je pouvais acheter une machine à coudre. J'ai retiré de la banque tout l'argent de M. Weiss, mais j'attends encore le dédommagement qu'il nous a promis.

Sofia soupira, penchée sur un fouillis de satin noir. Lisel se leva subitement, alertée par des pas lourds dans l'escalier.

— C'est peut-être notre logeuse qui monte le courrier, dit-elle en se précipitant vers la porte.

À sa grande déception, les pas pesants ébranlèrent les marches qui menaient au deuxième étage. Elle espérait une lettre chaque matin, mais Heinrich ne lui écrivait pas.

« Pourvu qu'il ait retrouvé son fils… »

Elle se remit à l'ouvrage, sans pouvoir cacher sa contrariété à Sofia, qui s'inquiéta.

— Qu'est-ce qui vous tracasse, Lisel ? Il est presque midi, nous pouvons faire une pause et manger toutes les deux.

— Bien sûr, mais je vous propose d'aller acheter du pain et du jambon, je n'ai plus grand-chose dans mon placard. Un peu d'air frais et de soleil vous fera du bien.

Toujours avide de sortir, Sofia accepta aussitôt. Elle arrangea du bout des doigts ses courtes boucles brunes, enfila un gilet et se coiffa d'une cloche en feutrine beige, très simple. Dès qu'elle fut sur le palier, Lisel se posta à la fenêtre, d'où elle pouvait apercevoir l'embarcadère.

— L'endroit de notre premier baiser, murmura-t-elle.

Désormais au-delà des convenances et de ses propres principes, puisqu'elle était la maîtresse d'un homme marié, la jeune femme se pliait à son destin. L'amour dont elle se souciait peu quelques mois auparavant l'avait changée. Elle y puisait une force nouvelle et des idées de rébellion.

— Tant pis si le monde entier me juge, si je fais de la peine à mes parents, soupira-t-elle. J'aime Heinrich.

On toqua à sa porte. Sofia n'avait pas pu être si rapide. Lisel ouvrit et reconnut Eugénie, l'employée de maison des Keller.

— Bonjour, mademoiselle Schmitt, Madame m'envoie pour vous dire de venir aujourd'hui sans faute rue Bartholdi.

— Une minute, je vous prie, comment connaissez-vous mon adresse ?

— Monsieur l'a donnée à Madame. C'est à propos du tailleur que vous devez faire. Madame a pourtant versé un acompte.

— Quoi ? C'est une plaisanterie ? s'indigna Lisel.

— Non, l'acompte était dans une enveloppe sur la commode et vous l'avez prise.

Eugénie évitait de la regarder et elle s'appliquait pour débiter sa leçon.

— Arrêtez de mentir ! Je n'ai pris aucune enveloppe. Mme Keller a failli m'assommer en me jetant un vase à la tête, lorsque je suis venue prendre ses mensurations. Je suis partie de la rue Bartholdi avec la ferme intention de ne plus remettre les pieds là-bas.

— Mais Madame vous attend à 15 heures, insista la jeune fille d'une voix tremblante. Vous avez reçu de l'argent, alors elle veut son tailleur. Monsieur est de son avis.

— Ah vraiment ? Et M. Keller sera présent ?

— Non, il travaille à l'hôpital.

Lisel s'efforça de rester calme, sachant qu'Eugénie ne faisait qu'obéir, sûrement par peur de perdre sa place.

— Je suis désolée, je ne viendrai pas. Dites à Mme Keller que si j'avais touché un acompte, je ferais la commande, car je suis honnête. Ou bien je l'aurais refusé, cet argent. Je vais rédiger un message en ce sens.

L'aiguillon des vexations subies au service de Suzelle et son inclination pour Heinrich ranimèrent le courage d'Eugénie. Ce bel homme l'avait repoussée à cause de la jolie femme au verbe haut qui la toisait, très élégante dans une robe en soie fleurie, à la taille drapée d'une écharpe rose.

— Honnête, c'est vite dit, cracha-t-elle soudain. On saura vite que vous couchez avec Monsieur, vous n'aurez plus de clientes. Avant, je plaisais à Monsieur, il venait dans ma chambre la nuit, maintenant c'est vous qu'il veut, mais ça ne durera pas.

Touchée en plein cœur et dans son orgueil, Lisel demeura muette un court instant. Avant de la quitter, mardi soir, Heinrich s'était confié avec une apparente franchise. Il affirmait n'avoir eu aucun rapport physique ces trois dernières années. Elle devait le croire, même si une douleur inconnue lui ôtait le souffle.

— Ce sont des mensonges ! rétorqua-t-elle en tremblant, comme cette histoire d'acompte. Suzelle Keller vous a envoyée ici pour que j'écoute vos sottises. Allez-vous-en ! Et je suis sûre que Mme Weiss s'est chargée de donner mon adresse à ses bons amis, les Frischer.

Décontenancée, Eugénie se vit perdue. Elle devait réussir.

— Je dis la vérité, Madame vous le prouvera ! Vous feriez mieux de lui rendre visite, sinon elle portera plainte pour vol.

Sofia grimpait l'escalier à toute vitesse, alarmée par les éclats de voix en provenance du palier. Elle aperçut la domestique des Keller sur le seuil de la chambre, en train de pointer l'index en direction de Lisel qui semblait d'une pâleur affreuse.

— Fiche le camp, toi ! cria-t-elle. Pourquoi tu cherches des misères à mademoiselle Lisel ?

— Elle a volé Mme Keller, voilà ! Et puis elle couche avec le mari de Madame !

— *Piccola puttana*[1] ! lança Sofia dans sa langue natale. Tu n'as pas honte de raconter des choses pareilles ?

L'insulte aux consonances explicites fit fuir Eugénie, autant que la main levée, prête à la gifler. Lisel recula pour s'asseoir sur la chaise la plus proche. Elle luttait contre l'envie de pleurer.

— Elle ne vous ennuiera plus, se vanta la jeune Italienne. Oser prétendre que vous êtes une voleuse, ça me rend folle de rage.

— Suzelle Keller dit qu'elle m'avait remis un acompte dans une enveloppe, que j'aurais emportée. Ce sera sa parole contre la mienne. Cette femme est d'une rare méchanceté.

La mine embarrassée, Sofia posa le pain et le paquet contenant deux tranches de jambon sur la table. Lisel devina qu'elle devait protester contre la seconde accusation proférée par Eugénie.

— Ne craignez rien, pour ce qui est du mari, je vous connais, jamais vous ne tomberiez aussi bas. Quand je parle de vous à mes parents, je leur dis combien vous êtes sérieuse, et que vous ne vous intéressez pas aux beaux messieurs.

Lisel eut un sourire affligé, mais elle se garda de détromper Sofia sur sa moralité.

« Je dois garder le secret, elle serait tellement déçue, peut-être que je ne la reverrais plus ! Mais nous n'avons rien fait de mal, nous nous sommes aimés. C'était merveilleux. »

Mais l'amour qui l'avait exaltée devenait un supplice, à cause des paroles perfides d'Eugénie. Tant qu'elle n'aurait pas revu Heinrich, le doute la hanterait.

---

1. « Petite catin » en italien.

— Je suis affamée, Lisel. Mangeons tout de suite, ça vous requinquera, après la visite de cette peste, proposa Sofia.

— Excusez-moi, je n'ai plus d'appétit. Je ne supporte pas d'être accusée ainsi. Continuez à travailler, je vais chez les Keller.

— Je peux vous accompagner ?

— Non, je dois m'y rendre seule ! Nous ne pouvons pas prendre de retard sur les commandes. Je reviendrai vite. De toute façon, je serais incapable de coudre dans l'état où je suis.

Lisel chaussa des escarpins en cuir, se recoiffa. Elle mit une veste cintrée, en lin beige, sur sa robe, enfin elle posa sur sa chevelure relevée en chignon un petit chapeau à voilette.

— Travaillez bien, Sofia.

Hôpital de Colmar, une demi-heure plus tard

Marcher d'un bon pas le long des rues avait atténué l'angoisse de Lisel. Avant d'affronter Suzelle Keller, elle tenait à interroger Heinrich. Elle saurait alors si Eugénie avait menti ou non.

Elle entra dans le hall de l'hôpital, le cœur serré. Il régnait là une animation de ruche, tissée de rumeurs sourdes, car le silence était recommandé. Après une brève hésitation, elle s'adressa à une femme assise derrière un bureau équipé d'un téléphone.

— Bonjour, madame, je cherche M. Heinrich Keller, qui est infirmier ici. Je suis sa cousine, et c'est urgent, mentit Lisel.

— M. Keller a quitté son service à 10 heures ce matin, il est le plus souvent de garde la nuit. Vous êtes une proche parente et vous n'êtes pas au courant ?

— J'étais en voyage, je ne connaissais pas ses horaires de la semaine, répliqua-t-elle, agacée par l'air soupçonneux de son interlocutrice. Au revoir, madame.

Désappointée, Lisel erra dans le parc de l'établissement, entre les massifs garnis de tulipes multicolores et les haies de buis taillées au cordeau.

« Qui dit la vérité ? se demandait-elle. Pourquoi Suzelle Keller a-t-elle envoyé Eugénie chez moi ? Où est Heinrich ? »

Pendant une dizaine de minutes, elle resta assise sur un banc en pierre, à l'ombre d'un vénérable cèdre, à l'écart de l'allée principale, le long du mur d'enceinte. Perdue dans le chaos de ses pensées, elle sursauta quand une voix légère l'appela :

— Lisel ? Que faites-vous ici ?

Chris était là, en robe grise à col blanc, un béret noir sur sa chevelure blonde.

— Seriez-vous malade ?

— Non, je souhaitais rencontrer quelqu'un. Et vous, Chris ?

La réponse se fit attendre, puis elle vint, étrange, assortie d'un timide sourire.

— J'aime me promener dans les jardins de la ville. Celui de l'hôpital est un lieu très serein, malgré la proximité des patients qui souffrent. Il y a beaucoup d'oiseaux, je les observe et je les entends chanter. La campagne me manque. J'ai grandi en pleine nature, loin des villes.

— Ah, vous êtes de la campagne, je m'en doutais un peu. Je suis contente de vous voir, je n'ai pas le moral.

— Auriez-vous de nouveaux ennuis ?

— À mon avis, ça ne saurait tarder. Je ne sais plus où j'en suis. Je vous ai parlé de cet homme, Heinrich.

— Oui, je m'en souviens très bien.

— On m'a tenu des propos accablants sur lui, maintenant je doute de ses sentiments, de sa loyauté envers moi.

— Lisel, n'écoutez que votre cœur ! Les mots sont souvent à double tranchant, bénéfiques ou malfaisants.

Un rayon de soleil filtra à travers les branches du cèdre, en nacrant le teint laiteux de Chris.

— Vous êtes charmante habillée ainsi, nota Lisel.

— Ne changez pas de sujet ! Que dit votre cœur ?
— Il bat comme un fou pour Heinrich, que je crois incapable de mentir ou d'être un banal séducteur.
— Alors n'ayez peur de rien. J'avais l'intuition que vous aviez foi en cet homme.
— Oui, à présent je le sais. Je vous remercie, Chris. Excusez-moi, je dois partir. Je vous dis à bientôt. J'ai une visite très désagréable à faire.
— Pourquoi y aller dans ce cas ? Je vous le déconseille.
— Hélas, c'est important, il en va de ma réputation. Ne vous inquiétez pas, déjà vous m'avez redonné du courage.
— Je suis votre amie, Lisel, je penserai fort à vous !
— Merci, Chris, merci.

*Rue Bartholdi, chez les Keller,
même jour, un peu plus tard*

Simone et Franz Frischer patientaient dans la lingerie de l'appartement. Le couple ne faisait aucun bruit, mais il guettait les pas nerveux de leur fille, qui déambulait le long du couloir. Suzelle s'arrêta brusquement devant la porte de la petite pièce.
— Papa, maman, je me sens mal, je n'y arriverai pas, leur dit-elle, la joue plaquée contre le battant en bois peint.
— Du cran, ma fille ! ordonna son père. Après, tu seras en position de force. As-tu oublié pourquoi je fais tout cela ?
— Non, mais…
— Il n'y a pas de mais !
— Ma chérie, pense à ceux que nous pleurons encore, insista sa mère. Pense aussi à ton mari, qui t'a trahie avec cette catin !
Suzelle hocha la tête, un poing sur la bouche comme si elle allait le mordre afin de se calmer. Elle reprit sa marche saccadée, en murmurant des paroles presque inaudibles.

— Et si Heinrich rentrait au même moment ? s'écria-t-elle soudain, un éclair de panique au fond des yeux. Il fera échouer votre plan.

Franz Frischer entrouvrit la porte. Il dévisagea Suzelle d'un air furieux.

— C'est impossible, ton crétin de pompier doit continuer à chercher votre fils dans toute la région, tonna-t-il. Fais ce que j'ai dit et tout se déroulera comme prévu.

Eugénie saisissait quelques bribes de leur discussion, depuis la cuisine où elle pleurait, assise sur un tabouret. Elle avait peur d'avoir échoué et de perdre la somme promise. Mais d'autres sentiments la tourmentaient.

« J'ai honte d'obéir à ces gens ! Mais je n'ai pas le choix, se disait-elle. Ma mère est veuve, avec tout cet argent, on pourra nourrir mes frères pendant un an. Et puis je suis jalouse de Lisel Schmitt, il me plaît tant, Monsieur. Quand même, je n'aurais pas dû lui jeter ça à la figure, qu'elle couche avec lui ! Savoir si c'est vrai... »

La sonnette retentit dans l'appartement. Eugénie crispa ses doigts sur le mouchoir qu'elle tenait, Suzelle se figea sur place et ses parents échangèrent un regard triomphant.

— La donzelle a mordu à l'hameçon, chuchota Franz Frischer.

— C'est à notre fille de jouer, à présent, souffla son épouse.

Lisel fit appel à toute sa volonté pour ne pas rebrousser chemin et redescendre en courant l'escalier. On lui ouvrit si vite qu'elle sursauta. Suzelle en personne lui fit signe d'entrer.

— Je vous remercie d'être venue, mademoiselle Schmitt, dit-elle à voix haute. Je tiens à régler ce problème d'acompte. Suivez-moi.

— Il n'a pas été question du versement d'un acompte, le jour où j'ai pris vos mensurations, madame, précisa Lisel quand elles furent dans la chambre.

— Si, si, je m'en souviens, c'était là, dans cette pièce, ma mère peut en témoigner. J'avais mis de l'argent dans une enveloppe, au coin de ma commode, affirma Suzelle d'un ton catégorique.

— Alors vous avez oublié de me donner cette enveloppe. Je suis désolée de vous le rappeler, mais vous étiez très en colère, au point de me jeter un vase à la tête.

— Je sais et je le regrette. Il faut me comprendre, ça me rend folle de chagrin d'être délaissée par Heinrich. Comme tous les hommes, il a des besoins exigeants, je ne vous fais pas de dessin. Il séduit les bonnes que j'engage, moi je les renvoie aussitôt. Mais mes parents m'ont conseillé de garder Eugénie, puisque je suis trop malade pour satisfaire mon mari. Au moins, il ne s'amourache pas de ces filles. Ce sera pareil pour vous, ne rêvez pas.

Les mots blessaient Lisel, semblables à des piqûres d'aiguille plantées dans son cœur. Elle y percevait cependant des fausses notes et pour ne pas désespérer, elle s'accrocha à des images qu'elle chérissait : Heinrich au marché de Noël, quand elle avait retrouvé Jean et qu'il l'avait serré contre lui ; son regard bleu, plein de douceur, lorsqu'il la contemplait, allongé à côté d'elle, ses gestes caressants, ses promesses...

Suzelle tapa du pied, irritée par l'expression songeuse de Lisel.

— Mademoiselle Schmitt, écoutez donc ! Je ne vous veux pas de mal, nous sommes des victimes, toutes les deux.

— Revenons-en à cette histoire d'acompte, suggéra Lisel, d'une pâleur crayeuse.

— J'avoue être étourdie, mais je suis sûre d'avoir mis des billets de banque dans une enveloppe. Il y a une solution, j'ai pu la poser ailleurs ou la faire tomber. Aidez-moi à la chercher.

Une excitation secrète faisait vibrer Suzelle, qui jouait son rôle à la perfection. Elle imaginait ses parents cachés dans la lingerie, impatients et aussi fébriles qu'elle.

— La chercher ? s'étonna Lisel. Si vous voulez, mais il fallait le faire avant de m'accuser de vol !

— Eugénie n'est qu'une sotte, elle s'est exprimée de travers, plaida Suzelle dont l'amabilité insolite achevait de la désorienter.

Ce fut un véritable remue-ménage dans la belle chambre aux rideaux de mousseline rose. Lisel agissait un peu à la manière d'un automate, soulevant une statuette, des livres, tandis que la maîtresse des lieux vidait sa penderie. Les vêtements et de la lingerie gisaient sur le parquet.

— Avez-vous regardé derrière la pendule, mademoiselle Schmitt ? Sous mon matelas ? J'ai interrogé Eugénie, elle n'a rien vu, rien trouvé non plus.

La quête tournait au ridicule. Suzelle estima que c'était bien suffisant.

— Nous ne trouverons pas cette enveloppe, qui n'a pas dû exister ! s'insurgea soudain Lisel. Sans vouloir vous vexer, vous avez pu rêver cette scène où vous glissiez de l'argent dans une enveloppe. Vous teniez beaucoup à ce tailleur, une fois endormie votre esprit a inventé tout cela.

— Quelle théorie amusante, ironisa Suzelle. Avouez donc que vous l'avez subtilisée. Ce n'est pas grave, je peux vous donner plus si j'ai cette toilette pour mon départ en cure. Une fois que je serai habillée comme vous, mon mari me jugera peut-être à son goût.

Lisel comprit enfin le sens de cette mascarade. Outrée, le cœur lourd de suspicion envers Heinrich, elle quitta la chambre et se rua vers le vestibule. Eugénie paraissait la guetter.

— J'espère que vous n'avez pas fait trop de peine à Madame, balbutia-t-elle. La pauvre, elle est tellement malheureuse.

— Taisez-vous, elle doit jubiler de m'avoir manipulée à sa guise.

Rongée par le doute, elle sortit de l'appartement en se promettant de ne plus jamais y revenir.

8

Le joug de la justice

Rue Bartholdi, même jour, même heure

Douloureusement éprouvée, Lisel était prête à renier l'amour qui l'avait submergée. Elle courut presque afin de s'éloigner au plus vite de la rue Bartholdi.

« Eugénie est plaisante, bien faite. Heinrich a dû en profiter, elle n'a aucune raison de mentir. En plus, son épouse confirme la chose ! »

Bientôt des paroles de sa mère lui revinrent en mémoire : « Les hommes sont habiles pour embobiner une femme, ils la flattent, font des cadeaux, prétendent l'adorer, ensuite ils passent à une autre, proférait Martha Schmitt. Son honneur perdu, l'oie blanche n'a plus que ses yeux pour pleurer. »

Une petite voix intérieure démentait ces propos, mais Lisel n'osait pas s'y fier. Ce triste portrait de la gent masculine lui semblait impropre à Heinrich.

— Où est-il, ce prétendu coureur de jupons ? murmura-t-elle en traversant la Lauch par le pont Saint-Pierre.

Soudain, elle crut entendre le sifflement de roue d'un vélo lancé à vive allure. Le cycliste freina à sa hauteur.

— Lisel !

Heinrich était là, le teint coloré par l'effort, ses cheveux blonds au vent. Elle aurait voulu le repousser, l'accuser de tous les maux, mais elle se jeta à son cou.

— Est-ce que tu couches avec Eugénie ? lui demanda-t-elle tout bas. N'essaie pas de me mentir, je le sentirai !

— Non et non, je ne l'ai jamais touchée, répondit-il d'un ton véhément. Qui t'a raconté ces sottises ? Viens, calme-toi.

Il cala son vélo contre la rambarde du pont, sans lâcher le bras de Lisel.

— Je t'en prie, dis-moi ce qui s'est passé, s'affola-t-il. Je reviens du quai de la Poissonnerie, j'ai laissé une lettre pour toi dans ton casier.

— Je m'inquiétais tellement, j'espérais avoir de tes nouvelles ! Je suis même allée à l'hôpital, tout à l'heure.

Heinrich l'aurait volontiers cajolée et embrassée, pour la consoler, mais l'endroit était très fréquenté.

— Où étais-tu ? Pas chez toi, en tout cas, j'en reviens, car ta femme m'a convoquée, en inventant une histoire minable, qui faisait de moi une voleuse. Mais ça, je m'en moque. Eugénie est venue à la pension, et elle m'a dit que tu la rejoignais la nuit.

— Encore un coup bas de mes beaux-parents et de Suzelle. Viens, on ne peut pas rester là. Frischer a engagé un détective qui me suit partout. Grimpe sur mon porte-bagages.

Lisel, en partie rassurée, se percha à l'arrière du vélo, en se cramponnant à la taille d'Heinrich qui s'empressa de pédaler avec énergie. Malgré sa position inconfortable, elle se laissa gagner par une timide joie. Ils étaient réunis, rien d'autre ne comptait vraiment.

Le jeune homme, sportif accompli, l'emmena à vive allure jusqu'au square de la Montagne-Verte, tout proche de la place de l'Ancienne-Douane. Ils avancèrent sous les frondaisons, sans oser se tenir la main. Lisel trouva un banc isolé, où ils s'assirent l'un près de l'autre.

— Je t'ai dissimulé un fait assez gênant, commença-t-il. Eugénie a menti, sans doute payée cher pour ça. Je n'ai pas couché avec elle, l'idée ne m'a jamais effleuré.

Mais elle a tenté sa chance, très maladroitement, le soir où les Frischer ont conduit Jean et Suzelle dans leur propriété de Muntzenheim. Ils ont dû lui offrir une belle somme pour se vendre... Sais-tu l'âge qu'elle a, cette enfant de la misère ? Seize ans ! Sa mère est la veuve d'un mineur, en charge de quatre garçons encore tout petits. Eugénie m'inspire de la compassion, j'ai refusé plusieurs fois qu'elle soit congédiée.

— Je te crois, Heinrich ! Au fond de mon cœur, je ne pouvais pas t'imaginer ainsi, égoïste, menteur, avide de séduire.

— Lisel, tu n'aurais pas dû mettre les pieds rue Bartholdi. Dis-moi en détail ce qui s'est passé là-bas, je t'en prie.

— C'était grotesque, à quoi bon te le raconter ?

— Je préfère le savoir.

Soucieuse de le satisfaire, elle résuma sa visite en insistant sur le comportement bizarre de Suzelle. Heinrich secoua la tête.

— Tu as raison, c'était grotesque. Je me demande ce que nous préparent mes beaux-parents. Lisel, le détective m'a vu sortir de la pension des Bateliers, mardi soir. Les conséquences ont été immédiates, Suzelle m'a affirmé que je ne reverrai pas Jean avant des années.

— Mon Dieu, c'est une catastrophe ! Autant pour toi que pour moi. Cet homme peut me nuire. Heinrich, tu dois retrouver ton fils !

— Je m'y emploie depuis qu'il m'a été enlevé. J'ai investi le bureau de poste voisin de l'hôpital et j'ai téléphoné à plusieurs institutions scolaires, à des pensionnats, des hôtels de la région, sans résultat. La nurse, Gertrude, est facile à décrire, mais mon petit Hansel ressemble à beaucoup de garçons de trois ans, blond aux yeux bleus. Hier, j'étais si démoralisé que j'ai pris le train pour Riquewihr.

— Pour voir tes parents ?

— Oui, j'avais besoin de leur affection, de leur soutien. Ils sont au courant de ma situation. Maman m'a proposé de loger chez eux pendant quelques semaines. Je leur ai aussi parlé de toi.

— C'était prématuré, Heinrich, ils vont me prendre pour une dévergondée, comme dirait mon père.

Un sourire illumina enfin le jeune homme. Il prit la main de Lisel et la porta à sa bouche, pour y poser un baiser.

— Je n'ai rien dit de compromettant, bien sûr. Les heures magiques que nous avons vécues, personne n'en saura rien.

Le qualificatif de magique plut beaucoup à Lisel. Mais il eut un autre effet. Son désir s'éveilla. Elle ferma les yeux, avide de revivre ces instants de pure volupté, de communion du corps et de l'âme.

— Ce n'était pas un péché, chuchota-t-elle.

— Non, car l'amour embellit la fête des sens. Et le plaisir sans les sentiments ne m'intéresse pas, je veux que tu le saches, que tu en sois persuadée, Lisel, ma chérie.

Le tutoiement dont ils usaient désormais, leurs regards pleins de tendresse, la beauté du grand jardin fleuri, les isolaient et renforçaient leur bonheur d'être ensemble. Ils se séparèrent en échangeant tout bas des promesses de bonheur.

— Je divorcerai, Lisel, nous serons libres de nous aimer. Suzelle et moi nous nous sommes mariés à la mairie, une triste cérémonie civile, avec un contrat chez le notaire qui protégeait ses intérêts.

— Ah, vous n'êtes pas unis devant Dieu, constata-t-elle en se souvenant de la question que lui avait posée Chris. Ne t'inquiète pas, je serai patiente, et nous avons le droit de nous rencontrer, Heinrich, puisqu'ils te privent de ton enfant. Tu me manques tant.

— Sors de la pension demain soir à 22 heures, retrouve-moi dans la ruelle d'à côté. Je sais où aller. On ne pourra pas nous suivre.

— Oui, je viendrai.

Lisel refusait de réfléchir, d'être prudente. Elle enlaça son amant et lui offrit sa bouche. Il ne résista pas et leur baiser eut un parfum de liberté.

La Petite Venise, pension de famille des Bateliers,
le lendemain, mardi 5 mai 1925

Sofia frappa chez Lisel à 9 heures. Après une brève discussion sur l'ouvrage qu'elle devait finir dans la journée, la jeune Italienne s'installa à sa place habituelle, près de la fenêtre. Elle cousait l'ourlet d'une jupe avec application.

— Je suis désolée d'être rentrée tard, hier après-midi, et je vous félicite, vous avez pris de l'avance, nota Lisel.

— Vous vous êtes déjà excusée, ce n'est pas la peine de recommencer, plaisanta Sofia. Pour être franche, je m'inquiétais pour vous.

— Vous êtes gentille, il ne fallait pas.

— Quand même, on vous accusait du pire.

— Tout est arrangé, maintenant nous devons nous préoccuper uniquement de ces costumes. J'ai travaillé sur un modèle de robe de mariée, avant de me coucher. Je continuerai ce soir, vous pourrez aller au lit de bonne heure, Sofia.

— Ce ne sera pas de refus.

La réponse soulagea Lisel qui avait hâte de revoir Heinrich, de le suivre là où il la conduirait. Elle rêvait de ses baisers, de ses mains sur sa peau, sur ses seins, entre ses cuisses. Elle savait par cœur chaque phrase de la lettre qu'il lui avait écrite la veille.

« Comment ai-je pu douter de sa loyauté, de son amour, se disait-elle, envahie d'ondes exquises. Si je l'avais reçue avant la visite d'Eugénie, je ne serais pas allée rue Bartholdi. En fait, je voulais découvrir la vérité. Je l'aime tant, je ne pensais pas que c'était possible. Je voudrais être à ce soir, nue dans ses bras. »

Sofia l'observait du coin de l'œil, une de ses manies. Elle put constater la subite rougeur de Lisel, ses lèvres frémissantes et sa respiration rapide.

— Vous devez couver la grippe, lui dit-elle. Il y a eu des cas d'influenza à Strasbourg.

— Mais non, Sofia, je me porte à merveille. Admettez qu'il fait déjà chaud, pour un début de mois de mai. J'avoue que je suis un peu nerveuse, aussi. Dès notre retour de Munster, il faudra faire la robe de Mme Mittenger.

— Si vous saviez comme je suis contente de vous accompagner. Sans vous, Lisel, je travaillerais dans une usine de Mulhouse. J'ai confiance en l'avenir, vous aurez votre boutique de confection et je serai votre première main.

Lisel fut touchée par la dévotion de Sofia, mais elle eut peur de la décevoir cruellement, si son projet échouait. Heinrich avait bouleversé sa vie. Elle avait l'impression d'être obsédée par lui et leur amour. Pourtant, consciente qu'il devait divorcer, une procédure souvent longue et difficile, elle prit une décision, en accord avec ses projets de réussite.

— Déjà je vais d'acheter une machine à coudre, une bonne marque, mais à tempérament[1].

— Ce sera formidable ! s'enflamma Sofia. On gagnera du temps et vous pourrez accepter plus de commandes.

— Tout à fait ! Le succès ne s'obtient pas sans prise de risques.

Elles se lancèrent dans une conversation animée, où elles décoraient leur futur magasin, choisissant les couleurs des murs, des rideaux, le meublant à leur idée. Des coups vigoureux, contre la porte, les ramenèrent sur terre.

— Police, ouvrez !

---

1. Se disait des achats à crédit.

Effrayée, Lisel posa son ouvrage sur la table. De nouveaux coups résonnèrent.

— J'arrive ! s'écria-t-elle, le cœur battant à se rompre. Je vous ouvre.

Sofia, terrifiée, se piqua avec son aiguille. Elle poussa une légère plainte, puis suça son doigt blessé, les yeux agrandis par l'incompréhension. Sur le seuil se tenait un homme coiffé d'un chapeau. Il avait une moustache grise et deux gendarmes se tenaient derrière lui, ainsi que la logeuse, dévorée par la curiosité.

— Mademoiselle Lisel Schmitt ? s'enquit-il en scrutant tour à tour les deux jeunes femmes.

— C'est moi, monsieur, déclara Lisel d'une voix tendue.

— Inspecteur Braun ! Mademoiselle Schmitt, vous êtes en état d'arrestation, pour une tentative d'assassinat sur la personne de Mme Suzelle Keller.

— Comment ? Monsieur, je n'ai rien fait à cette dame. Hier, quand je suis partie de son domicile, elle allait très bien.

— Vous expliquerez ça au juge d'instruction. Les parents de Mme Keller l'ont découverte le crâne ouvert, juste après votre visite.

Sur un signe du policier, un gendarme s'avança, une paire de menottes entre les doigts. Deux pensionnaires, alertés par les éclats de voix, avaient rejoint la logeuse qui toisait Lisel d'un air outré.

— Je n'ai rien fait, je vous le jure, répéta celle-ci. Monsieur, ce sont des mensonges.

Malgré ses dénégations, on lui passa les menottes.

— Suivez-nous, mademoiselle Schmitt, ne faites rien qui aggraverait votre cas, marmonna l'inspecteur.

Hébétée, elle endura dignement les regards dédaigneux de ses voisins de palier, de sa logeuse qui faisait claquer sa langue, comme pour se moquer. Sofia n'avait pas bougé, tétanisée par la stupeur et l'incrédulité. Soudain elle bondit pour se précipiter dans l'escalier.

— Courage, Lisel ! clama-t-elle. Moi je suis sûre que vous êtes innocente !

Parvenue en bas des marches, Lisel se retourna et lui adressa un faible sourire de gratitude. Un gendarme la fit avancer d'une poigne rude. L'instant suivant, le vestibule était désert.

Maison d'arrêt de Colmar, mercredi 6 mai 1925

Lisel évoluait au sein d'un cauchemar éveillé qui la rendait muette et la plongeait dans un état second. La veille, l'inspecteur Braun l'avait interrogée plus d'une heure, avant de la placer en cellule, au poste de police, où elle avait passé la nuit. La jeune femme avait souffert du froid, humiliée de devoir demander à se rendre aux commodités. On lui avait cependant donné du pain et de l'eau.

Ce matin, au petit jour, on l'avait emmenée au tribunal de grande instance, où un juge s'était penché sur l'acte d'accusation qui lui avait été transmis.

— Les témoignages sont accablants, mademoiselle Schmitt, vous avez violemment frappé Mme Suzelle Keller à l'aide d'une statuette en bronze. Son employée, Eugénie Schwartz, a entendu crier et a couru au secours de sa patronne, ainsi que les parents de la malheureuse victime, Mme et M. Frischer, d'honorables personnalités de la région.

— Tout est faux, répétait Lisel, d'abord révoltée par le piège grossier qu'on lui avait tendu.

— Les gendarmes, assistés par l'adjoint de l'inspecteur Braun, ont relevé vos empreintes sur plusieurs objets de la chambre de Mme Keller, notamment sur l'arme du crime.

— Ils l'ont fait exprès, Suzelle Keller a dû se blesser elle-même.

Le juge la regardait d'un œil froid. Renseigné par l'inspecteur, il savait que cette jolie fille était la maîtresse notoire du mari de la victime. Lisel se sentit perdue lorsqu'il étala sur son bureau des photographies de Suzelle, allongée sur le sol, une flaque de sang autour de sa tête, le visage meurtri.

— Prétendez-vous encore que cette dame s'est ouvert le crâne seule ?

— Ce n'est pas moi, monsieur le juge ! Quand j'ai quitté Mme Keller, elle était normale, comme vous et moi, je l'ai précisé dans ma déposition.

Le magistrat avait balayé son affirmation d'un geste de la main, en ajoutant :

— Vous vous êtes aussi rendue coupable d'un vol, ce mardi-là. La mère de votre victime ayant constaté la disparition d'un bijou de grande valeur, les gendarmes ont fouillé votre logement et ont retrouvé la bague, ornée d'un diamant, au fond de votre sac. Il a été saisi également une grosse somme d'argent.

— C'est l'argent que j'ai retiré de la banque, mes économies. Je travaille dur, monsieur le juge.

— On se demande dans quel domaine, avait-il insinué.

Abasourdie, Lisel s'était résignée. Elle renonçait à se défendre, infiniment lasse. Suzelle et ses parents avaient élaboré un plan bien huilé, afin de la détruire. Elle aspirait à quitter le bureau, où le greffier la jaugeait d'un œil goguenard.

— Vous êtes placée en détention provisoire, dans l'attente de votre procès, avait enfin tranché le juge, un vieil ami de Franz Frischer.

Le tribunal était situé en face de la maison d'arrêt, dont la porte piétonne donnait rue des Augustins. Lisel avait parfois longé la haute façade au crépi ocre, aux fenêtres munies de solides grilles en fer forgé. On lui avait dit qu'il s'agissait d'un très ancien couvent, devenu une prison au siècle précédent.

En franchissant le seuil, elle songeait que le destin lui avait réservé un très mauvais tour.

Maintenant, incapable de prononcer un mot, l'esprit confus, elle était confrontée à la gardienne en chef du quartier réservé aux femmes, que secondaient deux solides matrones vêtues d'une large blouse grise.

— Déshabillez-vous, Schmitt ! ordonna leur supérieure.

On lui tendit une corbeille en osier. Comme un automate, Lisel y déposa sa montre, son collier en perles de corail, ses boucles d'oreilles en or. Ensuite, livide, elle ôta son gilet et sa robe. Un frisson la parcourut lorsqu'elle fut en combinaison.

— Mets-toi à poil ! aboya une des surveillantes. Enlève tes bas, d'abord.

Son regard brilla de convoitise en récupérant les bas de soie, d'un beige doré. Elle les enfouit dans une de ses poches, en riant.

— M'selle met de la soie, en voilà une qui a les moyens ! Son type doit bien la payer.

Le cauchemar empirait, et pour y échapper, Lisel cligna des paupières, afin de ne plus voir les faces hilares des mégères. Elle saurait plus tard que c'étaient aussi des détenues, dont le statut à l'intérieur de la prison s'améliorait grâce à leur fonction.

— Vite, la combinaison, la lingerie ! exigea la surveillante.

Une fois entièrement nue, Lisel ferma les yeux. Elle refusait de penser à son corps exposé, sans tenter de cacher ses seins ou la toison de son pubis.

— Allez, la rouquine, pose tes fesses sur le banc, là, qu'on ratiboise ta tignasse.

L'injonction eut un effet salutaire. Lisel poussa un cri de protestation, en dévisageant les trois femmes.

— Vous n'avez pas le droit de me couper les cheveux, je suis en détention provisoire. Et innocente ! Vous m'entendez, je n'ai fait de mal à personne.

— C'est la règle, Schmitt, décréta la gardienne en chef, une baguette à la main droite. Ici, on se plie à la discipline.

Sa nudité rendait Lisel vulnérable. Elle se retrouva assise, tenue aux épaules, tandis qu'une paire de ciseaux tailladait ses longues mèches mordorées.

« Heinrich aimait tant mes cheveux, il les caressait, les respirait, se disait-elle, stoïque. Il a dû m'attendre longtemps hier soir. Peut-être qu'il est monté frapper à ma chambre... Non, il n'aura pas osé, je le lui avais interdit. Et Sofia ? Que pense-t-elle de moi ? Si je sors bientôt, elle sera contente, je serai enfin à la mode. »

Cette idée amena un triste sourire sur ses lèvres. D'un geste furtif, elle effleura ce qui lui restait de sa chevelure. La coupe réglementaire pour les femmes évoquait la coiffure de Jeanne d'Arc, telle qu'on la représentait dans les images. Des mèches effleuraient le bas de sa nuque et la ligne de ses mâchoires.

Elle se laissa conduire à la douche, un jet d'eau froide dans un recoin pavé, puis on lui donna son habit de détenue et du linge.

— Des bas de laine, des sabots, deux tuniques et des caleçons, énuméra une autre femme, d'un ton monocorde.

Lisel put s'isoler dans une petite pièce où elle endossa sa tenue en coutil gris, composée d'une jupe descendant jusqu'aux chevilles et d'une veste. Enfiler ses vêtements grossiers lui procura un sincère soulagement. Elle toucha encore ses cheveux, en se coiffant du bonnet en cotonnade, dont les cordons se nouaient derrière la nuque. Sa tête lui paraissait toute légère. Mais aussitôt elle dut refouler ses larmes, rongée par l'angoisse.

« Si la police a saisi mon argent, je ne pourrai pas payer un avocat, s'alarma-t-elle. Comment cet inspecteur peut-il être dupe d'une odieuse mascarade ? Suzelle a très bien pu se cogner par accident et m'accuser. »

On l'appelait. Elle se présenta devant la surveillante qui agitait sa baguette, sanglée dans son uniforme.

— Suivez-moi, Schmitt. Portez ça, des draps et une couverture.

L'immense bâtiment bruissait de voix étouffées et de cris rauques, de rires égrillards. Lisel en eut des frissons. Le trajet lui sembla interminable, des couloirs, des escaliers, d'autres couloirs, mais au moment d'entrer dans la cellule, elle aurait voulu marcher encore derrière la gardienne. La pièce où on l'enferma abritait quatre lits étroits, répartis dans chaque angle. Une fenêtre hors de portée, munie de barreaux, filtrait la clarté du soleil.

— Bonjour, dit-elle aux trois femmes qui la fixaient.

— Voyez un peu la jolie donzelle, pouffa la plus âgée, édentée, la figure sillonnée de rides.

— Une fille de la haute, maugréa une grande blonde au nez aquilin.

La troisième détenue fumait une cigarette roulée, allongée sur son lit. Brune et les traits émaciés, elle se contenta de cracher un jet de salive brunâtre en direction de la nouvelle venue.

— Je m'appelle Lisel.

— Hé, qu'est-ce t'as fait pour te r'trouver au gnouf[1] ? demanda la vieille femme. Tu tapinais ?

— Non ! Je suis innocente, c'est une erreur, on m'a tendu un piège.

Sa réponse déclencha l'hilarité de ses codétenues. Lisel se dirigea vers la couchette vide, mais la grande blonde l'arrêta d'un coup de poing entre les seins.

— Où tu vas comme ça, toi ? Faut d'abord que je te donne la permission !

Accoutumée aux querelles fréquentes dans les ateliers de couture, à Paris comme à Colmar, Lisel défia l'inconnue de ses beaux yeux noirs.

— Tu ne me fais pas peur, rétorqua-t-elle. Et si tu n'étais pas en prison, tu pourrais défiler pour un grand couturier de la capitale. Tu ressembles à un mannequin que j'admirais, chez Paul Poiret ! Sans blague, Gabrielle Chanel te verrait, tu aurais du travail tout de suite. Ou

---

1. Terme d'argot désignant la prison.

bien Jean Patou, il va à New York chercher des femmes de ton style.

Un silence médusé s'instaura, après ce petit discours. Les mots et les noms pénétraient l'esprit des détenues, surtout ceux dont elles ignoraient le sens exact. Seule la principale intéressée savait où situer la ville de New York.

— Est-ce que je peux passer ? s'enquit Lisel avec un gracieux sourire.

Elle reçut deux claques à la volée, qui la firent reculer.

— Je vais t'apprendre, tu te fiches de moi, ça me plaît pas ! vociféra la grande blonde.

— Ne la cogne pas, Gretchen, protesta la fumeuse en se redressant sur un coude. Au moins, elle est rigolote.

Les joues en feu, Lisel reprit son souffle et gagna l'angle où se dressait son lit. Si elle devait lutter pour s'imposer, elle le ferait. Sa combativité innée se réveillait.

« Elles sont hargneuses parce qu'on les traite comme des bêtes, mais elles doivent être moins sournoises et méchantes que Suzelle Frischer, se dit-elle. Quelle sale peste ! Je lui supprime le droit de s'appeler Keller, elle ne mérite pas un homme aussi généreux et gentil que Heinrich. »

Les trois femmes l'observaient. Elle leur tourna le dos, en restant sur le qui-vive.

— Vous avez des prénoms ? lança-t-elle d'un ton distrait. Je connais déjà Gretchen, qui a la main lourde.

Un rire répondit à sa boutade. La fille brune se leva et la rejoignit.

— Tu as du cran, marmonna-t-elle. La mémé, c'est Pierrette, et moi, c'est Gina.

— Es-tu d'origine italienne ? interrogea Lisel en lui faisant face. Je suis couturière, j'emploie pour me seconder une jeune fille qui est née à Turin, Sofia Moretti. Ses parents habitent Mulhouse.

— Mais non, je n'y crois pas ! Mon père est le cousin d'un Moretti. Bon, j'ai coupé les ponts avec ma famille depuis cinq ans, à ma majorité. Si ma mère savait où je suis, elle irait brûler des cierges tous les jours.

Le hasard ne surprit pas vraiment Lisel. Les immigrés italiens étaient nombreux en Alsace, arrivés en masse à la fin du siècle précédent et après la dernière guerre.

— Comme ça, mademoiselle est dans la couture, fanfaronna Gina, qu'une profonde cicatrice défigurait, traçant un sillon de son menton à son oreille gauche.

— Oui, je dessine des modèles et j'ai l'ambition d'ouvrir mon propre magasin.

— La ferme ! dit Gretchen d'une voix stridente. J'en ai soupé de tes jacasseries.

La vieille femme s'était couchée en chien de fusil. Elle chantonnait.

« Je dois tenir, ça ne durera pas, songea Lisel. Heinrich prouvera que je suis innocente. Il obligera Suzelle à dire la vérité, pour me sauver. Heinrich, mon amour. Je t'en prie, viens me chercher, aide-moi ! Si tu savais comme je t'aime. »

La Petite Venise, pension de famille des Bateliers,
même jour, même heure

Heinrich observait la façade de la pension des Bateliers, dont le crépi jaune rutilait au soleil de midi. Il s'approcha, rassuré d'entendre le tintamarre habituel qui s'élevait de la salle de restaurant.

La veille, il avait attendu Lisel durant deux heures, sans oser entrer et monter frapper à sa porte. Il avait repéré sa fenêtre, donnant sur la rivière, mais aucune lueur ne se devinait derrière les vitres.

« Elle devait être fatiguée, elle s'est endormie, avait-il conclu. Je ne vais pas la réveiller... ni la compromettre. »

Il était reparti, ayant décidé de dormir à l'hôpital, dans une salle commune où les infirmiers disposaient de lits de camp, selon leurs horaires. Il en avait profité pour écrire une courte lettre à Lisel, avec le projet de la glisser dans son casier.

— Si je pouvais lui parler quelques minutes, se dit-il tout bas en franchissant enfin le seuil, l'enveloppe à la main.

Le vestibule était désert, si bien qu'il s'attarda un instant, dans l'espoir de voir apparaître Lisel en haut de l'escalier. Soucieux de respecter ses consignes de discrétion, Heinrich déposa sa lettre.

Il allait ressortir quand il perçut des sanglots, en provenance du palier. Intrigué, il monta, en ayant soin de ne pas faire de bruit. La scène qu'il découvrit l'alarma aussitôt. Une jeune fille en larmes, un foulard sur ses boucles brunes, portait une valise et sur son bras libre, un tas de vêtements. Deux caisses en planches barraient l'accès à la chambre de Lisel. Il vit également les tentures du lit, pliées sur un tabouret, de la nourriture dans un panier.

— Bonjour, mademoiselle, dit-il. Vous devez être Sofia, je vous ai aperçue un après-midi, devant la chapellerie Weiss.

— Je vous reconnais, vous êtes monsieur Keller ! Vous en avez du culot de venir ici ! répliqua-t-elle en reniflant.

— Excusez-moi, j'ai entendu pleurer ! Où est Mlle Schmitt ?

— Ne faites pas l'innocent, vous devez savoir que la police l'a arrêtée hier. Notre logeuse a fait vider la chambre ce matin aux aurores, par son mari et le commis de cuisine. Je leur ai dit que je rangerai tout ça chez moi. Sinon, ils auraient mis les affaires de Lisel dans la cave, qui est très humide.

Sidéré, Heinrich demeura d'abord muet. Sofia lui décocha un regard ulcéré.

— Vous n'avez qu'à m'aider, puisque vous êtes là, dit-elle d'un ton hargneux.

— Attendez, pourquoi l'a-t-on arrêtée ? Je ne comprends pas.

Sofia alla ranger son chargement sans lui répondre. Elle revint vite, souleva une des caisses. L'expression pathétique de ce bel homme blond la surprenait.

— Vraiment, vous n'êtes pas au courant ? On accuse Lisel d'avoir voulu tuer votre épouse.

— Quoi ? C'est impossible ! Mademoiselle, j'ai passé la nuit à l'hôpital où je suis infirmier. Je n'avais aucune envie de rentrer à mon domicile.

— Je ne peux pas y croire, avoua Sofia. Pourtant il paraît que Lisel est votre maîtresse. Eugénie lui en a fait reproche, hier.

Heinrich hésitait. Lisel lui avait précisé qu'elle ne se confiait pas à la jeune Italienne, mais en raison des circonstances, il choisit de lui dire une partie de la vérité.

— Je n'ai pas le temps de vous raconter l'enfer que me fait vivre mon épouse, déclara-t-il. Mes beaux-parents ont emmené mon fils de trois ans, je n'ai pas de nouvelles de lui. Lisel et moi, nous sommes amis, même si nous éprouvons des sentiments l'un pour l'autre. Mais elle n'est pas ma maîtresse.

Il proféra ce pieux mensonge sans aucun scrupule, afin de protéger Lisel.

— Pourquoi elle ne m'a rien dit ? se plaignit Sofia. En plus, je m'en doutais un peu. Qu'est-ce qui est arrivé ? Lisel n'a pas pu essayer de tuer votre épouse, quand même ?

— Non, bien sûr ! J'aurai vite une explication.

Heinrich secoua la tête, complètement incrédule et ravagé par l'anxiété. Il suivit Sofia dans sa chambre, après avoir pris la seconde caisse et le tabouret.

— Lisel est sûrement en prison, maintenant, soupira-t-elle. Qu'est-ce que je vais devenir ? On avait une grosse commande à finir pour la mi-mai. Il fallait la livrer à l'école de filles de Munster. On devait y aller toutes les deux.

Sofia se remit à pleurer. Embarrassé, Heinrich tenta de la réconforter.

— Il s'agit d'une erreur, hasarda-t-il. Tout va s'arranger.

— Les gendarmes ont fouillé la chambre, hier, hoqueta-t-elle. Ils ont emporté les économies de Lisel et puis ils ont trouvé une bague, un diamant, dans son sac à main, qu'elle aurait volé chez vous. Je ferais mieux de rentrer à Mulhouse, j'ai juste de quoi payer ma pension du mois de mai et m'acheter du pain.

Elle sanglotait, en lançant des regards pitoyables à Heinrich. Il eut l'impression d'être l'unique responsable du drame qui avait bouleversé le quotidien paisible de Lisel et de Sofia.

— Je suis désolé, mademoiselle. Je vais me renseigner au plus vite. Gardez confiance. Je reviendrai ce soir.

— Mais il ne faut pas monter, sinon la logeuse me fichera dehors moi aussi.

— Je vous attendrai sur le quai, à 19 heures, pendant le dîner.

— D'accord, monsieur.

Heinrich dévala l'escalier. Restée seule, Sofia sécha ses larmes. Elle voyait l'avenir en noir, pourtant elle reprit le travail, au cas où Lisel réapparaîtrait par miracle, lavée de tout soupçon.

Rue Bartholdi, chez les Keller, même jour

Simone et Franz Frischer toisèrent leur gendre d'un air hautain, lorsqu'il entra dans le salon de l'appartement. Il chercha Suzelle des yeux, prêt à la confondre.

— Notre fille est au plus mal, annonça sa belle-mère. Le docteur Imbert l'examine de nouveau. Il nous a recommandé de ne pas te laisser la voir. Elle est très choquée.

— Qu'est-ce que vous avez encore manigancé ? s'écria-t-il en guise de réponse.

— Tu oses hausser le ton, fais attention, menaça son beau-père. Ta petite catin a failli tuer notre enfant ! Ta femme, je te le rappelle !

— Dans ce cas, j'exige de la voir. Et si Suzelle est gravement blessée, il fallait l'emmener à l'hôpital et aussi me prévenir. On peut me joindre là-bas. Mais je suppose que vous ne teniez pas à la montrer à des médecins compétents.

Frischer brandit le poing, la face crispée par la colère. Il désigna ensuite son épouse d'un geste tragique.

— Simone écoutait à la porte de la chambre de Suzelle, Dieu soit loué, sinon ta maîtresse aurait réussi son coup. Elle menait un beau tapage, en insultant notre fille.

— J'étais effrayée, alors je suis entrée, pour voir cette furie frapper ma pauvre chérie avec une statuette en bronze, celle de Diane chasseresse, qui est sur la cheminée.

— Suzelle gisait au sol, la tête en sang, inanimée, au milieu des vêtements piétinés, renchérit Franz Frischer. Tout était en désordre, l'armoire vidée, un bibelot brisé.

Heinrich les dévisagea tour à tour. Il ne croyait pas un mot de leurs plaintes indignées.

— Un plan parfait pour faire accuser une innocente, dit-il simplement. Jusqu'où irez-vous pour nuire à Lisel Schmitt, pour me torturer ? Vous avez quasiment enlevé Jean, et vous payez un détective chargé de me suivre. J'ai repéré l'homme, tout à l'heure, au coin de la rue.

— Je veille sur la sécurité et sur les intérêts de ma fille ! tonna Frischer. Tu la trompes, tu la méprises, pourtant elle t'aime tant qu'elle refuse de divorcer. Quel malheur que notre Suzelle soit tombée entre tes griffes de paysan !

Le jeune homme en trembla de rage. Il s'apprêtait à riposter quand le docteur Imbert apparut sur le seuil de la pièce, sa sacoche en cuir à bout de bras.

— J'ai administré un calmant à ma patiente, dit-il. Je recommande le repos absolu. Quant à vous, monsieur

Keller, gardez vos distances, car votre épouse pourrait succomber à une nouvelle crise nerveuse, si vous l'approchez. Je ne vous félicite pas. Vos fréquentations ne vous font pas honneur.

— Taisez-vous ! s'exclama Heinrich. Ou bien précisez-moi le montant de vos honoraires, qui ont dû être doublés pour acheter votre complicité dans cette affaire ridicule. Lisel Schmitt n'a pas touché mon épouse, c'est une personne sérieuse, réfléchie et sachant se dominer lorsqu'on la provoque, ce qui n'est pas le cas de Suzelle. Mardi 21 avril, elle l'a agressée, l'ayant attirée ici sous le prétexte de commander un tailleur.

— Fichtre, tu en sais des choses, ironisa son beau-père. J'espère que ta catin croupira derrière les barreaux, pour vol et tentative de meurtre.

— Une peine sévère serait méritée, renchérit le médecin.

— Oui, cette engeance doit être tenue à l'écart des honnêtes gens, insinua Simone Frischer.

— Des honnêtes gens ? répéta Heinrich. Où sont-ils ? Pas dans cette pièce, ni parmi votre famille.

Le docteur salua et sortit, raccompagné par Eugénie, qui patientait dans le vestibule.

— Tu peux plier bagage, Heinrich, nous nous installons ici jusqu'au rétablissement de notre fille, décréta Franz Frischer. Ta vue m'est intolérable. De plus, je te rappelle que j'ai acheté cet appartement il y a six mois. Tu n'y es plus chez toi.

— Je m'en irai avec joie, mais pas avant d'avoir vu Suzelle.

— Hors de question ! s'égosilla sa belle-mère.

Mais Heinrich fut plus rapide. Il se rua dans le couloir et ouvrit en grand la porte de la chambre où la pénombre régnait. Il eut la précaution de tourner le verrou. Son épouse était couchée, un pansement autour du crâne.

— Va-t'en, gémit-elle. Papa, au secours !

— De quoi as-tu peur ? Je ne t'ai jamais frappée. Je veux juste la vérité.

— Non... Sors tout de suite. Tu vas te venger, parce que ta chère Lisel est en prison. Elle voulait me tuer, j'en suis sûre. La justice décidera de son sort.

— Quelle justice ? Déjà je suis stupéfait que la police ait avalé votre histoire.

Il prit place au bord du lit. Très calme, il scruta les traits de Suzelle. Un hématome bleuissait sa pommette gauche.

— J'imagine que tu t'es appliquée, pour jouer les blessées. Mais tu ne gagneras pas. Je t'en prie, au nom des semaines où nous avons été heureux, explique-moi ce qui se passe vraiment. D'abord, Karl Landolt s'en prend à Lisel, elle reçoit des lettres ordurières après avoir été agressée. Ensuite, Eugénie essaie de me séduire, la pauvre gosse, le soir où vous me volez Jean. À moins d'être idiot, n'importe qui saisirait l'évidence. Tes parents s'acharnent sur Lisel Schmitt.

— Tu délires, maugréa Suzelle. Ils ont eu pitié de moi, car je savais que tu étais son amant.

Les Frischer tambourinaient à la porte, en lançant des menaces et des insultes mal assorties à leur prétendue bonne éducation.

— Suzelle, méfie-toi, je découvrirai la vérité. Vous serez tous sur le banc des accusés, ce jour-là !

La jeune femme s'assit brusquement, le regard étincelant. Elle pointa son index sur la poitrine de son mari. Un rictus de satisfaction l'enlaidissait.

— Il te faudra du courage et de la chance, murmura-t-elle. Tu n'as pas d'argent, tu es coupable d'adultère, nous avons des preuves. Qui t'écoutera ? En attendant, je respire mieux, ta catin est en prison. J'espère que les autres détenues lui rabattront son caquet.

Profondément écœuré, Heinrich se releva. Il avait envie de défaire le pansement, afin de vérifier si elle était blessée, mais il renonça. En quelques jours, il avait perdu son petit garçon et connu le plus intense bonheur dans les bras de Lisel, qui était tombée dans un terrible piège.

— Savoure ta victoire, Suzelle, mais je te plains. La méchanceté et la haine finiront par te détruire.

9

En prison

Maison d'arrêt de Colmar, même jour

Lisel était allongée sur sa couchette, le visage tourné vers le mur. Il faisait sombre dans la cellule. Le crépuscule bleuissait l'unique fenêtre, où se dessinait le ciel, strié par d'épais barreaux.

« Je ne dois pas faiblir, se répétait-elle. C'est une épreuve, je l'endurerai avec courage. »

À l'heure du déjeuner, Gretchen, la grande blonde à la voix éraillée, avait renversé sa gamelle en aluminium, où flottait un brouet peu alléchant. Privée de ce premier repas, Lisel était affamée. L'après-midi lui avait paru interminable.

— La tambouille arrive ! claironna la vieille Pierrette. Ces *bicks*[1] de matonnes font rouler le chariot. Bah, le menu ne change pas, des feuilles de chou et du pain trempé dans le bouillon.

Gina était postée près de la porte, les mains sur les hanches.

— Ne t'avise pas de toucher à l'écuelle de ma frangine, Gretchen, lança-t-elle d'un ton menaçant.

— Ta frangine ? Et quoi encore ? La nouvelle t'a tapée dans l'œil ?

---

1. Juron alsacien signifiant pétasse.

— On est frangines, rapport aux Moretti ! Je t'écorche si tu renverses encore sa gamelle !

Un déclic significatif, à hauteur d'une ouverture au bas de la porte, fit bondir Lisel de son lit. Elle n'avait pas l'intention de passer la nuit sans manger.

— Ne t'en fais pas, Gina, je sais me défendre, dit-elle d'un ton net. Et toi, Gretchen, réfléchis. On devrait se serrer les coudes, car on est toutes dans la même galère.

Elle employait un langage simple, pour mettre ses codétenues en confiance. Elle avait eu tout le loisir de les étudier. Une chose était sûre, ces femmes n'avaient pas bénéficié de la même instruction qu'elle. Reçue avec d'excellentes notes à son brevet d'études secondaires, Lisel s'était forgée aux bonnes manières des premières mains, chez le couturier Paul Poiret.

— C'est quoi, une galère ? marmonna Pierrette.

— Un bateau des temps passés, que des prisonniers faisaient avancer en ramant !

— *Deifel*[1] *!* Tu es calée, toi !

On leur passa une par une les gamelles où fumait une purée rosâtre. Lisel en prit deux d'autorité, avant de servir la sienne à la vieille Pierrette, qui restait assise au bord de sa couchette.

— T'es une bonne fille, toi, admit celle-ci.

Gina récupéra un pichet d'eau, sous l'œil furieux de Gretchen. Une querelle couvait, mais les deux femmes se jetèrent d'abord sur la nourriture.

— Maman fait aussi de la purée de betterave rouge, commenta Lisel. Mais la sienne est bien meilleure.

L'image de Martha Schmitt, penchée sur son fourneau, la taille ceinturée d'un tablier brodé, la bouleversa. Depuis son arrestation, elle avait évité de penser à ses parents. En fait, elle s'était interdit d'évoquer sa famille, afin de ne pas pleurer.

— T'as encore ta mère ? demanda Gina.

---

1. Juron alsacien équivalent à « diable ! ».

— Oui ! Mon père tient une boulangerie à Munster. Il vend du bon pain, des bretzels. Pendant la guerre, maman l'a remplacé au pétrin et au four. Un de mes jeunes cousins l'aidait.

— Vas-tu la fermer ? hurla Gretchen. On s'en fout !

— Non, raconte encore, gamine, ça m'plaît, protesta Pierrette.

Sans tenir compte des coups d'œil hargneux de la grande blonde, Lisel dépeignit sa maison natale, ses montagnes blanches de neige en hiver.

— Des cigognes nichaient sur le toit de la grange, mon père était content, il prétendait que ça nous porterait bonheur.

— Y s'gourait, t'es dans la mouise, m'selle, prêcha Gina.

— Je suis innocente, trancha Lisel. Le procès le prouvera. On m'accuse d'avoir voulu tuer une femme, c'est faux. Je ne l'ai pas touchée, mais elle m'a piégée.

— Explique, ordonna Gretchen.

Lisel épancha son besoin de confidences. Elle relata sa dernière entrevue avec sa prétendue victime, sans citer son nom et sans dissimuler la jalousie féroce de Suzelle. Plus elle parlait, en se posant comme une rivale, amoureuse du mari, plus elle prenait conscience d'une évidence. Mais elle garda secrètes les heures d'amour qu'elle avait partagées avec le mari en question.

« Heinrich avait raison, les Frischer me veulent beaucoup de mal, mais ils ont cherché à me faire du tort dès que j'ai travaillé chez Erna Weiss, se dit-elle. Si je n'avais pas rencontré leur gendre, le jour de l'incendie, ça n'aurait rien changé. Mais ils en ont profité. Ils ont dû payer Karl Landolt, comme ils ont payé Eugénie... Ils sont tellement riches. Qui d'autre est à leur solde ? L'inspecteur, le juge ? »

Un abîme lui apparut, où elle tomberait, brisée par les ruses de Suzelle et de ses parents. En quelques secondes, Lisel perdit le moindre espoir d'être acquittée. Elle crut voir une horde d'ennemis se dresser dans la salle du tribunal. Jamais elle ne reverrait Heinrich, jamais plus ils ne seraient ivres de bonheur, peau contre peau, bouche contre bouche.

— Mazette, t'es dans de sales draps, conclut Gina. Remets-toi, frangine, t'es blanche à faire peur.

— T'es pas sortie du gnouf, se moqua Gretchen. Entre nous, t'as bien fait de lui fendre le crâne, à cette bourgeoise.

— Je ne l'ai pas touchée ! riposta Lisel.

— Mon œil, grommela Pierrette. S'ils t'ont pincée, les flics, c'est point par hasard.

— Vous ne me croyez pas ? Tant pis. Et vous, pourquoi êtes-vous ici ? Autant bavarder un peu, ça m'intéresse.

Lisel se heurta d'abord à un silence obstiné. Gina alluma une cigarette, dont elle semblait avoir une provision.

— Je tapinais, tiens ! Racolage sur la voie publique, et j'ai esquinté un beau monsieur qui voulait pas payer. J'ai écopé de deux ans.

Pierrette céda à son tour, tout en nettoyant sa gamelle d'un doigt.

— J'ai tué mon mari, parce qu'il cognait ma petiote. C'était un accident, mais j'ai pris vingt ans. Je crèverai là, misère de moi.

La gorge nouée par ces révélations, Lisel regarda Gretchen, qui utilisait le seau d'hygiène, sa jupe retroussée sur des cuisses minces.

— Et toi, Gretchen ?

— T'as pas besoin de le savoir, pimbêche.

Les surveillantes repassèrent cinq minutes plus tard pour prendre les gamelles sales. Il faisait nuit. Lisel renonça à toute conversation. Elle se coucha, l'esprit en ébullition, le cœur lourd. Les autres détenues l'imitèrent.

« Combien de nuits vais-je dormir ici ? s'interrogea-t-elle. Je n'ai pas osé aller sur le seau. Je me sens sale, et ça sera de pire en pire. »

Elle somnola par intermittence, se relevant pour se soulager. Des cris déchirants ou des sanglots pitoyables s'élevaient parfois des cellules voisines. La vision de sa chambre hantait Lisel, dès qu'elle s'éveillait.

« Heinrich et moi étions joyeux, un peu timides. Je me croyais au paradis, parce qu'il était là. Il admirait tout, me complimentait. Mes croquis, mes géraniums rouges sur la fenêtre, les tentures que j'avais achetées à Strasbourg... Heinrich, je voudrais que tu sois là, près de moi, par miracle. Et Sofia, ma gentille Sofia ! A-t-elle continué le travail ? »

Soudain Lisel eut envie de crier son désespoir, de pleurer tout haut, elle aussi. Le souvenir du sourire lumineux d'Heinrich, de ses baisers, la réconforta, puis ce fut le doux visage de Chris qui lui apparut, nimbée du soleil printanier, dans le jardin de l'hôpital.

« Si j'avais suivi son conseil, je ne serais pas allée rue Bartholdi, je n'aurais pas laissé mes empreintes digitales partout dans la chambre de cette vipère, songea-t-elle. Chris, si vous saviez où je suis... »

Colmar, jeudi 7 mai 1925

Après l'entretien houleux qu'il avait eu avec Suzelle et ses beaux-parents, Heinrich avait quitté la rue Bartholdi, une valise à bout de bras. Il logeait désormais chez Mathis qui avait accepté de l'héberger pendant quelques jours.

Heinrich contourna encore une fois le kiosque à journaux de la place de la Cathédrale. Il était effaré par les gros titres qu'il venait de lire. Sûrement bien renseignés, les journalistes de la région avaient mis à la une la tentative de meurtre dont avait été victime une personnalité de Colmar, l'héritière des brasseries Frischer. Un charmant portrait de Suzelle, qui devait dater de son adolescence, illustrait un des articles.

Même un célèbre journal parisien écrivait dans une colonne de taille moyenne : « Tragédie de la jalousie en Alsace. Une jeune couturière tente d'éliminer l'épouse légitime de son amant. »

Le ciel avait viré au gris opaque, une bruine fraîche tombait sur la ville. Heinrich, en costume de lin, desserra son nœud de cravate, tellement il se sentait oppressé. Il se résigna à acheter *L'Est républicain*, qui mentionnait un article dans une page intérieure.

— Lisel, tiens bon, chuchota-t-il. Je vais te trouver un avocat.

Il jeta un regard soucieux du côté des vitrines de la chapellerie Weiss. La veille, lorsqu'il avait revu Sofia sur le quai de la Lauch, elle lui avait dit que le chapelier devait une certaine somme à Lisel.

— M. Weiss a promis, j'étais là ! Comme notre ancienne patronne s'était attribué la création des chapeaux, il tenait à nous dédommager.

Au fil de leur discussion, il avait réussi à convaincre Sofia de l'innocence de Lisel.

— C'est vrai que je l'ai soupçonnée, mais j'étais si triste et en colère. Je la connais depuis des mois, il n'y a pas plus honnête.

Sofia avait promis de finir les costumes en temps voulu. En se remémorant leur discussion, Heinrich songea aux parents de Lisel, qui allaient apprendre l'arrestation de leur fille par la presse.

— Ce doit être fait, à l'heure qu'il est, se dit-il. Même si ces gens ne sortent pas de chez eux, leurs voisins, à Munster, les mettront au courant.

Désemparé, il marcha à vive allure jusqu'à la place Jeanne-d'Arc, où il avait relevé l'adresse d'un avocat, dans le bottin, dès l'ouverture du bureau de poste. Il était passé à la banque, pour retirer ses économies. Il avait assez pour verser une avance sur les frais, mais cela ne suffirait pas pour la totalité des honoraires.

Il sonna chez maître Stein, de la faculté de droit de Nancy. L'immeuble, aux colombages bruns, au crépi blanc, avait bonne allure. Mais le bureau de l'avocat était modeste, encombré de documents et de livres posés à même le parquet.

— Bonjour, monsieur Keller, asseyez-vous, indiqua d'un ton aimable maître Stein.

L'homme devait voir une trentaine d'années. Les cheveux ras, châtains, les traits anguleux, il darda sur Heinrich des yeux étroits, gris-vert. Il tapota un quotidien plié en deux sur la table vernie qui les séparait.

— Seriez-vous le « monsieur Keller » cité dans le journal ?

— En effet, maître, mais l'affaire est beaucoup plus complexe que ce vous avez pu lire. Vous le comprendrez quand je vous aurai exposé les faits.

— Je vous écoute, monsieur.

Heinrich s'appliqua à narrer en détail chaque événement ayant suivi la rencontre de Lisel Schmitt. Il termina par le piège qu'avaient tendu Suzelle et ses parents à la jeune femme.

Perplexe, l'avocat lissa sa moustache et hocha la tête. Il posa le coupe-papier qu'il n'avait pas cessé de tourner entre ses doigts.

— La défense de ma cliente s'annonce difficile, mais pas impossible, conclut-il en fronçant les sourcils.

Munster, même jour, deux heures plus tard

Ernst Schmitt avait fermé à clef la porte de sa boulangerie. La moitié de la fournée du matin restait invendue, sur la grande étagère en fer forgé et en cuivre. Martha, les paupières rougies, baissait le pan de toile jaune d'or voilant la vitrine.

— Je te parie que demain, personne ne viendra à la boutique, dit-il à son épouse. Si ce n'est pas malheureux ! Ayez des filles, et elles vous couvrent de honte.

— Allons, Ernst, les journaux grossissent souvent les choses. Peut-être que notre Lisel a blessé cette dame par accident.

Rouge, hirsute, le boulanger leva les bras au ciel. Taillé en colosse, il apostropha rudement sa femme.

— C'est écrit noir sur blanc, la petite couchait avec le mari ! Elle est allée faire un scandale qui a fini dans un bain de sang.

— Un bain de sang, et puis quoi encore, maugréa Martha. Non, j'y croirai si Lisel me le dit en face. Mais le coup de la bague, ça me rend malade. Peut-être que notre fille l'a volée. Un diamant, penses-tu, ça vaut une fortune. Alors, avec ses idées d'avoir son magasin, qui sait...

Son mari, la mine sombre, commença à mettre en sachet les bretzels qui remplissaient une corbeille, sur le comptoir.

— Je pense le contraire, Martha. Lisel n'est pas une voleuse. Elle travaille dur depuis des années, elle ne nous a jamais demandé un sou. Même qu'une fois, elle voulait m'acheter un gâteau pour ses ouvrières. Non, le coup de la bague, c'est un bobard. Seulement, quand on est amoureuse, là on peut faire des sottises.

Martha étouffa un sanglot. Très digne, elle croisa les bras sur sa poitrine, d'un air réprobateur.

— Tu en sais quelque chose, n'est-ce pas, Ernst ?

— Nom d'un chien enragé, ne remets pas ça sur le tapis !

Il lança un juron et s'engagea dans le couloir qui menait à un escalier. Sa femme l'entendit descendre les six marches, puis faire les cent pas dans le fournil.

« Qu'est-ce que tu me caches, mon homme ? se demanda-t-elle, les yeux noyés de larmes. Et toi, ma Lisel, pourquoi tu nous as déshonorés ? »

Elle épancha sa détresse dans un long soupir. Un léger bruit l'alerta et la fit se retourner vers la rue. Elle aperçut la silhouette d'un homme qui s'éloignait en toute hâte.

— Oh non, gémit-elle.

L'inconnu avait glissé une enveloppe en kraft sous la porte. Martha la fixa comme si un serpent s'était introduit dans leur boutique.

— Ernst, viens ! Ernst !

Son mari accourut, affolé par ces appels exaspérés. Sans un mot, il ramassa la lettre qu'elle lui désignait. Leur nom y figurait, écrit en majuscules à l'encre rouge.

— Ne l'ouvre pas, brûle-la, supplia sa femme.

— Autant savoir ! Celle-ci, je la garde. Si on doit aider Lisel, il nous faut des preuves.

— Des preuves de quoi, Ernst ? s'égosilla-t-elle. J'en ai assez, dis-moi ce qui se passe !

Il haussa les épaules en décachetant l'enveloppe. Ses mains tremblaient un peu lorsqu'il déplia la feuille qu'elle contenait.

— Les saligauds, éructa-t-il. Lis ça : « Ce n'est qu'un début, Schmitt. Ta fille ne vaut pas mieux que toi. Tu perdras tout, comme elle. »

Martha étouffa une plainte, avant de murmurer :

— Cette fois, ils n'ont pas découpé les mots dans les journaux, quelqu'un a écrit, en rouge, comme sur l'enveloppe.

Ernst approuva sans faire de commentaire. Pourtant il porta le papier à son nez et le sentit de près.

— Seigneur, c'est du sang, Martha. Du sang...

Maison d'arrêt de Colmar, le lendemain,
vendredi 8 mai 1925

Les détenues bénéficiaient d'une promenade dans la cour de leur bâtiment à 10 heures du matin. Lisel attendait ce moment avec impatience, soulagée de revoir le ciel, de respirer l'air frais. Elles étaient quarante-six prisonnières, de tous âges, à marcher en file indienne, sous la surveillance de deux gardiennes.

— Si seulement j'avais des ailes, marmonna Gina à Gretchen, je m'envolerais et j'serais libre, comme avant.

— Tu m'sors toujours le même refrain, j'en ai ma claque, rétorqua la grande blonde.

La surveillante ordonna le silence. Gretchen chuchota une injure de son cru, qui fit pouffer Gina. Lisel se ferma dans son univers personnel. Elle endurait les pénibles conditions de la détention, en se persuadant qu'elle serait vite libérée.

« On s'accommode de tout, songeait-elle. Au moins, on peut faire sa toilette, et on a droit à de la chicorée au réveil. »

Afin de garder courage, la jeune femme se remémorait les récits que son père lui faisait de la vie dans les tranchées. Ernst Schmitt avait dû combattre dans les rangs de l'armée allemande, durant la dernière guerre, à son grand désespoir.

« Papa a tellement souffert, il pouvait mourir chaque jour, il était infesté de poux, la nuit les rats couraient sur lui et les autres soldats. Ici, ce n'est pas si terrible, au fond. »

Elle tendit son visage vers les nuages d'un gris lumineux, qu'elle compara à un voile de mousseline.

— Gina, dit-elle tout bas à l'Italienne qui la précédait, regarde là-haut, la merveilleuse couleur du ciel. Imagine un tissu de cette teinte, brodé de sequins nacrés, pour une robe de bal.

— Qu'est-ce tu racontes encore ? Toi et tes falbalas !

Lisel, dépitée, baissa la tête et considéra les sabots et les bas de laine qu'elle portait. Il avait plu durant la nuit, la cour était parsemée de flaques. D'instinct, elle releva sa longue jupe jusqu'aux genoux, exhibant ses mollets.

— Schmitt, ça suffit ! hurla une des matonnes, en agitant sa baguette.

— Je veux éviter de salir le bas de ma tenue, madame !

La réponse, bien que dénuée d'insolence, provoqua plusieurs rires nerveux chez les détenues. Mais Gretchen souffla une mise en garde :

— Mets-la en veilleuse, sinon tu finiras au mitard[1], poupée !

— J'ai dit la vérité, protesta Lisel. On a le droit de parler !

— Fais gaffe, renchérit Gina.

Elle préféra tenir compte de leurs avertissements. La marche en rond entre les quatre hauts murs continua dans un calme apparent, cependant bien des esprits bouillonnaient de révolte, bien des cœurs saignaient d'être là, loin d'un amoureux, séparés d'un ou plusieurs enfants.

« Chaque épreuve nous révèle une partie insoupçonnée de nous, pensa Lisel en retrouvant leur cellule. Je me croyais d'un caractère paisible, rêveur, mais je me découvre bien différente. Je suis indignée par l'injustice, j'ai envie de lutter pour le droit de ces femmes, mes compagnes de misère, et aussi de faire punir les vrais coupables, en ce qui me concerne. »

Assise sur sa couchette, équipée d'un caillou pointu déniché dans un recoin, elle grava ces trois mots en entaillant le plâtre humide : « Je suis innocente. »

— Tu n'es pas la seule, fit remarquer Gretchen qui venait de les lire par-dessus son épaule.

— Tu parles pour toi ? s'enquit Lisel.

— Peut-être...

— Raconte, j'aimerais bien savoir.

— Non, tu es trop curieuse.

Sur ces paroles énigmatiques, Gretchen s'éloigna en sifflant le refrain d'une comptine.

---

1. Cellule disciplinaire, en prison.

L'après-midi, Lisel, Gina et Gretchen furent conduites à l'atelier. Pierrette était exemptée des travaux assignés aux détenues, à cause de ses doigts déformés par les rhumatismes. C'était une grande pièce aux fenêtres grillagées, équipées de tables en métal.

— On fabrique des couronnes mortuaires pour une entreprise de pompes funèbres, expliqua Gina à Lisel. Avec du fil de fer et des perles. Attention, on est fouillées quand on ressort. Ici, on est une vingtaine, à côté, elles fabriquent des boîtes en carton, ça permet de gagner trois sous pour acheter des cigarettes ou améliorer le repas.

— Et on s'ennuie moins, quand on travaille, ajouta Gretchen.

Lisel se mit à l'ouvrage, réconfortée de plonger ses doigts dans un casier rempli de minuscules perles en verroterie, triées par couleur.

Des modèles étaient à disposition, qu'il fallait respecter. Bien déterminée à ne pas se laisser abattre, Lisel s'absorba dans la confection de sa première décoration funéraire. Tandis que ses doigts habiles maniaient les fils de fer et les perles, elle pouvait réfléchir au mystère qui entourait les Frischer.

« D'abord, Erna Weiss, qui est une amie de pension de Simone Frischer, m'engage sans hésiter, à la meilleure place, avec trois petites mains sous mes ordres. Quinze jours plus tard, Karl Landolt apparaît, nommé commis du magasin. Je découvre qu'il est l'amant de ma patronne, mais peu après, il me tourne autour, il se montre insistant, parfois grossier. Et s'il avait provoqué l'incendie ? Et pourquoi maman m'a-t-elle dit de me méfier de Erna Weiss ? »

Elle termina sa tâche sans avoir trouvé de solution. Gretchen, assise à la table la plus proche, l'avait observée attentivement.

— Tu n'as fait que soupirer, lui dit-elle tout bas.

— Je cherche pourquoi on me veut du mal, souffla Lisel.

La surveillante tapa de sa baguette sur le bureau qu'elle occupait, avant de crier « silence » d'une voix aigre.

— Schmitt, encore un mot et c'est la cellule disciplinaire.

Lisel ravala sa colère. Elle ne comprenait pas l'obligation de se taire pendant des heures d'immobilité, toutes penchées sur un labeur fastidieux. Mais elle eut l'heureuse surprise, vingt minutes plus tard, d'être appelée au parloir.

« C'est sûrement Heinrich, s'enflamma-t-elle. J'étais sûre qu'il viendrait. Mon amour, merci, même si je ne peux pas te toucher, je te verrai, j'entendrai ta voix, ta chère voix. »

Rue Bartholdi, chez les Keller, même jour, même heure

Depuis le départ de son mari, Suzelle paraissait en meilleure forme, ce qui enchantait sa mère.

— Tu as les joues roses, ma chérie, lui dit Simone avec un sourire attendri. Demain, tu ôteras ce vilain pansement.

— Non, il vaut mieux que je le garde encore un peu. Mais tu as raison, je me sens mieux. Savoir Lisel Schmitt en prison m'a redonné des forces. C'est grâce à papa, son plan a fonctionné.

— Dieu soit loué, nous avons appelé ce vieux docteur Grün, car il habite à deux pas. Il n'y voit plus clair, il était prêt à crier au scandale, quand il t'a vue la tête en sang !

— Du sang de bœuf, ironisa Suzelle. C'était répugnant.

— Tu as été courageuse, il fallait employer les grands moyens. Et tu peux faire confiance à ton père, il sait s'entourer de bonnes volontés, de ces gens qui vendraient leur âme pour une grosse somme d'argent.

Eugénie leur apporta le plateau du thé, que Suzelle et Simone prenaient pour faire chic, car elles auraient préféré boire de la bière, en accompagnement de la brioche tressée qui, encore tiède, embaumait la fleur d'oranger.

La jeune domestique, qui les avait écoutées du couloir, se comparait le cœur lourd à ceux dont venait de parler Mme Frischer. Elle fut renvoyée en cuisine d'un regard méprisant.

Suzelle et sa mère dégustèrent le goûter, en évoquant leur séjour tant attendu à Niederbronn-les-Bains.

— Ce matin, après m'avoir auscultée, le docteur Imbert a voulu examiner ma plaie au crâne, j'ai refusé en affirmant qu'une infirmière changeait le pansement. Il n'a pas insisté, mais il m'a promis de nous rendre visite quand nous serons en cure, confia soudain Suzelle.

— Tiens, tiens ! Sois prudente, ma fille, tu n'es pas divorcée. Il est hors de question de susciter des commérages. La moitié de nos amies prennent les eaux à la même date.

— Oui, je ferai attention, ne t'inquiète pas, mais j'espère qu'il dînera un soir avec nous.

Un léger sourire plissa ses lèvres minces. Pendant l'examen, dans la chambre bien close, Georges Imbert lui avait caressé le front, ensuite l'épaule, éveillant ainsi chez sa patiente des sensations oubliées.

— Il me faudra une jolie robe, maman, suggéra-t-elle. Et un tailleur en flanelle bleue, qui ressemble à celui que portait cette grue, le jour où je suis allée à la chapellerie.

— Une grue, le terme convient ! Erna est certaine que Lisel Schmitt couchait aussi avec Conrad, murmura Simone, les yeux brillants. Crois-moi, elle a de qui tenir. Mais elle ne doit plus faire la fière, attifée en détenue. Ton père a mis le juge dans sa poche, elle écopera d'une lourde peine.

La sonnerie du téléphone coupa court à leur discussion. Simone se leva pour se diriger d'un pas rapide vers le vestibule. Elle décrocha le combiné, qui vibrait sur son axe en cuivre. La communication s'éternisa. Suzelle, intriguée, rejoignit sa mère au moment où elle reposait l'appareil sur son support.

— Qui était-ce, maman ?

— La directrice de l'institution religieuse où nous avons placé Jean. Les nouvelles sont mauvaises. Ton fils est malade.

— Qu'est-ce qu'il a ?

— Il ne mangeait guère, il faisait des cauchemars et là, il a beaucoup de fièvre. Peut-être une grippe.

— Mais c'est un pensionnat huppé, ils n'ont qu'à le faire soigner, il y a des médecins en Suisse, non ?

Suzelle eut un geste exaspéré. Elle prévoyait déjà des contretemps à ses projets.

— Ma chérie, il s'agit de ton enfant. Jean réclame son père, bien sûr, néanmoins tu es sa mère et ta présence à ses côtés serait logique. Nous devrions partir dès demain. Ton père fera de lui son héritier, il le voit déjà gérer nos brasseries.

Furibonde, Suzelle retourna dans le salon. Elle était partagée entre l'irritation et la honte, une honte qu'elle avait enfouie au fond de son cœur, depuis plus de trois ans.

— Réponds-moi, ordonna Simone Frischer qui l'avait suivie. Suzelle, aimes-tu ton fils ? Nous t'avons recommandé, papa et moi, de l'élever avec rigueur, comme il se doit. Nous t'avons éduquée de cette façon, mais nous t'aimons, ma chérie.

— Quelle mère n'aimerait pas son enfant ? se lamenta Suzelle, très pâle, ses poings maigres serrés au bout de ses bras ballants. J'aime Jean, seulement je n'ai pas pu m'attacher à lui, il est trop petit. Les bébés pleurent sans arrêt, ensuite dès qu'ils marchent, ils deviennent turbulents. Je me rattraperai quand il aura l'âge de raison, dans cinq ans, je ne sais pas, moi... Tu ne vas pas me faire les mêmes reproches que Heinrich ?

Mal à l'aise, Simone fit les cent pas dans la pièce. Elle dit enfin, assez bas :

— Jean n'y est pour rien, tu me comprends, et c'est notre petit-fils. Des femmes meurent en couches, toi tu as survécu. Le coupable, nous le connaissons, il se nomme Heinrich Keller. Tu as eu tort de céder à ce paysan.

— Maman, pitié, ne remue pas le passé, trancha Suzelle. Nous prendrons des nouvelles de Jean ce soir et demain matin. Mais je n'irai pas.

— Très bien, Gertrude s'est installée à Genève, je vais lui écrire de se rendre au pensionnat, voir Jean. Souhaitons que son état n'empire pas.

— Tais-toi ! hurla Suzelle. Les gamins sont souvent malades, il se remettra. Je lui enverrai un jouet, dès qu'il sera rétabli.

— Faisons ainsi, et s'il y a un souci, je ferai le voyage.

Eugénie avait entendu. Le petit Jean lui était cher. Elle pensa qu'il fallait avertir Heinrich.

« Mais où est Monsieur, se demanda-t-elle, la gorge nouée par l'angoisse. Je sais, je pourrai laisser un message à la caserne des pompiers, en allant au marché, demain matin. »

C'était une manière de compenser tous ses mensonges, ses faux témoignages. Le curé à qui elle s'était confessée l'avait exhortée au repentir.

— Je ferai une bonne action, chuchota-t-elle, les mains plongées dans l'eau de vaisselle. Pour aider Monsieur et Hansel...

Maison d'arrêt de Colmar, même jour

On introduisit Lisel dans un local exigu, séparé en deux par une cloison grillagée à mi-hauteur. Elle vit derrière le treillis en cuivre un étranger, élégant, une serviette en cuir vert sous le bras.

— Monsieur, marmonna-t-elle, infiniment déçue.

— Je me présente, maître Stein. Je suis votre avocat.

L'homme l'étudiait, satisfait de la voir aussi jolie. Il lui trouva de la classe, malgré ses vêtements de détenue.

— Un avocat ? Mais je ne pourrai pas vous payer, dit-elle en s'asseyant en face lui, sur un tabouret.

— Nous verrons cela plus tard, mademoiselle Schmitt. Vous ne pouvez pas bénéficier de l'assistance judiciaire, instaurée il y a quelques années pour les indigents, ce que vous n'êtes pas. En effet, vos parents sont propriétaires de terrains, de leur maison et nantis d'un fonds de commerce.

— Je refuse que l'on prenne de l'argent à mes parents ! s'écria Lisel, affolée. Ce sont eux qui vous ont contacté ?

— Non, je pars à Munster demain matin, afin de m'entretenir avec eux, mais j'ai été engagé par M. Heinrich Keller.

D'abord glacée, elle devint brûlante de confusion. Les deux jours qu'elle avait passés à la maison d'arrêt lui paraissaient aussi longs que deux mois.

— Pouvez-vous me dire ce qui se passe dehors, à mon sujet, monsieur ?

— Les journaux se régalent ! L'adultère fait vendre, et quand la maîtresse d'un homme marié essaie d'éliminer sa rivale, nous avons des gros titres truculents.

La verve moqueuse de l'avocat déplut à Lisel, pourtant elle se doutait qu'il disait vrai.

— Il n'y a rien d'amusant dans cette affaire, lui assena-t-elle. Je suis innocente, et vous devez le prouver. Si je suis libérée, ou acquittée en cas de procès, je travaillerai des années pour vous payer.

— Votre affaire m'intéresse, mademoiselle. M. Keller m'a fait un premier versement. Il m'a également exposé votre situation à tous deux. J'ai déjà rencontré le chapelier Conrad Weiss, qui vous devait soi-disant un dédommagement. Il nie la chose.

— Quel sale type, il rampe devant son épouse ! enragea Lisel. J'ai un témoin de sa promesse, Sofia Moretti. Elle loge à la pension des Bateliers, quai de la Poissonnerie, dans la Petite Venise.

— Je parlerai à cette personne, mais le plus important à mes yeux, et je suis sincère, c'est de savoir la vérité. Je vous défendrai et je ferai le maximum pour vous aider, à condition que vous me racontiez votre version de l'histoire. Nous ne pouvons guère nous réjouir, mademoiselle Schmitt. Franz Frischer est un bon ami du juge d'instruction qui vous a envoyé ici.

Lisel s'aperçut qu'elle tremblait de nervosité, elle qui tentait d'être courageuse.

— Ces gens, les Frischer, sont des monstres. M. Keller a dû vous dire qu'ils ont emmené son fils de trois ans, en lui affirmant qu'il ne le reverrait pas avant longtemps.

— Je suis au courant, mais cela n'entre pas dans le cadre de votre défense. Avez-vous frappé Suzelle Keller avec l'intention de la tuer ?

— Non. Ils m'ont piégée, en achetant la complicité de leur domestique, Eugénie, une jeune fille un peu naïve. Si elle osait témoigner contre eux, je sortirais d'ici. Si vous aviez vu la scène, dans la chambre de Mme Keller. Sous prétexte de chercher une enveloppe, elle m'a fait tenir des bibelots, des objets, pour…

— Pour que vous laissiez vos empreintes un peu partout, je suis au courant de cela aussi, ne gaspillons pas le temps qui m'est accordé. Qu'en est-il du dénommé Karl Landolt ?

— Oh, cette brute qui m'a agressée doit être dans le quartier voisin, celui des hommes.

— Je suis navré, Landolt a été transféré à Strasbourg et libéré sous caution.

— C'est la deuxième fois. Celui ou celle qui verse une caution doit être en rapport avec ceux qui cherchent à me détruire. Ils n'y arriveront pas, affirma Lisel.

Elle avait maîtrisé ses nerfs. Droite sur son siège, auréolée des courtes mèches souples qui dépassaient de son bonnet blanc, le regard noir, elle incarnait bien l'innocence bafouée.

— En effet, il y a anguille sous roche, maugréa maître Stein. Mais dans ce cas, les Frischer ont fait en sorte de ne commettre aucune erreur. Je ne retrouverai pas Landolt et tout plaide en leur faveur.

— Pourquoi ?

— Eh bien, c'est simple. Une ravissante couturière séduit leur gendre, dont l'épouse stérile souffre dans son corps et son âme. Le père de la malheureuse, ulcéré, engage un détective qui atteste de l'adultère, pardonnez-moi d'être franc. De surcroît, ladite épouse refuse absolument de divorcer. Vous ne le supportez pas et vous courez au domicile de votre amant. Là, prise de colère, vous frappez votre rivale.

Furieuse, au bord des larmes, Lisel plaqua ses mains contre le grillage qui la séparait de l'avocat.

— Maître, si j'avais décidé de tuer Suzelle Keller, j'aurais agi autrement, afin de profiter de sa disparition ailleurs qu'en prison. On m'accuse d'emblée, la presse, le juge, sans remarquer à quel point tout cela est ridicule, grotesque. Mais jamais je n'ai songé à éliminer qui que ce soit. Mme Keller, à mon humble avis, est cruelle de nature, sinon elle pardonnerait à son mari et à son enfant la tragédie qui l'a frappée après son accouchement.

— J'en prends note, dit l'avocat en se levant. Mademoiselle Schmitt, je reviendrai bientôt. Les demandes de parloir passent par mes services. M. Keller souhaite venir, j'ai dû refuser et j'en suis navré, mais c'est par prudence, car cela nuirait à votre défense.

Il salua et toqua à la porte. Lisel le vit disparaître. Son espoir de revoir Heinrich volait en éclats. Incapable d'accepter ce nouveau coup du sort, elle pleura en silence, le cœur pris dans un étau.

« Mon amour, si tu me serrais très fort dans tes bras, j'aurais moins peur, lui dit-elle en pensée. Mais non, on nous a séparés. »

On la ramena en cellule où ses codétenues l'interrogèrent d'un signe de tête.

— J'ai un avocat, annonça-t-elle. Mais il est bizarre. Je crois qu'il ne m'aidera en rien.

— Mazette, m'selle s'offre un avocat ! fanfaronna Gina. Tu as des relations, ou un petit magot de côté ?

— C'est mon amant qui l'a envoyé ! cria Lisel. Là, vous êtes contentes, j'ai un amant ! Le plus beau de la Terre. Vous en seriez folles de jalousie s'il apparaissait !

Elle se jeta sur sa couchette, reprit le caillou pointu sous sa paillasse. D'un trait rageur, elle dessina sur le plâtre un grand croquis de femme, aux cheveux courts, coiffée d'une capeline. Elle l'habilla d'une robe fluide, dont le col se divisait en deux longs pans harmonieux.

— Toi alors, tu as de l'or dans les doigts, s'extasia la vieille Pierrette.

— Dessine encore, implora Gina.

Seule Gretchen demeura silencieuse. Le soir, elle renversa à nouveau la gamelle de Lisel, d'un coup de coude.

10

Hansel

Colmar, le lendemain, samedi 9 mai 1925

Eugénie se hâtait, son panier à la main. Elle était sortie très tôt, sous le prétexte d'acheter du poisson bien frais, mais elle ne se rendit pas au marché. Utilisant une pièce du pécule mal acquis, elle s'autorisa un trajet en tramway, afin d'arriver plus vite à la caserne des sapeurs-pompiers.

Vêtue d'une veste en popeline beige sur sa robe noire, elle avait roulé son tablier blanc autour de sa taille. Sa modeste cloche en feutrine, trop chaude pour la saison, dissimulait en partie ses courtes boucles châtaines.

Son initiative lui paraissait une extraordinaire aventure. Elle s'imaginait en héroïne des romans à quatre sous qu'elle lisait le soir, son service terminé. Son audace et sa volonté faiblirent lorsqu'elle franchit la porte voûtée donnant accès la caserne.

— Mademoiselle, vous désirez quelque chose ? lui demanda un jeune homme sanglé dans l'uniforme réglementaire des soldats du feu.

Il tenait son casque à la main et lui souriait poliment. Eugénie lança des regards inquiets vers l'ombre de l'immense hangar qui abritait les camions rouges.

— Je dois parler à M. Heinrich Keller, expliqua-t-elle tout bas. C'est grave.

— Vous avez de la chance, il est encore là. Mais il allait partir pour l'hôpital. Je me présente, Mathis Bauer, j'héberge Heinrich. Prenez cet escalier, sur votre gauche, je loge au premier étage de la caserne, la deuxième porte.

— Merci beaucoup.

Le cœur pris de panique, la jeune fille suivit les instructions reçues. Au moment de frapper, elle faillit s'enfuir, par crainte des possibles conséquences, car les Frischer ne lui pardonneraient pas sa traîtrise, s'ils la découvraient. Mais Heinrich sortit, l'air soucieux.

— Eugénie ! Je suis désolé, mais si vous venez me transmettre un message de mon épouse ou de ses parents, je vous prie de faire demi-tour.

— Non, Monsieur, je suis là en cachette, bégaya-t-elle, peinée par le ton dur qu'il avait eu.

— En cachette ! Qu'est-ce que vous espérez ?

— Je vous apporte des nouvelles de votre petit Hansel, avoua-t-elle d'une voix altérée par l'émotion. Il est malade. Mme Frischer a reçu une communication, hier, au téléphone. Après, je l'ai écoutée qui racontait tout à Madame Suzelle.

— Malade ? De quoi souffre-t-il ? Savez-vous où il est ?

— En Suisse, dans un pensionnat huppé, Madame a dit ça. Je crois qu'il est surtout malade de chagrin, le pauvre !

Terrassé par une douleur viscérale, Heinrich dut s'appuyer au mur du couloir. Il pensait son fils en sécurité, et durant ces derniers jours, il s'était plutôt préoccupé du sort de Lisel.

— Vous ne savez vraiment rien d'autre, Eugénie ? demanda-t-il sèchement. Un nom de ville, ou mieux, le nom de ce pensionnat ! Une seconde, est-ce qu'on me tend un piège ?

— Mais non, je vous le jure, Monsieur, gémit-elle. Ce matin, Mme Frischer a téléphoné là-bas, en Suisse, il était 7 heures. Jean était toujours fiévreux. Ah, je me souviens, Mme Frischer veut écrire à la nurse, Gertrude, qui est gouvernante à Genève, pour qu'elle rende visite au petit.

— Genève, je peux y être ce soir, en train. Merci, Eugénie, si vous me dites la vérité, vous me rendez un grand service.

Il fut incapable de lui sourire, encore incertain de l'origine de sa démarche. Elle le vit dévaler l'escalier, figée sur place, toute tremblante de joie.

Une heure plus tard, la petite domestique achetait du poisson et des carottes, tandis que Heinrich se procurait deux billets de train, en direction de Genève.

Rue Bartholdi, chez les Keller,
dimanche 10 mai 1925

Franz Frischer, confortablement installé dans un fauteuil en cuir, alluma un cigare. Il savourait sa victoire, en songeant que son plan avait fonctionné au-delà de ses espérances, même s'il lui avait fallu écorner sa fortune pour le mener à bien.

Son épouse et Suzelle, assises en face de lui sur le sofa garni de coussins, bavardaient de leur prochain séjour à Niederbronn-les-Bains.

— Vous pourrez partir dans une quinzaine de jours, le procès n'aura pas lieu avant deux mois, hasarda-t-il. Je donnerais cher pour voir la tête de Ernst Schmitt, en ce moment. Je sais déjà qu'il a mis la clef sous la porte. Ce crétin n'est pas près de revendre du pain. Bientôt il devra céder son pas-de-porte et sa maison au plus offrant.

— Et ce sera toi, papa, minauda Suzelle.

— Oui, ils n'auront plus rien, juste leurs yeux pour pleurer.

— Pourvu que leur fille soit condamnée à une lourde peine, c'est le plus important, ajouta Simone. Et toi, ma chérie, il faudra consentir au divorce.

— J'y réfléchirai, maman.
— Deviendrais-tu raisonnable ? s'étonna son père.
— Peut-être, papa. J'aviserai quand nous saurons combien de temps Lisel Schmitt croupira en prison. Heinrich serait capable de l'attendre des années. Moi, je ne veux pas qu'ils puissent être heureux ensemble. Jamais.
— On dirait que tu aimes encore cet homme qui t'a fait tant de mal, lui reprocha sa mère. Si seulement tu nous avais écoutés, à l'époque. N'oublie pas, Heinrich Keller a gâché ta jeunesse, il t'a brisée.

Suzelle évita de répondre, la mine boudeuse. Elle avait menti à ses parents, quatre ans auparavant, elle leur mentait toujours, mais rien ne l'aurait décidée à leur dire la vérité.

— Tu me rappelles de mauvais souvenirs, maman, je vais me reposer dans ma chambre, se plaignit-elle.

Dès qu'ils furent seuls, les Frischer discutèrent à voix basse, tous deux animés de la même haine, dont le feu couvait depuis plus de huit ans.

— Tu fais souffrir Ernst Schmitt, en envoyant sa fille en prison, mais on ne peut pas prévoir l'issue du procès. Elle aura sans doute une peine de quelques années, mais ensuite ?
— Quand même, une tentative d'assassinat, doublée d'un vol crapuleux, je miserais sur dix ans. Une fois libérée, sa vie sera fichue ! Plus personne ne lui donnera de travail, et elle s'accusera de la ruine de ses parents.
— Ce n'est pas cher payé, Franz !
— Je suis le seul à pouvoir en juger, Simone ! Je te le redis, on ne fera pas de moi un criminel. Si j'étais mort en 1917, avec mon père et mon frère, je n'aurais pas autant souffert.
— Je sais, calme-toi ! Fais à ton idée. Ah, le téléphone, ce sont sûrement des nouvelles de Jean.

Simone Frischer quitta le salon de sa démarche altière, perchée sur ses chaussures à talon. Son mari, en l'observant, songea que Suzelle serait la même femme, d'ici vingt ans, sèche, les traits émaciés, les cheveux châtain clair virant au gris.

— Alors ? interrogea-t-il d'un ton aigre lorsqu'elle revint, un léger sourire sur les lèvres.

— Le petit va mieux, la fièvre a baissé. Un souci de moins. À cet âge, les enfants se plaignent pour un rien.

— Il faudra le mettre au pas, plus tard. Jean a hérité des nerfs malades de Suzelle et de la niaiserie de son père.

Eugénie était en congé, comme chaque dimanche. Simone alla préparer du café. Dans sa chambre, indifférente à tout ce qui n'était pas son nouveau caprice, Suzelle rêvait d'un rendez-vous clandestin avec le docteur Imbert.

« Il revient demain matin, songeait-elle. J'étrennerai ma chemise de nuit en dentelle, je me plaindrai du ventre. Il posera ses grandes mains chaudes sur moi... »

Elle soupira, pleine d'impatience, le corps parcouru d'ondes délicieuses.

Maison d'arrêt de Colmar, même jour,
quelques heures plus tard

Lisel s'ennuyait, allongée sur sa couchette. Le dimanche, les détenues ne travaillaient pas à l'atelier, ce qu'elle déplorait. Le temps s'écoulait lentement, dans une morosité désolante. Elle s'occupait l'esprit à concevoir des robes fabuleuses, ornées de perles dorées, de strass, en soie ou en organza, afin de ne pas trop songer à Heinrich, qui était le centre de ses pensées du matin au soir. La nuit, elle rêvait de lui. Soit ils se promenaient main dans la main, soit ils étaient à nouveau nus, libres de s'aimer, de s'enivrer de baisers et de caresses.

— Hé, gamine, si tu nous faisais un autre dessin ? proposa la vieille Pierrette.

— Non, je n'ai pas le cœur à ça.
— Tu crois qu'on a le cœur à quelque chose, nous autres ?
— Je suis désolée, Pierrette, mais pas aujourd'hui.

La familiarité était indispensable, Lisel en avait eu conscience dès le deuxième jour en prison. Il fallait tisser des liens, pour ne pas céder au désespoir.

— Ne te plains pas, Schmitt, toi au moins, tu as un avocat, lui dit Gretchen d'un ton hargneux. J'parie qu'avec tes bonnes manières et ta jolie gueule, tu sortiras avant nous.

— Je sortirai avant vous parce que je suis innocente !

— Pauvre cruche, si tu as confiance en la justice, tu te mets le doigt dans l'œil, rétorqua la grande blonde. Innocente ou pas, tu en es au même point que nous.

— Fiche-lui la paix, Gretchen, marmonna Gina. Moi j'la crois, elle n'a rien fait. Pas comme certaines, tu vois de qui j'parle !

— Répète, sale ritale !

La querelle éclata si soudainement que Lisel en fut sidérée. Elle vit les deux femmes se jeter l'une sur l'autre, se prenant aux cheveux, se donnant des claques et se griffant. Elles lançaient des clameurs stridentes, semblables à des furies. Bientôt elles roulèrent sur le sol, déchaînées. La vieille Pierrette riait, enchantée du spectacle.

— Arrêtez, supplia Lisel qui, revenue de sa stupeur, essayait en vain de les séparer.

Elle reçut un coup poing dans l'épaule et recula par prudence.

Des sifflements retentirent dans le couloir. La porte s'ouvrit et une surveillante apparut, escortée d'une gardienne.

— Bianchi ! Schnabel ! Arrêtez immédiatement !

La baguette en osier cingla le dos de Gretchen qui hurla de rage, tandis que Gina l'accusait, le nez en sang :

— Elle m'a attaquée, cette saleté, j'y suis pour rien !

— Schnabel, au mitard ! vociféra la surveillante.
— Tant mieux, j'serai tranquille au moins, répliqua celle-ci.

La joue striée d'une éraflure rouge, la lèvre inférieure fendue, le bonnet déchiré, Gretchen frémissait de colère. Elle cracha par terre, avant d'être emmenée.

— Bon débarras, se vanta Gina en rajustant son corsage. Y faut pas s'y fier, c'est une teigne !

Secouée par la scène, Lisel considérait une mèche brune sur le sol, arrachée à la chevelure de l'Italienne. Son courage battit en retraite, à la perspective de passer des mois ou des années là, entre les murs de la prison.

— Je croyais que vous étiez amies, murmura-t-elle.
— Amies, et puis quoi encore ? Si je pouvais, j'lui ferais la peau, précisa Gina.
— T'as pas fini d'en voir, petite, prêcha Pierrette. Gretchen, on n'sait pas d'où elle vient, ni ce qu'elle a fait, mais elle veut faire la loi. La prochaine fois, c'est toi qui y passeras.

La gorge serrée sur une vague envie de pleurer, Lisel se réfugia sur sa couchette. Des pensées l'assaillirent et des regrets aussi.

« Je ne me rendais pas bien compte de la gentillesse de Sofia, de son dévouement. J'étais un peu distante avec elle. Je voudrais tant me retrouver dans ma chambre, avec elle, en train de coudre, de bavarder. Elle chantait souvent, elle était si gaie, si drôle. Et Chris ? Chacun de ses sourires me faisait l'effet d'un cadeau. Je n'ai pas assez insisté pour l'inviter chez moi. Je craignais de la gêner, elle est tellement discrète, réservée. »

Lisel essuya les larmes qui lui piquaient les yeux. Elle venait de songer à ses parents, au chagrin qui devait les accabler, car ils étaient forcément au courant de sa situation. Ils devaient la croire coupable. Un cri de révolte lui échappa, suivi d'un sanglot effaré.

— Ne t'fais pas de bile, recommanda Gina. Au début, on chiale toutes, après on s'habitue.

— Je ne m'habituerai jamais ! Cette femme ne peut pas gagner si facilement !

— La légitime de ton amant ? Eh oui, on a tout compris, nous autres. Tu lui as quand même piqué son mari, à cette bourgeoise, puisque tu couchais avec lui ! Et si c'est vrai, c'que tu racontes, elle s'est débarrassée de toi, la finaude, affirma Pierrette. Tu n'fais pas le poids contre elle !

— Tais-toi, pitié, tais-toi ! cria Lisel.

Elle se boucha les oreilles, recroquevillée sur son lit. Le soir, elle refusa de toucher à sa gamelle et à sa tranche de pain, frugal repas que ses compagnes se partagèrent.

« Heinrich, sauve-moi, viens me chercher, implora-t-elle en silence. Je t'aime, tu me manques, ça me donne envie de crier de rage. Ne m'abandonne pas, sinon j'aurai tout perdu. »

Entre Genève et Strasbourg, mercredi 13 mai 1925

Heinrich contemplait son enfant, qui s'était endormi niché contre lui, bercé par le balancement du train sur les rails. Tenir Jean dans ses bras, percevoir son souffle régulier, le remplissait d'un bonheur infini.

— Dors, mon petit Hansel, dors, je te promets que tu n'auras plus peur, que je ne t'abandonnerai pas.

— Mon pauvre garçon, ne fais pas de promesses, si tu n'es pas sûr de les tenir, commenta une femme assise en face de lui.

— Désormais je ferai en sorte de les tenir, maman. J'ai commis beaucoup d'erreurs, je dois les réparer.

Odile Keller retint un soupir. Elle n'avait pas hésité une seconde à accompagner son fils jusqu'à Genève. Durant le trajet qui les conduisait en Suisse, Heinrich s'était confié comme il ne l'avait encore jamais fait.

— Si je me doutais que tu étais aussi malheureux, déplora-t-elle encore une fois.

— Maman, n'en parlons plus. J'ai retrouvé Hansel, si vous le gardez, papa et toi, je ne me tourmenterai plus pour lui. Il va être bien chez vous. Il adore les animaux, la campagne.

— J'aurais bien aimé le connaître davantage, ce beau petit. Je l'ai vu le jour de son baptême, tu nous l'as amené quand il avait deux ans. Depuis j'ai dû me contenter de trois photographies.

Odile Keller, à soixante-deux ans, avait un teint frais de jeune fille, peu de rides, sous une couronne de cheveux d'un blanc de neige. Ses yeux très bleus reflétaient la douceur et la tendresse de son caractère, mais également une profonde mélancolie.

— Heinrich, tes beaux-parents sauront forcément que tu es venu chercher Hansel, ils voudront le reprendre. Ces gens ne sont jamais venus à Riquewihr, ni ton épouse, mais ils n'auront pas de mal à obtenir notre adresse.

— Ne t'inquiète pas, maman, la directrice du pensionnat m'a dit qu'elle avait téléphoné dimanche à mon domicile, afin de donner des nouvelles de Jean. Comme il allait mieux, ma belle-mère s'est prétendue rassurée, en ajoutant de ne plus les déranger. Tu entends ça ? Ne plus les déranger ! J'ai expliqué à cette femme que mon épouse et moi-même nous préférions le changer d'établissement. Avec un peu de chance, les Frischer ne sauront rien avant un mois ou deux.

— Jean est leur petit-fils, quand même, ils peuvent décider de lui rendre visite.

— Non, il n'y a pas de risque. Suzelle et sa mère partent en cure dans deux semaines, Franz Frischer en profitera pour mener une joyeuse vie de célibataire.

Heinrich esquissa un sourire amer. Il se revit au début de son mariage, lorsqu'il avait découvert la haute bourgeoisie sous tous ses aspects.

« Le pouvoir de l'argent, la volonté de paraître, de briller en société, d'écraser les moins fortunés, se souvint-il. Les Frischer auraient peut-être fini par m'accepter si j'avais consenti à jouer le même jeu qu'eux et si je m'étais montré avide de réussir, en reniant mes valeurs, mon milieu. Oui, ils m'auraient sans doute pardonné. »

Il déposa un baiser furtif sur la joue de son fils, comme pour s'assurer qu'il était vraiment là.

— J'ai eu l'impression d'être assisté par les puissances divines, hier, avoua-t-il. Toi, maman, tu m'attendais à l'hôtel, et tu as dû beaucoup prier, car je n'ai rencontré aucun obstacle. Dès que j'ai su dans quelle institution était Hansel, plus rien ne pouvait m'empêcher de l'emmener.

Il se revit dans le bureau de la directrice, lui montrant ses papiers d'identité, faisant preuve d'une hauteur factice, digne d'un gendre des Frischer. Le moment où on l'avait conduit vers son petit garçon resterait gravé en lui. Après avoir longé des couloirs, une porte s'était ouverte sur un lit étroit, où son Hansel gisait, tout pâle, paupières closes.

« Je l'ai appelé doucement, il a sursauté, puis il a crié papa, et je me suis penché pour l'embrasser. Il m'a mis les bras autour du cou, tremblant de joie. »

Un frisson parcourut le dos d'Heinrich, de peur rétrospective et d'émotion.

— Hansel était tellement content, maman, il a mangé tout le goûter que nous avons pris au buffet de la gare, lui qui refusait de se nourrir dans cet endroit sinistre.

— Bien sûr, tu lui manquais, à ce bout de chou, chuchota Odile, par crainte de réveiller son petit-fils. Mais tu vas au-devant de gros ennuis, Heinrich. Tu as dépensé beaucoup d'argent pour ce voyage et tu as versé une avance à cet avocat. Nous ne pouvons guère t'aider, papa et moi.

— Vous m'aidez déjà, en me soutenant moralement, sans me juger. Quant à l'avocat, il pourra m'être utile à l'avenir, car je veux divorcer.

Odile Keller, très pieuse, eut une expression navrée. Elle avait été déçue de voir son fils consentir à un mariage civil, lui qu'elle avait élevé dans la foi catholique.

— Un divorce coûte cher, déplora-t-elle. Surtout que tu es en tort, pour la justice, puisque ton beau-père t'accuse d'adultère.

— Maman, nous en discuterons ce soir, avec papa. J'aime Lisel de tout mon cœur. Si je l'avais rencontrée avant de faire la connaissance de Suzelle, rien ne serait arrivé.

— Mais Jean ne serait pas né, ce beau petit que tu aimes tant. Mon Dieu, comme il te ressemble !

Heinrich vit sa mère tamponner ses yeux à l'aide du mouchoir qu'elle gardait dans sa main droite.

— Ne pleure pas, maman, nous aurons des jours meilleurs. Je travaillerai dur, je trouverai de l'argent.

— Nous sommes propriétaires de la maison et du terrain, ton père a déjà envisagé de prendre une hypothèque pour t'aider.

— Je lui interdirai, trancha-t-il. Je ne vous demande qu'une chose, protéger Hansel, lui donner du bonheur.

— Nous le ferons, mais si tu me disais comment l'appeler. Tu lui dis soit Jean, soit Hansel, ton fils ne peut pas comprendre. Je voudrais que tu te décides, suggéra Odile avec un doux sourire.

— Hansel, quand nous sommes tous les deux, c'est le prénom que je lui donne, maman.

Heinrich jeta un coup d'œil songeur sur le paysage qui défilait derrière la vitre. Il revoyait la bouche pincée de Suzelle, ses mimiques outragées, lorsqu'elle exigeait de ne plus jamais entendre « Hansel », au profit de Jean. Sa joie faiblissait, ainsi que sa bonne humeur. Il s'interrogeait sur l'avenir.

« Suzelle est sa mère, elle a des droits, et il l'aime, le pauvre petit, même si elle le repousse sans cesse. »

Le problème lui paraissait sans issue.

Quelques heures plus tard, au coucher du soleil, le petit Hansel Keller découvrait l'ancienne ferme au toit de chaume qui avait abrité l'enfance de son père. L'enfant, bien reposé et rassuré d'être dans les bras d'Heinrich, engloba d'un regard émerveillé les vieux murs ocre jaune, palissés de fleurs grimpantes, l'enclos où s'ébattaient des agneaux, le chien noir qui leur faisait fête.

— Tu vas habiter ici, mon chéri, susurra Odile. Et voilà ton pépère Otto.

Un homme de haute taille, aux boucles grises, se tenait sur le seuil de la maison. Ses traits sillonnés de rides exprimaient une grande bonté.

— Bienvenue, Hansel, dit-il en souriant. Il y a une portée de chatons, veux-tu les voir ?

Encore une fois, Heinrich pensa à Suzelle qui ne voulait ni chien, ni chat, ni même un canari. Il donna l'accolade à son père en le remerciant tout bas. Ensuite les deux hommes escortèrent le petit garçon dans son exploration passionnée du lieu. Odile, entre angoisse et plaisir incrédule, s'empressa de préparer un bon dîner.

— Une belle galette de pommes de terre, une salade du jardin, et en dessert, un kouglof aux raisins.

Le repas se déroula dans une chaleureuse ambiance, qui mit du baume sur le cœur torturé d'Heinrich. Il était loin d'oublier le sort de Lisel, qu'il rêvait en secret d'amener là un jour, pour partager avec elle des moments de sérénité.

« Courage, Lisel, pensait-il. Je ne t'abandonne pas. »

Il coucha son fils dans la chambre qu'il occupait au même âge et dont le décor n'avait pas changé.

— C'est joli, ici, papa, remarqua le petit en désignant du doigt les meubles peints, ornés de motifs floraux, les rideaux froncés qui encadraient la fenêtre.

— Oui, et tu as vu ce cheval à bascule ? Pépère Otto l'a fait pour moi, quand j'ai eu six ans. Demain, tu y joueras.

Le parfum des premières roses entrait dans la chambre située à l'étage. Allongé au creux d'un matelas douillet, Hansel eut un sourire de pur ravissement. Ses paupières clignaient, car il avait sommeil, mais il demanda pourtant :

— Elle est où, maman ?

— À Colmar.

— Tu devrais lui dire de venir, elle serait peut-être gentille, ici ?

La question bouleversa Heinrich. Il mesura de nouveau les difficultés qui l'attendaient, surtout s'il tenait à préserver son fils.

— Nous verrons ça, Hansel, dors vite, mon chéri.

Maison d'arrêt de Colmar, mardi 19 mai 1925

Lisel avait un parloir. Encadrée des gardiennes, elle longea le couloir aux murs bruns, tout en comptant le nombre de jours qu'elle avait passés en prison.

« Demain, ça fera une semaine, mais j'ai l'impression d'être là depuis un siècle. »

Elle était certaine d'avoir affaire à son avocat, puisque selon ce dernier, il était inutile d'espérer une visite d'Heinrich. Elle fut tour à tour glacée et brûlante, en voyant son père derrière la grille du local. Ernst Schmitt, en costume, ses cheveux brun-roux pommadés, lui adressa aussitôt un regard lourd de reproches.

— Bonjour, papa, dit-elle en s'asseyant. Je suis contente que tu sois venue.

— Et moi je ne suis pas content du tout ! Ma fille incarcérée, rien ne pouvait me faire plus de tort. Je n'en dors plus. On est devenus des pestiférés, à Munster.

Personne ne veut manger mon pain, la boutique reste fermée.

— Je suis désolée, mais tu dois me croire, je suis innocente. As-tu rencontré mon avocat, maître Stein ?

— Ton avocat et ce type qui t'a retourné le cerveau, Keller, gronda Schmitt. Lisel, ta mère et moi, on s'est souvent tracassés, en te sachant livrée à toi-même, à Paris ou à Colmar, mais tu as brisé un ménage ! Ma fille en première page des journaux, pour avoir voulu tuer l'épouse de son amant... Quelle honte !

La résistance nerveuse de Lisel cédait. Elle venait de vivre des jours de chagrin, d'ennui, humiliée par les surveillantes. Elle cacha son visage entre ses mains.

— Tu peux pleurer, oui, marmonna son père.

— Je ne pleure pas ! s'écria-t-elle en lui présentant des traits exaltés. Tu n'as aucune idée de la vie en cellule. Le seau d'hygiène qu'on utilise toutes, les puces, les cafards, les bruits la nuit. Je n'ai rien fait pour mériter ça. Papa, Heinrich a dû t'expliquer que son épouse et ses beaux-parents m'ont tendu un piège.

Sanguin, Ernst Schmitt brandit le poing. Au fond, il n'était pas fier de lui, mais il ne l'aurait jamais avoué.

— Ton amant, je l'ai cogné, à la première seconde où il me débitait ses salades.

— Il ne fallait pas ! s'insurgea-t-elle. Heinrich n'est coupable de rien. Oui, nous nous aimons, et j'étais prête à l'attendre, il devait divorcer.

— Fadaises, un honnête homme ne se conduit pas ainsi. Il a trompé sa femme, une malheureuse infirme, je l'ai lu dans un article. Et écoute-moi bien, je ne serais pas venu te voir sans ta petite ouvrière, Sofia. Voilà une demoiselle sérieuse. Elle a livré les costumes à l'école de filles, ensuite elle a frappé à la porte du magasin. Ta mère lui a offert du café et de la brioche.

La nouvelle fit sourire Lisel, touchée par la bonne volonté de la jeune Italienne.

— Elle a dû travailler jour et nuit pour terminer à temps, dit-elle d'une voix rêveuse. Si je pouvais la féliciter, la remercier.

— Martha s'en est chargée, mais la directrice de l'école faisait grise mine, devant les costumes. Ta réputation est fichue, alors faire porter ces habits à d'innocentes gamines, ça déplaisait à tout le monde.

— On croit vraiment que je suis une criminelle en puissance, s'indigna Lisel.

— Pas de grands mots, on croit ce qui est écrit dans la presse.

— Toi aussi, papa ? Tu me connais, quand même.

— Je n'en sais plus rien ! Ta mère m'assomme de discours, comme quoi tu es incapable de fendre le crâne d'une autre femme. Moi, j'ai des doutes.

Ils se turent tous les deux un moment, chacun campé sur ses positions. Lisel hasarda enfin, tout bas :

— Je réfléchis pendant des heures, à l'atelier et le soir, pour trouver la solution de ce désastre. Des avertissements de maman me reviennent souvent. Elle me disait souvent de me méfier de Erna Weiss. Parfois j'en conclus que mon ancienne patronne est derrière certains de mes ennuis. En plus, c'est une grande amie de Simone Frischer, la belle-mère d'Heinrich.

— Ne prononce pas le nom de cet homme devant moi, Lisel ! Quant à Erna Weiss, pourquoi tu la mêles à tout ça ?

Elle avait noté la gêne subite de son père, son regard fuyant, si bien qu'elle insista.

— En es-tu sûr, papa ? Quand j'ai postulé chez elle, je lui ai parlé de mes parents, qui habitaient Munster. Elle n'a pas eu de réaction particulière, pourtant elle n'était pas aimable avec moi, même si elle appréciait mon travail. Le soir de l'incendie, elle m'a accusée ! Tu sais tout cela, nous en avons discuté. Et les lettres anonymes, que cette brute de Landolt m'envoyait ? Je suis victime d'une affreuse machination.

Ernst Schmitt jeta un œil inquiet sur sa montre. Il reprenait le train dans une heure. Il releva la tête et considéra sa fille d'un air moins hostile. Sous son bonnet de calicot blanc, malgré ses cheveux coupés, il la jugea très jolie.

— Tu me rappelles ta mère, toute jeune, avoua-t-il. Dès que je l'ai croisée, au bal du 14 Juillet, je me suis promis de l'épouser. Mais ça n'a pas été facile.

— Pourquoi ?

— Ce sont de vieilles histoires, bougonna-t-il.

— Je ne sais rien de votre jeunesse, admit Lisel. Papa, est-ce que tu reviendras ? Si tu m'estimes coupable, je n'aurai plus de courage.

Il se produisit alors un revirement chez Ernst Schmitt. Il sembla chercher l'inspiration au plafond, en faisant la moue.

— Autant que je te parle aujourd'hui, car si ta mère vient, et elle en a l'intention, elle ne pourra pas tenir sa langue. J'étais fiancé à Erna Weiss, avant de rencontrer Martha.

Lisel en resta bouche bée, comme si son père lui débitait une plaisanterie douteuse.

— Ce n'est pas possible, maman me l'aurait dit depuis tout ce temps.

— Elle m'avait promis de se taire, quand tu as été engagée par mon ancienne promise.

— Mais c'étaient de vraies fiançailles, ou bien une amourette ? Papa, Erna Weiss est plus jeune que toi.

— Plus jeune, n'exagérons rien, maugréa-t-il. C'était en 1895, j'avais une vingtaine d'années, elle était déjà femme pour ses dix-sept ans.

— Ce n'est pas le sujet, lui assena Lisel, blessée d'avoir été en quelque sorte dupée par ses propres parents. Pour résumer, tu as quitté Erna Weiss pour épouser maman, et peut-être qu'elle ne t'a jamais pardonné !

— Peut-être, elle m'aimait.

— Et tu oses me donner des leçons de morale ? s'exaspéra-t-elle. As-tu été honnête à l'époque ?

— Non, pas vraiment, soupira son père.

On tapa trois coups secs à la porte. Le parloir était terminé. Lisel se leva précipitamment, en pleine confusion. Sa détresse était sincère. Elle sortit comme on s'enfuit.

— J'aurais mieux fait de me taire, murmura Ernst Schmitt.

Il retrouva l'animation de la ville et but une bière à la terrasse d'un café. D'autres secrets se cachaient derrière son front où se creusait une ride profonde, entre ses sourcils broussailleux. Ces secrets-là, le boulanger de Munster ne les avait jamais confiés à personne.

De retour dans la cellule, Lisel eut la surprise de voir Gretchen assise sur sa couchette. Sa punition avait pris fin. Gina fumait, en décochant des œillades vengeresses à sa codétenue, mais la vieille Pierrette somnolait, épuisée par une quinte de toux.

— C'était qui au parloir, petite ? s'enquit-elle d'une respiration sifflante.

— Mon père ! J'aurais préféré qu'il s'abstienne de venir.

— Plains-toi, le mien est six pieds sous terre, déclara la grande blonde d'une voix lasse. Nom d'un chien, j'ai attrapé la mort, au mitard.

— Bah, tôt ou tard, on n'y échappe pas, prêcha Pierrette. Moi, je n'passerai pas l'hiver.

Désabusée, Lisel haussa les épaules. Elle tentait en vain de se représenter Erna Weiss jeune fille, au bras de son père. D'un geste rageur, elle prit le caillou pointu qui lui servait de crayon et attaqua le plâtre grisâtre. De traits précis en lignes esquissées, elle dessina une femme un peu ronde, vêtue d'une robe longue, démodée, et coiffée d'un voile.

— On dirait un peu une mariée, se récria Gina.

— Tu as raison, une mariée du siècle dernier.

La gorge serrée, elle rangea le caillou sous sa paillasse, en proie à une foule de questions.

« Erna et Ernst, c'est amusant ! Comment étaient-ils ? Et maman, au lieu de me faire des allusions incompréhensibles, elle n'avait qu'à me parler franchement. »

Elle s'allongea, son avant-bras sur les yeux pour s'isoler de ses compagnes de misère.

« Simone Frischer est une amie de longue date de Erna, donc elle savait. Mais comment Mme Weiss et mon père se sont-ils connus ? Est-ce qu'elle était de Munster... »

Lisel songea que les réponses viendraient peut-être trop tard. On allait la condamner à une lourde peine. Le plus cruel était d'être reniée par l'homme qui lui avait donné la vie.

— Je dois me battre, décida-t-elle dans un souffle. Je saurai la vérité un jour.

— Qu'est-ce que tu racontes encore ? interrogea Gretchen.

— Rien qui t'intéresse.

La grande blonde parut satisfaite. Quand on leur servit les gamelles, à moitié remplies d'une purée de pois cassés, elle eut même un léger sourire pour Lisel, qui craignait d'être privée de son repas.

— N'aie pas peur, poupée, je n'te ferai plus de tracasseries, dit-elle. Moi aussi, je suis innocente.

La révélation étonna Pierrette qui ne fit pas de commentaires, avide de manger. Gina émit un petit rire moqueur, mais elle garda son opinion pour elle, sûrement par précaution.

11

Le docteur Imbert

Maison d'arrêt de Colmar, vendredi 22 mai 1925

Une surveillante était venue chercher la détenue Schmitt à l'atelier de couronnes mortuaires, car elle avait encore un parloir, ce qui lui évita d'être fouillée. Pourtant, la jeune couturière dissimulait des perles de couleur, minuscules, au fond de sa poche.

— Si tu es prise à voler, tu seras sanctionnée, lui avait précisé Gretchen, dont l'humeur demeurait amicale.

Maintenant, face à maître Stein, Lisel éprouvait un plaisir enfantin à brasser les grains de verroterie du bout des doigts.

— Comment allez-vous, mademoiselle ? s'enquit l'avocat. Ce n'est pas trop pénible ?

— Je ne vous répondrai pas, ce serait une perte de temps. Où en êtes-vous de votre côté ?

— Votre affaire s'annonce mal, très mal, mais rassurez-vous, je ne renoncerai pas à vous défendre. Mme Suzelle Keller maintient sa version pour le vol de la bague et l'agression dont elle a souffert. Je n'ai pas pu voir cette personne, mais l'avocat de la famille Frischer est une pointure comme on dit. Il plaidera l'état de santé défaillant de votre victime, l'adultère entre vous et le mari.

— Mais il n'y a pas eu d'adultère, mentit Lisel. Exigez que Suzelle Keller soit examinée par un médecin neutre, ils ont pu payer le docteur qui la suit !

— C'est délicat, déplora Stein. Le détective peut témoigner de votre liaison, je vous le répète. Et le gros souci, mademoiselle, est que Suzelle Keller a des témoins dignes de foi, sa domestique, ses parents. Tous affirment que vous êtes ressortie de la chambre dans un état de colère évident, et qu'ils ont découvert cette jeune dame inanimée, la tête en sang. Vous n'auriez jamais dû vous rendre seule rue Bartholdi.

— Je sais, c'était une erreur, j'en paie le prix. Hélas, on ne peut pas revenir en arrière. Avez-vous des nouvelles de M. Keller ? Avant-hier, mon père était à votre place, il prétend l'avoir frappé, en votre présence.

— Disons que M. Schmitt s'est emporté, mais M. Keller n'a rien eu de grave et à ce propos, il m'a confié un message pour vous.

— Pourquoi pas une lettre ? Est-ce interdit de recevoir du courrier ?

— De votre complice, oui, je pense.

— Heinrich n'est pas mon complice.

— Il sera désigné comme tel pendant le procès. En fait, dans votre cas, il est difficile de déterminer qui dit la vérité et qui ment. Vous prêterez serment, mais vos adversaires aussi. Allons, du cran, je continue à chercher la faille, car il y en a forcément une.

— Eugénie, leur employée, fera un faux témoignage, ils l'ont achetée, comme le médecin et le juge.

— Ne vous affolez pas, mademoiselle Schmitt. Un élément pourrait suffire à vous sauver. Sinon, M. Keller vous fait dire qu'il vous aime de toute son âme, qu'il ne vous abandonnera pas, que vous devez être forte, et que son fils, Hansel, s'amuse beaucoup à Riquewihr.

Un adorable sourire transfigura Lisel. Heinrich avait pu retirer son petit garçon du pensionnat où l'avaient envoyé les Frischer.

Maître Stein soliloqua encore quelques minutes, puis il prit congé, en songeant que sa cliente était vraiment ravissante.

— Attendez, j'ai une idée, murmura-t-elle en s'approchant de la grille. Il faudrait chercher du côté de Erna Weiss, mon ancienne patronne, une amie de Simone Frischer. J'ai appris que Mme Weiss était la fiancée de mon père, avant son mariage avec ma mère. Je n'arrête pas d'y penser.

— D'accord, je vous remercie, mademoiselle. J'espère vous sortir de ce guêpier le plus vite possible.

Lisel reprit son ouvrage à l'atelier. Elle imagina l'enfant blond qu'elle avait vu une fois seulement dans la campagne, tenant la main d'Heinrich. Autour d'eux, elle créait un paysage verdoyant, fleuri, bucolique, où elle se projeta aussi, libre de courir et d'aimer, vêtue d'une merveilleuse robe en soie, cheveux au vent, sous une capeline en paille d'Italie.

Niederbronn-les-Bains, samedi 6 juin 1925

Suzelle Keller pouvait enfin se réjouir, après avoir espéré pendant dix longs jours la venue du docteur Georges Imbert. Enfin il était là, assis en face d'elle à la terrasse d'un estaminet. Ils avaient marché dans le jardin du casino, pour faire halte à l'écart de la foule des curistes. Une treille envahie par une glycine centenaire dispensait sur eux une ombre fraîche.

— Vous avez très bonne mine, chère madame, dit le médecin qui le pensait vraiment.

— Je suis plus heureuse ici qu'à Colmar. Ma mère et moi nous avons fait une excursion agréable, jeudi. Nous sommes allées en calèche jusqu'au château du Wasenbourg. Notre guide nous a emmenées admirer des ruines de l'époque romaine.

— Une époque à laquelle on prenait déjà les eaux ici, m'a-t-on dit, nota Imbert.

Ils avaient commandé des limonades et des pâtisseries. Suzelle lissa d'une main discrète les plis de sa jupe, assortie à une veste cintrée. Elle portait un tailleur bleu foncé, un corsage jaune, et se persuadait d'être aussi élégante ainsi que Lisel Schmitt.

— Je m'inquiétais, car vous ne répondiez pas à mon télégraphe, murmura-t-elle. J'avais hâte de vous revoir.

— J'en suis flatté, mais un peu surpris, madame.

Elle s'alarma de sa soudaine froideur. Supposant à juste titre s'être montrée trop audacieuse, elle voulut se rattraper.

— Ne vous méprenez pas, docteur. Pour être franche, ma hâte était liée à un souci de santé assez particulier, or je ne fais pas confiance aux médecins de cette petite ville.

Il but une gorgée, fit claquer sa langue d'un air perplexe. En Parisien accoutumé à séduire les femmes qui lui plaisaient, il lisait en celle-ci comme dans un livre ouvert.

— Quel est ce souci ? Avez-vous eu une faiblesse nerveuse.

— Non, mais plutôt le contraire, une vive exaltation, confessa Suzelle, en rougissant. Depuis que je suis séparée de mon mari, je me sens revivre, comprenez-vous ?

Georges Imbert scruta les yeux verts de sa patiente, un vert teinté de brun, sans limpidité. Il étudia la savante ordonnance de ses boucles châtain doré, qui dépassaient d'une cloche en percale bleue ornée d'iris en satin.

— Je comprends, affirma-t-il sobrement. Et comment va votre blessure à la tête, que je n'ai jamais pu examiner ? L'infirmière que votre mère avait engagée vous a-t-elle suivie ici ?

— Ma blessure, répéta Suzelle. Elle me fait encore souffrir, bien sûr. Fort heureusement, grâce aux chapeaux, personne ne voit cette vilaine plaie qui cicatrise.

— Me voilà rassuré, chère madame. Je ne prise guère la mode des cloches, mais j'admets que celle-ci est charmante, avec ce revers et ces fleurs si bien faites qu'on les dirait vraies.

— Merci, docteur.

Il y eut un silence gêné. Suzelle avait failli se trahir. Quant au médecin, il paraissait songeur.

— Vous dînez à notre table ce soir, lança-t-elle afin de dissiper ce léger malaise. Maman y tient beaucoup. Ensuite nous irons écouter de la musique.

— Un agréable programme, chère madame. Mais puisque nous sommes seuls, je voudrais vous entretenir d'un sujet qui risque de vous choquer un peu.

— Lequel ? s'alarma-t-elle, dépitée par la tournure que prenait ce rendez-vous qu'elle avait attendu impatiemment.

— Que comptez-vous faire dans un avenir proche ? Envisagez-vous le divorce ?

— Peut-être.

— Au fond, la procédure est devenue courante. Depuis la fin de la guerre, le nombre de divorces augmente sans cesse. Des unions ont été conclues dans l'empressement, au début du conflit, et les couples ne s'accordent plus, une fois la paix rétablie[1].

— En quoi cela vous intéresse ? s'enquit-elle, préoccupée par son expression sévère.

— Vous êtes jeune, jolie, ce serait dommage de gâcher votre vie entière en vous accrochant à un homme qui s'est abaissé à vous tromper. Vos confidences pèsent sur mon cœur, chère madame. Quand vous prétendez n'être plus une véritable femme, je ne peux que m'indigner et même me révolter. Certes, vous n'aurez pas d'autre enfant, mais vous pourriez connaître encore les joies du corps et même un amour sincère.

Suzelle se disait qu'un docteur honorable ne lui tiendrait pas ce genre de propos. Néanmoins ce bref discours répondait à son rêve secret. Troublée, elle fit la moue.

— Vous m'avez parlé franchement, je ferai de même, soupira-t-elle. Mon mari ne m'a pas touchée, après mon

---

1. Fait véridique.

opération. Son contact me révulsait. Pourtant, par esprit de justice, j'ai essayé de le satisfaire, comme une épouse est censée le faire. C'était trop douloureux, ça, je vous l'ai avoué. Pourquoi serait-ce différent avec un autre homme ?

Une chaleur se répandit dans les reins et le sexe de Georges Imbert. Il désirait sa patiente et il rêvait de lui prouver qu'elle pouvait prendre du plaisir. Pour se donner une contenance, il alluma un cigarillo.

— Vous souffriez peut-être à cause de la haine qui était née en vous. Le mot haine est sans doute un peu fort, disons une réelle animosité. Sa liaison avec cette couturière n'a rien arrangé.

— En effet, marmonna Suzelle.

Elle n'avait aucune envie de penser à Lisel Schmitt, ni à Heinrich et à leur fils. Loin de Colmar et de l'appartement de la rue Bartholdi, elle se sentait libre, différente.

— J'aimerais rester là encore un mois, confia-t-elle. Et voyager par la suite, découvrir Paris, Vienne, Rome. J'ai eu une enfance bien triste, docteur. Mes parents m'ont placée à quatre ans dans le pensionnat où ils ont envoyé mon fils Jean. Je rentrais à la maison pendant les grandes vacances et pour les fêtes de Noël.

Une note tragique vibrait dans sa voix. Il songea que Suzelle Keller se dévoilait enfin. Sans réfléchir, il s'empara de sa main gauche, fine et laiteuse sous la dentelle de ses gants, et la serra entre ses doigts vigoureux.

— Madame, vous avez le droit au bonheur, souffla-t-il.

— Alors, appelez-moi Suzelle, je vous en prie.

— Mais votre mère pourrait s'en offusquer !

— Non, elle ne dira rien. Je suis si contente, aujourd'hui, elle n'oserait pas me contrarier.

— J'ai l'impression, en tenant votre main, d'avoir capturé un petit oiseau fragile, qui a besoin d'être protégé.

Ces mots, vaguement ridicules mais romantiques, la grisèrent.

— Excusez-moi, Suzelle, dit-il soudain. Je n'ai pas pu résister.

Elle s'enflamma, comme elle le faisait naguère, au moindre hommage masculin. Avant de rencontrer Heinrich, Suzelle s'était souvent offerte à des amants d'un soir, incapable de lutter contre l'envie d'être prise, assaillie, en quête d'une jouissance dont elle était avide.

— Vous m'avez juste réconfortée, insinua-t-elle. J'ai rarement eu droit à de la tendresse.

Le regard qu'ils échangèrent était lourd de sous-entendus. Un peu plus tard, ils se promenaient au bord du Falkensteinerbach, un sous-affluent du Rhin qui traversait la cité thermale. Suzelle tenait le bras du médecin, pour marcher dans l'herbe humide.

— J'ai encore une question, dit-il tout à coup. Ne le prenez pas mal, voyez dans ma curiosité une preuve de mon intérêt pour vous... Est-ce que votre enfant vous manque ?

Désorientée, elle hésita. Imbert l'encouragea d'une douce pression sur son poignet.

— Si je vous réponds non, vous allez me prendre pour une mauvaise mère, hasarda-t-elle. C'est sûrement le cas, je n'y peux rien. Jean me fatiguait, m'agaçait. Mon père agit au mieux. Je sais qu'il veillera sur son éducation.

— C'est bizarre, concéda-t-il. Vous imposez sans regrets à votre fils le même traitement que vous avez subi.

— J'ai obéi à mes parents, précisa-t-elle. Il fallait éloigner Jean de mon mari. C'était le meilleur moyen de le faire souffrir autant que je souffrais. Je serai franche avec vous, tant pis si vous êtes déçu. Je n'ai jamais voulu d'enfant. Quand j'ai compris que j'étais enceinte d'Heinrich, je me suis affolée. Il semblait heureux à l'idée d'être père, et puis il tenait à réparer ses torts. Nous nous sommes mariés. Peut-être que je me suis bercée d'illusions, que j'ai cru pouvoir aimer notre bébé, et fonder un foyer. Je suis tombée de haut.

Elle tremblait de nervosité, exaspérée d'avoir évoqué ces deux personnages qu'elle tenait à renier de toutes ses forces.

— Pardonnez-moi, nous n'en parlerons plus, chuchota-t-il à son oreille. Maintenant, je vous comprends mieux, Suzelle, et je suis loin d'être déçu.

L'instant suivant, à l'abri d'un bosquet de saules, le docteur Imbert l'embrassait.

Maison d'arrêt de Colmar, même jour

Assise en tailleur sur sa couchette, Lisel admirait son trésor, niché au creux de ses paumes jointes. Elle avait réussi à subtiliser des perles en verre tous les deux jours, à l'atelier, se créant une petite oasis de beauté dans la grisaille de la prison.

Une affreuse quinte de toux la ramena à la réalité. La vieille Pierrette était malade. On l'avait gardée une nuit à l'infirmerie avant de la ramener en cellule.

— Si seulement j'avais du sirop de sureau, se plaignit-elle, encore haletante. Hé, les petites, j'boirais bien un peu d'eau.

Lisel fut la plus rapide. Elle déplorait de donner à la malheureuse le fond d'un pichet, de toute évidence mal lavé.

— Pierrette, on ne t'a rien fait prendre à l'infirmerie ? demanda-t-elle d'un ton très doux.

— Y m'ont fait une piqûre dans les fesses.

— C'est pas ça qui va t'guérir, professa Gina. Toi, Lisel, tu ferais mieux de la laisser, on sait ce qu'elle a…

Gretchen avait parlé la première de la tuberculose, ce fléau qui décimait pauvres et riches.

— Mes petits frères sont morts de la phtisie, annonça-t-elle ce jour-là sans émotion particulière. Ma mère aussi.

— Je suis désolée, soupira Lisel.

Désormais habituée aux conditions pénibles de sa détention, elle tentait en vain d'apprivoiser Gretchen, qui ne s'était pas confiée davantage en deux semaines. La seule chose que Lisel avait apprise, c'était sa prétendue innocence. Cependant, après son séjour en cellule disciplinaire, elle semblait moins hargneuse.

Pierrette se remit à tousser. Son corps amaigri en était secoué des pieds à la tête. Elle cracha entre le mur et son lit.

— Je vais te fabriquer des mouchoirs, décida Lisel. Je n'ai pas besoin de jupon, il ne fait pas froid.

Retroussant sa jupe, elle ôta le sous-vêtement en calicot, pour le déchirer en plusieurs morceaux. Le sort de cette vieille femme, incarcérée depuis quinze ans, qui devait sortir dans cinq ans, lui brisait le cœur.

— Si les gardiennes s'aperçoivent de ce que tu fais, tu seras punie, Lisel, s'inquiéta Gretchen.

— Je m'en fiche, Pierrette mériterait une remise de peine, à son âge, malade de surcroît.

Gina émit un sifflement moqueur. L'Italienne était d'humeur maussade, mais ce fut pire lorsqu'on vint chercher Lisel pour un parloir.

— M'selle la couture a encore de la visite, ironisa-t-elle.

Personne ne se souciait de Gina, à l'extérieur, ce qui la rendait amère et jalouse.

— De quoi te plains-tu ? riposta Lisel. Tu étais contente, samedi dernier, quand j'ai partagé avec vous trois les bretzels que ma mère m'avait apportés.

— Les bouts de bretzels, rectifia celle-ci. Ces dames les avaient mis en miettes, au cas où y'aurait une lime ou une lame dedans.

Elle désignait du doigt la surveillante, toujours escortée d'une détenue faisant office de matonne.

— Tais-toi, Bianchi, j'ai été bien gentille de vous laisser ce colis, répliqua la femme, sanglée dans son uniforme, sa baguette à la main. Mais... qu'est-ce que c'est ?

Elle observait le jupon en partie déchiré, sur la couchette de Lisel, qui n'avait pas eu le temps de le cacher.

— Je l'ai découpé pour faire des mouchoirs, Pierrette en avait besoin, plaida-t-elle d'un ton net.

— Vous avez volontairement détérioré du matériel acheté par l'administration, Schmitt. Je retiendrai le prix du jupon sur votre paie, mais je ne vous sanctionne pas, ça partait d'un bon sentiment. Veillez à ne pas gaspiller le reste du tissu.

— Oui, je vous remercie, madame, murmura Lisel.

Médusée, Gina fredonna un refrain dans sa langue natale, que nul ne pouvait traduire et c'était préférable.

On conduisit Lisel dans une pièce où elle n'était encore jamais entrée.

— Le parloir ordinaire est en travaux, expliqua la surveillante assez aimablement. Vous avez donc droit à voir la personne sans être séparée par une grille. Faites attention, je vous ai à l'œil, pas de contact corporel. Si on vous remet un courrier ou un colis, je les examinerai.

— J'ai compris, madame.

Lisel eut la bonne surprise de découvrir Sofia, assise derrière une table. La jeune émigrée italienne lui adressa d'emblée un large sourire, qui exhibait ses petites dents blanches et plissait ses joues rondes.

— Sofia, c'est si gentil d'être venue ! s'écria-t-elle, submergée par l'émotion.

— Votre avocat m'a obtenu un droit de visite. M. Stein est quelqu'un de bien. Je l'ai rencontré trois fois, parce que je serai appelée à témoigner, s'il y a un procès. Seigneur, vous êtes attifée à l'ancienne.

— Tout à fait, mais je m'en accommode.

Frémissante de joie, Lisel prit place de l'autre côté de la table. Elle aurait voulu étreindre les mains de Sofia, mais elle n'osa pas.

— Vite, racontez-moi ce que vous faites et ce qui s'est passé après mon arrestation, implora-t-elle.

— Je ne suis pas près d'oublier ce matin-là. Notre logeuse se lamentait, comme si vous l'aviez dévalisée ou estropiée. Son mari et elle ont vidé votre chambre, ils ont mis toutes vos affaires sur le palier. La police avait fouillé, d'abord, elle a saisi votre argent, des lettres, et bien sûr, elle a trouvé la bague de Mme Keller dans votre sac.

— Hélas, ça, je suis au courant. Mais vous ne devez plus avoir de place, s'inquiéta Lisel.

— Je me suis débrouillée, et j'ai même récupéré vos géraniums. Ils sont sur le bord de ma fenêtre, c'est joli. Je les arrose, ils ont plein de fleurs.

— Mes parents m'ont dit que vous aviez réussi à terminer les costumes à la date exigée, pour l'école de Munster. Je vous en suis très reconnaissante, Sofia. J'ai tant de choses à vous dire, aussi je me dépêche. Déjà, vous me manquez beaucoup, et je n'avais pas conscience de l'importance qu'avait notre amitié. Vous me le prouvez encore une fois, en étant ici.

Sofia avait les larmes aux yeux. Elle secoua la tête, dans un geste de dénégation.

— Pourtant je vous ai soupçonnée, au début, surtout après avoir vu M. Keller. Il est arrivé quand je rangeais vos affaires chez moi et il m'a aidée. Je broyais du noir, je me disais que vous m'aviez menti tout ce temps. Votre ami m'a persuadée de votre innocence.

— À moi d'être honnête, Heinrich est plus qu'un ami, Sofia. Je craignais de vous choquer, de vous faire fuir peut-être si je vous avouais que j'étais amoureuse de lui, un homme marié.

— Bah, j'avais deviné. Marié à une sorcière, oui ! Elle vous a piégée, votre avocat essaie de le prouver. M. Keller aussi, il me l'a encore dit hier.

Le cœur de Lisel lui fit mal. Elle imaginait Colmar sous le franc soleil du mois de juin, les gens dans la rue, les femmes en robe d'été, les arbres à la ramure dense, les jets d'eau. Le pire, c'était d'admettre que Sofia voyait Heinrich et maître Stein, qu'ils discutaient tous les trois.

— Si vous saviez combien c'est dur d'être enfermée jour et nuit, d'endurer les grossièretés de certaines détenues, à l'atelier, confessa-t-elle à sa visiteuse. Nous sommes quatre dans une cellule, il faut se partager le lavabo, le seau, mais par chance, nous pouvons faire une toilette complète le samedi matin.

— Par la Madone, et vos cheveux ? l'interrompit Sofia. Ils les ont coupés !

— Oui, et j'ai pensé à vous, je me consolais en songeant que vous me trouveriez à la mode, plaisanta Lisel.

— Heureusement, vous ondulez un peu, alors ça fait joli, mais c'est du travail de sagouin.

— Sofia, racontez-moi votre expédition à Munster, en train et encombrée des costumes.

— J'avais fait deux gros paquets bien emballés avec de la ficelle, pour les transporter. Votre mère a été bien aimable, pas comme votre père qui était furieux contre le monde entier. Les dames de l'école ont fait une bouche en cul-de-poule, quand j'ai livré mes paquets. Si vous les aviez vues ! Elles touchaient les jupes et les coiffes du bout des doigts.

— Vraiment, c'était à ce point ? s'étonna Lisel. Je ne suis pas une pestiférée, quand même.

— Les journaux en ont écrit des horreurs. Il y a eu un dessin de vous dans une gazette, où vous tenez une statuette au-dessus de votre victime qui a les mains jointes, comme si elle vous suppliait de l'épargner.

Lisel était consternée. Sa réputation ne s'en relèverait pas, elle ne pourrait plus travailler à Colmar, ni en Alsace peut-être.

— Ne soyez pas triste, murmura Sofia. Votre avocat se démène. Aujourd'hui, il doit rencontrer M. Weiss pour le forcer à dire la vérité, à propos de l'argent qu'il devait vous verser. Au fait, Mme Weiss se rengorge, son magasin a rouvert. Je suis passée devant, c'est tout blanc et rouge, à l'intérieur.

— Vous pouvez lui demander de vous reprendre. Sinon vous serez obligée de rentrer à Mulhouse et d'aller à l'usine.

— Jamais de la vie ! Moi, me retrouver dans son atelier, trimer pour cette sale bonne femme qui vous a cherché des ennuis, ça non et non. Je vous attendrai, et on aura notre boutique, pour lui faire concurrence.

Sans plus réfléchir, Lisel saisit les mains de Sofia et les serra doucement. Aussitôt, on tapa à la vitre d'une des deux portes.

— J'avais oublié qu'on nous surveille. Mais vous me redonnez espoir et c'est si précieux.

— Ne vous faites pas de bile, je m'en sortirai. Je prends un peu de sous sur ceux de l'école.

— Gardez toute la somme, je vous en prie, ça me tranquillisera. Il faudrait rembourser un acompte, également, à cette dame qui avait commandé un fourreau en popeline.

— Je m'en suis occupée, Lisel.

— Merci, j'en pleurerais, tellement vous êtes adorable. Sofia, excusez-moi, j'aurais dû me confier plus souvent, vous parler de mes sentiments pour Heinrich et...

— Il m'a chargé de vous dire que de son côté, tout va bien. Son épouse et sa belle-mère sont en cure. Jean, son petit, est très heureux à Riquewihr chez ses parents. Il vous supplie de tenir bon, car vous serez innocentée. Il doit vous aimer bien fort.

Lisel retint sa respiration, afin de ne pas pleurer. Elle eut le courage de sourire à Sofia.

— Tu as ensoleillé ma journée, lui dit-elle soudain.

— Vous me tutoyez, maintenant ? s'étonna celle-ci.

— Oui, c'est la règle ici, entre détenues. Nous sommes amies, alors fini le « vous ». Tiens, j'y pense, connais-tu de nom une certaine Gina Bianchi ? Elle m'a assuré que vous étiez cousines, par son père, cousin d'un Moretti.

Sofia ouvrit grand les yeux, interloquée. Puis un soupir lui échappa.

— Papa ne m'a jamais parlé d'un Bianchi dans la famille, et il est pointilleux sur le sujet. Cette fille, elle raconte des bêtises, sans doute pour se rendre intéressante. Il ne faut pas la croire.

On tapa de nouveau à la vitre carrée scellée dans l'épaisse porte en bois, renforcée par de gros clous ronds.

— C'est déjà terminé, déplora Lisel. J'espère que tu pourras revenir, Sofia. Encore une chose, aurais-tu croisé aux alentours de la pension, ou sur les quais, une jeune fille très blonde, très réservée ? Je la rencontrais parfois, et nous discutions. Elle se nomme Chris.

— Je n'ai vu personne qui lui ressemble, mais je ferai attention, c'est promis.

La surveillante entra et tapota l'épaule de Lisel du bout de sa baguette. C'était un ordre discret, auquel il fallait obéir.

— Au revoir, à bientôt, murmura la jeune Italienne.

— Oui, à bientôt, Sofia.

Niederbronn-les-Bains, même jour

Le crépuscule, encore teinté d'or par les derniers éclats du soleil couchant, conférait une atmosphère exquise à la terrasse du restaurant où étaient attablés Suzelle, sa mère et le docteur Imbert. Sur leur gauche se dressait un élégant kiosque aux armatures ouvragées qu'on appelait le Vauxhall.

Un orchestre y jouait de la musique classique. Simone Frischer piqua sa fourchette dans la tranche de saumon, nappée de sauce blanche, qui garnissait son assiette.

— Mon mari m'a appris que la municipalité a fait une demande pour l'établissement d'un casino digne de ce nom, débita-t-elle d'un ton sec. Un beau bâtiment où seront organisés des concerts, des bals et même une station de radio.

— Nous reviendrons souvent, maman, n'est-ce pas ? suggéra Suzelle, radieuse. Je suis enfin guérie, je veux en profiter.

— La santé vous va à ravir, nota le médecin. Et votre tenue est une merveille.

— Nous l'avons achetée à Strasbourg, commenta Simone. Je ne peux rien refuser à ma fille. Elle a tellement souffert, je suis comblée de la voir revivre.

Georges Imbert admirait en toute franchise la ravissante toilette de sa patiente. En voile de mousseline verte, fluide et à manches courtes, elle mettait en valeur ses formes graciles. Le tissu, autour du décolleté et en bas de la jupe, était orné de strass sertis à griffe.

Ainsi vêtue, Suzelle se sentait une nouvelle femme. Des gants blancs moulaient ses bras, des bas en soie modelaient ses mollets que l'air frais du soir caressait. Mais elle avait dû se coiffer d'un turban drapé, agrémenté de plumes de cygne, pour continuer à dissimuler une prétendue blessure.

— Restez-vous demain, docteur ? s'enquit sa mère. Nous avons prévu une longue promenade. J'ai déjà loué la calèche.

— Maman, réservons un taxi. Les voitures à cheval secouent beaucoup. J'avais la migraine, au retour de notre balade au château de Wasenbourg.

— Je suis venu en automobile, je vous offre mes services, chères dames, proposa le médecin.

Elles acceptèrent avec enthousiasme, même si Suzelle se serait volontiers passée de la présence de sa mère. Une heure plus tard, elle consentait à valser avec Georges Imbert, sous la clarté multicolore des lampions.

— Je n'ai pas voulu refuser, c'est impoli, chuchota-t-elle, mais je suis très lasse. Une danse suffira.

— Pardonnez-moi, j'oublie que vous êtes ma patiente. Il vous faut du repos, en effet. Cependant vous avez changé. La première fois que je vous ai auscultée, j'étais pessimiste, car vous hésitiez à faire quelques pas ! Ce soir, vous dansez et vous êtes légère comme une plume.

— Georges, que signifiait ce baiser, au bord de l'eau ?

— Il signifiait que vous me plaisez, Suzelle, et que j'avais envie de goûter vos lèvres. Tout n'est pas défini ou réfléchi, j'ai cédé à mon instinct.

— J'aimerais que vous m'embrassiez encore, avoua-t-elle dans un souffle. Nous logeons au même hôtel, Georges. Ma chambre ne communique pas avec celle de maman, si vous veniez tout à l'heure…

Il l'observa, un peu surpris par la fougue impatiente qui brillait dans son regard. À quelques mètres d'eux, Simone Frischer fumait une cigarette, accaparée par un curiste et son épouse, qui avaient lié la conversation sur les vestiges romains des environs.

— Suzelle, je crains de perdre la tête si je réponds à votre invitation. Et vous n'êtes pas prête…

— Je dois tenter l'expérience, répliqua-t-elle. Vous êtes le seul qui ait su réveiller des sensations en moi.

— Mais vous étiez très lasse, ce soir, argumenta-t-il, soucieux de lui montrer du respect.

Le tempérament coléreux et vindicatif de Suzelle reprit ses droits. Tremblant de tout son corps, elle mit fin à la valse en tapant du talon sur le plancher de l'estrade.

— J'ai horreur des lâches, marmonna-t-elle à son oreille.

— Et moi j'ai du goût pour les jolies capricieuses, les petites furies de votre genre, rétorqua-t-il aussi bas. Comptez sur moi.

Maison d'arrêt de Colmar, même soir

L'état de Pierrette empirait. Lisel, assise au bord de son lit, lui tamponnait le front à l'aide d'un des morceaux de son jupon.

— Tu as de la fièvre, déplora-t-elle. La surveillante m'a dit que tu verrais un docteur demain matin.

— Un samedi, ça m'ferait rigoler, claironna Gina. Ils s'en fichent tous, qu'elle passe l'arme à gauche, cette vieille.

— La ferme, gronda Gretchen. Tu pourrais avoir un peu pitié. Elle doit souffrir.

Lisel priait en silence pour repousser la mort qui rôdait. Elle se souvenait de l'agonie de sa grand-mère maternelle, atteinte d'une péritonite. Le docteur n'avait pas pu la sauver.

— Accroche-toi, Pierrette, si tu as de la chance, ils t'enverront à l'hôpital. Pas la peine de se voiler la face, tu as la tuberculose.

La malade avait craché du sang, à l'heure du repas, sans rien pouvoir avaler.

— Autant m'en aller, articula péniblement la vieille détenue. Je n'veux pas de l'hôpital, je suis mieux avec toi, petite. Ma fille, elle s'est noyée, on me l'a dit quand j'avais déjà purgé cinq ans ici. J'me raconte que tu es ma gamine, ma Jeanne, et...

Une violente quinte de toux lui coupa la parole. Ensuite il n'y eut plus que des plaintes de douleur. Les yeux mi-clos, hagarde, Pierrette s'éloignait de la cellule, des murs épais de l'ancien couvent aménagé en prison.

— J'vais te remplacer un peu, Lisel, proposa Gretchen en s'approchant. Je lui tiendrai la main, faut pas qu'elle parte toute seule.

— Je te remercie, je vais me rafraîchir un peu et boire de l'eau.

Irritée par leurs chuchotements, Gina se redressa soudain sur un coude et traça des cercles en l'air, de son bras libre.

— J'vous joue de la musique, expliqua-t-elle. Mazette, qu'elles sont gentilles, ces deux-là ! Elles ont envie d'attraper la phtisie, ma parole... Hé, Lisel ! Comment tu fais ?

— Qu'est-ce que je fais, Gina ?

— J'me demande juste ! La surveillante t'a à la bonne, la vieille te prend pour sa gosse, et m'selle Schnabel est aux p'tits soins !

— Et toi, pourquoi tu m'as raconté que tu étais de la famille de Sofia Moretti ? Elle est venue au parloir, elle n'a jamais entendu ses parents parler des cousins Bianchi ! Je ne fais rien de plus que les autres. J'essaie juste de ne pas désespérer et d'être amicale.

Gina allait répondre quand Pierrette lança un cri affolé. Lisel revint à son chevet, en s'asseyant à côté de Gretchen.

— Il lui faudrait du laudanum, dit-elle. J'ai été volontaire à la Croix-Rouge, pendant la guerre. Tous ces pauvres soldats qu'on entendait gémir, c'était horrible. Au moins, certains, on pouvait les soulager.

— Tu as eu du cran, je n'en aurais pas été capable.

— J'crois que si, Lisel. Tu es forte.

Elles veillèrent Pierrette ensemble. Gina s'était endormie, sans leur chercher querelle.

12

Une confession

Niederbronn-les-Bains, même soir

Le docteur Imbert se glissa par la porte qu'avait entrebâillée Suzelle, en peignoir de satin rose. Un turban assorti enveloppait ses cheveux. La chambre était à peine éclairée par une veilleuse.

— Je suis là, dit le médecin en refermant à clef derrière lui. Il ne faudra plus me traiter de lâche !

Le souffle saccadé, elle le dévisagea. Il était beaucoup moins beau que Heinrich, et plus âgé, mais elle pressentait en lui un appétit de plaisir qui l'excitait.

— Un baiser, vite, ordonna-t-elle.

Il l'enlaça fébrilement, pour meurtrir sa bouche, la mordiller, en prendre possession de façon explicite. Le feu du désir se ralluma au creux du ventre de Suzelle, sous les caresses que recevaient ses seins, la cambrure de ses reins.

Elle l'entraînait vers le lit, dans sa hâte de savoir si elle pourrait se donner et éprouver du plaisir, quand il la souleva et la porta contre lui.

— Posez-moi, enfin, protesta-t-elle.

— Pas tout de suite, dit-il en riant sans bruit.

Il l'embrassa à nouveau, mais elle se débattit, prise de vertige.

— Prenons notre temps, Suzelle.

— Georges, pitié, c'est ridicule, je ne suis pas une fillette.

Amusé par ces mots, il l'allongea en travers de la courtepointe d'un bleu nuit. Là, sans préambule, il plongea sa tête brune entre ses cuisses pour lui imposer des baisers gourmands. C'était un jeu amoureux dont elle ignorait la volupté inouïe. Cambrée, elle faillit crier de joie. Des spasmes la firent se tordre, dans l'attente d'une étreinte plus vigoureuse.

Imbert se plaça au-dessus d'elle, sans même avoir dégrafé son pantalon. Il étudia avec acuité ses traits alanguis, puis il effleura ses lèvres des siennes. Soudain il roula sur le côté, mais d'un geste habile, il ôta au passage le turban en satin. Les boucles libérées auréolèrent le front de Suzelle.

— Tu l'as fait exprès, gémit-elle, oubliant de le vouvoyer.

— Oui, par curiosité scientifique, souffla-t-il à son oreille. La médecine doute des miracles. Si on a failli te tuer à l'aide d'une statuette en bronze, je me dois d'examiner la plaie, vérifier la cicatrisation.

Tétanisée, Suzelle céda à une terrible panique, mêlée d'un réel chagrin. Elle se croyait désirée, peut-être même aimée, alors qu'il s'agissait sûrement d'un piège.

« Et si c'était un policier, se dit-elle. Il va me dénoncer. »

— N'aie pas peur, ajouta Imbert. Je ne te veux aucun mal, bien au contraire. Je suis prêt à t'aider, à une condition.

— Laquelle ?

— La vérité sur toi, sur ton mariage. Si nous tombons d'accord quand je saurai qui tu es réellement, je te rendrai heureuse. Un divorce, un remariage et à nous la belle vie.

— Je n'y comprends rien, se plaignit-elle.

Georges Imbert se débarrassa de sa veste, de sa chemise et de son pantalon. Sans quitter Suzelle des yeux, il guida son sexe durci en elle, d'abord doucement, avant de la prendre avec plus de vigueur.

— Regarde-moi, recommanda-t-il. Tu me plais, tu m'as séduit dès notre première rencontre. Un couple doit être assorti, ne jamais tricher.

Il haletait, exalté, le visage tendu par la montée de son plaisir, pourtant il continuait à parler.

— Tu n'as pas mal, tu es une femme. Il faut te délivrer de la haine, de son fiel. J'ai des goûts de luxe, comme toi. Nous voyagerons, je serai fier de mon épouse.

Le médecin se faisait plus rude dans ses coups de reins. Suzelle, en extase, retrouvait intacts les délices de la jouissance, dont elle avait été privée des années. Elle noua ses jambes autour de la taille de son amant, pour s'offrir davantage.

— Plus fort, encore, dit-elle, hébétée.

Un délire sensuel la rendit à moitié folle. Elle griffa le dos du docteur, le mordit à l'épaule. Enfin, elle poussa un cri, le corps parcouru de longs frissons.

— Alors ? interrogea-t-il.

— Je ferai ce que tu veux, Georges. Tout.

Elle ferma les yeux, à la fois inquiète et ravie d'avoir trouvé quelqu'un à la mesure de ses plus sombres secrets.

Colmar, lundi 8 juin 1925

Heinrich guettait avec impatience le retour de l'avocat, qui avait rendu visite à Conrad Weiss, dans sa chapellerie. Maître Stein espérait beaucoup de cet entretien.

« Rien ne bouge, se disait le jeune homme, assis à la terrasse d'un café. Et je travaille dans une heure. Enfin, Hansel se plaît chez mes parents, j'ai pu passer tout le dimanche avec mon petit. »

Il se demandait souvent combien de temps encore les Frischer ignoreraient qu'il avait repris son fils, dans l'austère **pensionnat** situé dans la campagne genevoise.

« Ils se soucient peu de son sort, songea-t-il. Suzelle et sa mère sont à Niederbronn-les-Bains, et monsieur doit s'adonner à sa passion du jeu et des femmes. »

Maître Stein traversait la place de la cathédrale de sa démarche rapide, un porte-documents sous le bras.

— M. Weiss s'est montré coopératif, annonça-t-il en s'asseyant à son tour. Il n'a guère eu le choix, grâce à la carte que j'ai abattue. Le chapelier est tombé des nues lorsque je lui ai appris que son épouse était fiancée jadis à Ernst Schmitt. Je dois voir cette dame tout à l'heure, je gage qu'elle sera très surprise. Un premier secret dévoilé, qui peut me fournir une piste très intéressante.

— En fait, je ne vois pas bien le rapport, protesta Heinrich. Même si Erna Weiss est une amie de ma belle-mère, elles n'ont pas pu s'acharner sur Lisel pour une rupture qui date d'une trentaine d'années.

— De vingt-huit ans exactement. Sait-on jamais ? Déjà, je suis satisfait, car j'ai un élément d'importance à ajouter au dossier de Mlle Schmitt. Le chapelier confirme qu'il lui a bel et bien payé le travail accompli pour la collection de chapeaux, donc l'argent saisi chez elle lui sera restitué quelle que soit l'issue du procès. Et il s'est engagé à payer le dédommagement promis, son épouse ayant rompu le contrat en s'attribuant la création des modèles exposés.

— Oui, c'était le nom de Lisel Schmitt qui devait figurer dans la vitrine, et pas celui de Erna Weiss, approuva Heinrich.

— Une autre bonne nouvelle, je vais récupérer cette somme après-demain et vous la remettre.

— Mais cet argent ne m'appartient pas. Est-ce que je pourrai l'utiliser pour payer une partie de vos honoraires ? Il faudra poser la question à Lisel, quand vous la verrez. Maître Stein, j'insiste à nouveau, si vous pouviez m'obtenir un parloir…

— Un instant, M. Keller, je n'ai pas terminé. Conrad Weiss accepte de témoigner au procès. De plus, s'il atteste que ma cliente n'a pas menti sur ce point, les juges se diront qu'elle n'a peut-être pas menti non plus au sujet du vol de la bague et de l'agression de Mme Keller.

— Que Dieu vous entende !

L'avocat fit une moue perplexe, accoutumé à se baser sur des faits concrets, sans trop compter sur la miséricorde divine.

— Pour le parloir, je me vois contraint de refuser, monsieur Keller. Tant que l'innocence de votre amie ne sera pas établie, vous pouvez être accusé de complicité. Pensez donc, le mari et sa maîtresse échafaudent un plan machiavélique pour éliminer l'épouse gênante !

— Mais ce sont les Frischer qui ont monté un plan honteux, pas l'inverse ! s'irrita Heinrich. Ils ont payé leur vieux médecin, pour qu'il atteste d'une grave blessure, et grassement rémunéré Eugénie, leur domestique.

— Je n'en doute plus, concéda Stein. Le souci, c'est que la petite bonne a disparu ! Introuvable… Samedi, je suis allé chez sa mère, à Ribeauvillé, et elle prétend ne pas savoir où est sa fille. Soit elle disait vrai, soit Eugénie se cachait quelque part.

Heinrich leva la tête afin de contempler le ciel, qui, après deux jours de grisaille, était d'un bleu pur, intense, sans un nuage. Il pensait à Lisel de toute son âme, désespéré de l'imaginer dans une cellule sombre et insalubre.

— Pourtant Eugénie sera obligée de témoigner, elle aussi, dit-il après un long silence. Et donc de mentir, ce qu'elle ne sait pas faire.

— Ce sera le moment idéal pour la confondre et gagner le procès, par un acquittement immédiat. D'ici là, monsieur Keller, faites-vous discret, surtout si vous tenez à divorcer par la suite. Votre beau-père vous taxera d'adultère, vous risquez de perdre tous vos droits sur votre enfant.

— J'ai compris. Je vous laisse, maître, je ne peux pas cesser de travailler, le moindre sou devient précieux, ces temps-ci.

Il salua l'avocat et partit à vélo. Stein commanda une bière et alluma une cigarette.

« Une histoire vraiment bizarre, se dit-il. Je me répète, mais il y a anguille sous roche, j'en suis certain. Si je venais à bout de l'énigme, ma cliente serait vite innocentée. »

Maison d'arrêt de Colmar, même jour

Gretchen et Lisel considéraient avec amertume la couchette vide, où la vieille Pierrette avait agonisé jusqu'à l'aube, la nuit précédente. Des hommes avaient emporté son corps, enveloppé dans un grand drap, puis deux gardiennes s'étaient chargées d'enlever la paillasse et la couverture.

Gina, indifférente à ce décès, s'interrogeait à voix haute sur la détenue qui remplacerait la défunte.

— Tais-toi, Bianchi, soupira Gretchen. Tu n'as pas de cœur ? Ils ont laissé mourir Pierrette, sans chercher à la soigner. Elle a souffert, mais ils s'en fichaient.

Profondément triste, Lisel ne se mêla pas à la conversation. Elle avait fait ce qu'elle pouvait pour adoucir les dernières heures de la malheureuse, à présent elle voulait dormir et oublier ces quatre murs grisâtres qui l'emprisonnaient.

« Quand aura lieu le procès ? se demandait-elle, recroquevillée sur son lit. Au moins, je pourrai me défendre. Mon Dieu, je ne veux pas passer des années ici. J'ai tant de projets, de rêves ! Et si je suis condamnée, est-ce que Heinrich m'attendra ? Seigneur, je voudrais tant le revoir, rien qu'une minute. »

Elle pleura sans bruit, en tournant le dos à ses codétenues, sans voir Gretchen menacer Gina de son poing noué, afin de la faire taire.

« Après le repas, leur affreuse bouillie de légumes, nous irons à l'atelier. C'est si monotone, si étouffant, se disait-elle. J'ai envie de couvrir ces maudits murs de dessins, pour me prouver que je suis encore vivante. »

Saisie d'une colère froide, qui atténuait son chagrin, Lisel se leva brusquement. Elle fouilla le sol de la cellule, en quête d'un morceau de pierre plus pointu que le petit caillou dont elle se servait.

— Ah, ça fera l'affaire ! s'écria-t-elle.

Médusées, Gretchen et Gina n'osèrent pas l'interroger, en la voyant admirer un éclat de roche.

— Je vais donner naissance à une nouvelle collection, leur dit-elle, son regard noir encore embué de larmes. Des cloches et capelines aux chaussures en cuir fin, à talon, s'il vous plaît ! Il me faudra des touches de couleur, bien sûr !

— Tu vas les trouver où ? marmonna l'Italienne.

— Je n'en sais rien, mais je trouverai, tu verras. J'ai déjà une bonne quantité de perles en verre. Je les incrusterai dans le plâtre, l'humidité le rend tendre. Aidez-moi, avez-vous du fard à lèvres ? Non ! Tant pis.

Survoltée, Lisel commença à tracer une silhouette, presque de sa taille. Elle chantonnait en même temps une berceuse, en alsacien et en français :

— *Schlof, Kindele, schlof !* Dors, petit enfant, dors ! *De Vater hietet d'Schof, D' Mueter schittelt's Baimele, Do kejt herab a Draimele...* Papa garde le troupeau, maman secoue le petit arbre, et un petit rêve en tombera, dors, petit enfant, dors !

Gretchen reprit le refrain, en alsacien, de sa voix grave. Gina, qui ne connaissait pas la langue de la région, haussa les épaules, comme si on l'excluait d'un jeu amusant.

— Il n'y a pas de gosses, pourquoi tu chantes ça, Schmitt ?

— Pour bercer Pierrette, rétorqua Lisel. Bouche-toi les oreilles si tu n'aimes pas !

Elle continua à fredonner, tout en dessinant. Gretchen, à l'heure du repas, attrapa les gamelles par la trappe.

— Zut, toujours de la purée de betteraves, bougonna Gina.

— De la betterave, tant mieux. En voilà de la couleur, un rose proche du mauve, presque pastel.

En disant ces quelques mots, Lisel avait l'air enchantée. Elle se contenta de sa tranche de pain, assise au bord de son lit. De temps à autre, elle jetait un coup d'œil à la femme qui ornait le mur, vêtue d'une robe droite à décolleté en V, coiffée d'une cloche à revers.

— Si tu ne veux pas de ta purée, je la mange, proposa Gina.

— Non, j'en ai besoin.

— Quoi ?

— Je voulais de la couleur, j'en ai, répliqua Lisel.

Bientôt elle badigeonnait son esquisse, soulignant du fameux rose pastel, assez lisse, le bas de la jupe, les manches et le ruban de la cloche.

— Il me faudrait du vert, murmura-t-elle.

— Mazette, elle devient folle, commenta l'Italienne en riant.

— Pas du tout, c'est joli ce qu'elle fait, mais si la surveillante s'en aperçoit, elle ira au mitard. Dégradation d'un local de l'État, et j'en passe.

— Ce que tu causes bien, maintenant, Schnabel, susurra Gina. T'essaies d'imiter m'selle Schmitt ?

— Mes parents étaient d'honnêtes gens, ils m'ont bien élevée, soupira Gretchen. N'cherche pas à comprendre. Et on fait la paix, en mémoire de Pierrette.

Niederbronn-les-Bains, même jour

Suzelle s'habillait pour la promenade en voiture, prévue en début d'après-midi. Elle ressentait dans tout son corps menu les conséquences d'une nuit torride, entre les bras d'un amant dont l'énergie l'avait étonnée.

— Maman est d'accord avec moi, elle serait de trop, dit-elle à son reflet.

La jeune femme avait été explicite. Elle voulait être seule avec le docteur Imbert. Simone Frischer s'était résignée à passer le reste de la journée dans la petite station thermale, qui à son goût, ne présentait pas encore suffisamment de distractions.

— J'ai promis à Georges de lui parler, se dit encore Suzelle, en ajustant une capeline en toile fine, d'un bleu pâle assorti à son corsage.

Elle appréhendait la confession à venir, mais elle était sûre de la faire, dans l'espoir d'une nouvelle vie. Bizarrement, ce fut à cet instant précis qu'elle songea à Jean. L'enfant ne lui manquait pas, elle avait été sincère sur ce point, cependant elle éprouvait le besoin d'avoir de ses nouvelles.

« Il est quand même très petit pour être pensionnaire, songea-t-elle. La directrice a dit qu'il réclamait son père. »

Le visage rond, au teint doré, de son fils, s'imposa à son esprit. Il faisait une moue chagrine, lorsqu'elle le repoussait. Suzelle eut un léger pincement au cœur, au souvenir de sa dureté.

— Jean était exaspérant, aussi, toujours à vouloir grimper sur mes genoux, ou à me montrer ses jouets, marmonna-t-elle. Il ressemblait tellement à Heinrich, aussi blond, avec les mêmes yeux bleus.

Mal à l'aise, elle décrocha le téléphone intérieur, demanda la réception. Après de longues minutes, une opératrice lui passa la communication avec le pensionnat. Elle se présenta d'une voix tendue.

— Ah ! Madame Keller, lui dit aussitôt la secrétaire. Nous nous doutions que vous alliez appeler. Quand votre mari est venu chercher votre fils, l'infirmière a oublié de lui remettre une gourmette en argent, au nom de l'enfant, ainsi que sa médaille de baptême. Nous évitons de laisser des objets de valeur à nos petits pensionnaires, nous les rangeons dans un coffre. Je vous présente toutes nos excuses, de la part de la directrice, qui s'est absentée aujourd'hui.

Après une brève hésitation, Suzelle acquiesça en remerciant. D'abord saisie par ce qu'elle avait entendu, elle s'était décidée en quelques secondes.

— Je prends les eaux à Niederbronn-les-Bains. Si vous pouviez m'envoyer ces bijoux à mon adresse actuelle, *Hôtel des Vosges*, cela m'arrangerait.

— Très bien, madame, je m'en occupe dès demain matin.

— Merci beaucoup.

Suzelle reposa le combiné sur son socle en cuivre. Pensive, elle acheva de se préparer, en ayant soin de poudrer ses joues et de passer du rouge sur ses lèvres. Ensuite elle descendit dans le salon de l'hôtel où sa mère feuilletait le journal. Simone Frischer était en compagnie d'une de ses amies de Colmar, arrivée une demi-heure plus tôt.

— Prête pour ta balade, ma chérie ? dit-elle à sa fille. Clotilde vient de poser ses valises dans sa chambre. Nous avons prévu de visiter la ville ensemble.

— Bonjour, Clotilde, je suis contente que vous soyez là, je devais abandonner maman jusqu'à ce soir.

Il y eut alors un échange de banalités mondaines, auquel mit fin l'apparition du docteur Imbert. Il salua les trois femmes, avant de sourire à Suzelle.

— Partons, chère amie, le temps est splendide, mais les gens d'ici annoncent un orage.

Exaltée par le regard intense que lui lançait son amant, elle eut un grand sourire comblé.

— À ce soir, maman, dit-elle. Au fait, j'ai pris des nouvelles de Jean, tout à l'heure. Il va très bien.

— Parfait, répliqua Simone. Nous le prendrons peut-être pour une semaine, au mois d'août. Docteur, ne roulez pas trop vite, je vous confie Suzelle.

— N'ayez crainte, madame, je veillerai sur votre fille.

Grand Wintersberg, une heure plus tard

Georges Imbert avait emprunté une route forestière pour se garer au plus proche de la haute tour couronnant le sommet du Grand Wintersberg, qui était le point culminant du massif des Vosges du Nord.

Suzelle avait dû marcher plusieurs centaines de mètres pour contempler le magnifique paysage qui s'étendait sous leurs yeux, composé du moutonnement des forêts et au-delà, de la plaine d'Alsace.

— Je suis épuisée, avoua-t-elle. J'ai passé tellement de temps au fond de mon lit.

— L'exercice physique est bon pour toi, précisa le médecin. Tu as des couleurs, et ça te rend encore plus attirante. Au retour, nous chercherons le camp celtique du Ziegenberg.

— Non, ça ne m'intéresse pas ! Je suis anxieuse, puisque j'ai promis de te dire la vérité sur moi.

Il lui caressa la joue, puis il étendit sur l'herbe, à l'ombre d'un chêne, la couverture qu'il avait eu soin d'emporter.

— Repose-toi, Suzelle. J'ai fait une commande en cuisine, après le déjeuner. J'ai du thé dans une bouteille Thermos et des chaussons aux pommes, nous ferons un goûter en pleine nature.

— Tu penses à tout, vraiment.

— Je voulais que cette promenade te soit agréable, car elle marque le début de notre histoire.

Le cœur de Suzelle se serra. Tout était trop beau, tout était trop rapide. Une fois assise, elle exprima le doute qui l'avait traversée pendant le trajet.

— Georges, sois sincère. Agis-tu sur les ordres de mon père ? Est-ce qu'il t'a payé pour me séduire, me pousser à divorcer ? Je préfère le savoir immédiatement, pour ne pas me réjouir.

Elle le fixa de ses prunelles vertes, avec une réelle angoisse. Il secoua la tête en lui prenant la main.

— Non, j'ai le sens de l'honneur, je ne me serais pas abaissé à une pareille comédie. Mais je ne veux pas te mentir. Quand j'ai fait ta connaissance, ma première idée a été de me dire : « Je deviens le docteur d'une des plus riches héritières de la région. » Il est difficile de ne pas entendre parler des brasseries de Franz Frischer, un notable de Colmar qui emploie une centaine de personnes.

— Continue, ordonna Suzelle d'un ton un peu sec.

— J'étais installé à Colmar depuis un an, je ne supportais plus de vivre à Paris. Alors, d'accord, j'ai pensé ça, mais après je me suis penchée sur une fragile jeune femme, malade des nerfs, rongée par une mystérieuse douleur. Tu me plaisais, et je pensais à toi entre deux visites. Je suis sincère sur ce point, plus je te voyais, plus nous discutions de tes problèmes de santé, plus j'étais séduit.

Suzelle arracha rageusement des brins d'herbe, au bord de la couverture.

— Donc, c'est ma fortune qui compte, déclara-t-elle. Si j'étais une pauvre ouvrière, tu m'aurais fuie au galop !

— Peut-être, concéda-t-il.

Elle eut un mouvement affolé pour se relever. Il la retint par le bras.

— Chacun ses vilains secrets, Suzelle ! J'ignore encore les tiens, je n'ai pas honte de te livrer les miens. Ma famille a eu des gros revers de fortune pendant la guerre. J'étais accoutumé à une vie facile, au luxe, à ses agréments, quand j'ai dû y renoncer. Je te l'ai dit hier soir, je voudrais profiter des années à venir, vivre loin, fréquenter la haute société de certaines grandes villes. J'ai trente-huit ans, j'en ai assez de la médiocrité.

Ce langage direct eut l'effet de la calmer, car c'était celui de ses parents, qui l'avait toujours incitée à la réussite, à dominer les autres.

— Je vois ce que tu veux dire, mais ça me rend triste, soupira-t-elle.

— Pourquoi ? Je te propose une existence dorée, à parcourir le monde, à briller, à paraître ! Je suis ambitieux, tu devrais l'être.

Elle le comparait à Heinrich, épris de simplicité, humble et dévoué. S'il lui avait parlé ainsi, elle aurait pu l'aimer.

— Ne sois pas triste, Suzelle, murmura Georges à son oreille. J'ai la ferme intention d'être heureux et que tu le sois aussi.

Il l'embrassa sur la bouche, en la forçant à s'allonger. Des rayons de soleil filtraient à travers les feuillages, dont la tiédeur apaisait la jeune femme. Son amant avait glissé une main entre ses cuisses et la caressait.

— Attends ! s'écria-t-elle. Je te crois, mais je voudrais que tu sois amoureux, au moins un petit peu.

— Je ne te proposerais pas le mariage, Suzelle, si je n'étais pas amoureux. Écoute-moi, je suis veuf. Mon épouse est morte en couches, il y a dix ans, d'où mon rejet de la paternité. Sans enfant, nous serons plus libres, et je t'apprendrai des plaisirs inconnus.

Imbert le lui prouva sur-le-champ, en la menant à l'extase par le jeu savant de ses doigts. Vaincue, elle s'accrocha à lui.

— Viens, prends-moi, Georges, c'était si bon.
— Plus tard, maintenant tu dois me parler.
— À quoi bon ? déplora-t-elle en s'asseyant.
— C'est ma condition, cher cœur !

Aucun homme ne l'avait appelée de la sorte. Suzelle eut envie de rire, puis de pleurer.

— Ne me quitte pas, supplia-t-elle. Et il faudra vite m'emmener loin de Colmar, loin de mes parents. Pour Jean, mon fils, je le verrai plus tard, quand il aura l'âge de comprendre. Georges, c'est pénible pour moi d'avouer mes fautes. Mais tu es sans doute le seul qui ne me jugera pas. J'ai été élevée dans la discipline, la sévérité, le plus souvent pensionnaire. Dès que j'ai pu, vers dix-sept ans, je me suis accordé tous les excès. J'avais deux amies qui couvraient mes sorties nocturnes, mes rencontres. C'était comme un feu en moi, j'avais envie d'être désirée, de découvrir la joie du corps. Je n'étais plus vierge depuis longtemps quand j'ai rencontré Heinrich. Peu importe comment ! Il était beau, éblouissant, je le voulais. Je suis parvenue à mes fins au bal des pompiers, où ce grand naïf m'avait invitée. Bien sûr, je lui avais raconté que j'étais la fille d'un épicier, car il prétendait détester les gens riches. Je l'ai fait boire, nous avons dansé. Tu devines la suite.

— C'était un caprice, en somme ?

— Tout à fait. Mes parents étaient très occupés, ils ne me surveillaient pas. S'ils étaient peu affectueux et durs avec moi, ils souhaitaient me voir élégante, parée de bijoux. Mon père espérait conclure un mariage avantageux pour lui, surtout.

— Et tu es tombée enceinte d'Heinrich...

— Oui, j'ai eu la sottise de lui dire. Il n'était guère ému, mais tout de suite il m'a promis le mariage. J'ai refusé, je voulais faire passer l'enfant. Nous nous sommes querellés, et il a fini par me supplier. Il me répétait qu'il adorerait ce bébé, qu'il m'aiderait et que nous formerions une famille. Des fadaises ! Parfois, j'ai eu l'impression de frôler le bonheur, avant la naissance. C'était une illusion. Moi aussi j'ai failli mourir en couches.

Le médecin l'attira contre lui et la câlina. Il pesait la mesure de ce qu'elle lui avait dit.

— Et tu as haï ton mari, à cause des conséquences de ton accouchement ? interrogea-t-il. C'est bizarre. D'ordinaire les femmes se résignent à leur sort et n'incriminent pas le père.

— Je reprochais à Heinrich sa pitié, sa tendresse, et tout l'amour qu'il portait à notre fils, cet enfant qui m'avait détruite.

— Tes parents n'ont pas essayé de te raisonner ?

Suzelle fit non de la tête, en cachant son visage au creux de l'épaule de son amant.

— Je leur ai menti, chuchota-t-elle.
— Qu'est-ce que tu as dit ?
— Je leur ai menti, répéta-t-elle d'un ton plaintif. Déjà ils étaient déçus et furieux que j'épouse un infirmier, issu d'un milieu modeste. Ils me le reprochaient à la moindre occasion. Mais ils l'ont méprisé, au bout de deux ans.
— Pourquoi ? s'impatienta Imbert, intrigué.
— J'étais tellement malheureuse, que j'ai inventé une histoire, pour nuire à Heinrich, le faire souffrir. Je me suis confiée à ma mère, en lui racontant un terrible mensonge. J'ai dit que Heinrich m'avait obligée à coucher avec lui plusieurs fois, moi une vierge effarouchée, parce qu'il visait leur fortune, et d'autres choses du genre. Je prétendais l'adorer, c'était faux.
— En conclusion, tu as versé de l'huile sur le feu, dit-il tout bas.
— Oui, notre vie commune est devenue un enfer. Mes parents dînaient de plus en plus souvent chez nous, afin de s'en prendre à mon mari. J'étais ravie ! En plus, maman se souciait enfin de moi, elle me cajolait, me couvrait de cadeaux. Et il y a eu Lisel Schmitt.

Lasse de parler, Suzelle se tut, la gorge nouée par un chagrin indéfinissable. Dans les bras de Georges Imbert, la veille, elle s'était réveillée d'un long cauchemar.

— Tu m'as bien joué la comédie, insinua-t-il. En fait, tu n'étais pas jalouse, puisque tu détestais Heinrich.
— Si, quand même, concéda-t-elle. J'étais jalouse parce qu'ils prenaient du plaisir, tous les deux, ce plaisir dont j'étais privée. Et elle est belle, très belle. Je n'ai l'air de rien, à côté d'une fille aussi jolie.

Imbert lâcha Suzelle un instant, pour allumer une cigarette. Il semblait perdu dans ses pensées. Elle s'affola :

— Tu me juges ? Tu me méprises ?
— Pas du tout, je me demande simplement pourquoi tes parents et toi vous vous êtes donné tant de mal pour envoyer cette Lisel Schmitt en prison. Ton père espérait

que tu divorces, il y avait une suspicion d'adultère, de la part de ton mari. C'était risqué de faire accuser une innocente.

Suzelle se détourna sans lui répondre. Elle sortit la bouteille Thermos du sac en cuir que le médecin avait transporté jusqu'au sommet du Grand Wintersberg.

— Tu me refuses une explication ? s'indigna-t-il. Réfléchis un peu, si votre mascarade est dévoilée, ce sera vous, les Frischer, qui irez derrière les barreaux. Nous serons séparés, tous nos rêves sapés à la base.

— Je divorcerai après le procès, n'aie pas peur, papa a pensé au moindre détail. Lisel Schmitt aura une lourde peine.

— Je n'en suis pas si certain, Suzelle. Vous avez agi en dépit du bon sens ! Que le vieux docteur Grün change d'avis et renonce à un faux témoignage, ou bien votre domestique, c'en est fini de votre position sociale. Si on exige de t'examiner, on verra vite que tu n'as pas été blessée.

Suzelle mordit dans un des chaussons aux pommes, à la croûte dorée, une viennoiserie très prisée en Alsace. Elle ne pouvait pas en dire plus.

— Je t'en prie, Georges, tu sais ce que tu voulais savoir, dit-elle entre deux bouchées. Sers-moi du thé, s'il te plaît. Et si tu veux m'épouser, ne me pose plus aucune question sur Lisel Schmitt.

Hôpital de Colmar, mardi 9 juin 1925

Heinrich était le plus fréquemment de service le jour, depuis l'arrestation de Lisel. Toujours hébergé par un de ses collègues de la caserne des pompiers, il acceptait aussi de travailler la nuit, afin d'améliorer son salaire.

Ce soir-là, il traversait le hall principal de l'hôpital quand la réceptionniste, une jeune religieuse, lui fit signe.

— Monsieur Keller, vous devez vite rappeler ce numéro de téléphone.

Il s'approcha, vaguement inquiet. La sœur lui proposa d'obtenir la communication.

— Si vous voulez !

— Ne le dites à personne, cela m'amuse d'utiliser cet appareil, avoua-t-elle, les joues roses.

Elle s'éloigna dès qu'il eut son correspondant, en l'occurrence son épouse, après de longues minutes.

— Suzelle ? s'étonna-t-il.

— Oui, je voulais te parler, Heinrich. Comme tu le sais, je suis à Niederbronn-les-Bains. En appelant le pensionnat où Jean était interne, j'ai appris que son père l'avait récupéré. Mais je n'ai rien dit à ma mère. Je suppose que notre fils est chez tes parents.

— En effet, il y est très heureux, avec sa mémère et son pépère, lui décocha-t-il, sachant qu'elle exécrait ces termes populaires de l'est et du nord de la France. Il joue avec des chatons, il mange bien et gambade dans le jardin de la ferme.

— Tant mieux ! Je ne lui souhaite pas de mal, Heinrich, ce n'est qu'un petit enfant. Tu avais raison, il ne doit pas souffrir de nos erreurs. De mon côté, je renoue avec la vie. Je me rongeais de haine, je suffoquais enfermée dans notre appartement. Alors je te propose un marché.

— Évidemment, je commençais à croire que tu avais changé, rétorqua-t-il, plein d'appréhension.

— On ne pourra pas cacher longtemps à mes parents le fait que tu aies repris Jean. Mais je suis prête à plaider sa cause et la tienne. Je tiens à divorcer rapidement, aussi. Il y a une condition.

— Bien sûr, maintenant que ta soi-disant rivale est en prison et va être jugée ! Suzelle, quelle condition ?

— Renonce à ta Lisel, aime une autre femme. Papa sait que tu lui as trouvé un avocat, il ne fera pas le poids face au nôtre. Si tu veux élever Jean loin de moi, de mes parents, sacrifie Lisel.

— Sinon ?

— D'ici quelques semaines, Jean retournera en pension, mais à l'étranger, et tu le perdras durant des années.

Tremblant de colère, Heinrich faillit raccrocher, cependant il ajouta, d'un ton révolté :

— Tu me répugnes, Suzelle. Je ne céderai pas à ton chantage. L'avocat de Lisel fait de son mieux, il prépare un dossier solide, et il pense obtenir l'acquittement. Pour Hansel, je suis capable de le cacher ailleurs que chez mes parents.

Cette fois, il coupa la communication. Oppressé, il adressa un au revoir distrait à la petite religieuse qui revenait. Dehors, il respira avidement l'air tiède et parfumé du soir.

— On ne s'en sortira jamais, marmonna-t-il.

Heinrich se promena dans le jardin de l'hôpital, cet immense bâtiment dont il connaissait les moindres recoins. Les mains au fond des poches de son veston, il tentait d'assembler ses idées et de garder espoir. Il n'avait qu'un souvenir lumineux en guise de viatique.

« Nous avons eu droit à ces heures magiques, Lisel et moi, dans sa chambre, se remémorait-il. Quel bonheur de découvrir son corps adorable, sa peau blanche, si douce. Ses yeux, si noirs, si tendres, avaient un éclat unique, sa bouche sous la mienne, c'était le paradis. Je ne savais même pas qu'on pouvait s'aimer ainsi, communier avec l'autre, car nos âmes se sont envolées… »

Il rêvait de la revoir, de l'enlacer, de la consoler, sans réussir à l'imaginer habillée en détenue, privée de ce qu'elle chérissait tant.

« Je voudrais lui apporter du papier, des crayons, des tissus, ses fils de couleur, se désolait-il. Lisel est si douée, on l'empêche de travailler, de créer. »

Une silhouette féminine, sur sa droite, attira son attention. Il songea que c'était une visiteuse, revenant du chevet d'un malade ou d'une malade.

L'inconnue, très blonde, les cheveux coiffés en chignon, était vêtue d'une modeste robe d'un blanc ivoire. Elle lui adressa un léger signe de tête. Son regard bleu exprimait de l'inquiétude.

— Excusez-moi, monsieur, lui dit-elle alors qu'il poursuivait son chemin. Je voudrais un renseignement.

— Volontiers, mademoiselle ! Vous vous êtes égarée ? s'enquit-il en s'arrêtant.

— Non, je sais très bien où je suis, répondit-elle d'une voix flûtée.

Il crut qu'il s'agissait d'une élève infirmière.

— En quoi puis-je vous être utile ? Je travaille ici.

— Je me demandais si vous n'étiez pas Heinrich Keller.

— Oui, c'est moi.

— Je m'en doutais. Vous correspondiez à la description que m'avait faite une amie, récemment. Votre amie Lisel.

Tout de suite, le cœur d'Heinrich s'emballa. Il considéra la jeune fille en souriant.

— J'ai appris ce qui lui est arrivé en lisant le journal, ajouta-t-elle. J'en suis désolée. La justice est aveugle, Lisel n'a rien fait.

— Votre confiance en elle me réconforte, assura-t-il. Vous êtes amies depuis longtemps ?

— Pas vraiment, on se croisait dans les jardins publics, on bavardait. Lisel m'a même parlé de ses ennuis, et de vous… J'ai osé vous aborder pour avoir de ses nouvelles.

Très embarrassé, certaines presses les ayant qualifiés, Lisel et lui, d'amants diaboliques, Heinrich s'exprima franchement :

— Mademoiselle, si vous avez lu quelques articles, vous pouvez comprendre ma situation. Je n'ai pas le droit à un parloir, hélas !

— Mais vous pouvez écrire à Lisel, les prisonniers ont toujours reçu des courriers !

— L'avocat que j'ai engagé se charge de lui transmettre mes messages, il me déconseille les lettres.

— Alors si c'est possible, que ce monsieur dise à Lisel que je prie pour elle et que je suis sûre de son innocence. Elle ne doit pas se décourager.
— Je veillerai à le faire savoir à Lisel, mademoiselle...
— Chris, dites bien que c'est de la part de Chris.

13

Un scandale

Maison d'arrêt de Colmar, jeudi 11 juin 1925

Gretchen regardait obstinément le croquis de Lisel, qui ornait le mur à gauche de sa couchette. Elle avait envie de voir la femme dessinée avec tant de talent devenir vivante et déambuler dans la cellule.

— Dis, elle a fait comment ? lui demanda Denise, la nouvelle détenue, arrêtée pour vol et recel.

— Elle s'est servi de la nourriture, pour les couleurs. Quand on a eu des épinards, elle était trop contente.

— Les perles en verre, sur le chapeau, elle les a prises à l'atelier, là où on fabrique des couronnes pour les tombes, précisa Gina.

Denise fit la moue, surprise. Brune, petite, elle avait une trentaine d'années.

— Et les matonnes l'ont envoyée au mitard pour ça ? s'étonna-t-elle. Ce n'est pas la première fois que je fais de la taule, avant c'était à Lyon, personne n'trouvait à redire si on écrivait ou si on dessinait sur les murs.

— Il n'y a pas eu que ça, répondit Gretchen en haussant les épaules. Lisel avait les nerfs en pelote, alors quand la surveillante en chef, une vraie peau de vache, a gratté le bas de son dessin, elle a fait une belle crise !

Gina, à cours de cigarettes, tournait en rond. Elle alla se poster devant le croquis en hochant la tête.

— Une furie, m'selle Schmitt, on a même cru qu'elle voulait s'enfuir, après avoir bousculé la surveillante.

Les trois femmes se turent, chacune pour mieux penser à Lisel. La grande blonde déplorait son absence, la nouvelle détenue rêvait de rencontrer ce phénomène en jupon, quant à Gina, elle regrettait d'avoir été aussi désagréable envers elle.

— C'est une fille en or, Lisel, soupira-t-elle.

Au rez-de-chaussée du vieux bâtiment, Lisel se reprochait son coup d'éclat de la veille. Recroquevillée sur une étroite banquette en planches, dans la pénombre, elle aurait donné cher pour se retrouver avec Gretchen et Gina.

« On croit être dans une situation affreuse, se disait-elle. Mais il y a toujours pire. »

Située en contrebas de la rue, la cellule disciplinaire empestait le moisi et l'urine. Elle avait à peine dormi, car durant la nuit, des rats avaient trottiné le long des murs en pierre.

— Je voudrais sortir, respirer, gémit-elle.

La promenade quotidienne dans la cour, les heures à l'atelier lui paraissaient désormais un plaisir rare. Lisel devait rester là encore trois jours et elle redoutait la solitude et la saleté du lieu.

— Il faudra bien, pourtant, que je résiste, murmura-t-elle. Mon Dieu, comment a fait Gretchen pour passer une semaine ici ?

Elle revit la scène qui l'avait condamnée à endurer cette punition infâme, tremblant d'une rage rétrospective.

La veille, l'austère gardienne était entrée pour inspecter leur cellule, sa baguette à la main. Elle avait poussé un cri de colère, en découvrant le croquis géant, peinturluré en vert et rose, et incrusté de la verroterie dérobée au fil des jours par Lisel. Lorsque la gardienne avait gratté la chaussure de son modèle, la jeune femme avait vu rouge.

Le moindre détail lui revenait, la porte restée entrouverte, une étourderie de l'une des matonnes, le couloir aperçu. Elle avait bousculé la surveillante, qui l'avait frappée au visage, puis elle avait couru vers la porte.

Lisel essuya quelques larmes tièdes. On l'avait jetée au sol, battue encore, puis emmenée.

— Et si j'ai un parloir ? dit-elle, effarée. Si mon avocat vient, je ne pourrai pas le voir, ni Sofia ni maman.

Elle sanglota, complètement désespérée. Son existence passée, jusqu'à son retour à Colmar, lui semblait un paradis de joies simples, de sérénité, de gaîté.

« Si je sors de prison, si on m'innocente, je repartirai pour Paris, je me placerai dans une grande maison de couture et je ne reviendrai jamais en Alsace, décida-t-elle. Je m'en irai peut-être plus loin, à Londres s'il le faut. Je n'aurais jamais dû m'approcher d'un homme marié, je suis bien punie. »

Heinrich lui paraissait désormais hors d'atteinte, au point de devenir une sorte de chimère. Elle s'interdisait de croire en un avenir à ses côtés. Peu à peu, il se mua en une figure hostile, qu'elle associait à Suzelle.

— Ils ont causé ma perte, tous les deux, chuchota-t-elle, en se mordillant le poing. J'avais raison de me méfier de l'amour. Voilà où il m'a conduit, l'amour.

Fébrile, en manque de sommeil, Lisel cédait à un délire morbide. D'autres images la traversèrent : le petit Jean devant la baraque du pâtissier Zimmerman, au marché de Noël, sa menotte gantée de laine dans la main de son père, puis sa mère en larmes, de l'autre côté du grillage, dans le parloir.

— Qu'a dit maman, déjà ?

Les mots lui échappaient, elle dut faire un effort énorme pour s'en souvenir.

— « Sois courageuse, je crois que tu paies pour d'autres, ma petite Lisel », répéta-t-elle tout haut, ayant retrouvé jusqu'à l'intonation tragique de Martha Schmitt. Mais pour qui je paie, maman ?

Lisel avait hurlé. Terrassée par l'incompréhension, elle se leva et commença à cogner les pierres séculaires de ses poings, puis elle les heurta de son front. Lorsqu'on l'appela du guichet servant à passer les gamelles et l'eau, elle ne répondit pas tout de suite. Enfin, elle avança sur les genoux, redonna l'écuelle vide de la veille et le pichet. L'échange eut lieu sans un mot.

— J'en ai assez, chuchota-t-elle.

D'un geste, Lisel renversa l'eau et la nourriture. Elle demeura étendue sur les pavés, tellement inerte et silencieuse que les rats firent un festin à une vingtaine de centimètres de son visage.

Niederbronn-les-Bains, même jour

Suzelle, à la même heure, dégustait un sorbet au citron, un des desserts en vogue proposé par l'auberge où le docteur Imbert l'avait emmenée pour déjeuner. Ils avaient une table à l'ombre, sur une terrasse en bois couverte de chèvrefeuille. Le panorama qui leur faisait face était digne d'un tableau de maître.

— Quel endroit charmant ! s'émerveilla la jeune femme. Des collines, des montagnes et tous ces petits nuages sur le bleu du ciel.

— Je suis ravi que tu apprécies, se rengorgea le médecin. Suzelle, tu n'oublies pas que je dois rentrer après-demain à Colmar ? J'ai pu me faire remplacer cette semaine, mais ce n'était pas simple. Sinon il n'y aura personne au cabinet samedi matin.

— Je t'en prie, pars plutôt dimanche, Georges. C'est la première fois de ma vie que je suis heureuse, pleinement heureuse. Je t'ai promis de divorcer très vite.

— Sois raisonnable, en plus ta mère se doute de notre liaison.

— Et alors ? s'écria Suzelle en jetant sa serviette au milieu de la table. Bien sûr que maman est au courant ! Mon père aussi. Ils s'en réjouissent tous les deux, tant que nous sommes discrets.

Imbert lui lança un regard un peu sévère. La bouche pincée, il prit la serviette dont un coin touchait la surface encore intacte de sa crème brûlée.

— Je ne serai pas un mari complaisant comme Heinrich, dit-il d'un ton ferme. J'ai pu te cerner, tu es égoïste, jalouse, habituée à obtenir ce que tu veux. Au fond, tu me ressembles, mais certains défauts nuisent à la féminité.

— Je suppose qu'ils conviennent aux hommes, rétorqua-t-elle.

— Sans doute, tu auras des détails après le café, dans la chambre que j'ai réservée à l'étage.

Sidérée, Suzelle marmonna une excuse. Elle ignorait qu'ils pourraient disposer d'un lit, où ils feraient l'amour. La nouvelle l'exalta, malgré une vague appréhension.

— Mais… Georges, comment as-tu fait ? Nous ne sommes pas un couple légitime.

— L'argent fait des miracles, trancha-t-il. À ce propos, as-tu une fortune personnelle ou bien dépends-tu de ton père ?

— Depuis ma majorité, j'ai un compte en banque à mon nom de jeune fille. Dis-moi, tu es quand même très intéressé par ma fortune.

— Je ne te l'ai pas caché, mon petit cœur.

— C'est vrai, tu as été honnête sur ce point, et en fait, ça me plaît chez toi. Si on se passait de café, je suis fatiguée, insinua-t-elle avec un soupir explicite.

— Excellente idée, affirma-t-il en lui souriant.

Suzelle ne devait jamais oublier ces trois heures d'un après-midi de juin, où son amant resserra son emprise sur elle, sur son corps mince, gorgé à nouveau d'une sève brûlante. Georges Imbert lui révéla des secrets, dans le domaine du plaisir, dont elle ne soupçonnait rien.

Ils se livrèrent à de nombreuses fantaisies, nus, parmi le fouillis des draps. Les persiennes mi-closes et les rideaux offraient un clair-obscur complice à leurs étreintes.

— Je t'en supplie, partons vite tous les deux, dit Suzelle une fois comblée de caresses et de jouissance. Je ne veux pas revoir Colmar, ni mon père. Je lui ai toujours obéi aveuglément.

— Sois patiente, tout sera réglé avant la fin de l'été. Mais je te préviens encore une fois, mon petit cœur, si votre machination contre Lisel Schmitt échoue, ce qui peut arriver, tu me perdras. Il est hors de question que je sois impliqué dans cette affaire.

Affolée, elle s'accrocha à lui, frotta sa joue contre sa poitrine parsemée de poils bruns.

— Je m'enfuirai si ça tourne mal, c'est promis. Je vais prendre mes précautions, et certaines dispositions. Georges, jure que tu me rejoindras.

— Je n'ai pas coutume de jurer, Suzelle. Fais en sorte de me donner confiance en toi, et oui, je te rejoindrai.

Elle approuva, terrifiée à l'idée de perdre cet homme. Plus rien d'autre ne lui importait, désormais. Il n'était pas beau, pourtant il la séduisait infiniment. Du bout de l'index, elle effleura son collier de barbe, ses lèvres, sa moustache, ses pommettes à la peau mate.

— Ne te moque pas, souffla-t-elle, je suis amoureuse. Je n'avais jamais éprouvé ça, avant, jamais.

Flatté, il l'embrassa.

*La Petite Venise, pension de famille des Bateliers,
vendredi 12 juin 1925*

Sofia relut la courte lettre que lui avait envoyée Heinrich Keller, par la poste. Il lui avait donné rendez-vous près de la fontaine Schwendi. Maître Stein serait également présent.

La jeune fille, soucieuse de conserver sa chambre, redoublait de prudence. Sa logeuse, échaudée par l'arrestation de Lisel, l'avait menacée d'être expulsée si elle osait recevoir un homme autre que son père.

— J'aurai peut-être une bonne nouvelle, se dit-elle en coiffant l'unique cloche pour l'été qu'elle possédait.

Dix minutes plus tard, en robe fleurie, Sofia arrivait sur la place de l'Ancienne-Douane. Elle chercha la silhouette athlétique d'Heinrich et celle de maître Stein, plus ordinaire, mais ils n'étaient pas là.

Dominant la fontaine d'où s'écoulait une eau vive et limpide, se dressait la statue réalisée par le sculpteur Auguste Bartholdi, une gloire de la ville.

Un bruit de pas la fit se retourner. Heinrich accourait, une expression tourmentée sur le visage.

— Bonsoir, Sofia, nous étions assis à une terrasse, venez vous joindre à nous, il fait encore chaud. Je vous offre une limonade.

— D'accord, c'est gentil. J'ai eu peur, je croyais que vous aviez eu un empêchement.

— Non, mais il y a un problème.

L'avocat affichait une mine défaite, en saluant Sofia qui s'inquiéta aussitôt.

— Qu'est-ce qui se passe, monsieur Stein ? s'enquit-elle tout bas.

— J'avais une autorisation de parloir ce matin, mademoiselle, mais je n'ai pas pu rencontrer votre amie. Elle est en cellule disciplinaire, au mitard comme disent les prisonniers. J'ai tenté de savoir pourquoi, en vain. Il faut attendre une semaine au moins pour un nouveau parloir, moi qui voulais lui annoncer la date du procès.

— Ah, enfin, vous avez une date !

— Il aura lieu le mois prochain, le 9 juillet, précisa Heinrich d'une voix morne. Soit des jours et des jours à attendre. Je suis pessimiste, les Frischer ont le juge dans leur poche.

— Permettez-moi de rectifier, monsieur Keller, ils l'avaient, car j'ai remué ciel et terre pour exposer la situation de Mlle Schmitt au procureur de la République. D'une part, elle est juste placée en détention provisoire, sa culpabilité reste à établir, selon lui, car il a pris la peine de lire mon dossier. D'autre part, il compte confier l'affaire à un autre juge.

— Vous auriez pu me le dire tout de suite ! s'exaspéra le jeune homme.

— J'allais le faire, mais vous ne m'en avez pas laissé le temps, en m'assaillant de questions, se défendit Stein. Néanmoins, si Eugénie, l'employée de maison de Mme Keller et le docteur Grün maintiennent leur témoignage, je ne vois guère d'issue favorable au procès.

Sofia avait écouté les deux hommes. Elle était consternée, tout en se demandant en quoi sa présence leur était nécessaire.

— Pourquoi m'avez-vous demandé de venir, Heinrich ? dit-elle poliment.

— L'idée n'est pas de moi, mais de maître Stein, rectifia-t-il.

— En effet ! Mademoiselle Moretti, déjà je voulais vous donner la date du 9 juillet, pour m'assurer que vous serez bien au tribunal ce jour-là. Ensuite, je voulais solliciter votre aide, et vous communiquer, ainsi qu'à M. Keller, un nouvel élément intéressant.

— Ici ? s'étonna-t-elle. Il y a des gens autour, pourquoi ne pas m'avoir convoquée à votre bureau ?

— Peut-être parce que je suis un original, répondit-il. Et l'agitation de la foule constitue parfois un bon rempart contre les curieux ou les indiscrets. Si le détective engagé par Franz Frischer nous observe, il n'entendra rien et ne comprendra rien.

Malgré tout, il baissa le ton pour leur confier ce qu'il avait appris.

— D'abord, j'ai obtenu des renseignements sur Karl Landolt. En dépit de ses méfaits, il a été libéré deux fois sous caution et ceux qui ont payé pour le faire sortir de prison sont assurément les mêmes qui l'avaient engagé pour nuire à votre amie. Voilà le point crucial. Pendant la guerre, Landolt était l'ordonnance de Franz Frischer, j'en ai la preuve. Ils étaient affectés dans le même régiment, d'où leur complicité ces derniers mois.

— Suzelle le savait, j'en ai la conviction, décréta Heinrich. Elle niait, mais elle était au courant.

— Cet homme me faisait peur, surtout son regard, commenta Sofia. J'en ai des frissons, en pensant qu'il est libre. Maître Stein, comment puis-je vous aider ? Je suis tellement triste pour Lisel. Quand je lui ai rendu visite, elle faisait peine à voir.

Heinrich soupira, tandis que l'avocat considérait en souriant gentiment l'aimable visage rond et doré de Sofia, auréolé de boucles brunes.

— Je vais vous le dire, et je vous remercie par avance. Votre amitié et votre fidélité à Mlle Schmitt me touchent. Si vous pouviez aller à Munster, et tenter de faire parler Martha Schmitt, nous aurions une chance de découvrir la clef de l'énigme.

— J'essaierai, maître Stein, hasarda-t-elle.

— C'est important, insista l'avocat. Je suis persuadé que ma cliente n'était pas la seule à être visée. En l'attaquant, les Frischer voulaient peut-être atteindre ses parents. Ernst Schmitt a dû fermer sa boulangerie, car plus personne ne se servait en pain chez lui, ni en gâteaux. J'ai fait le déplacement, et cet homme accablé par le sort veut vendre sa boutique, sa maison et ses terrains. On lui a déjà fait une offre, mais je n'ai pas pu remonter jusqu'au véritable acheteur.

— Quel nid de vipères, ma belle-famille, déplora alors Heinrich. S'il existait un différend ou je ne sais quelle histoire, entre les Frischer et les Schmitt, pourquoi s'en prendre à Lisel, qui n'a rien fait de mal ?

— Je rêve de le révéler au cours du procès, si j'ai la solution à cette date, monsieur Keller. Assez discuté, je retournerai à la maison d'arrêt demain matin, dans l'espoir de faire transmettre un message à ma cliente. Je vous laisse.

Les jeunes gens se retrouvèrent seuls à la petite table ronde. Ils restèrent silencieux un moment.

— Merci d'être venue, Sofia, dit enfin Heinrich. Je vous envie un peu, car vous avez pu voir Lisel et lui parler.

— J'espère y retourner bientôt. Elle est courageuse, elle ne s'est plainte de rien.

— Il faudra lui dire combien je l'aime, combien je suis désolé qu'elle endure une telle épreuve. Autre chose, Lisel vous a-t-elle parlé de Chris, une de ses amies ?

— Non. Elle se confiait peu, j'étais la plus bavarde.

— En fait, j'ai croisé cette personne dans le jardin de l'hôpital. Elle veut que Lisel sache qu'elle prie beaucoup pour elle. Voilà.

— Je lui dirai, Heinrich, je n'oublierai pas. Maintenant, je dois rentrer. J'ai de l'ouvrage, ma logeuse m'a donné des torchons à ourler, comme ça, je paie moins cher la chambre.

Sofia se leva, en dissimulant son embarras sous un léger sourire. Soudain Heinrich devina. Il sortit de l'argent de son portefeuille et lui tendit discrètement.

— Pour le train, ce n'est pas à vous de faire la dépense. Encore merci, Sofia.

Soulagée, elle s'empressa de ranger les billets de banque dans son sac à main et s'éloigna. Il ne la suivit pas des yeux, perdu dans ses pensées. Le chantage que lui faisait Suzelle le hantait.

« Je dois sacrifier Lisel pour avoir le droit d'élever mon fils, de le chérir, se disait-il. Que veut-elle en somme, que j'abandonne la femme que j'aime de toute mon âme, que je renonce à prouver son innocence... ? »

Un homme attablé à environ trois mètres de lui le fixait d'un œil sagace. Heinrich le constata, en se demandant s'il ne s'agissait pas du détective à la solde de Franz Frischer. Furibond, il régla les consommations et s'en alla à son tour.

Niederbronn-les-Bains,
le lendemain, samedi 13 juin 1925

Simone Frischer et Suzelle prenaient les eaux chaque matin, un rituel quotidien propre à tous les curistes de la petite ville. La mère et la fille, après un déjeuner en compagnie du docteur Imbert, avaient fait une sieste. Très élégantes, elles descendaient dans le salon de l'hôtel, ayant prévu de boire un thé.

— Georges a repoussé son départ, maman, murmura Suzelle, au milieu de l'escalier. J'ai réussi à le convaincre.

— J'aurais préféré qu'il parte hier, comme il l'avait annoncé. Mes amies de Colmar m'ont accablée d'insinuations, au sujet de tes balades en tête à tête avec un célibataire.

— Je me moque de leurs commérages, trancha la jeune femme.

— Tu as tort ! Certes, les frasques de ton mari sont devenues de notoriété publique, mais tu devrais jouer le rôle de la pauvre épouse brisée par le chagrin. Suzelle, sois prudente, cela pourrait te nuire pendant le procès, si on témoignait de ta conduite ici.

— Nous sommes à plus de cent kilomètres de Colmar, et puis tu n'as qu'à conseiller à tes chères amies de tenir leur langue. Mon bonheur devrait compter plus que tout, pour toi.

— Tais-toi, on nous regarde.

Des clients de l'établissement avaient levé le nez pour les observer. Une pluie fine succédait depuis midi au beau temps des jours précédents, si bien que des couples s'étaient installés dans le grand salon. La pièce, aux larges fenêtres, disposait d'un piano, d'une bibliothèque et de tables réservées soit à des parties de cartes, soit aux goûters et aux apéritifs.

Georges Imbert accourut à leur rencontre, en costume de lin beige, son chapeau à bout de bras.

— Je vous attendais, dit-il en s'inclinant un peu. J'ai commandé du thé de Ceylan et des brioches aux graines d'anis.

L'intérêt suscité par l'apparition des deux femmes retomba. On admirait surtout leurs toilettes à la pointe de la mode, leurs bijoux de prix, sautoirs en perle, boucles d'oreilles, broches à aigrette.

— Venez, notre table est près de cette grande plante verte que vous appréciez tant, Suzelle, chuchota-t-il.

Le médecin effleura ses doigts gantés d'une infime caresse. Elle lui dédia un fin sourire complice.

« Nous aurons encore une nuit, songea-t-elle. Moi qui me croyais condamnée à la chasteté, Georges m'a sauvée. Je me rongeais de rancœur et de haine, j'ai l'impression d'être guérie. »

Sereine, Suzelle s'assit sur la chaise que lui avançait son amant. Simone prit place également, tout en arborant une mine austère. Elle tenait à simuler une froideur de circonstance, alors qu'elle jubilait intérieurement.

L'irruption d'Heinrich dans le hall de l'hôtel mit fin à ces instants paisibles. Une serveuse le guida vers le salon.

— Seigneur, ton mari, souffla Simone Frischer. Il va faire un scandale, c'est évident.

Heinrich se campa devant eux, les traits décomposés, le regard fou. Il tremblait de colère.

— Qu'est-ce que tu fais là ? s'enquit Suzelle, effarée de le revoir.

Elle ne put s'empêcher de le trouver d'une beauté rare, si blond, si grand, ses yeux bleus dilatés par la fureur et la douleur.

— Ce que je fais là ? répéta-t-il. À ton avis ? Lisel est entre la vie et la mort, par votre faute à tous.

— Un peu de tenue, monsieur Keller, recommanda Imbert. Ne vous donnez pas en spectacle.

— Oui, vous feriez mieux de sortir, Heinrich, menaça sa belle-mère. Tout le monde vous écoute et nous regarde.

— Et alors ? Bientôt toute l'Alsace saura ce que vous avez fait, votre mari et vous !

Georges Imbert s'était levé. Il voulut entraîner le trouble-fête vers la sortie du salon.

— Allons, monsieur, prôna-t-il, restez correct. Admettez que certaines affaires se traitent dans un cercle privé.

— Et vous, docteur Imbert, que faites-vous ici ? gronda Heinrich. Mon épouse a-t-elle encore besoin d'un médecin ? On ne dirait pas, à la voir ! N'est-ce pas, Suzelle, tu as eu ce que tu voulais, Lisel est détruite, anéantie. J'ignore même si elle respire encore, à l'heure qu'il est.

Un couple quitta la pièce, en emmenant leurs deux enfants. La serveuse avait requis l'aide du majordome, avant d'alerter le directeur de l'établissement.

— Monsieur Keller, nous en discuterons à l'extérieur, insista Imbert, en lui saisissant le bras.

— Lâchez-moi ! vociféra Heinrich qui le repoussa de toutes ses forces. J'exige que ma femme vienne témoigner immédiatement auprès du juge, le grand ami de Frischer ! Ils sont tous de mèche. Lisel doit être transférée à l'hôpital !

Le docteur était tombé en arrière. Dans sa chute, il avait cassé la fameuse plante verte et son pot en porcelaine, pour s'effondrer sur le parquet ciré, maculé de terre brune.

— Tu es fou, lui reprocha Suzelle à mi-voix.

Elle avait failli lancer un « Georges » déchirant, mais elle avait su se contenir in extremis. Simone Frischer, debout, faisait des signes impérieux au majordome. Il approcha, perplexe.

— Dépêchez-vous, enfin ! tonna-t-elle. Conduisez ce monsieur dehors, il doit être ivre ! Où se croit-il ?

— Je suis ivre de douleur, oui ! rétorqua Heinrich, l'air halluciné.

Du dos de la main, il balaya le service à thé ainsi que l'assiette à liseré doré où étaient présentées les brioches. Jamais Suzelle n'avait vu son mari faire montre d'une telle violence, teintée d'un réel désespoir.

« Comme il aime cette fille, se dit-elle. Mais pourquoi est-elle entre la vie et la mort ? »

La jalousie lui poigna le cœur, au-delà de toute logique. Elle avait si souvent rêvé de passion, d'être adorée. Heinrich, un peu calmé, respirait vite.

— Vous, madame Frischer, ajouta-t-il, comment pouvez-vous être aussi indifférente au malheur d'un être humain ? De qui vous vengez-vous, en laissant mourir une innocente en prison ?

— Taisez-vous, mon gendre ! hurla-t-elle.

Le majordome et un serveur appelé à la rescousse venaient d'entourer Heinrich. Ils le prirent chacun par un coude afin de l'entraîner. Imbert, qui s'était relevé, en profita pour lui décocher un rude coup de poing en pleine figure.

Suzelle ferma les yeux, dépassée par l'incident. Elle sentait peser sur le groupe qu'ils formaient beaucoup de regards intrigués ou amusés. Certains chuchotaient qu'ils assistaient à un drame de l'adultère.

— Assez, ça suffit ! ordonna-t-elle. Messieurs, lâchez mon mari, nous irons discuter sur la terrasse. Je suis désolée pour tout ce remue-ménage.

Le terme familier irrita sa mère qui s'esquiva d'un pas outragé, avec la pénible sensation d'être la risée d'une de ses amies de Colmar.

— Viens, Heinrich, marmonna Suzelle. Tu nous as ridiculisées, je ne te le pardonnerai jamais.

Ils marchaient dans le jardin de l'hôtel. Heinrich tamponnait son nez et sa lèvre supérieure en sang, ce qui achevait d'exaspérer Suzelle.

— Tu aurais pu téléphoner, ou me faire appeler par une serveuse, lui reprocha-t-elle. Pourquoi as-tu déboulé ainsi dans le salon ? En plus, tu nous as accusées devant tous ces gens, maman et moi ! C'était imprudent de ta part. Je t'avais pourtant averti, si tu ne sacrifiais pas ta maîtresse, je te reprendrais Jean. Papa va s'en occuper dès demain. Ce ne sont pas deux vieux paysans qui lui barreront le passage !

— Si Lisel était ma sœur ou une simple amie, je serais aussi ulcéré, répliqua-t-il. L'avocat qui est en charge de son dossier a su ce matin très tôt qu'elle avait été trouvée inanimée, brûlante de fièvre. On l'avait mise en cellule disciplinaire.

— Eh bien, elle aurait dû faire profil bas ! Comment oses-tu la défendre ? Elle a essayé de me tuer, moi, la mère de ton cher petit Hansel.

Heinrich, livide, s'empara des poignets de Suzelle qu'il broya entre ses doigts.

— Il faut arrêter ça, déclara-t-il en lui parlant de très près. J'ai fait le voyage pour te ramener.

— Si tu te voyais, prêt à pleurer, rétorqua-t-elle. Tu devrais avoir honte !

— Ce serait à moi d'avoir honte ? hurla-t-il. Qui a menti, qui a fabriqué de fausses preuves et acheté de faux témoignages ?

— Cette furie m'a fendu le crâne avec une statuette en bronze et tu m'accuses, moi ?

— Une statuette qu'Eugénie s'est empressée de laver, car il y aurait eu du sang dessus, une plaie imaginaire qu'aucun docteur digne de confiance n'a examinée, trancha-t-il.

Non loin du couple, Georges Imbert écoutait, très inquiet pour ses projets. Il hésitait à intervenir, curieux d'en entendre davantage.

— Si Lisel meurt par votre faute à tous, je quitterai la France avec Hansel ! s'écria Heinrich. Je ne suis pas si idiot, mon fils n'est plus à Riquewihr. Ton saligaud de père ne me le prendra pas. Maintenant, viens ! J'ai emprunté une voiture.

De plus en plus affolée, Suzelle se débattit. Elle sanglotait et trépignait, victime d'une crise nerveuse. Le médecin accourut.

— Laissez-la tranquille, Keller ! s'exclama-t-il. Votre épouse est fragile. Vous l'avez suffisamment trahie et blessée, par votre conduite immorale ! Je suis là, autant vous le dire, car sa mère m'a appelé au secours. Nous étions très inquiets. Décampez ou j'alerte la gendarmerie.

Profondément écœuré, Heinrich libéra les poignets de son épouse. Il recula à petits pas, sans la quitter du regard.

— Tout est faux, je le sais, jeta-t-il d'un ton méprisant. Mais la justice triomphera, les vrais coupables paieront cher.

Il tourna les talons pour suivre une allée et sortir du jardin par un portillon.

— Je te remercie, Georges, soupira Suzelle. Quelle brute, il me faisait mal. Sans toi, il m'aurait emmenée de force.

Elle voulut se blottir contre lui, il s'écarta vivement en la toisant d'un air agacé.

— As-tu perdu l'esprit toi aussi, comme ton mari ? S'il nous découvre dans les bras l'un de l'autre, il aura un atout de plus dans son jeu.

— Mais... Georges, j'ai eu tellement peur !

— Suzelle, à mon humble avis, tu devrais avoir peur davantage encore. Si cette fille meurt, qu'il y a une enquête plus sérieuse, ce sera à ton tour, et celui de ta famille, de croupir derrière les barreaux.

Maison d'arrêt de Colmar, même jour

Lisel avait été transportée à l'infirmerie de la prison, une salle de taille modeste, mal équipée en pharmacie. Un médecin grisonnant l'auscultait, avec une moue dubitative.

— Nous avons là un cas de fièvre cérébrale[1], débita-t-il sans aucune compassion. Je prescris de la quinine. Surtout vous désinfecterez les plaies matin et soir, mademoiselle Schultz.

L'infirmière, une vieille fille de cinquante-deux ans, approuva d'un signe de tête, puis elle demanda :

— Est-ce qu'elle va s'en tirer, docteur ?

— C'est trop tôt pour le savoir. Les plaies de ses doigts sont infectées, ça ne fait qu'empirer l'état fiévreux. Je repasserai lundi.

Une fois seule avec la malade, Marie Schultz se signa. Elle se pencha ensuite sur le joli visage au teint ivoirin. Une marbrure sanglante en striait le front, les joues gardaient des traces de griffures.

— Pauvre petite, déplora-t-elle en imbibant un linge d'eau vinaigrée. Nous allons nous battre toutes les deux, hein ? Je vais prier sainte Odile, notre patronne, à nous les Alsaciens.

Le docteur avait noté sur une feuille que la détenue Schmitt délirait, ayant perçu des mots incompréhensibles.

---

1. De nos jours, encéphalite.

L'infirmière cala une chaise contre le lit et patiemment, elle s'efforça de rafraîchir les tempes et le cou de Lisel.

— De la soie, de la popeline, du tussor, chuchotait la jeune couturière. De l'organza, de la percale, du satin perlé.

— Qu'est-ce qu'on raconte, ma pauvre enfant? s'étonna Marie Schultz. Je n'y comprends rien.

Pourtant elle crut lire l'ébauche d'un sourire sur les lèvres pâles de la détenue. Lisel était ravie, occupée à référencer des rouleaux de tissu, dans un magasin au décor charmant. Au sein de son rêve, elle éprouvait le soyeux ou le grain d'une pièce de velours, caressait les piliers en bois sculptés, peints en rose, avec des lignes dorées.

— J'ai réussi, dit-elle dans un souffle.

— Allons, du calme, mon enfant, déplora l'infirmière qui lui étreignit la main. Dieu veille sur vous.

La malade n'entendait rien. Elle était si contente, au milieu de tous ses amis. Il y avait Chris, en robe du soir, un fourreau blanc orné de strass étincelant, Sofia vêtue d'un tailleur en lainage bleu, et sa mère, Martha, coiffée d'une toque à voilette. Soudain la scène devint floue. Des crépitements retentirent. Des flammes géantes, d'un rouge teinté d'orange, dévastaient les tissus, les boiseries, les rideaux. Le feu encore, toujours le feu.

— Heinrich, mes mains, geignit Lisel. Mes mains sont brûlées.

Marie Schultz se crispa. Elle avait reconnu le prénom énoncé avec difficulté par la jeune femme. Au courant de toute l'affaire grâce aux journaux, elle était navrée.

— Il faut oublier cet homme, ma pauvre enfant, il a causé votre malheur, votre misère, professa-t-elle très bas. Seigneur, que la chair est faible, et combien de filles se sont perdues, par amour.

Ce discours proche du sermon n'atteignit pas Lisel. Elle ne rêvait plus, s'enfonçant dans le silence et le noir.

— Petite, restez avec moi, supplia l'infirmière qui la sentait partir. Mon Dieu, pardonnez-lui ses fautes, sauvez-la.

14

L'innocence brisée

Munster, lundi 15 juin 1925

Sofia frappa pour la troisième fois à la porte de la boulangerie. Elle avait aperçu une silhouette dans le magasin, malgré les toiles qui voilaient les vitres. Soucieuse de réussir la mission que lui avait confiée l'avocat, elle décida d'attendre aussi longtemps qu'il le faudrait.

« C'est pour Lisel », se répétait-elle.

Le parfum d'aventure de son expédition lui plaisait. Elle était certaine que plus tard, ils évoqueraient ces jours difficiles, Lisel, Heinrich et elle.

« Ou bien nous serons seulement toutes les deux, en train de coudre, près de sa fenêtre et des géraniums rouges, pensa-t-elle en s'abritant du soleil sous l'auvent. Et quand Lisel épousera Heinrich, je serai sa demoiselle d'honneur. »

Il était 11 heures. Une femme approcha, coiffée d'un large chapeau de paille. Elle poussait une voiture d'enfant.

— Les Schmitt ont fermé boutique, lança-t-elle à Sofia. Pensez donc, comme si les honnêtes gens allaient manger de ce pain-là !

— Et si leur fille était innocentée, vous n'auriez pas honte de dire des choses pareilles ? rétorqua la jeune Italienne.

— C'est plutôt vous qui devriez avoir honte de défendre une dévergondée ! Une meurtrière en plus.

— Les journaux racontent des sottises, insista Sofia.

Une voisine, du seuil de sa maison, une belle bâtisse à colombages, assistait à la scène.

— On l'a déjà vue qui traînait ici ! cria-t-elle. C'est une complice de Lisel Schmitt.

Sofia prit peur, confrontée à ces mégères au regard hostile. Un grand gaillard, en pantalon de velours à bretelles et en chemise rayée, surgit d'une ruelle adjacente.

— Suivez-moi, mademoiselle, dit-il avec un accent prononcé. Ne restez pas dans la rue.

Elle obéit sans hésitation. Il la guida jusqu'à un portail, au fond d'une impasse. Un gros cheval gris, attelé à une charrette, les salua d'un hennissement amical.

— On n'a pas été présentés, soupira l'inconnu. Je suis Lorenz Guth, un ami d'enfance de Lisel.

— Sofia Moretti, son employée... Alors vous êtes son ancien fiancé ? Pardon, je suis maladroite.

— Pas du tout, mais imprudente, oui. Les gens de Munster sont remontés contre les Schmitt. On leur cherche des ennuis. Ils reçoivent des lettres anonymes, on jette des saletés sur leur mur. La mère de Lisel m'a écrit, pour que je vienne les aider à déménager.

— Mais où vont-ils, les pauvres ? s'alarma Sofia.

— Mon père leur prête une petite maison, là-haut, dans nos montagnes. Mes parents sont des marcaires.

— Ceux qui fabriquent du fromage, Lisel m'en a parlé, avant d'être arrêtée. On devait venir ensemble, et se promener jusqu'à votre ferme.

Ils se sourirent. Lorenz, brun de peau et de cheveux, avait des yeux en amande, couleur d'ambre. Sofia y lut une réelle bonté. Elle l'estima séduisant et sentit ses joues rosir.

— Vous savez, mademoiselle, Lisel et moi c'est du passé, précisa-t-il en souriant. Je suis marié et ma femme attend notre premier bébé.

— Félicitations, murmura-t-elle, un peu déçue. J'espère que Mme Schmitt est là, je dois lui parler.

— Oui, oui, venez !

Martha s'était réfugiée au fond du fournil. Un foulard noir sur son chignon blond, elle tenait un chapelet entre les mains. Sofia la trouva amaigrie, blême.

— Bonjour, madame, dit-elle aussitôt. Je suis désolée de vous déranger.

— Oh, c'est vous, Sofia ! Je suis contente de vous revoir. J'ai mis du café dans une bouteille Thermos, en voulez-vous ?

— Merci, ça me fera du bien.

— Mon brave Lorenz, tu devrais monter au chevet de mon mari. Il m'a ordonné de sortir de notre chambre, mais si par malheur il recommençait…

— Que voulez-vous dire, madame ? s'inquiéta Sofia.

— Ernst s'est enivré, hier soir, et dans la nuit, il voulait mettre le feu à notre boutique, expliqua tout bas celle-ci. Pourtant elle ne nous appartiendra plus à la fin du mois de juillet.

— Je vais le raisonner et le surveiller, madame Martha, assura Lorenz en sortant du fournil. Quand vous serez installés près de chez nous, votre mari se sentira mieux.

Martha poussa un long soupir. Très gênée, Sofia lui tapota gentiment la main.

— Je vous plains, madame.

— Oh, Dieu soit loué, il nous reste quelques amis, comme les Guth, de braves personnes, et leur fils est un homme au cœur d'or. Mais qu'est-ce qui vous amène à Munster, Sofia ? Avez-vous des nouvelles de notre Lisel, du procès ?

— Le procès aura lieu jeudi 9 juillet, au tribunal de grande instance. Maître Stein m'a promis que j'aurai un autre parloir, la semaine prochaine sans doute. Madame, je ne veux pas vous mentir, votre fille a été placée en cellule disciplinaire, j'ignore pourquoi.

Les yeux agrandis par la stupeur, Martha Schmitt leur servit à chacune un gobelet de café.

— Au fond, ça ne m'étonne pas plus que ça, répliqua-t-elle. Lisel tient de son père, pour le caractère. Elle se révolte vite et elle supporte mal l'injustice. Je la comprends, être en prison quand on est innocente, il y a de quoi ruer dans les brancards.

L'expression imagée fit sourire Sofia, qui cherchait comment faire parler la mère de Lisel. Elle prit une profonde inspiration avant de l'interroger d'un ton neutre.

— Comme ça, vous avez vendu votre fonds de commerce, et la maison ? hasarda-t-elle. Ce sera toujours une boulangerie ?

— Non, le futur propriétaire compte faire raser le bâtiment pour reconstruire. J'en ai le cœur brisé. Mes trois enfants sont nés sous ce toit, nous y avons tant de bons souvenirs. Ernst n'a pas pu savoir l'identité de l'acquéreur, il pense qu'il s'agit d'un prête-nom, et je vous assure, il vend à perte. Mais mon mari est à bout, je crains même qu'il finisse par faire une bêtise.

Sofia éprouva une vive compassion pour les parents de Lisel, tout en ayant conscience, à l'instar de l'avocat et d'Heinrich, qu'ils étaient eux aussi visés, dans cette sinistre histoire.

— Madame, murmura-t-elle, si vous saviez qui rachète vos biens, on pourrait s'en servir au procès. Je suis désolée, c'est l'avocat de Lisel qui m'envoie. Je déteste jouer la comédie. Maître Stein aurait besoin de mieux connaître le passé de votre mari, ou le vôtre.

— Je me disais aussi, c'était bizarre que vous veniez me rendre visite ! Je voudrais vraiment aider notre fille. Hélas ! Ernst m'a fait promettre de me taire.

Martha hocha la tête, en rangeant son chapelet. Ensuite elle leva les yeux au ciel un instant, sous le regard implorant de Sofia qui chuchota :

— Mais Lisel est malheureuse, madame. Pensez à elle.

*Colmar, infirmerie de la maison d'arrêt,
même jour, même heure*

Le médecin referma sa sacoche en cuir, après avoir ausculté la détenue Schmitt. Il ôta ses lunettes rondes, pour se tourner vers l'infirmière.

— Je vous félicite, mademoiselle Schultz, vous avez peut-être sauvé cette fille, bougonna-t-il. Cependant elle est encore sur une corde raide. Faites-lui boire du lait frais, et continuez à désinfecter les plaies de ses mains. Si sa température baisse, on pourra envisager une guérison rapide et la remettre en cellule. Elle est jeune et résistante, ayons confiance.

— Oui, docteur.

— Je reviens après-demain.

Lisel avait écouté. Encore très faible à cause de la fièvre, elle feignait le plus souvent de dormir, afin de rester le plus longtemps possible à l'infirmerie.

« On est bien, ici, songeait-elle. Des draps propres, un vrai matelas, de meilleurs repas, et cette dame me soigne comme si j'étais sa fille. J'ai de la chance, dans mon malheur. »

Marie Schultz tourna le verrou après le départ du docteur. Elle trottina jusqu'à un placard d'angle et l'entrouvrit.

— Mon cousin m'a apporté du miel, il n'y a rien de mieux pour cicatriser les vilaines blessures, dit-elle. Quand même, quand cette petite sortira de prison, il faut qu'elle puisse travailler.

— Merci, madame, de veiller sur moi, articula tout bas Lisel.

— Seigneur, tu m'as entendue ! se récria l'infirmière. Alors ça va un peu mieux ! Il fallait parler au médecin.

— Je ne pouvais pas, je suis désolée.

Son pot de miel à bout de bras, Marie Schultz approuva en silence. Elle avait déjà cerné le problème.

— Bah, tu n'es pas la première qui essaie de tirer au flanc, hein, de se prélasser à l'infirmerie. Mais j'ai cru te perdre, la nuit de dimanche à lundi, alors je passe l'éponge. Tu reviens de loin, autant que je t'ai à l'œil encore deux jours.

Rassurée, Lisel s'abandonna au confort du lit. Soudain elle leva ses mains bandées qu'elle fixa d'un air effrayé.

— Qu'est-ce que j'ai, madame ?

— Tu as dû cogner bien fort contre les murs du mitard, ma pauvre enfant. Tes doigts sont en mauvais état, car les plaies étaient infectées. Mais le miel de mon cousin fera des miracles.

— Je ne pourrai plus coudre aussi bien qu'avant, gémit Lisel. C'est peut-être un signe ! Au mois de novembre, je me suis brûlée aux mains. Quelqu'un m'a soignée, un coupeur de feu.

Elle évita de prononcer le prénom Heinrich, stupéfaite de ne plus ressentir d'amour pour lui. Elle eut l'impression qu'un siècle s'était écoulé depuis la dernière fois où elle l'avait rencontré.

— Madame, est-ce que je vais mourir ?

— Pas de ça, ma pauvre petite ! Tu as retrouvé tes esprits, c'est un bon point.

— Mais la vieille Pierrette est morte. On était à son chevet, Gretchen et moi. Son agonie m'a terrifiée. Je veux vivre, moi. Je suis innocente !

— Allons, allons, ne t'agite pas. Si tu étais innocente, tu ne serais pas là. Dieu pardonnera tes erreurs. J'ai prié sainte Odile et tu as été épargnée. La détenue dont tu parles était atteinte de phtisie, et plus âgée que toi.

— Il faut me croire, madame, je suis innocente, je n'ai jamais voulu tuer qui que ce soit. On m'a piégée.

Accoutumée à ces protestations, Marie Schultz eut un léger sourire. Elle défit les pansements qui enveloppaient les mains de la jeune femme.

— Parle-moi plutôt de ton métier, pendant que je te soigne, car c'est douloureux. Comme ça, tu es couturière ! Je me disais aussi, parfois tu racontais des choses sur les tissus. Mais tu as appelé ta maman, aussi, et ta sœur, sûrement, Chris.

— Chris est une amie, soupira Lisel. Et je ne suis pas une simple couturière, je dessine des modèles de robe, de manteau. Je voudrais être dans la confection pour dames.

Pleine de compassion, l'infirmière approuva encore, du même signe de tête machinal. Soudain elle vit des larmes sur les joues de sa malade.

— Pourquoi pleures-tu ? Si tu penses à cet homme, le mari de ta victime, ça ne t'aidera pas à te rétablir. Il a causé ta perte.

— Je sais, madame, je ne veux plus penser à lui, plus jamais. Je voudrais qu'on me libère. Je m'en irai, loin, très loin.

— Du cran, petite, avec un peu de chance, tu seras condamnée à cinq ans, ou dix ans. En te conduisant bien, on te relâchera sans doute avant la fin de ta peine.

— Non, dix ans, cinq ans, je ne mérite pas ça ! Je veux sortir d'ici, vous comprenez, on ne peut pas me garder !

Préoccupée par la nervosité croissante de la détenue, Marie vérifia sa température.

— La fièvre remonte, misère ! Calme-toi.

Lisel ne l'écoutait plus. La migraine revenait, battait à sa tempe gauche. Elle poussa une plainte de pur désespoir, avant de se laisser emporter par une nouvelle crise de délire.

Munster, même jour, même heure

Sofia regardait Martha Schmitt qui sanglotait, l'air effaré, sans oser insister sur la nécessité de lui livrer ses secrets. La mère de Lisel avait fait mine de vouloir parler, puis elle s'était ravisée au moins trois fois, livide, la bouche pincée. Le retour de Lorenz Guth dans le fournil fit diversion.

— Votre mari s'est endormi, madame Martha, annonça le jeune marcaire d'un ton chaleureux. Nous avons causé un peu, je lui ai proposé de seconder mon père, à la fromagerie. Bon, puisque vous êtes en bonne compagnie, je vais charger les malles qui sont dans votre cour sur la charrette.

— Je te remercie, Lorenz ! Ah si Lisel avait accepté de se marier avec toi, elle serait tranquille là-haut, dans ta montagne.

— Cette vie ne lui convenait pas, répondit-il. J'espère qu'elle sera vite innocentée, elle ne ferait pas de mal à une mouche.

Lorenz disparut à nouveau. Sofia termina son gobelet de café, persuadée qu'elle devrait repartir sans avoir eu de résultats.

— Seigneur, qu'est-ce que je dois faire ? s'interrogea soudain Martha. Ernst m'a avoué une chose, après avoir vu notre fille au parloir. Il n'est sûr de rien, alors il a caché ça à maître Stein, l'autre jour.

— Dites-le moi, madame, vous serez soulagée.

— Mais je crois qu'il n'y a pas de rapport avec l'affaire de Lisel.

— Peut-être que si, insista Sofia.

— Mon mari ne me pardonnera pas de l'avoir trahi.

— Il n'est pas obligé de le savoir.

— Voilà, c'était pendant la guerre, il y a huit ans, en 1917, une période affreuse pour ma famille. Ernst a été mobilisé, notre fils aîné aussi. Ils étaient tous les deux déchirés de devoir se battre sous le drapeau allemand, contre les Français. Certains avaient moins de scrupules.

Sofia écoutait attentivement, en regrettant de ne pas noter les singulières révélations de Martha. Une heure plus tard, à la gare, elle acheta une carte postale, qui lui servit à consigner des noms et des dates.

Dans le train qui la ramenait à Colmar, elle décida de rendre visite à maître Stein le soir même.

Niederbronn-les-Bains, même jour, même heure

Simone et Franz Frischer étaient assis en face de Suzelle, sur le canapé tapissé de chintz de la chambre. Ils toisaient leur fille d'un œil mauvais.

— Je me croirais au tribunal, leur dit-elle.

— Si tu continues à te conduire en dépit du bon sens, tu y seras bientôt, sur le banc des accusés ! tonna son père. Fais tes valises, je vous raccompagne à Colmar, ta mère et toi. Vous ne pouvez pas rester dans cet hôtel, après le scandale qui a eu lieu.

— En nous sauvant comme des coupables, ce sera pire pour notre réputation, à mon avis, insinua son épouse. Il faut arranger les choses !

— Comment, Simone ? Notre gendre vient clamer haut et fort que nous avons pratiquement causé la mort de Lisel Schmitt, et notre fille s'affiche au bras du docteur Imbert ! Les employés de l'hôtel ne sont ni aveugles ni sourds. Je me suis renseigné, une des femmes de service m'a avoué, contre quelques sous, que ton médecin te rejoignait dans ta chambre, Suzelle ! Est-il ton amant, oui ou non ?

— Oui, papa ! Il me rend heureuse, il m'a guérie ! Je veux divorcer et me marier avec lui.

L'affirmation véhémente de Suzelle apaisa Franz Frischer. Il se frotta le menton du bout des doigts, plongé dans ses pensées.

— J'ai une idée, déclara Simone. Mes amies qui séjournent ici m'aideront. Nous allons les inviter à dîner et leur raconter notre version de l'incident. Il suffira de dépeindre Heinrich comme un adepte de la boisson, prétendre qu'il était ivre samedi. Les ragots passionnent ces dames, nous inventerons une jolie romance.

— Laquelle ? maugréa son mari en haussant les épaules.

— Suzelle était très malheureuse, car Heinrich collectionnait les conquêtes, s'en prenait à la bonne. Après l'agression qui a failli lui coûter la vie, elle a consulté un de ses anciens amis, le docteur Imbert et...

— Maman, Georges est parisien, il exerce en Alsace depuis peu, je ne peux pas dire que je le connais depuis des années.

— Ne sois pas sotte, j'ai des relations à Paris, qui ont très bien pu nous rendre visite souvent, pendant les vacances. Franz, si j'explique que Imbert a toujours aimé Suzelle, et qu'il l'a soutenue dans cette terrible épreuve, la suite sera évidente. Elle divorce et épouse le médecin. Lui au moins, il fera un gendre honorable, rompu à la vie mondaine.

Suzelle fixait la pointe de ses escarpins, pour ne pas se trahir. Elle éprouvait une farouche envie de crier à ses parents qu'ils ne décideraient plus de son existence.

« Georges et moi, nous irons nous installer à l'étranger, rêvait-elle. Je dispose de mon capital, nous en profiterons. On nous admirera, dans les soirées, lors des bals... »

Les projets affluaient. Elle souhaitait traverser les océans à bord d'un paquebot de luxe, se promener dans la jungle sur le dos d'un éléphant, en Inde, découvrir New York et Londres.

— Suzelle, appela son père, pourquoi as-tu ce sourire idiot ?

— Parce que je suis une idiote, papa, tu me l'as toujours dit.

— Tu aurais quinze ans de moins, je te giflerai !

— Parle moins fort, Franz, lui reprocha Simone.

Suzelle s'était levée et leur tournait le dos. Georges Imbert lui manquait cruellement. Son corps avait faim de jouissance, son cœur réclamait des mots doux, de la tendresse.

— Papa, je ne suis plus la fillette de dix ans que tu terrorisais, décréta-t-elle sans le regarder. J'ai eu une enfance affreuse, par votre seule volonté. Vous m'avez envoyée au pensionnat dès mes quatre ans, et lorsque je séjournais à la maison, maman et toi, vous exigiez une obéissance totale, quitte à battre si je protestais.

— C'était pour ton bien ! vociféra son père.

— Ah oui ? Vous m'avez rendue haineuse, vicieuse, menteuse. Maintenant que j'ai pu constater le pouvoir des journaux, dont les articles vont faire pencher l'opinion publique, pourquoi je n'irais pas m'épancher auprès d'un journaliste ? La riche héritière des brasseries Frischer confie à la presse son enfance malheureuse.

Elle virevolta et les observa. Ils étaient défigurés par la colère, mais sa mère, la première, sembla se radoucir.

— Quelle mouche te pique, ma chérie ? susurra-t-elle. Tu ne réfléchis pas assez ! Si tu provoquais la ruine de notre famille, tu perdrais ta fortune également.

— Je ne ferais rien de tel, à une condition. Papa, augmente mes parts dans tes entreprises, verse-moi le double de ce que j'ai déjà à la banque.

— Petite imbécile, gronda-t-il, en brandissant le poing. Ton docteur t'a mis ça dans la tête, avoue donc.

— J'y ai songé sans son aide, le détrompa-t-elle. Bien, à présent je vais à la cure, prendre les eaux. Maman a raison, nous devons rester ici et jouer l'indifférence. Tu t'es déplacé pour rien.

Franz Frischer soutint le regard vert de Suzelle. Il semblait furieux, mais derrière son air hostile, il était secrètement fier de sa fille, qui ne se lamentait plus sur son sort et montrait un caractère aussi retors que le sien.

Maison d'arrêt de Colmar, mercredi 17 juin 1925

Maître Stein avait eu gain de cause. Se démenant auprès du procureur et du directeur de la prison, il pouvait voir sa cliente, qui était toujours à l'infirmerie, sous la garde de Marie Schultz.

— Ne la fatiguez pas, monsieur, elle est très faible, dit celle-ci en faisant entrer l'avocat.

Il ne put dissimuler sa surprise. Lisel, adossée au montant du lit, un oreiller sous la tête, était d'une pâleur morbide. Son front était marqué d'un large hématome et de coupures en voie de cicatrisation. Amaigrie, les mains bandées, elle le dévisageait de ses yeux noirs, que la fièvre faisait briller.

— Bonjour, mademoiselle, je suis soulagé de vous trouver là, bien soignée, déclara-t-il en s'inclinant un peu. Dès que j'ai su pour votre sanction disciplinaire, j'ai fait des pieds et des mains afin d'obtenir un droit de visite.

— Bonjour, maître Stein. Je vous remercie.

L'infirmière, la mine soucieuse, annonça qu'elle se rendait aux cuisines, afin de les laisser discuter.

— Je suis obligée de vous enfermer, monsieur, précisa-t-elle. Vous avez une demi-heure, comme au parloir.

Dès qu'ils furent seuls, l'avocat prit place sur l'unique chaise du local. Lisel demeura silencieuse. Il ne perdit pas de temps et l'interrogea :

— Que s'est-il passé ? Pourquoi vous a-t-on envoyée en cellule disciplinaire ? Mademoiselle, je dois savoir.

— Pourquoi ? Ici ce ne sont pas les mêmes règles que dehors, murmura-t-elle tristement. J'ai vu agoniser une pauvre vieille femme. Ils n'ont pas daigné la transporter à l'hôpital. Les autres détenues, à l'atelier ou dans la cour, vous méprisent ou bien vous font des avances honteuses. Moi, j'étais avec Gretchen et Gina, je n'ai pas à me plaindre. Savez-vous, maître Stein, j'ai appris une chose en prison. On ne se rend jamais compte du bonheur tout simple du quotidien, quand on est libre.

— Libre, vous le serez bientôt, à l'issue du procès qui a lieu dans environ trois semaines, le 9 juillet. Le dossier que j'ai pu établir sur la partie adverse est accablant. C'est grâce à votre amie Sofia, qui a réussi à faire parler votre mère.

— Maman ? Qu'est-ce qu'elle a bien pu dire ?

— Je vais vous confier l'essentiel, mais auparavant je voudrais vous conseiller de reprendre des forces. Certes, votre aspect pourrait apitoyer le juge, mais le procès sera très pénible pour vous, il faut vous y préparer.

— Dans trois semaines, répéta Lisel d'une voix morne. On me replace en cellule demain, peut-être avec des détenues que je ne connais pas. Je n'ai plus de courage, c'était si difficile de gagner un peu d'amitié.

L'avocat l'examina avec perplexité. Il en déduisit qu'elle était loin d'être rétablie et s'alarma.

— Il faut que vous restiez là encore plusieurs jours, décida-t-il.

— Mme Schultz a fait de son mieux pour me garder, même si elle ne croit pas à mon innocence. C'est une femme charitable, mais le docteur qui est venu ce matin estime que je suis guérie.

— Bon sang, vous êtes en détention provisoire, et non pas au bagne pour femmes, enragea-t-il. Mademoiselle, je vous en prie, tenez le coup, soyez forte. Sofia Moretti vous transmet toute son affection, et une autre jeune fille de vos amies, Chris, a chargé M. Keller de vous dire qu'elle priait pour vous. Il y a de quoi vous redonner le moral. J'ai aussi une lettre.

— De qui ?

— Quelle question, de M. Keller !

Lisel tressaillit, cependant, fidèle à ses résolutions, elle refusa de prendre la petite enveloppe bleue.

— Je ne la lirai pas, redonnez-lui, soupira-t-elle. Si je suis libérée après le procès, je quitterai la région, car même disculpée, j'aurai du mal à travailler, à inspirer confiance. M. Keller est marié, il a un fils, je ne tiens pas à le revoir. Il faudra lui dire.

Sidéré, Stein rangea la lettre dans sa poche intérieure. Rodé à la fréquentation de différents accusés, il perçut le renoncement et l'amertume de sa cliente. La beauté meurtrie de Lisel, son expression digne le touchaient. C'était la quatrième fois qu'il la rencontrait, et il se prenait d'affection pour elle.

— Pardonnez-moi d'outrepasser les limites de ma fonction, mademoiselle, mais c'est l'homme qui vous parle, et non l'avocat. M. Keller vous aime sincèrement. Dans son cas, le divorce est inévitable et pourrait être prononcé très vite.

— Peu m'importe, maître. Je vais être claire. Je menais une vie sage, laborieuse, pour réaliser mon rêve un jour. Dès que j'ai rencontré Heinrich, mon destin a basculé, on m'a menacée, on m'a tendu le piège qui m'a conduite ici, à la maison d'arrêt. Je n'ai plus qu'une envie, c'est de retrouver ma liberté et de m'en aller le plus loin possible. Sinon, que deviez-vous me révéler à propos de ma mère ? Est-ce que Mme Weiss, qui était fiancée à mon père, est mêlée à tout cela ?

— Non, pas exactement, même si Erna Weiss devait être au courant de ce que trafiquaient les Frischer. Ces gens voulaient atteindre votre père en plein cœur, en vous traînant dans la boue, en vous désignant comme une rivale de leur fille, capable de commettre un meurtre. Il s'agit d'une vengeance, aussi stupide qu'injustifiée, mais orchestrée avec brio, hormis quelques détails.

— Je vous écoute, dit Lisel d'une voix raffermie.

Dix minutes plus tard, l'avocat regrettait amèrement d'avoir révélé ce qu'il savait à la jeune femme, sans tenir compte de son état de santé. D'abord attentive, elle s'était vite rebiffée en apprenant la vérité.

— Et papa m'a fait la morale, au parloir ! Lui ? Il n'a même pas cherché à m'aider ? Ni maman, qui était au courant !

— Pas depuis longtemps. Je suis navré, calmez-vous.

Ses excuses et ses exhortations n'avaient servi à rien. Lisel, secouée de violents frissons, semblait ne plus le voir, ne plus l'entendre. La tête renversée en arrière, elle gémissait, le front constellé de gouttelettes de sueur. Il se leva, affolé, pour toucher un de ses poignets. La peau était brûlante.

— Quel imbécile je fais, j'aurais dû attendre, se dit-il avant d'aller tambouriner à la porte.

L'infirmière devait patienter de l'autre côté, car elle ouvrit immédiatement.

— Seigneur, voilà que ça recommence ! s'écria-t-elle. Je vous avais pourtant dit de la ménager, monsieur.

— Mais de quoi souffre-t-elle précisément ?

— Le docteur a diagnostiqué une fièvre cérébrale ! Pauvre petite, la voilà qui recommence à délirer. Il faut sortir, monsieur.

Incapable d'obtempérer, maître Stein regardait Lisel. Elle avait les paupières closes, le teint cireux, et entre deux plaintes, elle essayait de parler.

— Madame Schultz, ma cliente ne peut pas retourner en cellule demain ! s'emporta l'avocat. Faites venir le médecin. Cette jeune femme a été victime d'une odieuse machination.

— Sortez ! Je dois prendre sa température et lui donner de la quinine. Je connais mon métier.

— Si vous l'aidez, je pourrai vous dédommager. Je reviendrai après-demain.

— Vous n'avez pas honte de vouloir acheter ma complicité, rétorqua l'infirmière. Je ferai ce que me dictera ma conscience. À présent, allez-vous-en !

Stein fut contraint de quitter le local. Une fois dehors, en marchant le long de la rue des Augustins, le beau visage torturé de Lisel l'obsédait.

« Et si elle mourait cette nuit, que signifierait le mot justice ? songea-t-il. Il n'aurait plus aucun sens pour moi, non, plus aucun sens ! Et comment annoncer à M. Keller l'état critique de la femme qu'il aime... »

Heinrich l'attendait à la terrasse d'un café. L'expression tragique de l'avocat lui fit croire au pire. Son cœur se mit à cogner dans sa poitrine.

— Vous l'avez vue, est-ce qu'elle est...

— Ne parlez pas de malheur, Mlle Schmitt est encore très faible, mais je pense qu'elle va rester encore quelques jours à l'infirmerie.

D'une pâleur de craie, Heinrich soupira de soulagement. Il but une gorgée de sa citronnade, car il avait la bouche sèche.

— Ayez confiance, marmonna Stein en s'asseyant, alors qu'il redoutait de ne jamais revoir Lisel Schmitt en vie.

— Confiance en quoi, maître ? Je voudrais la voir, vous ne pouvez vraiment rien faire ?

— Vous la reverrez le jour du procès, monsieur. Mais j'ai la ferme intention de retourner vendredi matin à la prison. Je vous donnerai de ses nouvelles.

Maison d'arrêt de Colmar,
nuit du mercredi 17 au jeudi 18 juin 1925

Marie Schultz en aurait pleuré. Penchée sur la jeune détenue qu'on lui avait confiée, elle guettait maintenant son dernier souffle. La fièvre ne baissait pas, le thermomètre affichait plus de quarante degrés et selon le docteur qui était venu plusieurs heures auparavant, Lisel Schmitt ne passerait pas la nuit.

— Accroche-toi, ma pauvre enfant, répétait l'infirmière.

Elle tamponnait ses tempes, son front, ses joues, d'un linge imprégné d'eau froide, dans une ultime tentative de la sauver.

— Seigneur ! Sainte Odile, protégez cette malheureuse, dit-elle encore, la gorge nouée. Ils ont refusé de l'emmener à l'hôpital. Est-ce humain, des choses pareilles ?

La brave femme prit l'initiative de redonner de la quinine. Abandonnant sa malade, elle s'empara du flacon en verre teinté, pour constater qu'il était presque vide. Un long gémissement la fit se précipiter à nouveau au chevet de Lisel.

— Maman, maman, appelait-elle d'une voix pitoyable, tout en claquant des dents.

— Ta mère serait bien triste de te voir ainsi, déplora Marie Schultz en lui caressant les cheveux.

— Maman, je suis innocente, il faut m'emmener... délira Lisel. Maman, je n'ai rien fait... nos montagnes, je veux les revoir.

L'infirmière se souvenait des paroles de l'avocat, mais ce furent ces balbutiements hébétés qui semèrent le doute dans son esprit. Bouleversée, elle imagina l'immense détresse qu'on devait ressentir, si l'on était innocent et condamné à une lourde peine, dans une sinistre cellule.

— Je suis innocente, pitié...

— Ma pauvre petite, je te crois, va ! Tu dois vivre, hein, tu ne peux pas partir à ton âge. Accroche-toi.

En larmes, Marie Schultz fit boire à Lisel un mélange de sa composition, de l'eau tiède où étaient dilués le reste de la quinine et un peu d'alcool de prunes. Enfin, malgré les frissons qui secouaient tout le joli corps brûlant, elle ôta drap et couvertures.

— Je n'ai plus qu'à prier, maintenant, dit-elle. Que Dieu te prenne en sa sainte garde.

Riquewihr, dimanche 21 juin 1925

Otto Keller avait fabriqué une balançoire pour son petit-fils, accroché à une branche du tilleul qui ombrageait un côté du jardin. L'enfant poussait des cris de joie, chaque fois que son père le poussait en l'air.

— Plus haut, papa, plus haut !

— Non, Hansel, tu pourrais tomber, le raisonna Heinrich.

Les manches de sa chemise retroussées jusqu'aux coudes, en pantalon de toile, le jeune homme était tête nue. Ses cheveux blonds captaient le moindre reflet de lumière. Odile Keller, assise sur un banc, tricotait en regardant à peine son ouvrage, pour ne rien manquer du charmant tableau.

— Le goûter sera bientôt prêt ! s'écria-t-elle. Le pain d'épices refroidit. La recette que tu préfères, Heinrich, avec des écorces d'orange.

— Merci, maman, répliqua-t-il sans enthousiasme.

Hansel en avait assez de se balancer. Il sauta de la planche sans prévenir son père.

— Petit coquin, ne recommence pas !

— Je vais jouer avec mes chatons. Mémère, tu as du lait pour eux ?

— Va en demander une écuelle à pépère, il est dans l'étable, répondit Odile. Fais attention, ne tombe pas.

Heinrich rejoignit sa mère, après avoir suivi son fils des yeux.

— Hansel est plus sage la semaine, quand tu es à Colmar, fit-elle remarquer.

— J'espère qu'il ne te fatigue pas trop, maman ?

— Oh non, Otto et moi nous sommes bien heureux de l'avoir. Mais je me tracasse pour toi, Heinrich. Tu es tellement triste. J'espère que cette jeune femme sera rétablie le jour du procès.

— Je n'en sais rien. Lisel a failli mourir la nuit de mercredi à jeudi. L'infirmière de la prison l'a expliqué à maître Stein quand il lui a rendu visite vendredi. Mais il n'a pas pu lui parler, le docteur lui avait injecté un calmant.

— Comme tu dois être inquiet, mon fils !

— Je n'en dors plus. Si seulement elle avait accepté de lire ma lettre. J'y avais mis tout mon cœur, tout mon amour. Te rends-tu compte, maman, si elle meurt, sans connaître la force et la profondeur de mes sentiments ?

— Garde espoir, Heinrich. Je suis désolée, mais une chose me tracasse. Tu as dit à ton épouse que notre Hansel ne se trouvait plus chez nous. Ces gens, les Frischer, ont le droit pour eux, ils peuvent venir vérifier. Je tremble chaque fois qu'une automobile passe sur la route, au bout de notre chemin.

— Ils seraient déjà venus, maman, n'aie pas peur.

Odile Keller arrangea une mèche neigeuse de ses cheveux coiffés en chignon. Elle désigna d'un geste le jardin où les fleurs abondaient, les barrières blanches qui délimitaient le pré des moutons.

— Hansel se plaît chez nous, mais tu devrais le confier à ta cousine de Ribeauvillé. Elle a deux enfants, tu le sais, de quatre et six ans, des garçons.

— Annie n'a pas une bonne santé, et son mari travaille dur, je ne peux pas lui imposer un troisième bambin à garder.

Otto Keller approchait, un bidon de lait à bout de bras. Il avait saisi des bribes de la conversation.

— Ta mère se fait beaucoup de souci, Heinrich, avoua-t-il. Que ferons-nous si les Frischer arrivent, peut-être escortés par les gendarmes ? Tu es absent du lundi au samedi soir, je ne suis plus d'âge à batailler.

— Je serais désolé de vous causer des ennuis, papa. Rassurez-vous, je pense vraiment que Suzelle n'a encore pas dit à ses parents où était notre fils.

— Quelle sale histoire ! commenta le grand vieillard au regard clair. Je prie matin et soir pour que la situation s'arrange au mieux, Heinrich. Tu souffres, je le sais, mais la vie est comme ça, parfois, il faut vivre avec une plaie qui ne cicatrisera jamais.

— Otto, tais-toi, implora tout bas Odile. Si nous allions goûter, le pain d'épices doit être à point.

— À quoi faisais-tu allusion, papa ? insista Heinrich.

— Ton père commence à radoter, voilà tout. Il a si bon cœur, il plaint le monde entier.

Hansel accourait, son tablier à carreaux maculé de lait. Rieur, l'enfant dévisagea tour à tour les trois adultes qui l'entouraient.

— J'ai faim, mémère, claironna-t-il.

Il prit Odile et Otto par la main, pour les entraîner vers la cuisine où régnait une agréable fraîcheur. Heinrich s'attarda sur le seuil de sa maison natale.

« Lisel, j'ai tant rêvé de t'amener ici, de te cueillir des roses, de pique-niquer au bord de la rivière. »

Comme sa mère l'appelait, il répondit qu'il n'avait pas faim. D'un pas rapide, il s'éloigna, enjamba une clôture, pour longer un sentier entre les prés, tout en continuant à parler à Lisel, mais à mi-voix cette fois.

— Reste en vie, ma chérie, bats-toi, même si tu ne veux plus de moi, je saurai que tu existes, que nous nous reverrons un jour. Je voudrais tant te serrer dans mes bras.

Heinrich s'enfonça sous le couvert d'un bois de chênes, où il jouait souvent enfant.

— Lisel, Lisel, je t'aime ! cria-t-il de toutes ses forces.

Des oiseaux s'envolèrent, effrayés. Il s'adossa à un tronc d'arbre, en contemplant un long moment le ciel bleu, parsemé de nuages d'un blanc lumineux, puis il regagna la ferme des Keller, nichée au creux d'un paisible vallon. Hansel guettait son retour, assis sur le banc, une assiette garnie de deux tranches de pain d'épices posée à côté de lui.

— Tiens, papa, ton goûter, dit gentiment le petit garçon.

15

Un procès révélateur

Maison d'arrêt de Colmar, jeudi 2 juillet 1925

Marie Schultz avait tenu à raccompagner Lisel jusqu'à sa cellule, malgré l'air agacé de la surveillante, toujours escortée de ses deux matonnes.

— Il n'y a plus qu'une semaine avant son procès, insista l'infirmière. Cette détenue est encore faible, elle aurait pu finir sa convalescence sous ma garde.

— Non, ça n'a que trop duré, mademoiselle Schultz. Lisel Schmitt est rétablie, elle ne peut pas rester à l'infirmerie, où vous avez une nouvelle patiente.

Lisel ressentit un frisson dans le dos. Elle avait assisté à l'arrivée, sur une civière sommaire, d'une très jeune fille qui s'était tailladé les veines à l'aide d'un manche de fourchette, changé en objet tranchant par un labeur obstiné et discret.

— Ne vous inquiétez pas, mademoiselle Marie, dit-elle d'un ton très doux. Je me reposerai les jours qui viennent. Je vous remercie de tout mon cœur, je suis sûre que vous m'avez sauvé la vie.

— Taisez-vous, Schmitt ! vociféra la surveillante. On viendra vous chercher après le déjeuner, pour aller à l'atelier. Si votre avocat n'était pas intervenu, vous seriez retournée au mitard.

Le groupe s'était arrêté devant une des portes en enfilade. Lisel se rassura, ayant lu le numéro de la cellule.

Elle qui craignait tant d'être isolée ou bien confrontée à des inconnues, elle fut enfermée avec Gretchen, Gina et Denise, une petite brune à la joue striée d'une cicatrice, qui l'observait avidement.

— Te revoilà ! brailla l'Italienne. Mazette, t'as plus que la peau sur les os !

— On n'avait aucune nouvelle, on te croyait morte, ajouta Gretchen, toute souriante.

— Il s'en est fallu de peu, concéda Lisel, émue de les retrouver. J'ai été très malade. Au mitard, je suis devenue comme folle, et il y avait des rats, l'eau était infecte. Mais... mon dessin est encore là ?

— Ben oui, même qu'on a remis de la couleur, se vanta Gina. Le rouge sur la jupe, c'est de la tomate, car on a eu de la sauce.

— Il faut te remplumer, on va s'occuper de toi, Lisel, déclara Gretchen. Je te présente Denise.

— Bonjour, mademoiselle, marmonna celle-ci. J'ai reçu un colis de mon jules, si vous voulez un caramel ?

Touchée par cet accueil, Lisel accepta la friandise, après s'être assise au bord de sa couchette.

— C'est très bon, je n'avais pas mangé de sucre depuis mon arrestation. Merci Denise, et ici on se tutoie.

— Tu nous r'feras un croquis, demain ? demanda Gina d'un ton engageant.

— Non, je suis désolée, répondit Lisel. Mon procès a lieu jeudi prochain, je ne veux pas avoir d'ennuis. J'ai eu tort de prendre des perles à l'atelier et de faire ce dessin.

Gretchen la rejoignit, de sa démarche dansante. La grande blonde lui prit les mains délicatement.

— Tu t'es esquinté les doigts, constata-t-elle. T'as cogné contre les murs, c'est ça ? Ton front aussi ?

— Oui, j'étais tellement en colère. J'avais décidé de mourir.

Un silence pesant suivit son aveu. Lisel y mit fin, les larmes aux yeux, mais un doux sourire sur ses lèvres à peine colorées.

— Je suis heureuse d'être là, avec vous trois, dit-elle.
— Alors, distribution générale de caramels, décida Denise en riant.

Maison d'arrêt de Colmar, mercredi 8 juillet 1925

Martha Schmitt et Sofia avaient eu l'autorisation de voir Lisel, dans une pièce jouxtant le parloir. C'était la veille du procès, et sur l'insistance de son avocat, la jeune femme pouvait revêtir des vêtements civils, afin de comparaître devant la justice.

Amaigrie, très pâle, elle gardait les yeux baissés et les mains jointes, dans sa toilette de pilou gris, un bonnet de calicot sur ses cheveux mordorés.

— Je vous ai apporté votre robe en soie à fleurs et un gilet, expliquait Sofia.

Troublée de se retrouver entre sa mère et son amie, Lisel osait à peine dire un mot. Elle avait l'étrange impression de revenir d'un lointain voyage.

— Je suis arrivée ce matin à Colmar, précisa Martha. Ce soir, je dors chez Sofia, la logeuse m'a dressé un lit de camp. Mon Dieu, que tu as mauvaise mine, encore ! Quand je pense que tu aurais pu mourir sans que je te revoie, ma petite fille.

— J'ai survécu, répondit Lisel. N'en parlons plus. Et papa ?

— Il prendra le train tôt demain. Sois tranquille, il va mieux, depuis que ton avocat lui a dit qu'il n'aurait pas à témoigner.

— Alors, ce sera facile pour vous deux, maman. J'espère que je n'aurai pas un malaise, quand vos secrets seront révélés au grand jour.

— Lisel, ayez confiance en maître Stein, plaida Sofia. Il pense que c'est mieux ainsi, car il dira la vérité sur les Frischer à la fin du procès. Je vous ai apporté votre brosse, un collier. Plus vous serez belle, plus on vous plaindra.

Peinée par l'attitude hostile de sa fille, Martha entoura ses épaules d'un geste câlin.

— Je me doute que tu nous en veux, à papa et moi, mais quand même, tu devrais être soulagée, Lisel. Maître Stein va prouver ton innocence.

— Je serai soulagée quand je serai vraiment libre, dans un train pour Paris, et que je ne verrai plus personne, ni toi, ni papa, ni Heinrich Keller.

— Et moi, demanda Sofia, au bord des larmes.

— Toi c'est différent. Si tu veux me suivre, tu viendras, bien sûr...

Colmar, salle du tribunal de grande instance
jeudi 9 juillet 1925

Lisel avait la bouche sèche, assise entre deux gendarmes sur un banc en bois verni. Ses cheveux d'un roux sombre aux reflets de soie, qui avaient un peu repoussé, ondulaient sous sa cloche en popeline beige. L'assistance l'observait avec une curiosité malsaine.

On était le plus souvent déçu par l'apparence de l'accusée, dont le beau visage, l'élégance discrète ne correspondaient pas au portrait qu'en avaient tracé certains journaux, depuis bientôt deux mois.

« Tout le monde est là, se dit-elle, après avoir jeté des regards furtifs vers les premiers rangs. Suzelle et ses parents, Eugénie, et ce vieil homme presque chauve, avec des lunettes doit être le docteur Grün. Heureusement, ce n'est pas le même juge, celui qui était ami avec Franz Frischer, maître Stein a obtenu du procureur qu'il ne soit pas désigné. »

Elle avait aperçu ses parents et son oncle Johannes, de l'autre côté de l'allée. Sofia, assise à côté de Martha, lui avait adressé un petit signe de la main. Heinrich se tenait à l'écart de tous. Son cœur avait manqué un battement, en revoyant la tête blonde de l'homme qu'elle aimait toujours, malgré sa volonté de le rayer de sa vie. Elle venait de le comprendre.

« Je l'ai renié, parce que je souffrais trop, pensait-elle. J'étais furieuse d'être enfermée en cellule disciplinaire, pour si peu. Je suis devenue presque folle. Heinrich, je ne t'oublierai pas, mais je ne resterai pas à Colmar, ça non, je ne pourrai pas. »

Il faisait très chaud. Les magistrats assis sur la grande estrade en demi-cercle, séparés du public par un alignement de lourdes tables, avaient écouté d'un air sérieux la lecture des actes rapportant les délits qu'elle avait commis. On appelait à présent les plaignants.

Citée la première, Suzelle prêta serment d'une voix faible. Toute vêtue de mousseline verte, ses boucles dorées en partie dissimulées par une capeline assortie, elle parut très jolie à Lisel.

— J'ai eu très peur de mourir, quand l'accusée, que je savais être la maîtresse de mon époux, a brandi sur moi une statuette en bronze. Elle m'a frappée, ensuite j'ai perdu connaissance et à mon réveil, j'ai vu mes parents, notre bonne et notre docteur, tous penchés sur moi. Il y avait beaucoup de sang sur le parquet de ma chambre.

Une rumeur outrée succéda à ces paroles. Une femme traita Lisel de sale catin, mais le juge ordonna le silence. Simone et Franz Frischer firent peu après le même récit, avec des trémolos tragiques dans leurs intonations.

« Comment osent-ils prêter serment de dire la vérité et ensuite mentir sans aucune honte ? » se demandait Heinrich, dont les yeux bleus s'attachaient uniquement à Lisel, qu'il trouvait livide mais d'une dignité admirable.

Eugénie comparut, habillée modestement, le regard fuyant. Elle chuchotait et le procureur la somma de parler plus fort.

— Tout s'est passé comme ont dit Madame et Monsieur, débita-t-elle. Mais j'ai fait une erreur, en allant laver le sang sur la statuette.

— Remercions votre maladresse, commenta le juge. Vous avez nettoyé le sang, mais non les empreintes digitales de l'accusée, un vrai tour de force. Un autre point reste à éclaircir. Mme Keller a fait mention de la conduite amorale de son mari, déclara le juge. Il aurait tenté de vous imposer des relations physiques, vous me comprenez, mademoiselle Schwartz ?

— Je... Je ne m'en souviens pas, bégaya-t-elle.

Des éclats de rire s'élevèrent. Maître Stein, en tenue d'avocat, se réjouissait intérieurement. Il avait hâte d'interroger la jeune domestique, mais il devait patienter.

— Comment pouvez-vous oublier ce genre de choses ? s'étonna le magistrat. Vous devez dire la vérité ! M. Keller a-t-il essayé de vous séduire ?

— Peut-être. Il était gentil avec moi.

— Gentil à sa manière, comme avec la couturière, jeta un adolescent hilare.

Lisel baissa la tête. Elle se sentait lasse et détachée de la réalité, ce qui lui donnait l'impression d'assister au procès sans être concernée. On demandait à Eugénie si elle était au courant des infidélités d'Heinrich Keller, notamment de sa liaison avec Lisel Schmitt.

— Oh ça oui, balbutia-t-elle.

— En avez-vous eu des preuves ?

— Non, c'est Mme Keller qui me l'a dit. Ma patronne était malheureuse, elle pleurait beaucoup.

— Je vous remercie, mademoiselle Schwartz.

Ce fut le tour du docteur Grün, qui avança vers la barre en ajustant ses lunettes sur son nez d'une main tremblante. Il prêta serment, lui aussi, au profond écœurement d'Heinrich.

— M. Frischer m'a téléphoné. Il était affolé, car sa fille unique était inconsciente, le crâne en sang. Je suis leur voisin, et leur médecin depuis des années. J'ai été épouvanté par la scène que j'ai découverte à mon arrivée. Suzelle Keller gisait sur le sol, dans une mare de sang.

— Une mare de sang, vraiment ? nota le juge. Vous êtes un docteur expérimenté, est-ce normal qu'une plaie au sommet du crâne saigne autant ? Les policiers qui ont procédé à l'inspection de la pièce n'ont pas fait état d'une mare de sang.

— La bonne s'est dépêchée de nettoyer le parquet, car cela choquait Mme Frischer, marmonna le médecin. J'ai soigné ma patiente, qui était revenue à elle. C'était délicat, elle souffrait beaucoup. Ensuite ses parents ont fait appel aux services d'une infirmière.

Maître Stein demanda le droit d'interroger le vieil homme, qui parut immédiatement très inquiet.

— Une infirmière que je n'ai pas pu trouver dans le bottin, dont vous n'avez pas cru bon de vérifier les compétences ! Docteur Grün, vous l'avez précisé d'emblée, vous êtes le médecin attitré de la famille Frischer depuis des années, or une semaine après avoir examiné Mme Keller, vous avez pris votre retraite, en raison de graves problèmes de vue. On peut supposer, dans ce cas précis, que vous étiez en peine d'estimer la gravité de la plaie de la victime ? Sauf si vous l'avez évaluée par le toucher, ce qui a dû être fort douloureux pour votre patiente.

— Je n'avais pas besoin de toucher la blessure, se rebiffa Grün, il y avait évanouissement, vertige au réveil. Mais j'ai distingué le sang qui souillait les cheveux de Suzelle Keller. Mme Frischer et la bonne ont passé de l'eau tiède et de l'antiseptique sur la plaie, avant que je fasse un pansement.

Cette fois, les rumeurs, les murmures se teintèrent d'un début d'indignation. On espérait le récit d'une odieuse tentative de meurtre, mais le doute s'instaurait.

— Merci, docteur Grün, dit l'avocat en souriant. Je déplore qu'on ait négligé d'étudier ce fameux sang au microscope, afin d'attester qu'il appartenait bien à un être humain.

La mine grave, le juge appela Heinrich. Sa prestance, ses traits harmonieux suscitèrent l'émotion de bien des femmes. Elles pardonnaient déjà à Lisel d'avoir cédé à un si bel homme.

Il prêta serment d'une voix sonore, avec conviction. En dépit des conseils de maître Stein, il était déterminé à ne pas mentir, persuadé que la sincérité serait un atout.

— Monsieur Keller, entreteniez-vous une liaison adultère avec l'accusée ? s'enquit le magistrat.

— Non, du moins pas dans le sens où vous le formulez !

— Veuillez préciser !

— J'ai secouru Lisel Schmitt lors d'une intervention du corps des sapeurs-pompiers, où je suis volontaire, en vertu de la loi promulguée cette année. Un incendie ravageait le magasin de Mme Erna Weiss, et l'une des ouvrières de l'atelier était piégée par les flammes au premier étage.

Il raconta comment, par la suite, il avait rencontré Lisel par hasard, plusieurs fois.

— Nous avons sympathisé. Si je suis vite tombé amoureux, Lisel Schmitt se montrait distante, car je ne lui avais pas caché que j'étais marié et père de famille.

Le timbre chaleureux d'Heinrich ébranlait Lisel dans tout son corps. D'abord, elle refusa de le regarder, puis elle le fixa avec passion.

— Je lui avais confié que mon épouse ne voulait pas divorcer, et que par amour pour Jean, mon fils de trois ans, nous n'avions aucun avenir possible, ajouta-t-il.

— Néanmoins, argumenta le juge, le détective engagé par M. Frischer vous a vu quitter la pension où logeait Lisel Schmitt à presque minuit, le soir du mardi 21 avril.

— Effectivement, ce soir-là, nous avons discuté, elle et moi, au bord de la Lauch, mais elle est tombée et se sentait mal. Je l'ai ramenée dans sa chambre. Je suis infirmier, je l'ai soignée. Nous étions malheureux tous les deux, et nos sentiments nous ont fait perdre la tête.

Rouge de confusion, Lisel parcourut le public d'un regard gêné. Les plus précieux instants de sa vie de femme venaient d'être soumis à la curiosité des uns, au mépris des autres. Elle en conçut de l'amertume. Soudain elle saisit l'éclat d'un sourire lumineux. Chris se tenait près d'une porte secondaire, derrière la foule. Habillée d'une robe claire, ses cheveux blonds dénoués, elle semblait sereine.

« Mon Dieu, Chris est là ! Comme elle me sourit ! C'est sans doute pour me donner du courage, songea Lisel. Je suis si contente. Elle est venue me soutenir, à sa façon réservée. »

Heinrich répondait alors au juge, sur un point délicat. Il devait justifier l'abandon du domicile conjugal, dont s'était plaint Franz Frischer.

— Là aussi, je serai sincère, rétorqua-t-il. Mes beaux-parents dominaient mon épouse en toutes choses et elle leur obéissait sagement. Franz Frischer, notamment, se croit tout-puissant, grâce à sa fortune. Un soir, j'ai trouvé l'appartement vide, seule Eugénie était là et j'ai compris, à son attitude, qu'elle me faisait des avances. Demandez-lui pour quelle somme elle était prête à sacrifier sa vertu, à seize ans ! Demandez-lui aussi combien elle a touché d'argent pour mentir à ce tribunal, après avoir juré de dire la vérité ! Je préciserai que j'ai voulu parler à mon épouse, quand j'ai appris l'arrestation de Lisel Schmitt. Malgré les menaces que proférait mon beau-père, j'ai réussi à voir Suzelle. Elle m'a reçu, la tête bandée, mais je vous assure qu'elle jubilait de la situation et ne semblait guère souffrir. Ensuite je suis parti, chassé par Franz Frischer. Je n'ai rien d'autre à ajouter.

Lisel écoutait à peine, fascinée par le sourire de Chris, toujours debout au fond de la salle. Le juge voulait encore interroger Heinrich, mais l'avocat demanda la parole.

— Oui, maître Stein ?

— Après le témoignage de M. Keller, je souhaite poser deux questions à Eugénie Schwartz, monsieur le juge !

— Accordé !

Eugénie avança d'une démarche chancelante. Elle crispa ses doigts sur la barre, en respirant par saccades.

— Mademoiselle, n'ayez pas peur ! Si vous dites la vérité, il en sera tenu compte. Avez-vous fait des avances à M. Keller ?

Tout le monde retenait son souffle. Simone et Franz Frischer paraissaient sur des charbons ardents, tandis que Suzelle jetait des coups d'œil affolés en arrière.

« Georges m'attend dehors, au volant de sa voiture, si jamais ça tourne mal, se rassura-t-elle. J'ai retiré de l'argent et mon capital est placé en Suisse. Nous serons à Genève ce soir. »

— Mademoiselle, répondez ! ordonna le juge d'un ton sec.

— Oui, oui, parce que monsieur me plaisait bien, bredouilla-t-elle. Mais il est parti en colère.

— On ne vous avait pas payé pour le séduire, dans ce cas ?

— Non, enfin si, non, je ne sais plus, marmonna Eugénie, en larmes, terrifiée.

Sa résistance nerveuse craquait. Elle ne pouvait plus mentir.

— C'n'était pas pour moi, les sous, je les ai donnés à ma mère, pour mes frères ! cria-t-elle en regardant Heinrich.

La foule grondait, des insultes retentirent. Chacun en tirait une conclusion, à l'instar de Stein.

— Si on vous a payé pour inciter M. Keller à l'adultère, on a pu vous verser une grosse somme pour obtenir un faux témoignage, insinua l'avocat.

Eugénie, certaine de finir en prison, soulagea sa conscience, en révélant la mascarade qu'avaient orchestrée les Frischer.

— Ils m'ont dit qu'il fallait punir Lisel Schmitt, car Madame Suzelle souffrait à cause de cette fille, expliqua-t-elle. Alors, j'ai accepté. Le sang par terre, c'était du sang de bœuf, je suis allée en chercher à la boucherie, la veille.

— Quelle honte ! hurla Sofia, en se levant un peu.

La jeune Italienne exultait, désormais certaine que Lisel serait disculpée et libérée. Sur un signe discret du juge, les gendarmes se mirent en position devant les portes de la salle, afin de parer à la moindre tentative de fuite des véritables coupables.

— Papa, maman, nous sommes perdus, chuchota Suzelle.

— Par la faute de cette moins que rien, répondit sa mère entre ses dents. Ce n'est pas possible... Franz, que vas-tu faire ?

— La partie n'est pas finie, rétorqua-t-il sèchement.

Une agitation exaltée parcourait l'assistance. Lisel soupirait de soulagement, en souriant à Chris, quand le magistrat l'appela à comparaître.

— Nous tenons à écouter votre témoignage, mademoiselle Schmitt, lui dit-il d'un ton aimable.

Le silence revint. On étudiait le moindre geste de la jeune et jolie couturière, victime d'une honteuse machination. Amincie, elle se tenait bien droite, dans sa robe en soie fleurie. Son regard noir captura celui du juge.

— Vous avez sûrement lu ma déposition, monsieur, dit-elle, que j'ai signée le jour de mon arrestation. Je n'en changerai pas un mot. Durant ma détention provisoire, j'ai gardé espoir, les premiers temps, certaine que la justice ne pourrait pas croire à des preuves aussi grossières. Je redirai cependant que je me suis rendue deux fois au domicile de Mme Keller. La première, pour prendre ses mensurations, le 21 avril. Cet après-midi-là, elle m'a insultée, en humiliant Sofia Moretti, mon ouvrière. J'ai failli recevoir un vase en plein front, aussi. Mais lors de ma seconde visite, où je venais défendre ma réputation, Mme Keller était moins hargneuse. Elle m'a prié de chercher avec elle une enveloppe, censée contenir un acompte pour mon travail. C'était d'ailleurs la raison de ma venue. Je ne comprenais pas, car il n'avait jamais été question de cet acompte, pourtant, pour l'aider, j'ai touché la plupart des objets et des bibelots de sa chambre. J'avais insisté sur ce point auprès de l'inspecteur de police, qui n'y a pas cru.

— Aviez-vous touché à la statuette en bronze ?

— Bien sûr. Quant à la bague, comme je me penchais souvent, ou que j'ouvrais des tiroirs, c'était un jeu d'enfant de la glisser au fond de mon sac à main quand j'avais le dos tourné. Je ne suis pas restée longtemps, et je me souviens d'une chose qui m'avait surprise, l'appartement semblait vide, je ne pouvais pas soupçonner la présence des parents de Mme Keller. Mais Eugénie, l'employée de maison, m'a escortée jusqu'à la porte.

Il régna alors un tel vacarme dans la salle qu'il fut question de l'évacuer. Le juge exigea encore des détails. Lisel s'exécuta de bon gré, à la perspective d'être libre dans quelques heures. On la pria d'aller se rasseoir. Elle chercha Chris des yeux, mais la jeune fille avait disparu.

— Monsieur le juge, désormais la défense de ma cliente sera facile, grâce aux aveux de Mlle Schwartz, déclara maître Stein. Je pense même que l'avocat de la famille Frischer n'aura pas besoin de plaider une cause perdue. Et j'aimerais maintenant entendre de nouveau Franz Frischer, l'instigateur de ce plan diabolique, avant d'appeler un dernier témoin à comparaître.

Le brasseur se leva. En costume brun d'une sobre élégance, grand et robuste, il ôta son chapeau et vint à la barre. Il avait des cheveux gris argent, coupés ras, une expression haineuse.

— Je parlerai en père consterné par les humiliations et les douleurs morales de sa fille unique, s'enflamma-t-il. Si la justice protège des amants adultères, grand bien lui fasse. Je l'admets, Eugénie Schwartz a été payée pour m'aider, mais c'était pour sauver ma pauvre Suzelle des griffes de son mari, acoquiné avec une dévergondée. J'ai agi en mon âme et conscience, monsieur le juge, dans l'espoir d'un divorce et pour punir une créature sournoise, qui a osé tourmenter ma chère enfant. Je n'ai rien à ajouter.

— Ce n'est pas à vous d'en décider ! s'exaspéra le magistrat. Je partage l'avis de maître Stein, vous avez abusé la police et la justice. Vous aurez à répondre de vos actes. Si comme je le pense, Mlle Schmitt est innocente, elle a été emprisonnée par votre faute.

— Précisons qu'elle est tombée gravement malade, durant sa détention, sous l'effet du désespoir, renchérit l'avocat.

— J'assume l'entière responsabilité de cette affaire ! s'écria alors Frischer. Ma fille et mon épouse n'ont rien prémédité, je ne leur ai pas laissé le choix.

Des injures s'élevèrent, des cris indignés qui firent trembler Suzelle et sa mère. Sur un ordre du procureur, deux gendarmes furent chargés de conduire le brasseur dans une arrière-salle, menottes aux poignets. Il remonta l'allée centrale, hautain, un rictus de mépris au coin des lèvres.

De leur banc, Martha et Ernst Schmitt lui décochèrent un regard lourd de rancœur. Enfin ils se prirent par la main, en proie à la même tristesse. Lisel n'avait pas une seule fois cherché du réconfort de leur côté.

— J'ai hâte de lui parler, marmonna le boulanger. Si je m'étais douté qu'on faisait du mal à notre petite par ma faute.

— Ce n'est pas vraiment ta faute. Elle te pardonnera, chuchota sa femme.

— Chut, l'avocat va parler, répliqua son mari tout bas.

Maître Stein secoua les longues manches noires de sa robe. Il se tenait en bas de l'estrade, tourné vers le public qui trépignait d'impatience.

— Il me paraît évident que nous ne sommes pas là pour juger un couple adultère, mais pour rendre la justice. M. Franz Frischer a voulu nous émouvoir, en endossant le rôle du père protecteur et outragé. Une fois encore, il mentait sans scrupule. Quand j'ai été sollicité pour travailler sur cette affaire, dont la presse a tiré des gros titres, j'ai d'abord songé à une histoire de folle passion, de rivalité amoureuse. Mais j'ai vite compris que je faisais fausse route.

L'avocat reprit son souffle, en souriant dans le vague, avant de poursuivre.

— Nous avons tous lu ou entendu ces mots : « à qui profite le crime ? » Aujourd'hui, je dirais : « à qui profitait l'accusation d'une innocente ? » La réponse est complexe et il fallait remonter huit ans en arrière pour la trouver. Franz Frischer se serait sûrement contenté d'obliger sa fille à divorcer, car il méprisait son gendre depuis le mariage contracté civilement. Pensez donc, l'héritière de la famille avait épousé un fils de paysans, un homme qui tenait à se dévouer aux autres, en étant infirmier, et n'avait aucune envie de briller dans la haute société.

— On le comprend, brailla le même adolescent qui menait les harangues du public.

— En fait, il s'est posé un problème, dû au hasard, dans le plan bien huilé de M. Frischer, reprit Stein. Sans l'incendie dont il a été question, notre jeune couturière et notre courageux pompier ne se seraient jamais rencontrés. Mais évoquons une coïncidence ou le destin, il y a eu soudain une concordance de haine. Suzelle Keller savait depuis la fin de l'été dernier, soit en 1924, que Lisel Schmitt allait faire l'objet d'une vengeance, une vengeance qui visait son père, un honnête boulanger de Munster, mais aussi un vaillant combattant pendant cette dernière guerre qui nous a redonné le statut de citoyens français, et fiers de l'être.

Des applaudissements retentirent et quelques acclamations fusèrent, que Stein fit taire d'un geste impérieux.

— Oui, nous avons regagné l'Alsace et la Lorraine, pourtant avant la victoire, combien de déchirements les soldats ont-ils éprouvés ? Combien de secrets ont été enfouis dans la boue des tranchées ? Ainsi je pourrais dire que Lisel Schmitt a été une victime de ce long conflit, dont nous sommes encore tous marqués, car Franz Frischer et son épouse ont assouvi leur soif de vengeance en s'acharnant sur la fille de l'homme qu'ils haïssaient, Ernst Schmitt. Ils n'ont pas agi seuls, habiles à se faire des complices parmi leurs vieux amis, utilisant des rancunes tenaces.

Maintenant un profond silence régnait dans la salle. On s'interrogeait, en épiant son entourage, afin de deviner si cet homme, Ernst Schmitt, était là.

— J'ouvrirai une parenthèse, indiqua l'avocat, satisfait de son effet. Pendant cette audience, à ma grande surprise, il n'a pas été mentionné le harcèlement dont a souffert Mlle Schmitt, quelques semaines après son retour à Colmar. Elle avait travaillé à Paris, chez le célèbre couturier Paul Poiret, et en tant qu'excellente couturière, elle a été engagée par Mme Erna Weiss, propriétaire d'un magasin de confection, et qui va témoigner maintenant, si vous le permettez, monsieur le juge, car j'ai fait chercher cette dame. Son époux, un commerçant renommé de Colmar, ayant signé une déclaration sur l'honneur, je n'ai pas estimé nécessaire de l'entendre.

Trois minutes plus tard, Erna Weiss faisait son apparition. Sa silhouette potelée vêtue de noir, coiffée d'une toque à voilette, elle adoptait une attitude de pénitente, le dos un peu voûté, les mains jointes. Pour prêter serment, elle releva le tulle noir qui dissimulait son visage écarlate.

— Madame Weiss, pouvez-vous nous dire la nature exacte de vos relations avec votre ancien commis, Karl Landolt, qui je le précise, était le fidèle compagnon de régiment de Franz Frischer ? lui demanda Stein.

— Je l'avais connu dans ma jeunesse, à l'époque où j'étais amie avec Simone, sa demi-sœur, qui fréquentait déjà son futur mari.

Cette fois, Lisel étouffa un cri de stupeur, auquel fit écho un juron de son père.

— Et avec qui étiez-vous fiancée avant de rencontrer cet homme ?

— Avec Ernst Schmitt, mais il a rompu, pour épouser Martha Wilhelm. J'ai eu bien du chagrin, et lui, je l'ai haï.

— Pourrions-nous en conclure que Karl Landolt vous a consolée, madame ?

— J'avais besoin de réconfort, oui, marmonna-t-elle.

Il y eut des rires en sourdine et quelques commentaires graveleux.

— Donc, rien d'étonnant si une vingtaine d'années plus tard, vous revoyez Landolt et vous en faites votre commis et votre amant.

— Je suppose, chuchota-t-elle.

— Parlez plus fort, madame Weiss ! s'irrita le juge.

Maître Stein poussa son avantage, euphorique. Il avait peu plaidé, après cinq ans passés à Nancy, où il était demandé pour de banales affaires commerciales, des litiges et des escroqueries.

— Venons-en aux faits. Est-ce que Mme Simone Frischer vous a mise au courant de leur projet de vengeance ?

— Oui, c'est sur ses conseils que j'ai donné du travail à Lisel Schmitt. Au début, il s'agissait de la rabrouer, de l'humilier. Karl Landolt était de mèche, mais il a dépassé les limites.

— Soyez plus explicite, madame, exigea l'avocat.

— Karl est sanguin, c'est un coureur ! s'enflamma-t-elle. Lisel lui plaisait, je m'en suis aperçue. Et il y a eu l'incendie, alors je me suis plainte à Simone. J'étais jalouse, au point d'accuser cette jeune fille. Mais elle a été innocentée. Franz m'a dédommagée, en plus de l'argent de l'assurance. Ce sont eux aussi qui payaient les cautions pour faire libérer Karl !

— J'ai découvert tout cela, monsieur le juge, annonça Stein. Mme Frischer, de son nom de jeune fille, Simone Koch, était la demi-sœur de Karl Landolt, à la suite d'un veuvage et d'un remariage. Personne n'aurait songé à enquêter sur le passé de l'épouse d'une personnalité de Colmar, un brasseur fortuné qui fournissait du travail à de nombreux ouvriers. Je vous en prie, continuez, madame Weiss !

La commerçante ne voyait plus l'intérêt de protéger son amie de pension. Effrayée à l'idée d'être condamnée en tant que complice, elle déversa d'un ton âpre tout ce qu'elle savait.

— Au début, j'étais d'accord, mais après l'agression de Lisel, je ne voulais plus être mêlée à leurs sales combines, se défendit-elle.

— J'en profite pour rappeler à la cour que Karl Landolt s'en est pris violemment à ma cliente, en décembre de l'an dernier, intervint l'avocat. Elle recevait des lettres anonymes, injurieuses et menaçantes, et plus récemment, son père en a reçu aussi. Si Lisel Schmitt a eu la prudence de conserver deux de ces lettres, qu'elle a remises à la gendarmerie, ses parents les ont tous brûlées.

L'heure avançait, la chaleur devenait suffocante, pourtant le juge ne se décidait pas à suspendre l'audience. Il voulait savoir le fin mot de l'histoire.

— Madame Weiss, saviez-vous jusqu'où irait cette vengeance contre Ernst Schmitt ? s'enquit-il, ce qui contraria maître Stein.

— Pas vraiment, monsieur le juge. Simone m'invitait parfois chez elle, rue Bartholdi, ou dans leur propriété de Muntzenheim, le dimanche. Je me souviens d'une discussion, entre Franz et elle, en ma présence. Ils cherchaient à faire peur à Lisel, je me permets de l'appeler ainsi, car elle était ma première main, à l'atelier... Ils voulaient atteindre son père, en la tourmentant, elle. Il n'était pas question de lui causer trop de mal.

Lisel perdit patience. Elle se dressa d'un bond, superbe de colère.

— Pas trop de mal ? répéta-t-elle, son regard noir étincelant. Qui prouve que vous dites la vérité, madame ? Et si votre amant, Karl Landolt, avait provoqué sciemment l'incendie ! J'aurais pu être brûlée au visage, comme je l'ai été aux mains ! Que savez-vous de l'angoisse qui me torturait, en recevant ces affreuses lettres, en prenant des coups de Landolt ? J'ai cru qu'il allait me tuer et sans des voisins qui m'ont secourue, j'ignore dans quel état je serais aujourd'hui !

Erna Weiss piqua du nez en fixant la barre d'un air éperdu. Quant à Simone Frischer et Suzelle, elles osaient à peine respirer.

— Finissons-en, trancha le juge. Nous vous écoutons, madame Weiss.

— Eh bien ! Tout a empiré, quand Suzelle a découvert la romance entre son mari et Lisel. Elle faisait suivre Heinrich par quelqu'un, je n'ai pas le nom. Simone et Franz ont dû précipiter les choses, pour se débarrasser de leur gendre et de sa maîtresse. J'ai lu tous les journaux, et j'y croyais, je le jure, sinon...

— Sinon vous seriez peut-être allée parler de vos petits secrets à la police, au lieu de laisser une innocente en détention, insinua l'avocat.

— De toute manière, je ne voulais plus voir Simone, ni Karl, j'avais assez de soucis chez moi et au magasin.

Heinrich était révolté par l'ampleur de la bassesse humaine, dans certaines circonstances. Il essaya de capter le regard de Lisel, mais elle observait les magistrats, le visage durci.

— Qu'est-ce que c'est long, se plaignit Sofia à Martha, qui avait pleuré et séchait ses yeux.

— Ils vont peut-être suspendre les débats, hasarda-t-elle. Mais je ne préfère pas, il faut que l'avocat raconte ce qui est arrivé pendant la guerre. Moi, j'en serais incapable.

— Si je me doutais de cette histoire, soupira la jeune Italienne, en s'éventant à l'aide de sa main droite, les doigts écartés.

— Je suis content, un peu plus et je perdais tout ce que j'ai, admit tout bas le boulanger.

— Si tu m'avais écouté, maugréa son frère Johannes, qui n'avait pas encore prononcé un mot. Tu aurais dû tout raconter à la police quand on a arrêté Lisel.

Erna Weiss s'était assise au bout d'un banc, sous les quolibets et les coups d'œil dédaigneux. Maître Stein demanda la parole.

— Faites, faites, marmonna le juge.

— J'ai volontairement retardé ce moment, où nous tous, ici, nous pourrons constater les dégâts que causent la haine, les secrets des uns et des autres, ainsi que la déloyauté, la bêtise. Il y a huit ans, en 1917, des soldats se sont affrontés, dans la boue fétide et la pénombre des tranchées. Ils étaient huit ce soir-là, au centre d'une tragédie, trois d'entre eux sont morts, après avoir pourtant survécu à une dure journée de combat. Je citerai le commandant Frischer, le père du lieutenant Franz Frischer, son ordonnance Karl Landolt, Joseph Koch, le frère de Mme Simone Frischer née Koch, eux aussi protagonistes du drame, ainsi que Guy, Ernst et Johannes Schmitt. Un soldat désormais invalide, dont vous avez l'identité dans mes dossiers, monsieur le juge, a été témoin de ce qui s'est passé.

— Venez-en aux faits, Maître Stein, trancha le magistrat.

— J'exposerai le plus clairement possible les faits, afin de ménager les âmes sensibles. Le lieutenant Franz Frischer et son ordonnance Karl Landolt avaient fait un prisonnier, Guy Schmitt qui, habitant à Paris depuis l'adolescence, était du côté français. Mais ses frères Ernst et Johannes, étaient du côté allemand, comme tant de nos concitoyens, ces « malgré-nous » mobilisés contre leur cœur, contre leur patrie.

Le silence devint pesant, les mines s'assombrirent. Stein déclara d'un ton tragique :

— Le père de Franz Frischer était un haut gradé, fidèle à ses convictions que je vous laisse deviner. Confronté au prisonnier, qui était grièvement blessé, il a ordonné son exécution, un acte cruel, même en temps de guerre. Ernst et Johannes Schmitt se sont opposés à cette sentence, jusqu'à menacer le commandant Frischer. Lorsque ce dernier, implacable, a visé le prisonnier, ses deux frères ont tenté de dévier l'arme. Une lutte âpre a eu lieu, dans des conditions terribles, la faible clarté des veilleuses, la pluie, le sol glissant. Des coups de feu sont partis. Guy Schmitt est mort, le commandant Frischer également, mais aussi Joseph Koch, le frère de Simone Frischer, qui tentait de s'interposer. Franz pleurait un père, son épouse allait pleurer un jeune homme de vingt ans. Quant à Ernst et Johannes, ils avaient perdu leur aîné, qui, nanti d'une bonne situation à Paris, avait soutenu leur famille, les avait aidés à s'établir. Cependant, ces deux soldats auraient dû être sévèrement punis pour leur acte de rébellion. Il n'en fut rien à cette époque. Le lendemain se déroulait une importante offensive, et déjà, Franz Frischer s'était juré de venger son père et son beau-frère...

L'avocat s'accorda une pause. Heinrich, qui avait appris la vérité deux jours auparavant, considéra Ernst et Johannes avec compassion.

— Cette vengeance à retardement aurait pu réussir, reprit maître Stein, sans les aveux d'Eugénie Schwartz, car je terminerai en précisant que M. Schmitt, en proie à la vindicte des gens de Munster, avait fermé boutique, et accepté de vendre à bas prix le magasin, sa maison et des terrains à un acheteur providentiel. En fait, un prête-nom qui œuvrait pour les Frischer.

Hors d'elle, secouée par ce triste récit, Simone Frischer se leva, en bousculant Suzelle qui voulait l'en empêcher.

— Oui, ça s'est passé ainsi ! s'exclama-t-elle. C'était la guerre, mon mari, bien que terrassé par le décès de son père, pouvait comprendre les frères Schmitt, mais il n'a pas pu pardonner et il tenait à venger nos disparus. Sans faire couler le sang, me disait-il. Franz n'est pas un criminel, il se serait contenté de voir Ernst ruiné, désespéré par le sort de sa fille, car il est certain de l'avoir vu braquer son fusil sur la poitrine de mon beau-père !

— Comment reconnaître formellement un homme dans la pénombre, quand il a les traits maculés de boue, de sanies, de poussière ? rétorqua l'avocat. J'ai pu clarifier la situation, après avoir rencontré le soldat dont je vous ai parlé à l'instant. Il était présent ce sinistre soir et m'a affirmé sur l'honneur que c'était Johannes Schmitt, bousculé par Landolt, qui avait tiré sur le commandant, dans la panique, les cris de rage, les gémissements du blessé. Quant à votre frère, madame Frischer, il a reçu des coups de crosse, mais il a été tué le lendemain matin, lors de l'offensive. Votre mari et Karl Landolt vous ont menti pendant huit ans. J'ai terminé, monsieur le juge.

Lisel avait fermé les yeux, le cœur brisé. Elle regrettait un peu ses paroles de la veille.

« J'ai dit à maman que je ne voulais plus les voir, papa et elle, du moins pas avant longtemps, songeait-elle. Pourquoi m'ont-ils menti ? Le nom de Landolt, ils le connaissaient tous les deux ! Et papa n'avait pas osé raconter cet épisode de la guerre à maman, ni à mes frères, ni à moi. Heinrich ne se trompait pas, il y avait autre chose que la jalousie de Suzelle. »

Elle regarda ses parents, qui discutaient tout bas avec son oncle Johannes, puis elle adressa un timide sourire à Sofia, dont la joie était évidente. Enfin elle posa ses yeux noirs sur Heinrich Keller. Il la fixait tendrement, avec une expression d'amour infini qui la bouleversa.

— La cour se retire pour délibérer, annonça le juge.

16

La liberté retrouvée

Quai de la Poissonnerie, trois heures plus tard

Lisel contemplait les eaux limpides de la rivière, dont l'haleine fraîche la grisait. Elle ne se lassait pas du ciel immense, d'un bleu pâle, des géraniums rouges sur l'appui des maisons voisines, aux façades colorées, des teintes pastel soulignées par les colombages plus sombres.

— Je suis libre, s'extasia-t-elle. Libre !

Le soleil auréolait d'or le dessin des toitures, des moineaux sautillaient sur les pavés du quai. Une barque passait sur la Lauch, dirigée par un vieux pêcheur qui la salua.

— Oui, vous êtes libre, Lisel, s'enthousiasma Sofia. Je suis si contente. Mais vous avez fait comprendre à Heinrich de ne pas vous aborder. Il avait l'air désespéré.

— S'il m'avait parlé, j'aurais peut-être faibli et changé d'avis. Je dois m'éloigner, Sofia, pour réfléchir et me reposer. Autant te l'avouer, j'ai eu envie de mourir, en cellule disciplinaire. J'étais malade de rage d'être punie aussi durement, pour avoir dessiné sur un mur et bousculé la surveillante. J'avais fait un grand croquis, que j'avais coloré avec de la nourriture.

— Et c'est pour ça que vous avez été envoyée au mitard, déplora la jeune Italienne.

— J'avais besoin de rêver, de créer, ajouta Lisel. Je dérobais des perles en verre à l'atelier, et je les ai utilisées, en guise de strass, au col, aux poignets.

— Vous alors !

— Sofia, ce n'était un exploit. J'avais déjà dessiné, à l'aide d'un caillou pointu, sur le plâtre humide. La vieille Pierrette était toute contente, ça l'amusait. La malheureuse, ils l'ont laissée agoniser. Je n'aurais pas supporté de retourner en prison ce soir, même pour une nuit. Heureusement, les derniers jours avant le procès ont été paisibles. Gina ne se moquait plus de moi, Denise aurait marché sur les mains pour me faire plaisir, et Gretchen me donnait la moitié de ses repas, pour que je reprenne des forces. Elle aussi était innocente.

— Vraiment ? Alors il n'y a pas de justice !

— Tout dépend des accusations et des preuves, j'en ai payé le prix. Gretchen aimait passionnément un homme, mais elle ignorait qu'il cambriolait des maisons et cachait les bijoux volés dans leur logement. Des gendarmes ont perquisitionné chez eux, alors qu'elle était seule. La pauvre, elle a vite compris, pourtant elle n'a pas voulu dénoncer son amant. Il sait sûrement qu'elle est en prison à sa place.

— Encore une triste histoire.

— Oui, mais je voulais t'expliquer autre chose. Je ne peux pas répondre pour le moment à l'amour d'Heinrich. Il est encore le mari de Suzelle Keller, et il se consacre à son petit garçon. Quelle place j'aurai dans sa vie présente ? Je tiens à mes rêves, à Paris, je pourrai travailler dans une grande maison de couture. Parfois, l'amour est très douloureux, Sofia. Nous en reparlerons dans le train. J'aimerais partir dimanche. Il faut faire nos valises, si tu n'as pas changé d'avis.

Sofia ne répondit pas tout de suite, par peur de décevoir Lisel.

— Je suis désolée, mais je ne peux pas vous suivre à Paris, mes parents ont refusé et je dois leur obéir, comme je ne suis pas encore majeure. Je m'en faisais une joie, pourtant. Lundi, je rentre chez eux. Papa vient me chercher en camionnette, celle de l'épicier. Je suis désolée de vous dire ça, mais ils n'ont pas confiance à cause de toute cette histoire.

— C'est dommage, mais je les comprends. Ma réputation est compromise, Sofia. Si je restais ici, dans la région, je n'aurais pas de commandes, personne ne m'engagerait. Ou bien on viendrait me voir par curiosité, par pitié. Ne sois pas triste, nous nous écrirons et si j'ai une bonne place, tu pourras peut-être me rejoindre. Si tu savais comme je suis pressée de monter dans un wagon, de quitter cette ville.

— Il faudra vous distraire à Paris, recommanda Sofia. Vos parents m'ont fait de la peine, ils étaient bien tristes, quand vous avez refusé de les accompagner à la gare.

— Mais je les ai embrassés. Je ne pouvais pas faire mieux, car je leur en veux encore. S'ils s'étaient creusé la cervelle au début de l'hiver, si mon père avait été plus sincère, je n'aurais pas tant souffert. Ils vont vite retrouver leur vie ordinaire, quand j'aurais été réhabilitée par la presse. La boulangerie, le potager, la messe du dimanche.

— En tout cas, c'est M. Frischer qui dormira en cellule ce soir, Lisel, et vous, je vous passerai mon lit douillet. Je serai très bien sur le lit pliant que nous a prêté la logeuse.

— Tu es gentille. Oui, Franz Frischer sera jugé bientôt, mais son épouse et sa fille n'ont pas été arrêtées. Suzelle Keller aura une peine avec du sursis et une grosse amende, d'après maître Stein.

— Mme Frischer sera condamnée, vous verrez.

— Ils sont si riches, ils s'en sortiront tôt ou tard, grâce à leurs relations. Mon Dieu, quel gâchis, cette guerre, tous ces morts !

— Et notre magasin ? s'écria soudain Sofia. Vous vous souvenez, on en a fait des projets ! On avait même noté des choses dans un carnet, la teinte des murs, des meubles, du rose, du vert clair et des liserés dorés. J'aurais été si fière d'être votre première main. Je suis sûre que nous aurions eu plein de clientes.

— C'était un joli rêve, je préfère l'oublier lui aussi. Sofia, si nous mangions à *L'Auberge du pont*, sur la terrasse. Ce soir, je n'ai pas envie d'être enfermée. Je t'invite.

— D'accord. Attendez-moi, je monte chercher un gilet.

Sofia s'était éclipsée, car elle avait vu Heinrich approcher, un bouquet de roses à la main. Lisel, en tournant la tête, se trouva en face de lui. Tout de suite, elle recula, affolée.

— Ne crains rien, je suis venu te dire au revoir, dit-il très vite. À la sortie du tribunal, tu étais avec ta famille et Sofia, je n'ai pas osé te déranger, même si je rêvais de serrer contre moi. Maître Stein m'a annoncé que tu désirais vivre à Paris, alors j'ai compris que tu rompais pour de bon, et je tenais à t'offrir ces fleurs, car on dirait celles de ta robe. Tu as été très courageuse, pendant le procès et en prison. J'imagine ce que tu as enduré…

— Non, personne ne peut l'imaginer, Heinrich, protesta-t-elle en prenant le bouquet. Je pars pour oublier ces deux mois, pour tout oublier.

— Même moi ? Même nos baisers, notre bonheur, dans ta chambre ?

— Je ne t'oublierai jamais, ni ce que nous avons vécu, mais je t'en prie, laisse-moi partir. Si tu savais combien de fois, en prison, j'ai rêvé de t'avoir près de moi, de t'embrasser. Je me sentais misérable, privée de ton amour.

— Mais nous pouvons être ensemble, maintenant ! Je serai bientôt divorcé. Lisel, je ne comprends pas ta décision. J'ai eu si peur de te perdre. J'étais comme fou, lorsque j'ai su que tu étais entre la vie et la mort. Avant de te rencontrer, j'ignorais qu'on pouvait aimer autant une femme.

Heinrich l'attira contre lui. Il l'étreignit avec passion. Lisel perçut les battements désordonnés de son cœur d'homme.

— Je ne sais pas bien moi-même pourquoi j'ai besoin de partir, avoua-t-elle en demeurant blottie sur sa poitrine. Pardonne-moi, mon amour. Mes idées sont confuses, je t'en ai voulu, dans cet horrible endroit. J'ai regretté de t'avoir rencontré et aimé.

— Si tu le regrettes toujours, il vaut mieux t'en aller, répliqua-t-il en la repoussant gentiment.

— Heinrich, essaie de comprendre. Il me faut du temps, je te le répète, pour oublier ces deux mois.

— Très bien, pars, je suis prêt à t'attendre, car je t'aime et je t'aimerai toujours. Mais de quoi vivras-tu, à Paris, Lisel ? Je n'ai pas les moyens de t'aider, hélas.

— Je sais, tu as payé une partie des honoraires de maître Stein. Il te remboursera sur l'argent qu'il a récupéré, celui que la police avait saisi dans ma chambre. Pour le solde des frais, nous nous sommes arrangés. Conrad Weiss s'est engagé à me régler le dédommagement qu'il m'avait promis. Je voulais te remercier, bien sûr, tu m'as choisi un excellent avocat. Tu dois me juger ingrate.

— Non, c'était la moindre des choses de ma part. Je n'avais pas droit à un parloir, je le déplore, tu as dû m'en vouloir !

— Tu n'étais pas responsable, Heinrich. Je t'en prie, laisse-moi maintenant. Ne te fais aucun souci, j'ai déjà vécu à Paris, je sais où me loger. Je travaillerai beaucoup, c'est l'unique chose qui m'apaisera. Ne m'en veux pas. Moi aussi je t'aime, même si je décide de m'éloigner.

— Alors disons-nous au revoir, ma Lisel. Si tu en as envie, écris-moi à l'hôpital.

— Je t'écrirai, au revoir...

Elle se pencha sur les roses qui exhalaient un délicieux parfum citronné. Mais Heinrich la reprit dans ses bras et s'empara de ses lèvres. Les yeux fermés, au bord des larmes, elle répondit au baiser qu'il lui donna, un baiser tendre et ardent. Ensuite il lui tourna le dos et s'en alla.

Gare de Colmar, dimanche 12 juillet 1925

Martha Schmitt contemplait sa fille comme si elle ne devait plus jamais la revoir. D'un geste timide, elle osa lui caresser la joue. Sofia les observait, une dizaine de mètres plus loin.

— Comment as-tu su que je prenais le train aujourd'hui, maman ? demanda Lisel, sans repousser la main qui effleurait son front, à présent.

— À la sortie du tribunal, je t'ai entendu dire à l'avocat que tu t'en irais dimanche ou lundi. Alors je suis partie très tôt ce matin de Munster, pour attendre. Et j'aurais fait pareil demain. Je t'ai apporté des bretzels, ils étaient encore chauds, et des chaussons aux pommes, pour manger pendant le voyage. Hier, il y avait un grand article dans le journal, des voisins et des clients sont venus nous présenter des excuses, alors Ernst a rallumé le four cette nuit. Il était soulagé.

— Tant mieux. Merci d'être venue, maman. Pars, Sofia n'ose pas nous rejoindre. J'aimerais être un peu seule avec elle.

Sa mère balaya l'argument d'un haussement d'épaules, avant de dire d'un ton persuasif :

— Lisel, pourquoi tu ne viendrais pas te reposer à la maison une semaine ou deux ? L'air de la montagne te ferait du bien, tu irais te promener. Et il faut te réconcilier avec ton père. Tu étais innocente, mais quand même, tu as fréquenté un homme marié, tu as couché avec lui, ma fille. Qu'aurais-tu fait si tu étais tombée enceinte ?

— Je l'ignore, maman, ça me gêne d'en discuter.

— Ernst n'a pas adressé la parole à ce M. Keller, après l'audience, et grâce à moi, sinon il l'aurait pris à partie et malmené, murmura Martha.

Excédée, Lisel prit la défense d'Heinrich, qu'elle craignait à chaque instant de voir arriver sur le quai.

— Si papa et toi vous m'estimez déshonorée, il ne fallait pas venir. Je t'en prie, ne reste pas là. Si je suis coupable d'avoir aimé un homme, vous avez eu tort de me mentir, de ne pas me protéger. Pour le moment, je ne peux pas vous le pardonner.

Les larmes aux yeux, Martha se résigna. Mais quand elle tendit les bras à Lisel, celle-ci s'y réfugia quelques secondes.

— Nous t'aimons fort, ma petite. Sois prudente et écris-nous.

Un sifflet retentit. Le train approchait. D'autres voyageurs sortirent du hall et du buffet de la gare. Lisel courut vers Sofia, tandis que sa mère s'éloignait, le cœur lourd.

— Je vous souhaite bonne chance, dit la jeune Italienne. On s'embrasse ? Vous avez mon adresse à Mulhouse, il faudra me donner la vôtre, quand vous serez installée.

— Sofia, tu as été une vraie amie, depuis le jour de l'incendie. Je te remercie. Autre chose, lorsque tu m'as rendu visite en prison, je t'ai parlé de Chris, une jeune fille blonde, très discrète. Je l'ai vue, pendant le procès, elle était près de la grande porte. Peut-être qu'elle cherchera à me revoir, alors si tu la croises, et si toutefois tu la reconnais, dis-lui que je vais bien, mais que j'ai quitté le pays.

— Vous ne savez pas où elle habite ?

— Dans la Petite Venise, pas loin de notre pension, elle ne m'a jamais précisé où exactement. Chris est très jolie, des traits fins, très blonde, les yeux bleus. Elle s'habille de manière sobre, sans suivre la mode.

La locomotive parvenait à leur hauteur, dans un concert de grincements métalliques et de bruits de soufflerie, assortis d'une odeur de fumée et ferraille chaude. Le convoi s'arrêta enfin.

— J'essaierai de trouver Chris, Lisel ! Montez vite !

— Il reste cinq minutes avant le départ. Sofia, je suis triste de me séparer de toi. Donne des nouvelles, surtout.

— Je vous le promets, mais vous aussi, ne m'oubliez pas !

Sofia, au bord des larmes, lui souriait. Elles s'étreignirent un court instant, en s'embrassant. Lisel lança un ultime regard sur ce décor qui lui était familier, puis elle grimpa le marchepied d'un wagon, sa valise dans une main, sa malle ronde à chapeaux dans l'autre. En dépit de ses résolutions, de sa volonté de s'en aller, elle avait espéré que Heinrich viendrait assister à son départ ou l'empêcher.

« Que je suis sotte, je le laisse seul, il doit être malheureux, se dit-elle. Peut-être qu'il m'en veut, dans ce cas il n'a aucune raison d'accourir, et c'est dimanche, il doit être à Riquewihr, avec son petit garçon. »

Elle fit un signe d'au revoir à Sofia, avant de chercher une place en seconde classe. Quand le train redémarra, Lisel évita de regarder dehors, déterminée à s'exiler. Paris l'attendait, où elle suivrait un nouveau chemin, seule.

Heinrich débotula sur le quai cinq minutes trop tard. Martha Schmitt l'avait apostrophé dans le hall de la gare, ulcérée de le revoir.

— Vous n'avez pas honte de courir après ma fille ! s'était-elle exclamée, furieuse. Elle a bien assez souffert à cause de vous, monsieur.

D'autres récriminations avaient suivi. Embarrassé, il n'avait pas osé l'interrompre, ni la prier de se taire. Pendant cette pénible scène, le long convoi se mettait en route.

*Paris, jardin du Luxembourg, deux mois plus tard,
dimanche 13 septembre 1925*

Antoine Desargues bénissait sa chance. Il avait croisé Lisel Schmitt devant le grand bassin du jardin du Luxembourg, où il se promenait chaque fois qu'il était en congé. Elle lui avait souri en le reconnaissant. Maintenant, ils marchaient côte à côte le long de la grande pièce d'eau, en observant les enfants endimanchés, leurs mères ou leurs nurses.

— Moi aussi, gamin, je venais faire naviguer un bateau en bois, avec une voile rouge, dit-il d'un ton rêveur.

— Il y a une vraie flottille, aujourd'hui, nota la jeune femme. Le plus amusant, ce doit être le tour des allées à dos d'âne, ou dans une petite charrette.

Lisel et Antoine travaillaient dans le même magasin, une quincaillerie du boulevard Saint-Germain. Elle était vendeuse et lui caissier.

— Cherchez-vous encore un emploi de couturière ? lui demanda-t-il, en prévoyant de l'inviter à goûter au pavillon Davioud[1].

— Non, j'ai renoncé, répondit-elle à mi-voix. Ma candidature n'intéresse personne. Je suis arrivée à Paris pleine d'espoir, mais rien ne s'est passé comme je le pensais.

— Il ne faut pas vous décourager, mademoiselle Lisel.

De taille moyenne, brun et robuste, Antoine Desargues avait un visage avenant, un regard gris qui trahissait sa gentillesse. Dès le premier jour où il avait vu Lisel, il s'était intéressé à elle. À présent il en était amoureux, en ayant soin de ne pas se trahir.

— Tant que je gagnerai assez d'argent pour payer ma chambre et mes repas, je n'éprouverai aucun découragement, répliqua-t-elle. Je me plais à Paris, c'est un spectacle permanent.

---

1. Jadis surnommé le buffet de la Pépinière, ce pavillon, à l'origine café-restaurant, a été construit par Gabriel Davioud (1823-1881).

— J'avais l'impression que vous ne profitiez pas des plaisirs de la capitale. Il y a tant de distractions, le cinéma, le théâtre.

— Vous faites erreur, Antoine, j'ai visité le musée du Louvre, Notre-Dame, et je me suis baladée en bateau-mouche. Mais mon loisir préféré est d'admirer toutes ces élégantes, oui, ces femmes habillées à la mode, que je croise sur les boulevards, ou près du Palais Garnier. Certaines portent des toilettes magnifiques ou saisissantes d'audace, comme les tailleurs inspirés de ceux des messieurs, où le pantalon remplace la jupe.

Le caissier approuva en silence, surpris par ces propos. Il avait des idées conventionnelles, en ce qui concernait les vêtements féminins.

— Excusez-moi, mademoiselle Lisel, si j'étais marié, je ne voudrais pas voir mon épouse attifée de la sorte.

— Coco Chanel n'a que faire de ce genre d'opinion, mais ce n'est pas un problème, puisque vous êtes célibataire.

Il perçut une nuance d'ironie dans l'intonation suave de sa collègue.

— Je vous ai déplu, s'affola-t-il. Pour me faire pardonner, je vous offre un chocolat chaud au pavillon Davioud. Ils servent des gaufres et des crêpes.

— C'est très aimable à vous, mais je dois rentrer, j'ai du courrier à terminer. Au revoir, Antoine, à demain.

Lisel le salua d'un sourire distrait. Il la suivit des yeux tandis qu'elle remontait une allée, sa gracieuse silhouette vite estompée par la foule des badauds.

« Je ne supporte plus ses regards énamourés, songeait-elle. Si seulement j'étais allée au parc des Buttes-Chaumont, je ne l'aurais pas croisé. Si ça se reproduit, je lui dirai que j'apprécie la solitude. »

Elle se mentait à elle-même. Depuis son arrivée à Paris, elle souffrait de mélancolie. Profondément déçue de ne pas avoir trouvé de travail dans le milieu de la mode, elle s'était résignée à prendre un poste de vendeuse, fort mal payé. Elle restait debout toute la journée, à brasser des clous, des outils et des ustensiles de cuisine. Heureusement, elle avait du temps le soir pour dessiner et coudre.

De modestes boutiques du quartier Latin lui avaient permis d'acheter à bas prix des coupons de tissu. Lisel en avait déjà tiré le meilleur parti, comme la robe fluide, en flanelle rouge, qui dansait autour de son corps aminci. Ses mollets bien galbés étaient gainés de bas en soie beige, sa chevelure effleurait maintenant ses épaules, en souples ondulations, sous les revers d'une cloche ornée de plumes.

« Je posterai la lettre pour Sofia demain matin, se promit-elle. Si je pouvais me glisser dans l'enveloppe… »

Un quart d'heure plus tard, Lisel montait d'un pas régulier les six étages de l'immeuble où elle louait une chambre mansardée. Il y faisait très chaud la journée, et le lieu serait sans doute difficile à chauffer pendant l'hiver à venir.

— Bonjour, toi, dit-elle à un pigeon perché sur le rebord du vasistas, l'unique ouverture de la pièce.

L'oiseau pencha la tête, avant de s'envoler. Elle mettait des miettes sur le toit tous les matins, pour les moineaux. Fillette, elle était fascinée par le retour des cigognes.

— Nos belles cigognes, qui venaient nicher sur les toits, sur les cheminées, murmura-t-elle. J'adorais les voir voler, et une fois, j'ai trouvé une grande plume blanche.

Lisel retint un soupir. Elle ôta ses chaussures à talon, sa robe et son chapeau, pour enfiler un peignoir en satinette. Elle avait pensé que l'éloignement et un cadre différent l'aideraient à oublier les événements de ces derniers mois, il n'en était rien.

— Je ne te l'ai pas écrit, ça, ma chère petite Sofia. Je fais encore des cauchemars, où je suis en prison, à genoux près du cadavre de la pauvre Pierrette, murmura-t-elle en se représentant la jeune Italienne assise sur l'unique chaise du garni. Ou bien je suis au mitard, dans la pénombre, avec les rats qui reniflent mes pieds.

Elle brossa ses cheveux, tout en regardant les croquis accrochés sur les murs.

— Ma collection de robes, de manteaux et de tailleurs pour l'automne et l'hiver, qui ne verra jamais le jour, jamais, déclara-t-elle d'un ton amer.

La nostalgie la terrassa. Des images lui revenaient, l'eau verte de la Lauch, en bas du quai, les façades colorées, le tracé des colombages, la joyeuse animation de la rue des Clefs.

Allongée sur son lit, elle se souvint d'une histoire que lui racontait sa grand-mère, au coin du feu.

« Une ancienne légende prétendait qu'un veau effrayant, le *Nachtkalb*, rôdait certaines nuits de pleine lune dans la rue des Clefs. Il chargeait les animaux égarés et les hommes pris de boisson. »

— Je ne l'ai jamais aperçu, cet animal, ma douce mémère, soupira Lisel. Si tu étais encore là, pour me consoler...

Son pays natal lui manquait. Elle avait choisi de vivre à Paris, car son premier séjour s'était révélé exaltant, grâce au piment de l'aventure et de la découverte. Tout lui paraissait différent désormais, terni par le chagrin qui la tourmentait. Afin de chasser ses idées noires, elle prit la lettre de Sofia pour la relire encore une fois.

Ma chère Lisel,

Je suis toujours heureuse de vous écrire, comme si j'allais pouvoir bavarder avec vous, autour d'un café ou d'un thé, dans votre jolie chambre si bien décorée. Je me suis bien inquiétée pour vous, mais maintenant je suis rassurée, car vous avez un bon emploi, et les gens de la quincaillerie sont gentils avec vous, notamment le caissier, ce monsieur Antoine que vous dites très attentionné.

Jusqu'au mois de novembre, je travaillerai au triage de la potasse, où papa a réussi à me faire embaucher, comme je vous l'avais annoncé au mois d'août. C'est une tâche monotone, épuisante. Vous seriez épouvantée de voir l'état de mes mains, malgré les gants. Mais en décembre, le contremaître n'a plus besoin de moi, je crois qu'il avait fait une faveur à papa, en m'acceptant.

Samedi dernier, j'ai pris le train pour Colmar, puisque j'avais touché ma paie. Je me suis promenée dans le parc du Champ-de-Mars, ensuite dans notre Petite Venise. Je n'ai toujours pas croisé cette jeune fille qui était au tribunal, Chris, votre amie de rencontre. Mais en m'achetant une brioche tressée, dans la Grand-Rue, j'ai remarqué une boutique à louer, à la devanture ravissante.

Vous l'aviez peut-être déjà vue, il y a des boiseries ouvragées, deux vitrines, une de chaque côté de la porte. Je me suis mise à rêver, après avoir regardé l'intérieur, qui semble propre, équipé d'étagères, d'un comptoir.

Pardonnez-moi de vous raconter ça, qui va sans doute vous attrister. Je suis indiscrète, mais avez-vous eu des nouvelles de M. Keller ? J'espère toujours un miracle, et je prie la Madone pour votre bonheur.

Votre fidèle amie, Sofia.

Lisel replia la feuille, attendrie par la calligraphie maladroite de sa correspondante.

— M. Keller, articula-t-elle doucement. Heinrich ! Mon amour, à qui je n'ai pas écrit, pour ne pas le supplier de venir me voir.

Elle lui avait juste envoyé une carte postale, une vue de la Seine et d'un quai où s'alignaient les caisses des bouquinistes. Au dos, quelques mots d'une banalité navrante.

— J'ai osé écrire « Affectueuses pensées de Paris » ! Je ne lui ai même pas donné mon adresse, pourtant je crois qu'il va me répondre. Comment puis-je être aussi stupide ?

Ce soir-là, Lisel s'endormit sur le tissu pelucheux du couvre-lit, sans même se glisser entre ses draps, mais après avoir beaucoup pleuré. Elle s'éveilla à l'aube, transie par le vent frais qui entrait dans sa chambre.

« Je vais passer l'hiver ici, songea-t-elle à nouveau. Ce sera le plus triste hiver de ma vie. Maman voudrait que je fête Noël à Munster, j'ai refusé. »

Colmar, samedi 10 octobre 1925

Heinrich et maître Stein déjeunaient ensemble dans un des restaurants de la place Jeanne-d'Arc. Les deux hommes avaient sympathisé pendant les semaines où Lisel était détenue à la maison d'arrêt. C'était le cinquième repas qu'ils partageaient, depuis le départ de la jeune femme.

— Si vous ne m'aviez pas téléphoné, avoua l'avocat, je vous aurais expédié un télégramme à l'hôpital, car j'ai de très bonnes nouvelles.

— Au sujet de mon divorce ?

— Notamment, et soyez rassuré, en regard de la situation, il ne vous coûtera pas un sou. Les frais seront réglés par votre épouse, qui est très pressée de convoler avec le docteur Imbert. Vous pourrez signer les papiers dans une dizaine de jours.

— Déjà ! Et pour Hansel ?

— Elle renonce à ses droits durant les années à venir, cependant elle souhaite revoir l'enfant quand il sera en âge de comprendre pourquoi sa mère va résider à l'étranger. Du côté des grands-parents, vous êtes tranquille.

— Oui, Franz Frischer a été condamné, mais à seulement six ans de prison. Les chefs d'accusation étaient pourtant accablants.

— Il en sortira hors d'état de nuire, affirma Stein. Simone Frischer qui a eu du sursis, a déménagé dans le sud de la France et envisage de divorcer elle aussi.

— Le juge estimait qu'elle était sous l'emprise de son mari, rappela Heinrich, qui avait assisté au procès du couple et avait dû témoigner. J'aimerais rayer ces gens de ma mémoire, mais viendra un temps où je devrais parler d'eux à Hansel.

— Je vous fais confiance, vous êtes un excellent père, répliqua l'avocat en souriant.

Il se décida à goûter la choucroute qu'on venait de lui servir avant d'aborder un autre point.

— Peut-être le savez-vous, je suis en contact avec Mlle Schmitt, qui téléphone à mon bureau deux fois par mois, depuis une poste parisienne. J'ai également son adresse, et je vais pouvoir lui annoncer que j'ai obtenu, auprès du procureur, le versement d'une grosse somme, des dommages et intérêts de la part des Frischer.

Heinrich n'entendit qu'une chose, David Stein avait l'adresse de Lisel. Troublé, il reposa son verre de bière.

— J'ai reçu une carte postale de Paris, avec quelques mots, confia-t-il à l'avocat. Je lui ai écrit souvent, sans pouvoir envoyer mes courriers. Je les range dans un tiroir. Il y en a huit, je crois. Lisel vous a-t-elle interdit de me communiquer son adresse ?

— Non, mais elle ne m'a pas dit de vous la donner.

— Je comprends. Est-ce qu'elle vous paraît heureuse ?

Stein fit la moue. Enfin il se pencha un peu au-dessus de la table et chuchota :

— N'abandonnez pas, Heinrich ! Si j'avais conquis le cœur d'une femme comme elle, je tenterais l'impossible.

— David, le soir de son procès, Lisel m'a dit que notre amour avait failli la détruire, que je ne devais pas l'attendre.

— Cette ravissante demoiselle a pu changer d'avis, depuis. Vous feriez mieux d'aller lui demander.

— Je n'oserais jamais la déranger.

— Sans doute, mais si par le plus grand des hasards vous passiez devant la quincaillerie où elle travaille, boulevard Saint-Germain, vous pourriez la saluer. Je n'en dirai pas davantage.

— Je vous remercie, David, je retiens votre conseil.

Ils discutèrent encore, au cours du déjeuner, sans évoquer Lisel. L'avocat, qui avait invité Heinrich, réglait l'addition, quand il reconnut Sofia, près de la terrasse du restaurant. Elle était en compagnie de Martha Schmitt.

— Venez, allons saluer Mlle Moretti, dit-il aussitôt.

— J'irais volontiers, mais Mme Schmitt serait contrariée de me revoir. Je vous ai confié de quelle manière elle m'a abordée à la gare, le matin du départ de Lisel.

— Un peu de cran, Heinrich, plaisanta Stein.

— Ce n'est pas un manque de courage, plutôt du respect. Vous êtes le mieux renseigné, pour ces braves gens, j'ai déshonoré leur fille.

— Une excellente raison de présenter encore une fois vos excuses à cette mère outragée.

L'ironie était perceptible, néanmoins elle fit son effet. Sofia se retrouva confrontée aux deux hommes. Toute contente, elle leur serra la main avec empressement, tandis que Martha reculait, l'air gêné. Heinrich s'inclina, sans tenter une poignée de main.

— Bonjour, madame, dit-il. J'espère que vous allez bien, ainsi que votre mari.

Le pâle soleil d'octobre se reflétait sur ses mèches blondes et faisait paraître plus bleus les yeux du jeune homme, qui avait ôté son chapeau. Martha ne put s'empêcher d'apprécier la beauté de ses traits, sa stature d'athlète.

— Bonjour, monsieur, répondit-elle à mi-voix.

— Je viens un samedi par mois à Colmar, expliqua Sofia. Nous avions rendez-vous à la gare, avec Mme Schmitt. Je tenais à lui montrer quelque chose.

— De quoi s'agit-il ? s'intéressa l'avocat. Pardon, je me montre indiscret. Excusez ma curiosité.

Sofia esquissa un sourire énigmatique. La dernière lettre de Lisel l'avait alarmée et elle s'était décidée à agir. La rencontre de maître Stein et d'Heinrich lui parut providentielle.

— Si vous avez le temps, venez avec nous, proposa-t-elle, son regard brun pétillant de malice. Ce n'est pas loin, à une centaine de mètres environ, dans la Grand-Rue.

— Une petite promenade digestive, en quelque sorte ? hasarda David Stein.

— Tout à fait, s'esclaffa Sofia, ce qui fit naître des fossettes sur ses joues rondes. Madame Martha, vous savez ce que nous allons voir, ces messieurs peuvent venir ?

— Je n'ai pas de raison de refuser, marmonna celle-ci.

Ils marchèrent deux par deux le long des hautes maisons qui ombrageaient la rue. Un vent frais dispensait sur la ville un léger parfum d'automne, en accord avec la lumière adoucie de ce début d'après-midi.

— C'est ici, annonça Sofia en s'arrêtant devant une boutique vide, dont la porte principale affichait une pancarte *À louer*. En fait, j'ai parlé de ce magasin à Lisel dans une lettre, le mois dernier. C'était son rêve, ouvrir son commerce, exposer ses modèles. J'aurais travaillé avec elle. On en faisait des projets. Je pourrais même vous dire les couleurs de peinture qui lui plaisaient, pour la décoration.

Martha Schmitt observait l'intérieur, le nez au ras d'une des vitrines. L'avocat l'imita, non sans perplexité.

— Il faudrait d'abord contacter le propriétaire, nota-t-il. Avec la crise économique, les affaires ne sont pas florissantes. Soit il exigera un loyer élevé, soit il sera satisfait de trouver preneur. Il y a un problème, Mlle Schmitt s'est installée à Paris.

— Peut-être qu'elle reviendrait, dans certaines conditions, déclara alors Martha. Sofia, dis-leur.

— Je me tracasse pour Lisel, avoua la jeune Italienne. Elle a été malade, mais elle prétend être rétablie. Le plus inquiétant, c'est son moral. Je suis sûre qu'elle ne se plaît pas à Paris.

— Et telle que je connais ma fille, qui a sa fierté, elle n'osera pas revenir. Enfin, je voulais quand même voir cette boutique, au cas où ce ne serait pas trop cher. Mon mari voudrait réparer ses torts envers notre Lisel, il est prêt à sacrifier nos économies, mais ça ne va pas chercher loin, conclut Martha.

— Madame Schmitt, l'argent ne serait pas un souci, précisa l'avocat. Sous peu, je pourrai remettre une somme importante à votre fille, des dommages et intérêts décrétés par le juge et le procureur, après le procès des Frischer.

Sofia fixa intensément Heinrich, qui, sous ce regard à la fois implorant et plein d'espoir, comprit ce qu'il devait faire.

17

Rencontres

Paris, parc des Buttes-Chaumont,
dimanche 11 octobre 1925

Lisel était sortie, malgré le ciel lourd de nuages, qui annonçait de la pluie. Le parc des Buttes-Chaumont, où elle venait pour la deuxième fois, en métro, lui plaisait beaucoup, grâce à son lac, à ses pans de falaise et ses petites collines. Elle était sûre également de ne pas y rencontrer Antoine Desargues. Le caissier avait ses habitudes, il le disait assez souvent.

Une longue écharpe en laine enroulée autour du cou, Lisel étrennait un tailleur qu'elle avait acheté chez un fripier. Le modèle, très élégant, l'avait séduite : une jupe droite, s'arrêtant sous le genou, une longue veste cintrée, l'ensemble en tweed beige et brun, un tissu anglais qu'elle affectionnait.

« Ce doit être une dame riche qui s'en est débarrassée, après l'avoir porté une saison seulement, se dit-elle. Mais il ne m'a pas coûté cher, le même prix que son nettoyage chez un teinturier. »

Elle traversa la passerelle suspendue qui menait à l'île du Belvédère, dont le sommet était couronné par un gracieux édifice surnommé le temple de la Sibylle.

— Je n'ai pas osé y monter la semaine dernière, murmura-t-elle. Des gens l'occupaient, mais aujourd'hui, je ne vois personne là-haut, il ne doit pas faire assez beau.

Depuis deux semaines, Lisel éprouvait un sentiment pénible de morosité, de vide intérieur. Son emploi de vendeuse lui semblait inintéressant, même s'il était nécessaire.

— Je dois trouver une autre place, se dit-elle tout bas. J'aimerais travailler aux Galeries Lafayette ou au Bon Marché. Ce pauvre Antoine comprendrait peut-être qu'il me fait la cour en vain. J'ai peur qu'il me demande en mariage, bientôt.

Elle eut un sourire affligé, en imaginant une existence aux côtés du sympathique caissier de la quincaillerie.

— Je toucherais le fond, nous serions chaque jour au magasin, sauf le dimanche, où nous irions en balade. Mon Dieu, comment envisager une vie aussi monotone, sans amour. Je suis ridicule d'imaginer des choses pareilles.

Un peu essoufflée d'être montée trop vite jusqu'au belvédère, Lisel fit une pause. Le kiosque était désert, ce qui la réconforta. Elle entra enfin, pour s'accouder à la balustrade.

— Comme c'est beau ! s'extasia-t-elle.

La vue sur Paris s'étendait d'un bout à l'autre de l'horizon, sous une pluie fine. La multitude d'immeubles, de toitures, de cheminées, lui donna le vertige. Elle se sentit soudain toute petite et perdue parmi des millions d'étrangers. En même temps, elle ne put s'empêcher de revoir ses douces montagnes d'Alsace, surplombant la vallée où se nichait Munster.

— Oh, pardon, fit une voix féminine derrière elle.

Lisel se retourna, déçue de devoir partager son refuge. Elle poussa un cri de surprise :

— Chris !

La jeune fille paraissait tout aussi étonnée, mais elle s'illumina d'un adorable sourire.

— Lisel !

Vêtue d'une veste en lainage blanc ivoire, un béret assorti sur ses cheveux blonds, elle égayait ce jour grisâtre.

— Si je m'attendais à vous rencontrer ici, à Paris, dit-elle de sa voix flûtée.

— Et moi donc, renchérit Lisel, ravie. Vous avez quitté Colmar, vous aussi ?

— Non, je viens une fois par an dans la capitale, une sorte de pèlerinage.

— Je vous remercie, vous étiez au tribunal, et dès que je vous ai aperçue, j'avais moins peur, comme si j'avais au moins une alliée dans la salle.

— Vous en aviez d'autres, je crois. J'ai su qu'on vous avait innocentée et j'en suis heureuse. Que faites-vous à Paris, Lisel ?

Elles se tenaient à deux mètres l'une de l'autre, en se souriant. Un vol de corneilles passa alors près du belvédère, avec des croassements assourdissants.

— Je suis vendeuse dans une quincaillerie, sur le boulevard Saint-Germain. C'était au-dessus de mes forces de rester à Colmar, après les articles parus dans la presse, la prison, le procès où on a dévoilé les secrets de ma famille.

— Oui, je comprends, répliqua Chris, songeuse. Est-ce que vous appréciez votre vie parisienne ?

Lisel se détourna un peu, la gorge serrée par une envie de pleurer. Elle se confia soudain, comme on se jette à l'eau.

— C'est un échec, je n'ai pas trouvé d'emploi dans un atelier de couture, et même si c'était le cas, je me languis de mon pays, de mon quartier de la Petite Venise, des jolies façades colorées, de la rivière en bas des quais. La semaine dernière, j'ai été malade durant deux jours, ce n'était pas mon corps, mais mon cœur, mon âme. Les lettres de ma mère, ou de Sofia, une amie, ne font qu'empirer ma mélancolie. Je me sens si seule.

— Pourquoi vous entêter à rester, dans ce cas ? nota Chris.

— Ce doit être de l'orgueil, un de mes défauts. En fait, je refuse d'admettre que j'ai eu tort de partir.

— Et peut-être d'avoir quitté Heinrich, ce jeune homme pour qui vous aviez des sentiments ?

Lisel, les joues en feu, éclata d'un rire forcé. Elle se replongea un instant dans la contemplation de l'immense paysage citadin.

— Peut-être. Je pense beaucoup à lui. Mes sentiments n'ont pas changé, ils sont encore plus forts. Je ne sais pas pourquoi, mais je n'ose plus lui écrire, et il n'a pas mon adresse. Pourtant j'ai l'impression, souvent, que nous sommes tous les deux. Si j'admire un monument, une peinture, je me dis qu'il les voit aussi. Au fait, vous l'avez rencontré. C'est mon avocat qui a joué les intermédiaires, et qui m'a transmis le message. Vous avez prié pour moi, c'est ce que vous avez dit à Heinrich. Je vous remercie, vos prières ont dû me sauver de la mort pendant ma détention, et puis m'aider à regagner ma liberté.

— La liberté a de la valeur si elle nous rend heureux, Lisel.

— C'est vrai ! Je voudrais avoir votre sagesse. Chris, si nous allions boire un chocolat chaud dans un des chalets. Je vous invite.

— Je suis désolée, je n'ai pas le temps, mais je vous remercie. Ma chère Lisel, vous devriez rentrer en Alsace.

— Si je me décidais, nous nous reverrions là-bas ? Chris, je ne peux guère l'expliquer, quand je suis avec vous, je reprends courage, mes chagrins s'apaisent.

— Alors je bénis le Ciel de vous avoir vue aujourd'hui, Lisel. La vie est fragile, si courte parfois, ne la gâchez pas, surtout par orgueil. Au revoir, on m'attend.

Chris sortit du kiosque et descendit l'escalier en pierre. Sa façon de fausser compagnie à Lisel n'avait pas changé, ce que nota celle-ci, tout en le déplorant.

— Et si elle avait raison ? s'interrogea-t-elle tout bas. Ce soir, j'écrirai à Sofia, pour lui demander plus de détails sur cette boutique dans la Grand-Rue. Maître Stein m'a annoncé que j'allais disposer d'une somme inespérée.

Une faible espérance faisait battre son cœur un peu plus vite. Lisel commençait à envisager un possible retour à Colmar.

Boulevard Saint-Germain, mercredi 21 octobre 1925

En blouse beige, la taille marquée par une ceinture, Lisel pesait des clous pour les ranger dans des boîtes en carton, par kilo. La matinée s'achevait, durant laquelle elle avait vendu une coûteuse cocotte en fonte émaillée, ce qui lui avait valu les félicitations du patron.

« C'est bizarre de manipuler sans cesse du fer, de l'acier, de l'aluminium, moi qui aime tant toucher de la soie, du satin, de la mousseline, songeait-elle. J'aurais dû chercher du travail dans une mercerie, mais en règle générale, ce sont de petites boutiques qui n'ont pas besoin d'une employée. »

Sa chevelure, d'un roux sombre, si rare qu'il lui valait souvent des remarques, était soigneusement nattée dans le dos.

— Mademoiselle Lisel, appela le caissier. Il est presque midi.

— Je sais.

Antoine Desargues travaillait en costume trois pièces d'un brun foncé et changeait chaque matin de cravate. Il quitta le comptoir en bois et rejoignit la jeune femme au rayon des clous.

— Je manque d'audace, ma mère me le reproche. Un peu de fantaisie ne nous nuira pas. Je vous invite à manger un steak-frites dans la brasserie d'à côté.

— C'est aimable de votre part, Antoine, mais j'ai acheté un jambon-beurre ce matin. Excusez-moi, et pour être franche, je pense que ce ne serait pas correct de déjeuner seule avec vous. Il y a surtout des messieurs, à la brasserie. Je préfère prendre mon repas dans la réserve, comme je le fais toujours.

Le caissier jeta des coups d'œil dépités autour de lui. Il attribuait le refus de Lisel à son apparence et à son âge.

— Bien sûr, je n'ai rien d'un Apollon, et j'ai fêté mes trente-six ans. Je ne vous plais pas. Vous seriez moins froide envers un bel homme plus jeune, comme celui qui vous dévore des yeux, sur le trottoir. Évidemment, il a tout pour séduire, grand, blond, et j'en passe.

Agacée par ce bref discours, Lisel regarda le bel homme en question, derrière la vitrine. Stupéfaite, elle laissa échapper un petit cri. Heinrich était là, en manteau gris, un chapeau de feutre assorti, qu'il tenait à la main. Le soleil d'octobre faisait paraître plus clairs encore ses cheveux et ses yeux bleus.

— C'est impossible, gémit-elle.
— Quoi ? s'inquiéta Desargues. On dirait que vous connaissez ce monsieur !
— Mais oui, il est de Colmar, comme moi... Un cousin !

Fébrile, Lisel entendit sonner midi au clocher de l'église Saint-Germain-des-Prés. Elle ôta sa blouse, courut chercher sa veste de tailleur et son sac, puis elle mit sa cloche en ratine noire.

— À tout à l'heure, Antoine !

Heinrich la vit sortir du grand magasin. Il crut que son cœur s'arrêtait, tellement il était ému. Lisel semblait plus mince, mais c'était elle, son allure unique, son élégance innée, son ravissant visage au teint pâle, son regard noir.

— Bonjour, marmonna-t-il. Je suis venu.
— Bonjour, je le vois bien. Je ne pensais pas te rencontrer à Paris. Les Alsaciens voyagent, en automne, voulut-elle plaisanter. Il y a une dizaine de jours, j'ai croisé Chris par hasard, dans le parc des Buttes-Chaumont.

Elle tentait d'être détendue, naturelle, pourtant le timbre de sa voix était altéré, sa respiration irrégulière.

— Marchons un peu, proposa-t-il. On nous observe.

— Sûrement Antoine, le caissier, il m'avait invitée à déjeuner, j'ai refusé.

— Pourquoi ?

— Il est ennuyeux et se fait des idées, expliqua Lisel qui osait à peine lever la tête vers Heinrich. Et toi, qu'est-ce qui t'amène dans la capitale ?

— Je joue les facteurs, répliqua-t-il. J'ai apporté huit lettres cachetées, toutes celles que je t'ai écrites depuis ton départ. Tu ne m'as jamais donné ton adresse, alors j'ai pris le train.

— Qui t'a dit où je travaillais ? Sofia ?

— Ton avocat. Nous avons sympathisé, David Stein et moi. Lisel, je suis là pour toi, pour aucune autre raison. Mais tu dois déjeuner. Je t'invite. Nous pourrons discuter.

— D'accord, mais allons plus loin. Il y a un restaurant où le menu ne coûte pas cher, en face, sur notre droite.

— Ne tremble pas, Lisel, murmura-t-il. N'aie pas peur, je ne t'importunerai pas longtemps. Je suis si heureux de te revoir.

— Tu trembles toi aussi, dit-elle en souriant. Heinrich, tu es là, enfin ! Je crois que j'ai espéré ton arrivée chaque jour depuis mon départ. Tu m'as tellement manqué. Pardonne-moi, j'ai eu tort de partir ainsi, après le procès.

— Lisel, j'ai bien entendu ?

En guise de réponse, elle se jeta à son cou. Le monde entier pouvait les voir, les juger, s'offusquer, ça lui était égal. Heinrich, abasourdi, l'enlaça et l'embrassa. Le baiser qu'ils échangèrent avait la saveur du paradis. Il effaçait les chagrins, les peurs, les doutes, en leur redonnant la certitude qu'ils étaient destinés l'un à l'autre.

— Ramène-moi chez nous, mon amour, murmura ensuite Lisel, éperdue d'une joie infinie.

*Riquewihr, rue des Trois-Églises,
samedi 7 novembre 1925*

La journée promettait de rester ensoleillée, il n'y avait pas un souffle de vent, ce qui avait poussé Heinrich à s'asseoir à la terrasse du restaurant où Suzelle devait le rejoindre.

— Pourquoi elle n'vient pas, maman ? lui demanda son fils.

— Elle doit être en retard, Hansel.

L'enfant approuva d'un petit signe de tête, avec une moue inquiète.

— Tu n'as rien à craindre. Maman voulait te dire au revoir, avant de faire un grand voyage. As-tu faim ?

— Un peu.

— La serveuse nous a apporté de l'eau et du pain, tu peux prendre une tranche.

Un bruit de talons sur les pavés alerta Heinrich. Il se retourna et reconnut Suzelle, qui arrivait d'un pas rapide. Hansel n'avait pas revu sa mère depuis six mois. Il ne bougea pas de sa chaise.

— Bonjour ! s'écria celle-ci d'un ton faussement jovial.

La jeune femme était presque métamorphosée. Elle avait pris quelques kilos, ce qui adoucissait ses traits et lui conférait une silhouette plus féminine. Elle était maquillée, élégante, mais le plus surprenant était son grand sourire.

— Bonjour, Suzelle, répondit Heinrich. Tu me sembles en très bonne santé.

— Oui, je vais beaucoup mieux, c'est l'avantage d'avoir un excellent docteur pour fiancé. Bonjour, Jean ! Tu ne veux pas me regarder ?

L'enfant leva le nez, tout en grignotant son bout de pain.

Elle effleura distraitement ses cheveux blonds, avant de lui chatouiller la joue. Enfin elle prit place à la table.

— En fait, je ne pourrai pas déjeuner avec vous, annonça-t-elle. Georges m'attend dans un autre établissement, pas très loin de là. Nous prenons le train pour Marseille ce soir. Demain matin, nous embarquons, en direction de la Grèce.

Suzelle se pencha vers leur fils, toujours souriante.

— Maman s'en va sur un beau bateau, Jean. Elle va visiter un joli pays où il fait chaud. Je t'enverrai des cartes postales. Dis-moi, tu es toujours content d'habiter chez tes grands-parents de Riquewihr ?

— Oui, mémère et pépère sont gentils. J'ai un chaton noir et blanc. Tu vas venir le voir ?

— Je ne peux pas, Jean. Je voulais juste te dire au revoir. Quand je reviendrai, tu seras sans doute un grand garçon.

L'émotion submergea soudain Suzelle, qui regretta aussitôt cette rencontre, que Heinrich avait sollicitée.

— Je ne suis pas une bonne mère, Jean, déclara-t-elle d'une voix sourde. Je sais que je te faisais peur, que je criais beaucoup, que je te repoussais, mais j'étais malade. Je t'expliquerai pourquoi plus tard. Papa va veiller sur toi.

Hansel, troublé de s'entendre appeler Jean à nouveau, bondit brusquement de sa chaise.

— Je vais voir les truites, dit-il, la mine chagrine.

Il montra du doigt un bassin en verre, dans la vitrine du restaurant, où nageaient les poissons. Les clients pouvaient choisir quelle truite ils dégusteraient, cuisinée selon leur choix.

— Tu aurais pu déjeuner avec lui, soupira Heinrich.

— C'est au-dessus de mes forces, avoua Suzelle. Je vais te paraître odieuse, mais Jean et toi, vous appartenez à un passé que je voudrais rayer de ma mémoire. J'ai découvert le bonheur d'être aimée et d'aimer. Nous sommes enfin divorcés, et notre mariage a été un lamentable fiasco. J'ai dit la vérité à Georges.

— Et à tes parents ?

— Non.
— Ils continueront à me mépriser, à me haïr, pour t'avoir soi-disant obligée à coucher avec moi, il y a quatre ans.
— Peu importe, ils ne chercheront plus à te nuire. Mon père a été transféré à la prison de Strasbourg, je lui ai rendu visite. Il est anéanti, car ma mère refuse de le voir. Elle aussi souhaite divorcer. Tu es libre et je le suis également. Je coupe les ponts, je vivrai loin de la France, pendant longtemps. Heinrich, je suis désolée. Je suppose que tu vas épouser Lisel Schmitt...
— L'avenir le dira, mais au fond, ça ne te concerne plus. Et sois tranquille pour Hansel, j'ai même renoncé à être pompier volontaire. Je n'avais pas envie qu'il m'arrive un accident. Je me contente de mon salaire d'infirmier.
— Je ne me faisais aucun souci, tu as la fibre paternelle très développée. Adieu, Heinrich.
Suzelle rejoignit le petit garçon, comme fasciné par les truites. Elle l'embrassa sur la joue.
— Sois bien sage, Jean, pardon, Hansel. Nous nous reverrons un jour, je te le promets.
— Oui, maman, chuchota-t-il.
Heinrich suivit son ancienne épouse des yeux, tandis qu'elle marchait le plus vite possible pour disparaître à l'angle d'une rue voisine. Comme la serveuse revenait à sa table, il commanda deux parts de baeckeoffe, ce ragoût traditionnel de viandes et de légumes.
Hansel accourut, rieur, de toute évidence soulagé par le départ de sa mère.
— Après manger, tu n'as pas oublié, papa, on doit acheter des gâteaux pour mémère et pépère.
— Et une toupie en bois pour toi, renchérit Heinrich. Tu en rêves depuis Noël dernier.
Le père et le fils se sourirent, sous le doux soleil de novembre.

Colmar, Grand-Rue, samedi 21 novembre 1925

Quelques badauds, parmi les plus curieux, essayaient de regarder entre les pans de toile qui voilaient les vitrines du magasin, dont la devanture venait d'être repeinte. Ils devinaient de la lumière, des gens qui se déplaçaient, sans doute très affairés.

— Tu as lu ce qu'il y a inscrit sur la porte ? murmura une femme à son mari.

— Eh oui, et je pourrais parier que tu seras une des premières clientes, répliqua-t-il.

— J'espère que ce sera ouvert pendant la période de l'Avent. « Au Paradis de la mode », ça sonne bien.

Le couple poursuivit son chemin, à l'abri d'un large parapluie noir. Il pleuvait, des averses poussées par le vent du nord sur Colmar, mais à l'intérieur de la boutique, un gros poêle en fonte, entouré d'une grille en cuivre, offrait une douce chaleur.

— Lisel, j'ai fini de lessiver l'escalier au savon noir, annonça Martha Schmitt, qui venait de surgir d'une porte située tout au fond du magasin.

— Maman, tu fais les tâches les plus pénibles ! protesta sa fille. Repose-toi un peu.

— Je ne suis pas fatiguée, les filles, se défendit Martha. On m'aurait dit au mois de juin qu'on se retrouverait toutes les trois dans un bel endroit comme ça, je n'y aurais jamais cru. Tu as eu du nez, Sofia, de remarquer ce fonds de commerce. En plus, il y a un appartement au premier étage. Bon, cela dit, je ferais mieux de partir, mon train est dans une heure. Ton père va encore me poser plein de questions, j'ai hâte de lui raconter comme tu es bien installée.

— Il pourra venir le constater de lui-même, insinua Sofia.

Ravie, Lisel considéra d'un air extasié ce qu'elle appelait son petit paradis, d'où le nom donné à la boutique.

— Je n'ai presque plus un sou, mais je suis enchantée, précisa-t-elle. Tout est exactement comme dans mes rêves. Les boiseries peintes en vert pastel, les touches de doré sur les ornements en relief, et les rideaux roses.

Un foulard dissimulant ses cheveux, elle esquissa un pas de danse, qui fit tournoyer sa longue blouse bleue autour de ses mollets fuselés.

— Il reste à nettoyer les vitrines et les carreaux de la porte, nota Sofia. Demain, il y aura moins de monde en ville, nous pourrons exposer vos créations sur les trois mannequins, Lisel.

— Une grosse dépense, ces bonnes femmes en papier mâché et en cire, déplora Martha. Tu pouvais montrer tes robes sur des cintres.

— Non, maman ! Hélas, je n'ai pas pu confectionner beaucoup de toilettes d'hiver.

— Dites, patronne, se moqua la jeune Italienne, on a pourtant mis les bouchées doubles, toutes les deux ! Trois manteaux, quatre tailleurs en tweed et six robes.

— Grâce à la machine à coudre, nous avons fait vite, tu as raison, admit Lisel. Et j'ai écouté les conseils de maître Stein, nous vendrons aussi de la mercerie, des coupons, des nécessaires à couture. Une façon d'attirer la clientèle.

Elle inspecta en souriant le contenu des rayonnages, des tiroirs, des présentoirs, pendant que sa mère enfilait un ciré et des bottines.

— Vous ne voulez pas un café, madame Martha ? demanda Sofia, toujours prévenante.

— Non, ma petite, je me dépêche pour prendre le tram, ça m'évite de marcher sous la pluie jusqu'à la gare.

Martha embrassa Lisel, qui l'accompagna sur le trottoir. Il faisait de plus en plus froid.

— Il tombe de la neige fondue, remarqua la jeune femme. Fais attention de ne pas glisser, maman.

— Et toi, fais attention à autre chose, chuchota celle-ci à son oreille. Tu as de la visite.

Heinrich approchait, sa tête blonde protégée par la capuche de son caban. Il eut juste le temps de saluer Martha, qui trottinait dans la direction opposée à la sienne.

— Entre vite ! s'écria Lisel. Nous allons goûter ensemble. Il faut que tu montes admirer l'appartement.

Ils s'embrassèrent sur les joues, une fois dans la boutique. Les quatre lampes à suspension, en opaline rose, dispensaient une agréable clarté.

— Un vrai petit paradis, renchérit Heinrich. Bonsoir, Sofia. Je voulais venir plus tôt, donner un coup de main, mais il y a eu une urgence à l'hôpital.

Lisel, tendrement, le débarrassa de son écharpe et de sa lourde veste en laine. Elle ne se lassait pas de pouvoir le toucher, arranger une mèche de ses cheveux, lui prendre la main ou le bras. Maintenant, c'était un homme libre, le divorce ayant été prononcé à la fin du mois d'octobre.

— Sofia, ça ne t'ennuie pas de terminer seule le rangement des bobines de fil ? s'enquit-elle d'un air malicieux. Je voudrais montrer quelque chose à Heinrich, à l'étage.

— Je m'en occupe, Lisel, et je vais sortir dix minutes, pour acheter des brioches à l'anis.

À peine arrivés sur le palier, les jeunes gens s'étreignirent passionnément, bouche contre bouche. Ils éprouvaient dans ces furtifs moments une joie farouche. Plus rien ne menaçait leur bonheur, ils en avaient conscience, cependant ils s'efforçaient d'être raisonnables et discrets.

— Comme chaque dimanche, Sofia va chez ses parents, murmura Lisel. Elle reviendra lundi matin. Je t'attendrai demain soir, dans mon lit.

— Vraiment ? Je voudrais abolir les heures, dans ce cas. Mais je ne peux pas décevoir Hansel, il m'attend toujours au portillon, même s'il fait mauvais.

— J'ai hâte de le revoir, il a dû grandir.

— Oui. Ce n'est plus le même, il est gai, rieur, taquin parfois. Je lui ai parlé de toi, il ne se souvient pas bien de la jolie jeune femme qui l'a retrouvé sous les arcades du Koïfhus, place de l'Ancienne-Douane, mais peut-être qu'il te reconnaîtra.

— Tu m'emmèneras à Riquewihr, chez tes parents ?

— J'en ai la ferme intention, ma petite chérie. Nous irons un dimanche en décembre, et je te ferai découvrir notre marché de Noël.

Ils s'embrassèrent encore, étroitement enlacés, avant de parcourir l'appartement, modeste mais pratique.

— La cuisine, la salle à manger, que j'ai aménagée en salon, et la chambre, déclama-t-elle, toute joyeuse. Ne fais pas semblant de t'étonner, tu nous as aidés à nettoyer et à repeindre.

— Et notre ami David Stein s'est changé en déménageur, pour monter les meubles que tu as achetés. Je suis rassuré, tu as un logement agréable, et le rez-de-chaussée est spacieux.

Ils s'attardaient dans la chambre, où le lit semblait les inviter à une douce étreinte amoureuse. Heinrich contempla l'édredon en satin rouge, et il revit Lisel dénudée, son corps de nacre, ses seins menus, son visage exalté par le plaisir.

— Tu te souviens, à Paris ? dit-elle soudain, à mi-voix.

— J'aurais du mal à oublier, répliqua-t-il en l'attirant dans ses bras. C'était un vrai rêve éveillé, ton baiser sur le trottoir du boulevard, tes mots qui chassaient mon chagrin, mes craintes : « Ramène-moi chez nous, mon amour ! » Je les entends souvent, la nuit, quand je me languis de toi, Lisel.

Blottie contre lui, la joue sur le lainage tiède de son pull, elle ferma les yeux. Après leurs retrouvailles inespérées, à Paris, ils n'avaient même pas déjeuné.

« Nous sommes allés chez moi, dans mon nid si triste, haut perché, se remémora-t-elle. Et il y a eu d'autres baisers, tant de baisers délicieux, fébriles. Je n'avais faim que de lui, j'étais avide de caresses, malade de désir. »

La vision du corps athlétique d'Heinrich, à demi nu, au-dessus du sien, alangui, moulé dans la soie d'une combinaison blanche, lui fut redonnée. Elle avait été impudique, offerte, comme ivre de le retrouver.

« Nous avons ressenti une telle extase, songea-t-elle. Nous ne pouvions plus nous séparer, et souvent, il restait en moi, en me regardant avec passion. L'après-midi, j'ai démissionné de la quincaillerie. Nous avons eu toute la nuit pour nous aimer. »

Troublée par ces exquises réminiscences, Lisel s'écarta un peu de son amant, en retenant un soupir.

— Il vaut mieux descendre, sinon Sofia s'imaginera des choses, dit-elle en riant tout bas.

— C'est préférable, je risquerais de perdre la tête, si près de ton lit. Ah, ça sent bon le café et le lait chaud.

Le magasin se composait d'une salle sur la rue, et de deux pièces, ouvrant sur le couloir d'où partait l'escalier. Lisel était encore émerveillée d'avoir sa propre boutique.

— Ici, la remise, répéta-t-elle, où ma chère Sofia vient de nous préparer du café au lait. En fait, c'est un peu agencé comme le magasin de Mme Weiss, rue des Clefs.

— Non, car on peut passer de la remise à l'atelier, où il y a votre belle machine à coudre, et la table pour découper les patrons, renchérit la jeune Italienne. Comme a dit votre maman, Lisel, j'ai eu l'œil !

Lisel lui prit les mains et déposa un baiser sur son front.

— Je ne pourrais plus me passer de toi, Sofia ! Tu te rends compte, nous avons réalisé notre rêve.

— Et nous ferons fortune, Lisel !

Attendri par leur complicité, Heinrich souriait aux anges. Il eut aussi une pensée pleine de gratitude pour Chris, l'amie que Lisel avait rencontrée dans le parc des Buttes-Chaumont.

« J'ignore qui est cette jeune fille, mais elle lui a conseillé de revenir en Alsace. Un peu plus, j'allais à Paris, et je n'aurais pas trouvé Lisel. »

Il évoqua le clair visage de Chris, très blonde, l'air réservé, telle qu'il l'avait vue dans le jardin de l'hôpital.

« Nous la reverrons sûrement, par hasard, se dit-il. Lisel a besoin d'amies, et moi aussi, après ces années en enfer, entre les griffes des Frischer et de Suzelle. »

Comme s'il avait lu à distance dans les pensées du jeune infirmier, David Stein toqua à la porte principale du magasin, dont le verrou était mis. Sofia courut ouvrir, Lisel et Heinrich se précipitèrent pour l'accueillir.

— Mesdemoiselles, monsieur, bonsoir, plaisanta l'avocat, dont le chapeau était parsemé de flocons. Je venais vérifier si tout était prêt pour l'inauguration, mardi !

— Une inauguration ? s'étonna Lisel. C'est trop solennel, disons l'ouverture officielle. Mais il neige, c'est tôt pour la saison.

— Nous aurons sûrement un Noël blanc, se réjouit Sofia. Maître, puis-je vous proposer une tasse de café au lait ?

— À une seule condition, appelez-moi David, ou je continue à vous donner du « mademoiselle Moretti ».

Stein et Heinrich échangèrent une chaleureuse poignée de main. Lisel ôta vite sa blouse et son foulard. En robe de jersey vert foncé, sa taille fine ceinturée de cuir rouge, elle mit un point d'honneur à détailler tous les agréments de sa boutique.

— Je n'ai rien à redire, je me contenterai de prévoir de solides revenus et de bonnes ventes, lui dit l'avocat. Misez tout sur la collection d'été, ma chère Lisel.

— Printemps - été, rectifia-t-elle en riant. Ne vous faites pas de souci, mon carnet de croquis déborde de modèles.

David Stein la félicita encore, sincèrement heureux de la voir aussi belle, épanouie. Une image traversa son esprit, qu'il ne pouvait pas effacer. C'était Lisel au teint cireux, dans le lit étroit de l'infirmerie de la prison, le soir où elle avait failli mourir.

« C'est de l'histoire ancienne, songea-t-il. Dieu soit loué, elle a été sauvée et la presse régionale l'a réhabilitée, dans des articles élogieux. »

Pour se donner une contenance, l'avocat alla réchauffer ses mains glacées près du poêle. Heinrich, qui l'observait, vint à ses côtés.

— Je ne vous remercierai jamais assez, David, dit-il tout bas. Sans vous, nous ne serions pas réunis ici, la joie au cœur.

— Mais je n'ai fait que mon métier, protesta-t-il.

— Alors disons que vous l'avez fait avec autant de talent que Lisel en a pour créer de la beauté et du rêve.

— Eh oui, rien de plus normal, nous sommes au « Paradis de la mode », Heinrich !

18

Les feux de Noël

Riquewihr, ferme des Keller, samedi 19 décembre 1925

Odile Keller montrait sa chambre à Lisel, en lui précisant de sa voix douce avec quel soin elle l'avait préparée.

— J'ai mis des draps neufs, que je gardais de côté. C'est Heinrich qui les avait achetés l'année dernière, mais je ne les ai pas utilisés. Cette pièce ne sert plus, alors j'ai aéré pendant des heures, malgré le froid, et j'ai balayé, fait la poussière. Mon mari a ramoné la cheminée, avant d'allumer le poêle.

— Il ne fallait pas vous donner tant de mal, madame, déplora Lisel. Je serai très bien, ici. Le décor est ravissant.

— Oh, un peu vieillot, comme moi, plaisanta Odile.

— Pas du tout, j'aime beaucoup les meubles peints, avec tous ces motifs de fleurs, et les rideaux en macramé.

— Je les ai secoués par la fenêtre. Dites-moi, et votre magasin ?

— Nous avons beaucoup de visiteuses, un peu moins de clientes, mais mon carnet de commandes se remplit. J'ai mis bien en vue un grand cahier où mes modèles sont dessinés.

— Quelle bonne idée, ainsi on choisit la toilette que l'on désire et vous la confectionnez.

— Tout à fait, et on me verse un acompte pour le tissu.

Lisel posa sa petite valise sur le lit aux montants de cuivre. Elle remarqua un vase garni de houx, sur la commode.

— Vous êtes si gentille, madame. Je vous remercie.

— Heinrich rayonne de bonheur, grâce à vous, Lisel, je vous en suis reconnaissante. Installez-vous, nous déjeunerons dans une demi-heure, j'ai préparé des flammekueches et un rôti de bœuf, j'espère que ça vous conviendra.

— Mais oui, je ne suis pas difficile. Et votre fils m'a confié que vous étiez une cuisinière admirable.

— Il exagère ! Bon, je vous laisse, vous ne devez pas être à l'aise, vos bottines sont détrempées par la neige.

— Merci pour votre accueil, madame.

— Vous pouvez m'appeler Odile.

Sur cette recommandation, elle sortit en refermant doucement la porte. Lisel fit le tour de la chambre, toute songeuse.

« Je ne croyais pas que les parents d'Heinrich étaient aussi âgés. Pourtant il m'avait dit qu'il était un enfant né sur le tard, selon l'expression consacrée. »

Lisel se posta à la fenêtre. Des rideaux de flocons duveteux ruisselaient du ciel. Elle contempla le jardin enneigé, les arbres parés de blanc. Soudain Hansel apparut à l'angle de l'étable, accompagné de son grand-père, tous les deux emmitouflés.

« Otto Keller a tout d'un noble vieillard, mais jeune il devait être aussi beau que Heinrich, se dit-elle. Un monsieur très galant ! Il a eu cette idée merveilleuse de venir nous chercher à la gare en traîneau, tiré par ce beau cheval noir, qui appartient à leur voisin. C'était une balade magique, et tout de suite, Hansel a voulu s'asseoir sur mes genoux. Peut-être qu'il s'est souvenu de moi. Comment Suzelle peut-elle rejeter ainsi son enfant, l'abandonner ? Moi je l'aime déjà. »

Elle eut un sourire attendri, avant de se décider à enlever ses bottines, assise près du poêle dont la lucarne en mica rougeoyait.

Un sentiment de sérénité l'envahissait, tellement intense qu'elle en fut surprise.

— Je suis en sécurité, ici, murmura-t-elle. J'ai l'impression d'être dans les bras de cette maison, comme si ses murs m'offraient de la tendresse, de l'amour. Je suis un peu folle, aujourd'hui ! Oui, folle de bonheur.

Il lui fallut changer de bas, les siens étant humides, mais elle avait prévu ce genre de soucis.

« Après le déjeuner, nous ferons un bonhomme de neige pour Hansel, ensuite nous irons au marché de Noël tous les trois. Nous prendrons le goûter là-bas. Quelle belle journée ! »

On frappa à la porte de la chambre. Lisel cria d'entrer, d'une voix joyeuse.

— J'apporte un panier de bûches, précisa Heinrich. Je vais garnir ton poêle. Est-ce que tu te plairas dans cette pièce ? Mes parents y logeaient de la famille pendant les fêtes, sinon elle était toujours fermée.

— Je m'y sens bien, en sécurité, avoua-t-elle. Ai-je droit à un baiser, puisque nous sommes seuls ?

Il l'embrassa avec fougue, avant de jeter des regards autour de lui. Enfin ses yeux s'arrêtèrent sur la valise de Lisel.

— Range vite tes vêtements, maman a mis le couvert, son beau service en porcelaine, qui date de son mariage.

— Je me dépêche.

Lisel ouvrit l'armoire. L'intérieur était partagé en deux, une penderie à droite, des étagères à gauche, tapissées d'un papier vert à festons, qui semblait très ancien. Elle alla chercher ses gilets et la robe en laine rouge qu'elle réservait pour le lendemain.

— Tu veux de l'aide ? proposa Heinrich.

— Non, occupe-toi du poêle, je n'ai pas emporté beaucoup d'affaires.

Toute gaie, elle eut vite terminé. Avisant un tiroir sous une des étagères, elle tenta de l'ouvrir.

— Là, j'ai besoin de toi, dit-elle en riant. Ce tiroir est coincé, je pourrais ranger mon nécessaire de toilette et mes bas propres.

— Il y a forcément un jour où les femmes ont besoin de la force virile, blagua Heinrich, lui aussi euphorique. Et voilà, il suffisait de le débloquer.

— Oh, ça alors, c'est du matériel de couture. Il doit dater de la jeunesse de ta maman.

Enchantée et émue, Lisel effleura du bout des doigts des rubans, de la ganse roulée sur un carton, des écheveaux de fil à broder, de diverses couleurs. Il y avait aussi des épingles sur un coussinet, des aiguilles rouillées, à l'intérieur d'un étui en ivoire.

— On peut vider ça dans une boîte, suggéra Heinrich.

— Surtout pas, je me passerai du tiroir. Autant le refermer.

Lisel suspendit son geste. Elle venait d'apercevoir, sous un canevas plié en quatre, un petit calepin. Elle se reprocha d'être aussi curieuse, mais elle s'en empara, avec une brusque sensation d'urgence. Heinrich, qui était retourné près du poêle et avait mis une bûche sur les braises, l'entendit pousser un cri de stupeur.

— Tu t'es fait mal ? s'alarma-t-il.

— Non, non, balbutia-t-elle. J'ai trouvé une photographie dans un calepin. Je ne comprends pas.

Il la rejoignit pour examiner le cliché sépia qu'elle tenait entre ses doigts. C'était le portrait ovale d'une très jeune fille, en corsage brodé. Ses longs cheveux blonds, nattés, couronnaient son front. Elle semblait les fixer de ses prunelles claires.

— Heinrich, on dirait Chris !

— Tu as raison, la ressemblance est étonnante. Mais qui est-ce ?

Lisel, survoltée, regarda au dos de la photographie. Elle lut à mi-voix : « Christel Keller, été 1898 ».

— Seigneur, comment est-ce possible ? Chris pourrait être le diminutif de ce prénom.

Elle alla s'asseoir au bord du lit, le cœur cognant à se rompre, dépassée par une réponse inconcevable.

— J'aurais préféré ne jamais ouvrir ce tiroir, soupira Heinrich. Nous étions heureux, maintenant je fais des suppositions qui m'oppressent. Lisel, à quoi penses-tu ?

— À ces rencontres si brèves, quelques minutes seulement, et au comportement étrange de Chris. Elle ne m'a jamais donné son adresse et elle était toujours pressée. Non, c'est absurde, je l'ai vue au tribunal, elle se tenait au fond de la salle. Et toi ?

— J'étais si anxieux, je ne te quittais pas des yeux. Viens, il n'y a qu'une solution, je dois interroger mes parents.

— Il vaudrait mieux le faire après le déjeuner, Heinrich. Ils sont si contents. Et ta mère va me juger indiscrète, d'avoir fouillé ce tiroir.

— Mais non, ce n'est pas le souci. Nous attendrons l'heure du café, il faudra éloigner Hansel.

— Ne t'inquiète pas, il y a sûrement une explication logique, hasarda Lisel, dont l'imagination échafaudait déjà une hypothèse très irrationnelle.

Ils osaient à peine respirer, confrontés à un mystère qui les mettait très mal à l'aise.

— Descendons, maman nous appelle, dit Heinrich. Donne-moi la photographie, je vais la garder dans la poche de ma veste. Je t'en prie, ayons l'air détendu pendant le repas.

— Bien sûr, rien ne doit gâcher notre journée.

Les jeunes gens mangèrent de bon appétit, le vin blanc aidant. Hansel bavardait entre chaque bouchée, sans être réprimandé.

— Pépère, papa pourra nous emmener au marché de Noël avec le traîneau, dis ?

— Oui, c'était prévu. Notre voisin me prête son cheval jusqu'à lundi.

Odile souriait de joie, en contemplant tour à tour son fils et son petit-fils. Quand elle croisait le regard de

Lisel, elle souriait encore, avec un léger soupir cependant. Heinrich le constata.

— Tout va bien, maman ?

— Qu'est-ce qui n'irait pas ? répliqua celle-ci. J'ai hâte de vous savoir mariés. Si vous aviez pu habiter ici, j'aurais été comblée. Nous sommes tranquilles, à l'écart de la ville. Hansel aurait pu entrer à l'école de Riquewihr.

— Vous êtes déçue, Odile, parce que j'ai ouvert un commerce à Colmar ? supposa Lisel.

La douce femme protesta faiblement. Otto Keller lui caressa l'épaule. Le couple s'asseyait côte à côte, depuis des années.

— Ta mère sera triste, quand tu nous reprendras Hansel, mon fils, précisa-t-il. Ce petit est devenu notre rayon de soleil, même les jours de neige.

L'enfant avait écouté. Il éclata de rire.

— Si je suis un rayon de soleil, je peux faire fondre la neige, dit-il avec une grimace malicieuse. Mais j'n'ai pas envie, c'est beau le jardin quand c'est tout blanc. Hein, mémère ?

— Oui, mon petit. Tu me rapporteras des bredele du marché, je t'ai donné des sous.

— D'accord, mémère.

Lisel commença à s'angoisser après le dessert. Heinrich lui lançait des coups d'œil soucieux. Ils appréhendaient tous deux le moment de parler de la photographie.

— Papa, je peux aller jouer devant la maison ? demanda Hansel, une fois sa part de tarte dévorée. J'vais faire un gros tas de neige, avec la pelle.

— Cet outil est trop lourd pour toi, trancha Otto. Mais tu peux te servir d'autre chose, le seau en aluminium, où tu prends du lait pour les chats.

Enchanté, Hansel enfila vite son manteau, son bonnet et ses bottes en caoutchouc. Lisel le jugea très dégourdi pour ses quatre ans.

— Heinrich était comme lui, au même âge, nota Odile d'un ton mélancolique. Il voulait se débrouiller seul.

— Je n'ai pas l'habitude des enfants, admit Lisel. J'étais la plus jeune de la famille. J'ai des grands frères, l'un vit en Bavière, le second s'est exilé en Amérique.

Un silence se fit, entrecoupé par les rires en grelot du petit garçon, dehors. Odile servit le café, tandis que son mari apportait une bouteille d'eau-de-vie.

— De la mirabelle, je la fabrique moi-même, dit-il avec un clin d'œil. Rien de tel pour digérer.

— Nous en aurons peut-être besoin, murmura Heinrich. Papa, maman, j'ai une question à vous poser.

— On te répondra, fiston, affirma Otto, de fort bonne humeur.

— Lisel, en rangeant ses vêtements dans l'armoire, a trouvé ça, un vieux cliché jauni, que je n'avais jamais vu. Il était au fond du tiroir, entre les pages d'un calepin.

Il sortit la photographie de la poche intérieure de sa veste en tweed et la tendit à ses parents. Lisel, devant leur mine affolée ajouta d'un ton rapide.

— Je suis désolée, je n'ai pas fouillé, mais Heinrich a ouvert ce tiroir, qui forçait, et ça m'a amusée, car il y avait du matériel de couture. Je ne sais pas ce qui m'a poussée à feuilleter le carnet.

— Mon Dieu, mon Dieu, se lamenta Odile. Je n'ai jamais eu le courage de toucher à ces affaires. J'aurais dû tout jeter.

Tremblante, elle baissa la tête, tandis que des larmes coulaient sur ses joues. Otto avala d'un trait son verre d'alcool.

— Ne pleure pas, ma pauvre femme, il serait peut-être temps de dire la vérité à notre fils. Tu retardais sans cesse le moment, malgré mes conseils. Heinrich, c'est une triste histoire.

— Sans doute, puisque vous me l'avez cachée, marmonna celui-ci. Qui était Christel Keller ?

Odile sanglotait éperdument, à présent. Elle tamponnait ses yeux et son nez à l'aide d'un mouchoir, au grand désarroi de Lisel.

— Christel était ta sœur aînée, déclara alors Otto. Nous ne t'avons jamais parlé d'elle, afin de respecter sa mémoire. Tu avais quatre mois quand elle est morte.

— Nous avions tellement honte, dit sa mère dans un souffle. Heinrich, c'était une tragédie, qui a semé la discorde et le déshonneur dans la famille.

Sidéré, le jeune homme était incapable de prononcer un mot. Il demeurait bouche bée, encore incrédule. Lisel eut le courage d'interroger ses parents.

— Le cliché date de l'été 1898, quel âge avait votre fille ?

— Seize ans et demi, répondit Otto. Christel était une enfant difficile, dotée d'un fort caractère, intrépide, qui détestait obéir. Elle nous causait beaucoup de soucis, mais jeune fille, ça n'a fait qu'empirer.

— Tais-toi, par pitié, tais-toi, supplia Odile. Ne ternis pas l'image de notre Chris, qui s'est brûlée les ailes.

— Vous l'appeliez Chris ? demanda Heinrich, remis du choc qu'il avait éprouvé.

— Elle en avait décidé ainsi, le jour où elle s'est enfuie pour travailler à Paris, lui expliqua son père. Tu vas comprendre les raisons de notre silence. Tes grands-parents et ton oncle étaient très pieux, accrochés à leurs traditions, à la bienséance. Ils sont morts eux aussi, mais à l'époque, ta mère et moi nous avons été traités comme des brebis galeuses, par la faute de ta sœur.

— Qu'avait-elle fait de si grave, à part s'enfuir de la maison ?

Odile s'était calmée. Le visage meurtri par le chagrin, elle se tenait droite, très digne.

— Je vais vous le dire, car Lisel fera partie de la famille, elle peut écouter, dit-elle d'un ton raffermi. Je suis soulagée de parler de notre fille, de ta sœur, oui, ça me fait du bien, comme si elle était encore vivante.

Troublée, Lisel approuva, tandis que Heinrich, d'une pâleur anormale, lui prenait la main.

— Christel est partie en compagnie d'un homme plus âgé, qu'elle avait connu au lycée de Colmar, son professeur de dessin. Quand nous avons appris la chose, par son oncle, qui la surveillait, nous ne pouvions pas le croire. Il y a eu une scène terrible, ici. Otto était furieux, son frère hurlait, mais ta sœur les affrontait, elle criait aussi. Seigneur, je n'ai pas supporté tant de violence. J'ai accouché de toi avant mon terme.

Hansel gratta au carreau, son bonnet blanc de neige. L'enfant appelait son grand-père.

— Bah, je ne suis guère utile, je vais rejoindre le petit, annonça Otto. Le passé est le passé, Heinrich. Il fallait bien que tu saches la vérité un jour. Vous aussi, Lisel. Comme on dit, vous avez été l'instrument du destin.

— Peut-être, admit la jeune femme, bouleversée.

Odile poursuivit son récit, une fois son mari dehors :

— J'évoquais ta naissance, mon fils. C'est ta grande sœur qui a couru chercher le docteur, car une grossesse à quarante-deux ans, il y avait des risques. Mais pour moi, c'était un miracle, je pensais ne plus avoir la joie d'être maman. Christel t'a vu naître et je n'ai jamais pu oublier son sourire ébloui, quand elle s'est penchée sur ton berceau. Elle répétait « mon petit frère », en chantonnant. Mais deux semaines plus tard, rassurée sur ma santé et la tienne, elle montait dans un train, au bras de son amant.

— C'était vraiment son amant ? s'enquit Lisel.

— Hélas oui ! Elle nous avait avoué sans honte sa liaison. Ils s'adoraient, ils voulaient vivre à Paris, anonymes, sans la menace que mon beau-père faisait peser sur cet amour. Hans Keller était un homme froid, terrifiant. Il est venu te voir, après la naissance et ce jour-là, il est monté dans la chambre de ta sœur, votre chambre, Lisel. Il l'a giflée, insultée. Mon Dieu, moi j'étais alitée, je n'ai pas pu la défendre, et Otto travaillait au chemin de fer, à l'époque.

Un sanglot sec secoua Odile. Heinrich but une gorgée d'eau-de-vie. Revigoré, il posa les questions qui le tourmentaient.

— Pourquoi ne se sont-ils pas mariés, ici ou à Paris, maman ? Et de quoi est-elle morte ?

— Il m'en faut du courage, pour tout raconter, après toutes ces années à me taire. Sers-moi un peu de mirabelle, j'ai la bouche sèche. Si je m'attendais à remuer le passé, pendant la période de l'Avent...

— Maintenant tu dois terminer ton récit, insista Heinrich.

— Bien sûr. C'est facile de deviner pourquoi le professeur ne pouvait pas épouser Christel. Il avait trente-deux ans, et il était marié. Mal marié, selon ta sœur. Comprends-tu mon chagrin, ma douleur de mère, quand tu m'as confié être très malheureux en ménage, avec Suzelle... ? Et mon anxiété, lorsque tu m'as parlé de Lisel, que tu prétendais aimer sincèrement, au point d'envisager un divorce ! J'ai pensé que tout recommençait. Crois-moi j'ai prié matin et soir. Souvent j'allais à pied à l'église Sainte-Marguerite, en implorant Dieu et la Sainte Vierge de te protéger. J'ai même prié notre Chris de veiller sur toi.

Lisel, submergée par une vive émotion, ne put contenir ses larmes.

« C'est la même jeune fille, que je rencontrais, j'en suis sûre, songea-t-elle. Morte depuis vingt-sept ans, mais on l'aurait dit vivante, réelle. Elle était si belle, si douce. Pendant le procès, elle m'a fait penser à un ange... Un ange de lumière, venu du Ciel pour me sourire et me soutenir. »

Heinrich lui étreignit la main. Il souriait, les yeux un peu trop brillants. Odile secoua la tête, navrée de les voir aussi affligés.

— Je vous fais pleurer, Lisel, pardonnez-moi. Et toi, mon fils, tu es triste à présent. Ton père voulait que je te confie l'histoire de ta sœur bien plus tôt, je manquais de courage. Je craignais que tu la juges sévèrement, comme avait fait notre famille.

— Maman, est-ce que tu me connais aussi mal ? protesta-t-il. Papa et toi, vous m'avez élevé dans la tolérance, la charité, la gentillesse.

— Tu étais un enfant tellement différent de Christel, s'étonna Odile. Nous n'avions pas besoin de te gronder, ni de punir. Et puis la mort de ta sœur a été une leçon pour nous. Combien de fois Otto a-t-il répété que nous aurions dû la soutenir, et non la sermonner, au nom de la morale, des convenances...

— Si tu nous disais pourquoi elle est morte, peu de temps après sa fugue, d'après ton récit.

— C'est le plus pénible, Heinrich, gémit sa mère en pleurant à nouveau, livide. Mais il le faut. Christel s'est suicidée, pour suivre son grand amour dans la mort. Le professeur a été renversé par un omnibus, sur une avenue de Paris, les chevaux l'ont piétiné. Ta sœur a tout vu, il s'est éteint dans ses bras. Elle m'a écrit, la pauvre petite, pour me l'annoncer. J'aurais dû conserver les deux lettres que j'ai reçues, mais je les ai brûlées. L'épouse de cet homme a récupéré le corps, elle a organisé des obsèques et l'a fait enterrer à Colmar.

— Elle s'est suicidée ? répéta Lisel. Oh non, si jeune !

— Oui, j'aurais dû deviner. À la fin de sa dernière lettre, elle avait écrit : « Pardon, maman, pardon papa, pardon bébé Heinrich, mais je ne peux pas survivre à Pierre. » Christel s'est jetée du haut d'un pont, dans le parc des Buttes-Chaumont, où il y a un lac, paraît-il. Les gendarmes ont dit à Otto qu'elle était morte sur le coup, sa tête avait heurté un rocher. Et nous n'avons pas pu l'inhumer décemment, elle n'a reçu aucun sacrement. Heinrich, ta sœur repose au cimetière du Père-Lachaise, une humble tombe sans croix. Je n'y suis jamais allée, mais ton père a fait le voyage plusieurs fois, à la Toussaint.

Lisel essuya ses larmes du dos de la main. Elle reprit le portrait de Christel Keller, sur la table. Comme hébété, Heinrich fixait également le beau visage de sa sœur aînée. La jeune fille qui lui avait parlé dans le jardin de l'hôpital avait les mêmes traits délicats, harmonieux, le même sourire, le même regard.

— Non, non, marmonna-t-il soudain, avec un soupir agacé. Il s'agit d'une coïncidence. Deux personnes peuvent se ressembler, il existe des sosies.

— Que veux-tu dire, Heinrich ? s'inquiéta sa mère.

— Rien, maman, rien. Je suis abasourdi. Bon sang, j'ai vingt-sept ans, il fallait me raconter tout cela bien avant. Pourquoi ce secret ? Les secrets peuvent détruire, demande son avis à Lisel sur le sujet.

— Calme-toi, mon chéri, supplia Odile. Papa et moi, nous avons vécu dans le remords et la honte pendant des années, mais tu étais là, un adorable petit garçon innocent. Du côté des Keller, les décès se sont succédé. Plus personne ne pouvait évoquer le tragique destin de ta sœur. Moi, je n'avais plus de famille. Même ta cousine de Ribeauvillé n'est pas au courant.

Cette fois, Heinrich se leva et déambula dans la pièce. Il était à la fois en colère et déçu.

— Pour résumer, ma sœur a été rayée du monde, s'écria-t-il. Si Lisel n'avait pas trouvé ce cliché, je n'aurais peut-être jamais su qu'elle existait, qu'elle avait aimé et en était morte !

— On m'a peut-être guidée, insinua alors Lisel. J'aurais pu laisser ma trousse de toilette sur la commode, et ne pas avoir l'idée d'ouvrir le tiroir, ou bien ne pas voir le calepin. Je suis sûre que Chris nous a réunis, Heinrich. C'était elle que je rencontrais, pas un sosie.

— Mais, qu'est-ce que ça signifie ? s'effara Odile, effrayée.

— Dis-lui, toi, je préfère prendre l'air. Hansel m'attend. Je lui ai promis un bonhomme de neige, je refuse de mentir à mon enfant.

La remarque était sans équivoque. Restées seules, Lisel et la mère d'Heinrich gardèrent le silence un court instant.

— Si vous voulez bien m'écouter, Odile, j'ai également une histoire à vous raconter. J'espère qu'elle vous réconfortera, si vous en tirez les mêmes conclusions que moi. Vous êtes très pieuse, je suis croyante sans guère pratiquer, mais j'ai la certitude, désormais, que les anges gardiens peuvent se manifester. Ce sont peut-être des défunts chargés de veiller sur ceux qu'ils aimaient, de leur vivant. Chris voulait le bonheur de son frère.

Le bonhomme de neige, coiffé d'un chapeau de paille, était presque aussi grand que Otto et Heinrich. Ce géant blanc faisait la joie du petit Hansel, qui gambadait autour de lui. Deux noix occupaient la place des yeux, le nez était une carotte racornie.

— Papa, il est triste, dessine-lui un sourire !
— Comment ?
— Trace un trait avec un bâton !
— J'ai une meilleure idée, cours dans la remise à bois et cherche une brindille en forme de sourire.

L'enfant s'empressa d'obéir. Otto Keller en profita pour apostropher son fils.

— Tu sais tout, tu nous en veux ? Parle donc, tu ne m'as pas dit un mot !
— Il y avait Hansel, il était si gai.
— C'est vrai, on ne doit pas l'inquiéter avec le passé.
— J'aurais dû t'interroger, chaque fois que tu lançais des allusions sur les blessures qui ne cicatrisent pas.
— Ta mère reculait sans cesse le moment, nous nous sommes même souvent fâchés à ce propos. Heinrich, l'époque a changé, les mentalités évoluent. Au siècle dernier, la conduite de ta sœur jetait le déshonneur sur la famille. Chris se moquait de tout ce qui n'était pas sa liberté, son amour.

Heinrich lui fit signe de se taire, car Hansel revenait.

— J'ai trouvé, papa, claironna le petit en lui donnant un morceau de sarment de vigne qui pouvait ressembler à un sourire.

— Voilà, notre bonhomme paraît content, mon chéri. Rentre au chaud, tu as les joues rouges de froid et tes menottes aussi.

Les deux hommes le virent se ruer dans la maison. Soudain Heinrich se figea, terrassé par un souvenir tout récent.

« Cette nuit, j'ai dormi chez Lisel, car Sofia était à Mulhouse. Nous avons beaucoup discuté, au réveil, songea-t-il. Je lui rappelais notre première rencontre, le jour de l'incendie, et Lisel m'a dit que Chris l'avait empêchée de descendre par la façade, en lui assurant que les pompiers arrivaient. Elle m'a affirmé que la jeune fille se tenait à une fenêtre de l'immeuble d'en face, à peu près au même étage. Mais moi, je n'ai vu personne, j'en suis sûr et certain. J'avais l'habitude, par précaution, d'inspecter les façades environnantes. Si Chris était une personne en chair et en os, je l'aurais vue. Et au tribunal, je m'en souviens à présent, j'ai quand même regardé au fond de la salle, du côté des portes, car mon collègue Mathis m'avait dit qu'il essaierait de venir. »

Son père l'observait, de son regard perçant, aussi bleu que le sien et celui de Chris.

— Tu ne te sens pas bien, fils ?

— Disons que je suis encore choqué, mais ça ira mieux, après un café et un verre de mirabelle. J'ai été désagréable avec maman, rentrons. Je voudrais lui présenter mes excuses et parler à Lisel. Tu as raison, papa, le passé, même douloureux, ne doit pas nous empêcher d'avancer et d'être heureux.

— Ah, je suis soulagé, j'avais peur que tu refuses de fêter Noël chez nous.

— Mais non, tu me connais, j'ai le pardon facile et Hansel compte sur Lisel et moi. Quelqu'un d'autre souhaite peut-être nous voir tous réunis ici…

— Qui donc ? Heinrich, tu n'es pas dans ton état normal, tu souris aux anges, en plein vent, par ce froid.
— C'est un peu ça, papa. Viens à l'abri, je t'expliquerai.

*Marché de Noël de Riquewihr, esplanade
des Remparts, même jour*

Hansel ne savait plus où regarder, ébloui par les lampions illuminés, les sapins décorés de boules argentées et de guirlandes scintillantes. Il courait d'une échoppe à l'autre, respirait en riant les senteurs alléchantes de sucre brûlant, de vin chaud à la cannelle, sans trop s'éloigner de Lisel et d'Heinrich. Le jeune couple le surveillait, en se tenant par la main, enfin apaisé après une longue conversation avec Odile et Otto Keller.

— Tes parents pourront reprendre leurs esprits, sans nous, murmura gentiment Lisel. Ta mère a tout de suite pensé comme moi, mais ton père voulait des précisions, des preuves. Mais un peu plus tard, ils ont pleuré de joie dans les bras l'un de l'autre. Hansel était un peu inquiet de les voir ainsi. Et toi, vraiment tu ne doutes plus ?

— Non, tout correspond. Chris ne se comportait pas comme une personne normale. Quand tu la croisais, tu étais toujours seule, il n'y avait pas de témoin. Elle refusait de te donner son adresse, de boire un chocolat chaud dans un café, et que tu lui offres une robe.

— Je pense que ta sœur se partageait entre Colmar, où reposait l'homme qu'elle voulait rejoindre dans la mort, et Paris, le parc des Buttes-Chaumont, où elle a mis fin à sa vie. Mon Dieu, c'est si étrange, si troublant ! Je la trouvais mystérieuse, très discrète, mais lorsque j'étais près d'elle, je reprenais courage, j'avais moins peur.

— Si nous n'avons pas rêvé, pourquoi ne s'est-elle montrée à moi qu'une fois, dans le jardin de l'hôpital, alors que tu étais en prison ? s'étonna Heinrich.

— Nous ignorons tout de l'au-delà, mon amour. Je veux croire que Chris et Pierre sont ensemble, dans un autre monde, aussi heureux que nous deux. Mais je l'ai remerciée de tout cœur, tout à l'heure, dans sa chambre, pendant que je me changeais. Je sais qu'elle voulait m'avertir d'un danger, ou m'éviter une erreur.

— Oui, elle t'est apparue avant chaque drame. Je suis encore ému et plein de gratitude de l'avoir vue moi aussi.

— Les premières fois, elle s'habillait de teintes brunes ou grises, mais ensuite, et je l'ai félicitée, elle portait des tenues claires, du blanc, de l'ivoire. Chris, Christel, notre ange gardien. Elle était belle, si lumineuse. Heinrich, c'est merveilleux, si on y réfléchit bien. Ta grande sœur existe toujours, et elle doit t'aimer très fort.

— Pour m'avoir désigné la femme idéale, celle que je chérirai toujours, toi, Lisel.

Ils se serrèrent l'un contre l'autre quelques secondes. Hansel les entraîna vers une baraque ornée de houx et de branchages d'où s'échappait de la fumée.

— Papa, le monsieur, là, il fait des gaufres, je peux en avoir une, s'il te plaît ?

— J'en mangerai une, moi aussi, annonça Lisel.

L'enfant lui adressa un sourire malicieux. Elle se pencha et l'embrassa sur le front. Heinrich, en les contemplant, envisagea un avenir serein, où l'amour qu'il leur portait saurait le rendre plus fort, plus généreux.

Il leva la tête vers le ciel nocturne, nuageux, afin de louer Dieu et ses insondables mystères. Lisel, sa gaufre enveloppée de papier au creux de la main, admirait le décor féerique qui les entourait. Chaque maison à colombages était éclairée de reflets colorés par les innombrables lumières, les bougies posées au bord des fenêtres au creux de coupelles en verre rouge.

— Il y a de la musique ! s'exclama Hansel, la bouche maculée de sucre glace et de crème. Papa, il faut acheter des bredele pour mémère et des bretzels pour pépère, ils avaient l'air malade, quand on est partis en traîneau.

Heinrich s'accroupit pour être à la hauteur de son fils. Il lui nettoya le menton en riant.

— Ne te fais aucun souci. Tes grands-parents ont appris une bonne nouvelle. Quelqu'un qu'ils aimaient beaucoup est allé au Ciel et nous protège.

— Un ange, comme sur les dessins à l'église ?

— Oui, fiston, un ange blond aux yeux bleus, qui te ressemble.

Rasséréné, le petit garçon sautilla sur place. Il désigna d'un geste les échoppes illuminées, les sapins, les jouets suspendus sous les auvents.

— Tout brille ! C'est beau !

— Ce sont les feux de Noël, lui dit Lisel d'un ton rêveur.

Ils continuèrent leur promenade, sous une averse de neige, charmés par le son des violons et des accordéons. Soudain Lisel s'immobilisa, en serrant le poignet d'Heinrich, qui portait son fils depuis quelques minutes. Il s'arrêta, un peu surpris. Elle chuchota :

— Là-bas, au coin de la rue... Est-ce que tu la vois, toi aussi ?

Chris était là, vêtue d'un manteau blanc, dont la capuche servait d'écrin à son radieux visage, d'une beauté sublime. Elle les contemplait, couvant d'un même regard caressant son frère, son neveu et Lisel. Enfin elle agita la main, en signe d'au revoir, et disparut, comme effacée du paysage par un souffle enchanté.

— Oui, je l'ai vue, répondit tout bas Heinrich.

— C'était l'ange, la belle dame, marmonna Hansel, à moitié somnolent. Moi, je la connais, elle venait dans mes rêves.

Épilogue

Chris ne se manifesta plus, après son apparition sur le marché de Noël de sa ville natale. Sa mission était accomplie, sans doute, et l'adolescente passionnée, à l'esprit rebelle, avait dû gagner ses ailes d'ange.

Lisel épousa Heinrich au mois de juillet 1926, dans l'église Sainte-Marguerite de Riquewihr. Hansel, pour qui la jeune femme était devenue une seconde mère, câline et attentionnée, tenait la longue traîne en dentelle ivoire. La robe, une création originale de la mariée, suscita l'admiration générale, avec son bustier orné de perles, sa jupe droite en soie et ses manches en mousseline, dont la transparence laissait deviner le modelé gracieux des bras.

Sofia était demoiselle d'honneur, ainsi que Gretchen Schnabel, l'ancienne codétenue de Lisel. Libérée en mars 1926, elle avait franchi le seuil de la boutique Au Paradis de la mode, intimidée, doutant un peu de la promesse que lui avait faite la jeune couturière la veille de son procès.

Mais Lisel n'avait qu'une parole. Gretchen était devenue une de ses petites mains, car le magasin attirait une clientèle de plus en plus nombreuse.

Heinrich reprit Hansel à ses parents, ce qui obligea le couple à louer un appartement plus grand. Ils choisirent d'habiter au bord de la Lauch, dans la Petite Venise.

Tous les dimanches, ils allaient à Riquewihr, pour passer une journée à la campagne, à la grande joie d'Odile et d'Otto Keller.

En 1928, après la naissance de leur premier enfant, baptisé Christophe, en mémoire de Chris, Lisel dut ralentir son rythme de travail. Elle se contenta de dessiner des modèles de vêtements, que ses ouvrières, au nombre de quatre, confectionnaient avec soin, sous l'égide de Sofia, la première main de l'atelier.

Les affaires étaient florissantes, et quand Christophe eut deux ans, Lisel, conseillée par leur fidèle ami l'avocat David Stein, acheta un magasin plus grand, dans la rue des Clefs.

La jeune femme avait atteint son rêve. Chaque fois qu'elle lisait son nom, inscrit en lettres dorées sur l'enseigne, elle éprouvait un profond bonheur et un brin de fierté. Parmi les dames qui poussèrent la porte de ce nouveau commerce, Lisel eut l'heureuse surprise de reconnaître Marie Schultz, l'infirmière de la prison, dont le dévouement l'avait sans doute sauvée.

Elle lui offrit un foulard en soie et des mouchoirs brodés par Gretchen, très habile en la matière.

Les rancunes, les mauvais souvenirs, s'estompèrent au fil du temps. Lisel avait pardonné à ses parents dès son retour de Paris. La naissance d'une petite fille, Gabrielle, présida à un banquet de famille, sous le toit des Schmitt, à Munster. Heinrich avait choisi ce prénom, en hommage à sa grand-tante, la sœur d'Odile, qui lui avait offert affection et tendresse, dans son enfance.

— C'est grâce à vous si j'ai réussi, déclara-t-elle ce jour-là, en adressant un adorable sourire à Sofia, à David Stein et bien sûr à Heinrich.

Hansel témoigna un amour sincère à son demi-frère et à sa demi-sœur. Brillant élève, il appréciait surtout la vie au grand air et il se destinait à l'exploitation de la vigne.

Lorsque la Seconde Guerre mondiale éclata, Christophe avait onze ans et Gabrielle venait de fêter ses huit ans. Heinrich fut mobilisé.

Le couple, qui s'était promis de ne jamais se séparer, dut s'y résigner. Lisel, le cœur brisé, vit partir son amour un matin. Pour elle et ses enfants, commença une terrible attente.

David Stein lui recommanda de se réfugier à Munster ou de gagner le sud de la France, mais elle préféra habiter la ferme des Keller, à Riquewihr, dont avait hérité Hansel au décès de ses grands-parents.

Une décision que Lisel ne regretta pas, en apprenant que nombre de familles furent tuées au cours de l'exode, et que les enfants furent perdus au bord des routes.

L'avocat, marié à Sofia, décida de s'exiler aux États-Unis, afin d'échapper aux persécutions qui s'annonçaient envers les Juifs.

Sa boutique fermée, sans nouvelles d'Heinrich, Lisel cultivait le jardin potager la journée, se lançant le soir dans des travaux de couture, qui l'aidèrent à nourrir Gabrielle, Christophe et Hansel.

En 1942, le jeune homme, âgé de vingt ans, s'engagea dans la Résistance, où il s'illustra par son courage. Il ne devait jamais revoir sa mère. Suzelle et son second mari, le docteur Georges Imbert furent tués pendant les bombardements qui ravagèrent Londres, où ils résidaient.

Heinrich et son fils survécurent au terrible conflit. Lisel retrouva son mari, et ils s'aimèrent avec plus de passion encore. Elle put reprendre la direction de sa boutique, même si elle eut le bonheur d'être maman pour la troisième fois, à l'aube de la quarantaine. Le bébé, une fille aux prunelles noires, fut baptisé Marie, et comme sa grande sœur Gabrielle, elle joua souvent les mannequins pour Lisel, lorsqu'elle organisait des présentations de ses modèles.

La famille put pleinement savourer un agréable quotidien, quand David Stein revint en France, en 1949. Sofia, épouse comblée et dévouée, lui avait donné deux fils, venus au monde dans un quartier de New York.

Lisel, au fil des ans, se plaisait à évoquer Chris, leur bel ange gardien. Certains doutaient ou se moquaient, d'autres voulaient bien y croire. Elle répondait aux incrédules, en souriant d'un air mystérieux :

— Chacun est libre de penser ce qu'il veut, mais Heinrich et moi, nous l'avons vue, elle nous a parlé. En sa présence, on se sentait protégés, réconfortés, alors même si c'était une illusion, je serai heureuse toute ma vie d'avoir eu cette chance...

Hansel, en grandissant, oublia la lumineuse apparition du marché de Noël de Riquewihr. Mais lorsqu'il apprit à treize ans la tragique histoire de sa tante Christel, il eut lui aussi un doux sourire, comme si la mémoire lui revenait.

Table des matières

Note de l'auteure 7

1. La morsure des flammes 9
2. Le marché de Noël 29
3. Heinrich Keller 47
4. Jalousies et perfidies 65
5. Les ruses de Suzelle 83
6. Un soir de printemps 99
7. Jusqu'au bout de la haine 119
8. Le joug de la justice 139
9. En prison 161
10. Hansel 181
11. Le docteur Imbert 199
12. Une confession 217
13. Un scandale 237
14. L'innocence brisée 257
15. Un procès révélateur 277
16. La liberté retrouvée 299
17. Rencontres 317
18. Les feux de Noël 335

Épilogue 353